DE BESCHULDIGING

Van dezelfde auteur:

Het bewijs*
De aanklager*

*In Poema-pocket verschenen

SCOTT TUROW

DE BESCHULDIGING

Een aantal vrienden was bereid de eerste versie van dit boek door te lezen. Mijn dank gaat uit naar hen allemaal - Barry Berk, Colleen Berk, David Bookhout, Richard Marcus, Vivian Marcus, Art Morganstein, Howard Rigsby, Teri Talan - en natuurlijk naar die twee anderen die mijn steun en toeverlaat waren: Annette Turow en de beste literair agente ter wereld, Gail B. Hochman.

Dit verhaal berust op fantasie.
Alle namen, plaatsen, personen en voorvallen zijn geheel verzonnen.

POEMA-POCKET is een onderdeel van Luitingh ~ Sijthoff

Derde druk
© 1993 Scott Turow
All rights reserved
© 1993, 1996 Uitgeverij Luitingh ~ Sijthoff B.V., Amsterdam
Alle rechten voorbehouden
Oorspronkelijke titel: *Pleading Guilty*
Vertaling: Jan Smit
Omslagontwerp: Rob van Middendorp
Omslagfotografie: Gerhard Jaeger

CIP/ISBN 90 245 2734 1

Al zeven jaar hebben mijn collega's bij Sonnenschein Nath & Rosenthal – advocaten en andere medewerkers, maar vooral mijn vennoten – me onvoorwaardelijk gesteund in allerlei omstandigheden die onszelf soms hogelijk hebben verbaasd. Alleen ik weet beter dan wie ook hoe weinig het advocatenkantoor dat ik in dit boek beschrijf op ons eigen kantoor lijkt, waar de normen van fatsoen hoog in het vaandel staan. Uit dank voor hun kameraadschap, hun hartelijkheid – en hun tolerantie – draag ik dit boek met liefde op aan al die collega's bij Sonnenschein die ik zoveel verschuldigd ben.

Waar kon mijn hart zich verschuilen voor mijn hart?
Waarheen kon ik vluchten waar ik niet zou kunnen volgen?
Waar zou ik geen prooi zijn van mijzelf?

Belijdenissen van de H. Augustinus
BOEK VIER, HOOFDSTUK VII

Het geheime ik –
altijd verborgen,
ongelukkig,
misleid.

BAND 1

Gedicteerd op 24 januari, 4.00 uur 's nachts

GAGE & GRISWELL
Intern memo
INDIVIDUEEL ONDERZOEK
VERTROUWELIJK EN GEHEIM

AAN: Commissie van toezicht
VAN: McCormack A. Malloy
BETREFT: Onze vermiste vennoot

Bijgesloten vindt u, volgens opdracht, mijn rapport.

(Gedicteerd, zonder correcties)

Maandag 23 januari

I MIJN OPDRACHT

De Commissie van Toezicht van ons kantoor, bij de vennoten kortweg bekend als 'de Commissie', komt iedere maandagmiddag om drie uur bijeen. Onder het genot van koffie en chocoladecake nemen de drie sectiehoofden van de afdelingen strafrecht, bedrijfszaken en administratie van Gage & Griswell de lopende zaken door. Het zijn geen kwaaie kerels – kundige advocaten, doortastende, zakelijke types die over het wel en wee van de firma waken – maar sinds ik hier achttien jaar geleden in dienst kwam, ben ik altijd als de dood geweest voor de Commissie en de bijna onbeperkte macht die zij volgens de statuten van G&G kan uitoefenen. Ik ben negenenveertig, ex-politieman, een grote vent met een stoere façade en een Ierse achtergrond, maar de laatste paar jaar heb ik van de Commissie niet veel waardering gekregen. De drie sectiehoofden hadden steeds meer kritiek, ik werkte te traag en haalde te weinig omzet, en dus moest ik verkassen naar een kleiner kantoor. Toen ik vanmiddag werd ontboden, bereidde ik me daarom op het ergste voor.

'Mack,' zei Martin Gold, onze oudste vennoot, 'Mack, we hebben je hulp nodig. Het gaat om een ernstige zaak.' Martin is een forse kerel. Dertig jaar geleden was hij als worstelaar voor de universiteit uitgekomen. Hij is een middelgewicht met een borstkas zo breed als de landkaart van Amerika. Hij heeft een donkere, sluwe kop, net als die Mongoolse krijgers van Dzjenghis Khan, en de imponerende uitstraling van iemand die het in het leven heeft gemaakt. Hij is zonder twijfel de beste advocaat die ik ken.

De andere twee, Carl Pagnucci en Wash Thale, aten hun chocoladecake aan de notehouten vergadertafel, een stuk antiek uit Europa, zwaar en massief als een koekoeksklok. Martin bood me een plak cake aan, maar ik hield het bij koffie. Tegenover deze jongens moest je snel kunnen reageren.

'Het gaat niet om jou,' zei Carl, die mijn angst meteen doorzag.
'Om wie dan?' vroeg ik.
'Om Bert,' zei Martin.
Mijn collega Bert Kamin had zich al in geen twee weken op kantoor laten zien. Hij had niet gebeld en niet geschreven. Bij iedere andere gemiddelde werknemer van Gage en Griswell – van Leotis Griswell tot aan het Poolse meisje dat de plees schoonmaakt – zou dat reden tot bezorgdheid zijn geweest. Bij Bert ligt dat anders. Bert is nog steeds een onberekenbare puber, groot en somber, die met hart en ziel van de strijd in de rechtszaal geniet. Als je een advocaat nodig hebt die de president-directeur van de tegenpartij tijdens een kruisverhoor de darmen uit zijn lijf kan rukken zoals sommige grote katten dat doen, ben je bij Bert aan het goede adres. Maar zoek je iemand die op tijd op kantoor komt, zijn urenstaten keurig invult en zijn secretaresse behandelt alsof de slavernij daadwerkelijk is afgeschaft, kun je beter iemand anders nemen. Na een paar maanden hard werken moet Bert er altijd tussenuit. Ooit dook hij op in het trainingskamp van de Trappers, ons professionele honkbalteam. Een andere keer werd hij in het casino van Monte Carlo gesignaleerd. Dat Bert het met zijn sombere buien, zijn grimmige kop, zijn vreemde nukken, zijn macho-stunts en zijn lak aan ieder werkrooster nog zo lang bij Gage & Griswell heeft uitgehouden, dankt hij grotendeels aan Martin Gold, die een heel tolerant mens is en een zwak heeft voor vreemde vogels zoals Bert Kamin. En ikzelf, niet te vergeten.
'Praat eens met de boeven in die sauna waar hij altijd rondhangt. Misschien kunnen die je vertellen waar hij is.' Ik doelde op het Russisch Bad. Bert is niet getrouwd en reist in het weekend graag met de plaatselijke sportploegen mee. Hij is een verwoed gokker en brengt veel tijd door in sportcafés en plaatsen als het Russisch Bad, waar mannen over hun sporthelden praten met een intimiteit waarvoor ze zich tegenover hun familie zouden schamen.
'Hij duikt wel weer op,' vervolgde ik. 'Zoals altijd.'
'Deze keer niet,' zei Pagnucci eenvoudig.
'Dit is een heel gevoelige zaak,' voegde Wash Thale eraan toe. 'Heel gevoelig.' Wash is een meester in het leveren van overbodig commentaar – op een ernstige, gewichtige toon, alsof hij de wijsheid in pacht heeft.
'Lees maar.' Martin schoof een bruine dossiermap over de glimmende tafel naar me toe. Een test, vreesde ik meteen. Ik voelde een steek van angst in mijn maag, maar toen ik de map opensloeg, vond ik niets anders dan achttien cheques. Ze waren uitgeschreven op onze zogenaamde 397 Schadeclaimrekening, een speciaal fonds dat door

G&G werd beheerd en dat 288 miljoen dollar bevatte die binnenkort moest worden uitgekeerd aan verschillende eisers die een proces hadden aangespannen wegens een vliegtuigongeluk met een toestel van TransNational Air. TN, de grootste luchtvaartmaatschappij en reisagent ter wereld, is G&G's belangrijkste cliënt. Wij verdedigen TN in de rechtszaal, we helpen en adviseren TN bij hun zakelijke transacties, en we vertegenwoordigen TN tegenover de belastingen en bij allerlei andere administratieve problemen over de gehele wereld. Met zijn internationale hotelketen, zijn nationale cateringbedrijf, zijn golfbanen, zijn autoverhuurbedrijven en zijn parkeerterreinen bij de grote luchthavens bezorgt TN ons zoveel werk dat bijna iedere jurist van de firma wel een deel van zijn tijd voor de luchtvaartgigant in touw is. We wonen zelfs samen, alsof we familie zijn: G&G huurt vier verdiepingen in de TN Needle, vlak onder het internationale hoofdkantoor van de luchtvaartmaatschappij.
De cheques in de map waren allemaal getekend door Bert, in zijn zwierige, uitbundige handschrift. Iedere cheque vertegenwoordigde een waarde van enkele honderdduizenden dollars en was uitgeschreven op naam van een mysterieus bedrijf dat Litiplex Ltd. heette. Bij de opmerkingen had Bert genoteerd: 'Externe adviezen'. Dat was niet ongewoon bij vliegtuigongelukken. Er waren allerlei extra kosten: documentanalyses, computermodellen, getuigen-deskundigen.
'Wat is Litiplex?' vroeg ik.
Tot mijn verbazing priemde Martin een vinger in mijn richting alsof ik een bijzonder pientere vraag had gesteld.
'In elk geval geen bedrijf dat officieel in een van de vijftig staten is geregistreerd,' zei hij. 'Bij geen enkele kamer van koophandel. Carl heeft het gecontroleerd.'
Carl knikte. 'Hoogst persoonlijk,' verklaarde hij onheilspellend.
Carl Pagnucci – geboren Carlo – is tweeënveertig, de jongste van de drie, en zuinig met woorden. Hij is de ultieme advocaat, iemand die zijn eigen opmerkingen met een even groot wantrouwen beziet als Woody Hayes de forward pass. Hij is een bleek mannetje met een snor als zo'n rond borsteltje dat je bij een elektrisch scheerapparaat krijgt. Hij verschuilt zich achter sombere, smaakvolle pakken met discrete gouden manchetknopen. Niemand weet ooit wat hij werkelijk denkt.
Terwijl ik het nieuws verwerkte dat Bert – al dertien jaar lang mijn geschifte collega – miljoenen dollars had uitgeschreven op naam van een bedrijf dat niet bestond, voelde ik de merkwaardige aanvechting om hem te verdedigen, vanwege mijn oude verbond met de randfiguren van deze maatschappij.

'Misschien heeft iemand hem gevraagd dat te doen,' opperde ik.
'Dat dachten wij eerst ook,' antwoordde Wash. Hij had zijn forse gestalte weer over de cake gebogen. De zaak was aan het rollen gebracht, vertelde Wash, toen Glyndora Gaines, het hoofd van de boekhouding, ontdekte dat er zonder officiële opdracht grote bedragen van de rekening waren overgeschreven.
'Glyndora kon nergens een opdracht vinden. Ze heeft drie keer het hele traject gecontroleerd,' vervolgde Wash. 'Kwitanties, memo's van Jake...' Volgens de voorschriften mocht Bert alleen cheques op de 397-rekening uitschrijven als hij schriftelijke toestemming had van Jake Eiger, een voormalige vennoot van het kantoor, die naar TN is overgestapt als hoofd van hun juridische afdeling.
'En?'
'Helemaal niets. Glyndora heeft zelfs navraag gedaan bij haar collega's bij TN, de mensen die de financiën regelen voor 397. Ze is natuurlijk heel discreet geweest, om geen slapende honden wakker te maken: "We hebben hier een paar verdwaalde brieven van Litiplex. Blah, blah." Martin heeft nog een paar advocaten van de eisers gepolst, in de hoop dat zij meer wisten dan wij, maar dat leverde ook niets op,' zei hij. 'Niets. Niemand heeft ooit van het bedrijf gehoord.' Wash is eerder onbetrouwbaar dan slim, maar toen ik naar hem keek – met zijn levervlekken en zijn onderkinnen, zijn bescheiden tics en de paar strengen muisgrijs haar die hij koppig over zijn kale schedel plakt – herkende ik de onnozele uitdrukking die op zijn gezicht verschijnt als hij de waarheid spreekt. 'En dan heb ik het nog niet eens over de overboeking.'
Dat was me even ontgaan. Nu pas zag ik achter op de cheques het tweetalige groene blokstempel van de International Bank of Finance in Pico Luan. Pico, een klein Middenamerikaans staatje, een soort dwangnagel aan de teen van Yucatán, is een paradijs voor het zwartgeldcircuit omdat de plaatselijke banken geen enkele informatie over hun transacties willen prijsgeven. Er stonden geen handtekeningen achter op de cheques, maar onder de stempels stond een nummer dat ik voor de bankrekening hield. Een regelrechte overboeking dus.
'We hebben de bank gebeld,' zei Martin. 'Ik heb tegen de directeur gezegd dat we alleen een bevestiging wilden dat Robert Kamin de rekeninghouder of gemachtigde was van nummer 476642. Ik kreeg meteen een preek over de wet op het bankgeheim in Pico. Een hele slimme vogel, die directeur. Met zo'n zangerig Spaans accent. Precies het cliché dat je in zo'n situatie verwacht. Geen vat op te krijgen. Ik vroeg of hij de naam Kamin kende. Ik weet nog steeds niet wat hij daarop antwoordde. Ik geloof dat het ja was. Het was in elk geval geen nee.'

'Wat is het totaal?' Ik ritste de cheques langs mijn duim.
'Meer dan vijfenhalf miljoen,' zei Carl, die het snelst kon rekenen.
'Vijf komma zes en nog wat.'
Even waren we allemaal stil, onder de indruk van de omvang van het bedrag en de brutaliteit van de diefstal. Mijn collega's schoven zenuwachtig op hun stoelen heen en weer, en ik merkte dat ik zelf zat te trillen als een aangeslagen klok. Wat een lef! Al die poen grijpen en met de noorderzon vertrekken! De rijkdom, de vrijheid, de kans om opnieuw te beginnen! Ik wist niet of ik nu geschokt of blij moest zijn.
'Heeft iemand al met Jake gesproken?' Dat leek me de volgende logische stap: de cliënt inlichten dat we te grazen waren genomen.
'Allemachtig, nee,' zei Wash. 'Dat zal me een gedonder geven met TN. Een vennoot die liegt, bedriegt en steelt. Dat is precies waar Krzysinski op zit te wachten om Jake te wippen. En dan is het gebeurd met ons. Finito,' zei hij.
Er speelde zich heel wat af tussen het drietal – de Grote Drie zoals ze achter hun rug werden genoemd – dat mij ontging, maar ik had eindelijk een vermoeden waarom ze mij hadden laten komen. Het grootste deel van mijn loopbaan bij G&G was ik beschouwd als Jake Eigers protégé. We zijn in dezelfde buurt opgegroeid en Jake is een verre achterneef van mijn ex-vrouw. Hij had me naar het kantoor gehaald toen hij zelf hoofd van de juridische afdeling van TransNational Air werd. Dat is een lange traditie bij Gage & Griswell. Al meer dan veertig jaar wordt de juridische afdeling van TN gedomineerd door ex-vennoten van G&G, die daar rijk worden met aandelenopties en hun vroegere collega's de kans bieden vette rekeningen in te dienen. Maar Jake wordt nu onder druk gezet door Tad Krzysinski, de nieuwe president-directeur van TN, die vindt dat hij ook werk moet uitbesteden aan andere kantoren. En Jake, onzeker over zijn positie tegenover Krzysinski, dreigt onder die druk te bezwijken. Zelf heb ik al in geen tijden meer iets van hem gehoord, hoewel ik niet weet of dat komt omdat ik van zijn achternichtje ben gescheiden, omdat ik alleen nog vloeibaar lunch, of omdat ik in een 'dalletje' zit, om het maar voorzichtig uit te drukken.
'We wilden graag jouw advies over de beste aanpak, Mack,' zei Martin. 'Voordat we verdere stappen ondernemen.' Van onder zijn gefronste voorhoofd keek hij me strak aan. De grote ramen van de zevenendertigste verdieping van de TN Needle boden uitzicht op Kindle County: de blokkendozen van de binnenstad, met daarachter de bakstenen schoorstenen. Op de westoever van de rivier strekten de welvarende buitenwijken zich uit onder de oude bomen. In het sombere licht van de winterdag ademde de stad een troosteloze sfeer.

'Bel de FBI,' stelde ik voor. 'Ik kan jullie wel een naam noemen.' Je zou verwachten dat een ex-diender van de gemeentepolitie zijn eigen bureau zou aanbevelen, maar ik had daar een paar vijanden achtergelaten. Bovendien zag ik aan de gezichten van mijn collega's dat ik hun bedoeling verkeerd begrepen had. De sterke arm van de wet kwam niet op hun agenda voor.
'Dat lijkt me voorbarig,' gaf Wash ten slotte toe.
Ik zag geen alternatieven, en dat zei ik ook.
'Dit is een bedrijf,' zei Carl – een credo waar alle andere overwegingen logisch uit voortvloeiden. Carl aanbidt 'de markt' met een fanatisme dat in vroeger eeuwen alleen voor godsdienst werd gereserveerd. Hij heeft een bloeiende effectenpraktijk, hij bespeelt de markten en zijn leven wordt beheerst door jet-lag. Minstens twee keer per week vliegt hij heen en weer tussen Kindle County en Washington D.C., waar hij de leiding heeft over ons plaatselijke kantoor.
'Wij dachten...' zei Wash, en hij legde zijn oude handen voorzichtig op het donkere tafelblad, '... sommigen van ons dachten... dat we Bert misschien konden opsporen. Om met hem te praten.' Wash slikte. 'Om hem te vragen het geld terug te geven.'
Ik staarde hem aan.
'Wie weet heeft hij zich bedacht,' hield Wash vol. 'Zoiets als dit... Hij is erg impulsief. Hij is nu al twee weken op de vlucht. Hij moet zich steeds verborgen houden. Misschien wil hij een tweede kans.'
'Wash,' zei ik, 'hij heeft vijfenhalf miljoen redenen om nee te zeggen. En nog een ander klein probleem: de gevangenis.'
'Niet als we de zaak stil houden,' zei Wash. Hij slikte weer. Fletse hoop gloorde op zijn vale gezicht boven het strikje.
'Willen jullie het stil houden voor TN?'
'Ja, zolang ze zelf niets vragen. En waarom zouden ze? Als dit plan lukt, wat moeten we ze dan vertellen? Dat er bijna iets was misgegaan? Nee, nee,' zei Wash, 'dat lijkt me niet echt nodig.'
'En wat zijn jullie met Bert van plan? Een zoen op beide wangen, en alles is vergeven en vergeten?'
Het was Pagnucci die antwoord gaf. 'Een kwestie van onderhandelen,' zei hij simpel – de geboren onderhandelaar die denkt dat twee bereidwillige partijen altijd tot elkaar kunnen komen.
Ik dacht even na. Langzaam drong het tot me door hoe sluw ze dit spelletje wilden spelen. De bekende valse smoelen op kantoor, maar nu nog valser dan anders. Ze zouden Bert gewoon terugnemen en het als een boze droom beschouwen. Of ze zouden hem kunnen schorsen, met doorbetaling van zijn salaris en een extra bonus of zoiets. Iemand die bang was of spijt had zou daar misschien wel wat voor

voelen. Maar ik betwijfelde of Bert zo'n voorstel erg aantrekkelijk zou vinden. Voor drie zulke sluwe types begrepen ze verdomd weinig van wat er was gebeurd. Iemand had zijn middelvinger naar hen opgestoken en ze dachten dat het gebarentaal voor doven was.
Wash had zijn pijp gepakt, een van zijn talloze rekwisieten, en wuifde ermee door de lucht.
'Of we vinden een oplossing voor dit probleem – een discrete oplossing – of deze tent kan binnen een jaar zijn deuren sluiten. Binnen een halfjaar. Daar ben ik vast van overtuigd.' Wash was vooral bang voor zijn eigen hachje, omdat hij al bijna dertig jaar aan TN verdiende. TN was zijn enige serieuze cliënt en de spil van wat anders een even middelmatige carrière zou zijn geweest als de mijne. Hij is al tweeëntwintig jaar *ex officio* lid van de raad van bestuur van TN en hij is zo nauw verbonden met het bedrijf dat hij je kan vertellen wanneer iemand op de directieverdieping van TN, zeven etages hoger, een scheet heeft gelaten.
'Ik begrijp nog steeds niet hoe jullie Bert willen vinden.'
Pagnucci pakte de cheques. Ik keek hem vragend aan. Hij tikte met zijn vinger op de overboeking.
'Pico?'
'Ben je er ooit geweest?'
Meer dan twintig jaar geleden was ik voor het eerst in Pico geweest toen ik voor de afdeling Fraude werkte. Een blauwe lucht, rond en volmaakt als een yoghurtschaaltje boven de Maya-bergen; uitgestrekte stranden, lang en sierlijk als een zongebruinde dij. De meesten van mijn collega's komen er vaak. TN was een van de eerste touroperators die de kust hadden verziekt door er drie spectaculaire hotelcomplexen uit de grond te stampen. Maar ik was er al in geen jaren meer geweest. Dat zei ik ook tegen Carl.
'Denk je dat Bert daar zit?' vroeg ik hem.
'Zijn geld wel,' zei Pagnucci.
'Nee, daar wàs het. Waar het nu is, weet geen hond. Het mooie van een bankgeheim is dat het spoor daar eindigt. Vanuit Pico kun je het geld overal naartoe laten storten. Misschien is het weer terug in Amerika. Als hij het in de juiste obligaties heeft belegd, hoeft hij niet eens belasting te betalen.'
'Precies,' zei Pagnucci snel. Hij verwerkte deze tegenslag – zoals de meeste dingen – in stilte, maar zijn keurige façade kon zijn frustratie niet geheel verbergen.
'En wie sturen we erop af?' vroeg ik. 'Ik ken niet veel privé-detectives die ik zo'n zaak zou durven toevertrouwen.'
'Nee nee,' zei Wash. 'Niet iemand van buiten. We dachten niet aan

een privé-detective.' Hij keek me hoopvol aan. Ik schoot in de lach toen ik zijn bedoeling begreep.

'Wash, ik herinner me nog wel hoe ik een parkeerbon moet uitschrijven, maar Bert opsporen? Bel Vermiste Personen maar.'

'Jou vertrouwt hij, Mack,' zei Wash. 'Jij bent zijn vriend.'

'Bert heeft geen vrienden.'

'Hij zou naar je luisteren. Vooral als je hem uitlegt dat hij er zonder rechtszaak vanaf kan komen. Bert is een kind. Dat weten we allemaal. Een vreemd kind. Als hij met een goede vriend kan praten, zal hij de zaken wel anders zien.'

Iedereen die het ruim twintig jaar op een advocatenkantoor of bij de politie heeft uitgehouden weet dat hij geen nee moet zeggen tegen de baas. Wij zijn een team, kerel! Natuurlijk meneer, jazeker meneer. Ik kon onmogelijk weigeren. Maar ik had een goede reden gehad om 's avonds rechten te studeren toen ik nog bij de politie zat. Ik ben nooit zo'n imbeciel geweest met een romantische voorstelling van het politiewerk. Deuren intrappen, door donkere steegjes rennen... dat vond ik allemaal doodeng. Vooral achteraf, toen ik er pas goed over nadacht.

'Woensdag heb ik een hoorzitting,' zei ik. Daar schrokken ze even van. Niemand had er blijkbaar rekening mee gehouden dat ik nog werkte. 'Het Tuchtcollege heeft het nog steeds op Toots Nuccio voorzien.'

Er werd even overlegd. Wash kwam met alternatieven – een verdaging misschien, of anders zou een van de andere advocaten van G&G de zaak kunnen overnemen. Er werkten immers honderddertig juristen hier. Martin, het hoofd van de sectie strafrecht, stelde ten slotte voor dat ik een collega zou meenemen die de zaak verder zou kunnen afwikkelen als dat nodig was. Maar ik bleef tegenstribbelen, ook toen dat probleem de wereld uit was.

'Jongens, dit is onzin. Het lukt me nooit om Bert te vinden. En bij TN zullen ze nog nijdiger zijn als ze erachter komen dat we ze niet meteen hebben ingelicht.'

'Nee,' zei Wash, 'helemaal niet. We moesten toch eerst alle feiten verzamelen voordat we ze op de hoogte konden brengen? Stel maar een rapport op, Mack,' zei hij. 'Iets dat we ze in handen kunnen geven. Dicteer het maar op een bandje. Dit is tenslotte een belangrijke zaak. Iets dat voor hen net zo pijnlijk kan zijn als voor ons. Dat begrijpen ze heus wel. Laten we zeggen dat je daar twee weken de tijd voor krijgt, niet langer.' Hij keek vragend naar Martin en Carl, die knikten.

Ik herhaalde dat ik niet wist waar ik Bert zou moeten zoeken.

'Praat eens met de boeven in die sauna waar hij altijd rondhangt,' zei Pagnucci. Carls stilzwijgen is niet prettig, maar het is soms te verkiezen boven zijn commentaar. Heel subtiel, dat wel, maar altijd onder de gordel. Overeenstemming ziet hij als een schending van zijn plechtige eed tot het plaatsen van kritische kanttekeningen. Hij staat altijd klaar met een zuigende vraag, een slimme grap, een suggestief alternatief – zolang hij maar de bijl aan je wortels kan leggen. Hij is een halve kop kleiner dan ik, maar toch voel ik me tegenover hem niet groter dan een vlo.

'Mack, je zou dit kantoor kunnen redden,' zei Wash. 'Stel je voor dat het lukt. Onze dank zou...' Hij maakte een weids gebaar, 'grenzeloos zijn.'

Vanuit hun standpunt gezien leek het ideaal. Ik ben een hopeloos geval. Geen grote cliënten. Bang voor de rechtszaal sinds ik niet meer drink. Een uitgeblust wrak, met de kans mijn positie te redden. En dat op het gunstigste moment. Op 31 januari zou het fiscale jaar worden afgesloten, en dus heerste er op kantoor de gebruikelijke hysterie. Alle vennoten zaten achter onbetaalde rekeningen aan en kozen de beste posities voor 2 februari, over anderhalve week, als de winsten zouden worden verdeeld.

Ik keek nog eens naar Wash en vroeg me af hoe het zo ver met me had kunnen komen dat ik voor iemand met een strikje werkte.

'Ik zeg hetzelfde tegen jou wat ik ook tegen Martin en Carl zei,' merkte Wash op. 'Dit is ons kantoor. Hier ligt ons leven als advocaat. We moeten proberen de zaak te redden. Misschien kost dat een paar weken, maar wat hebben we te verliezen?'

Er viel een stilte. De drie anderen staarden me aan. Ik had hun volledige aandacht. Op de middelbare school deed ik aan honkbal. Ik ben groot, bijna één meter negentig, en bepaald geen lichtgewicht. Ik heb een goede coördinatie en ik kon hard slaan, maar ik ben te traag. Bedachtzaam, als je het beleefd wilt uitdrukken. De coaches moesten dus een geschikte plaats voor me vinden, en dat was het outfield. Ik ben nooit de man geweest die je als eerste zou opstellen. Als ik niet aan slag was, deed ik eigenlijk niet mee. Honderd meter bij de thuisplaats vandaan vergeet je de wedstrijd al gauw. De wind steekt op, je ruikt het gras en het parfum van een meisje op de tribune. Een snoeppapiertje dwarrelt over het veld, met een stofwolkje er achteraan. Je tuurt naar de zon, en ondanks al het gejoel om je heen raak je in een soort trance en droom je weg. En dan opeens voel je de ogen van iedereen op het veld op je gericht. De werper heeft zich omgedraaid, de slagman kijkt jouw kant uit, het publiek kijkt naar jou en iemand roept je naam. Je ziet die donkere cirkel door de lucht op je

af komen en steeds groter worden, zoals je het 's nachts in je dromen hebt gezien. Dat gevoel had ik nu ook – alsof ik door mijn dromen was verraden.
Angst was mijn enige excuus, zoals gewoonlijk.
'Luister nou. Deze zaak is goed voorbereid, door Litiplex, door Bert Kamin of wie dan ook. Bert is allang vertrokken. Spoorloos. En zelfs àls ik hem door stom toeval zou vinden, hoe zal hij dan reageren als hij de deur opendoet en een van zijn collega's op de stoep ziet staan die hem ongetwijfeld aan de politie wil uitleveren? Wat zal hij dan doen, denken jullie?'
'Dan zal hij met je praten, Mack.'
'Dan schiet hij me een kogel door mijn kop, Wash. Als hij verstandig is.'
Daar wist Wash zo gauw geen antwoord op. Hij staarde me aan met zijn doorschijnende blauwe ogen – een bleke oude man met een gegroefde ziel. Martin, die de anderen zoals altijd een stap vóór was, lachte subtiel omdat hij wist dat ik ja zou zeggen.
Pagnucci zei niets, zoals gewoonlijk.

II MIJN REACTIE

Onder vier ogen zullen mijn collega's je vertellen dat ik grote problemen heb. Wash en Martin zijn beleefd genoeg om dat mompelend te ontkennen als ze dit lezen, maar we weten allemaal hoe het zit. Ik ben een zorgelijk geval, hoe je het ook bekijkt – veel te zwaar, zelfs voor iemand van mijn lengte en postuur, kreupel op regenachtige dagen omdat ik als politieman mijn knie heb gebroken toen ik van een hek sprong bij de achtervolging van een schooier die de moeite niet waard was. Na twintig jaar stevig zuipen lijkt het of iemand mijn voorhoofd en mijn wangen met een schuursponsje heeft bewerkt: rood en ruig. Maar van binnen is het nog erger. Ik heb een hart vol verdriet – vertrapt, koortsig en verdorven – en 's nachts razen de afschuwelijkste dromen door mijn kop. Als verre muziek hoor ik de scherpe stemmen van mijn moeder en mijn ex-vrouw, taaie Ierse dochters die weten dat de tong op het juiste moment een vlijmscherp, dodelijk wapen kan zijn.

Maar nu voelde ik me goed. Na de vergadering van de Commissie vertrok ik van de Needle naar het Russisch Bad, energiek en zelfs een beetje jaloers op Bert. Stel je voor, dacht ik toen ik in een hobbelende taxi naar het westen reed. Stel je voor! Een vent die jarenlang naast me had gewerkt. Een vreemde vogel. En nu had hij zich uit de voeten gemaakt met een gestolen fortuin, terwijl ik nog in mijn drabbige leventje gevangen zat.

Als ze dit lezen, knipperen mijn collega's waarschijnlijk met hun ogen. Hoezo jaloers? Hoezo afgunstig? Kerels, laten we onszelf toch niet voor de gek houden, zeker niet om vier uur 's nachts. Dit is het uur van de wolf, stil en dreigend. Ik kan weer eens niet slapen, en daarom zit ik hier in mijn dictafoon te mompelen, niet te luid, voor het geval mijn nieuwsgierige zoontje terugkeert van zijn duistere nachtelijke omzwervingen. Als ik klaar ben, zal ik het bandje in de kluis onder mijn bed opbergen. Als ik me dan bedenk, kan ik het altijd nog in de vuilnisemmer gooien.

Voordat ik het begeleidende memo dicteerde, had ik besloten precies te doen wat Wash had gevraagd: een rapport opstellen. Een klinisch verslag, in juridisch jargon, doorspekt met voetnoten. Maar jullie kennen me. Zoals het liedje gaat: *I did it my way*. Je kunt zeggen wat je wilt, maar deze rol bevalt me wel. Ik praat, jullie luisteren. Ik weet dingen, jullie niet. Ik vertel jullie wat ik wil, op een moment dat het mij uitkomt. Ik praat over jullie alsof jullie meubelstukken zijn, en zo nu en dan spreek ik jullie bij je naam aan. Martin, jij zit nu te glimlachen, ondanks jezelf. Wash, jij vraagt je af hoe Martin zal reageren. Carl, jij had gehoopt op een verslag van één alinea en je begint je al te ergeren.

Ik zal jullie niet langer in spanning houden. Ik heb Bert vanmiddag niet gevonden. Ik heb mijn best gedaan. De taxi had me naar de sauna gebracht. Ik stapte uit en keek de vervallen winkelstraat door, een van DuSables vele achterbuurten, met smerige cafés en restaurants, winkels en huurkazernes, stoffige ramen. De gebouwen zijn zwart van het roet uit de tijd dat de stad nog steenkool stookte. De bakstenen lijken steeds massiever te worden tegen de gegalvaniseerde winterhemel met zijn zware wolken, grijs en dof als zink.

Ik ben hier dicht in de buurt opgegroeid, in het West End, bij de brug van Callison Street, een enorme constructie van bruine steen en betonnen vlechtwerk, volgens mij nog ontworpen door H.H. Richardson zelf. Het machtige bouwwerk wierp zijn schaduw over een groot deel van ons sombere Ierse dorp – eigenlijk een wijk, maar net zo volledig van de buitenwereld afgesloten als door een muur en een ophaalbrug. De vaders werkten bij de brandweer, zoals mijn eigen vader, bij de politie, bij de gemeente of op de fabriek. Een kroeg op iedere hoek, en twee mooie kerken, de St.-Joe en de St.-Viator, waar de parochie tot groot verdriet van mijn moeder voor de helft uit Italianen bestond. Vitrage en rozenkransen. Tot mijn twaalfde jaar kende ik niet één kind dat op een openbare school zat. Mijn moeder heeft me genoemd naar John McCormack, de beroemde Ierse tenor, die haar met zijn droevige balladen en perfecte dictie liet huilen om de triestheid van het leven en de vervlogen hoop op liefde.

'Vervallen' is niet het juiste woord voor het Russisch Bad. 'Prehistorisch' is een betere omschrijving. Het interieur stamt nog uit de tijd van Joe McCarthy: naakte leidingen tegen het plafond, groengeverfde muren, donker van het roet en het vuil, met halverwege een oude mahoniehouten leuning. Er heerst de sfeer van het Land Dat De Tijd Vergat, waar verleden en toekomst één zijn – een oeroud bastion van mannenstemmen, verzengende hitte en bungelende piemels. De tijd zal eraan knagen maar het nooit kunnen vernietigen: dezelfde sfeer die de Ieren in iedere kroeg weten op te roepen. Ik betaalde veertien dollar aan een Russische immigrant in een kooi, die me een handdoek, een laken en een kastsleutel gaf. Ik kocht ook nog een paar rubber sandalen om mijn tenen te beschermen. In de smalle gang naar achteren hingen foto's in goedkope zwarte lijsten: sporthelden, operazangers, politici en gangsters, van wie er sommigen in meer dan één categorie thuishoorden. In de kleedkamer waar ik me uitkleedde lag een groot kleed, grijs als dode vis. Het rook er naar chloor en schimmel.

Het Russisch Bad is berucht in Kindle County. Ik was er nooit eerder geweest, maar toen ik nog bij de afdeling Fraude zat, had de FBI er altijd een mannetje zitten. Voor politici, vakbondsleiders en andere zwaargewichten is het de ideale plek om hun smerige zaakjes te bespreken, omdat zelfs de FBI geen microfoontje onder een nat laken kan verbergen. Bert geniet van die groezelige sfeer en komt er zo vaak als hij kan – tijdens de lunchpauze, 's avonds, en zelfs een uurtje na het werk als hij een rechtszaak heeft.

Bert leeft in zijn eigen wereldje, zijn eigen Jongensstad. De meesten van mijn collega's hebben een dure opleiding gevolgd aan Harvard, Yale of Easton: intellectuelen voor een minuut of twee, het soort mensen dat *The New York Review of Books* in leven houdt, en al die pretentieuze kritieken leest om 's avonds in slaap te vallen. Maar Bert is net zo'n type als ik, slim maar simpel. Hij heeft rechten gestudeerd aan de plaatselijke universiteit, maar daarvóór zat hij op de luchtmachtacademie. Hij heeft in Vietnam gediend als gevechtspiloot in het laatste wanhopige jaar van de oorlog, maar het lijkt of die latere gebeurtenissen in zijn leven grotendeels aan hem voorbij zijn gegaan. In zijn fantasie is hij ergens bij zijn elfde jaar blijven steken. Bert vind het spannend om op te trekken met mensen die over smerige zaakjes praten en je de uitslag van een wedstrijd kunnen vertellen nog voordat ze de krant hebben gezien. Ik vermoed dat de meesten zich net zo gedragen als Bert: ze vertellen stoere verhalen en ze vinden zichzelf heel gevaarlijk. Na het stoombad zitten ze, in hun lakens gewikkeld, in de kleedkamers te kaarten, eten zure haring bij de bar en vertellen elkaar over de rekeningen die ze hebben vereffend en de klootzakken die ze een lesje hebben geleerd. Voor een volwassen vent is dat macho-gedoe nogal kinderachtig. En voor iemand die overdag de belangen van luchtvaartmaatschappijen, banken en verzekeringsmaatschappijen behartigt, is het één grote schijnwereld.

Voor het bad moest ik de trap af. Ik hield me stevig aan de leuning vast, besprongen door twijfels. Wat was ik eigenlijk van plan? Wat deed ik hier, in dit onbekende gebouw, zonder kleren aan? Maar het bad bleek een plek van rustige gratie, vol stoom en rook, die je als een hete adem tegemoet sloeg. Overal zaten mannen, jonge kerels, onbeschaamd naakt, met hun pik ontbloot, en oudere mannen, dik en gerimpeld, met een laken om hun middel of als een toga over hun schouders.

De sauna had houten wanden, niet van dat lichte Scandinavische hout, maar donkere planken, zwart van het vocht. Het was een grote ruimte van minstens vijf meter hoog, met de geur van natte bosgrond. Langs de wanden stonden houten banken, oplopend in rijen, met in het midden een oude ijzeren oven, in een mantel van cement, indrukwekkend en een beetje agressief, als een schoonmoeder van honderdtwintig kilo. 's Nachts brandde het vuur dat de stenen in de buik van de oven verhitte, als een broedsel van dinosauruseieren: stukken graniet die van de bodem van de Grote Meren waren geschraapt en nu witheet en verweerd lagen te gloeien.

Zo nu en dan kwam een dappere veteraan kreunend overeind om een kan met heet water naar binnen te schuiven. De oven siste en spuwde woedend terug. Een wolk stoom spatte omhoog. Hoe hoger je zat, des te meer je voelde. Zelfs na een paar minuten op de derde rij begonnen je kloten al te koken. De zwetende mannen spraken in korte zinnetjes, hees en nors. Soms stond er iemand op om bij een van de kranen een emmer ijswater te tappen en over zijn hoofd te gieten. Ik vroeg me af hoeveel van die kerels al door ambulances waren afgevoerd. Zo nu en dan strekte iemand zich op een van de banken uit om zich in een bizar ritueel door een andere vent van top tot teen te laten inzepen met eeltige sponzen en bundels eikeloof die het schuim opklopten.

Als je een paar naakte mannen elkaar ziet inzepen, kom je natuurlijk al snel op bepaalde gedachten, en eerlijk gezegd heb ik mijn twijfels over Bert. Maar deze lui zagen er heel overtuigend uit: van die continentale types met dikke buiken, kerels als Bert die hier al komen sinds hun jeugd. Etnische immigranten met een hoofdletter E. Joden, Slaven, Russen, Mexicanen. Mannen die de simpele geneugten van het landleven kenden en door hun zweet met hun verleden waren verbonden.

Zo nu en dan zag ik de zijdelingse blikken. Heel wat homo's moesten er vermoedelijk hardhandig op worden gewezen dat Kindle County niet San Francisco is. Dit stelletje vormde zich meteen een mening over nieuwkomers, dat was duidelijk.

'Ik ben een vriend van Bert Kamin,' mompelde ik tegen een massieve

oude vleesbonk die tegenover me zat, met een laken om zich heen. Zijn grijzende haar was ingezeept en stond in pieken, waardoor hij nog het meest op een radiateurmascotte leek. 'Hij heeft het er altijd over. Ik wou het ook eens proberen.'
De man maakte een geluid. 'Wie?' vroeg hij.
'Bert,' zei ik.
'O, Bert,' herhaalde hij. 'Hoe gaat het met hem? Weer bezig met een groot proces, of zo? Waar zit hij eigenlijk?'
Heel jammer. Dat had ik dus willen vragen. Ik voelde de hitte nu. Mijn bloed begon te koken en mijn neusgaten droogden uit. Ik liet me een rij lager zakken. Hoe duik je onder met vijfenhalf miljoen dollar, vroeg ik me af. Wat zijn de mogelijkheden? Plastische chirurgie? De oerwouden van Brazilië? Of gewoon een klein stadje waar niemand van je kennissen ooit zal komen? Het lijkt eenvoudig, maar denk er eens over na. Zelf zou ik de simpelste oplossing kiezen. Veel zwemmen. Goede boeken lezen. Zo nu en dan een partijtje golf. En een vrouw opscharrelen die een eerlijke, betrouwbare vent zoekt.
'Misschien is hij ergens naartoe met Archie en de rest,' zei de oude vleesklomp. 'Ik heb hem al een tijd niet gezien.'
'Archie?'
'Ken je Archie niet? Een aparte vogel. Hij heeft een goede baan... hoe heet dat ook alweer? Hé, Lucien, wat is Archie bij die verzekeringsmaatschappij?' vroeg hij aan een man die bij de oven zat en er hetzelfde uitzag als hij, met een hangbuik en vlezige borsten die roze waren door de hitte.
'Actuaris,' antwoordde Lucien.
'Precies,' zei de man met een handgebaar waardoor wat schuim de lucht in vloog. Archie kwam hier iedere dag, vervolgde hij. Om vijf uur. Daar kon je de klok op gelijk zetten. Hij en Bert, altijd samen. Allebei een goede baan.
'Daar zal hij dus wel zitten, Bert. Hé, Lucien, is Bert met Archie mee?'
Lucien bewoog zich eindelijk. 'Wie wil dat weten?'
'Deze vent.'
Ik mompelde wat, maar ze luisterden geen van beiden.
'Hoe heet je?' vroeg Lucien, turend door de stoom. Hij was zonder bril binnengekomen en kwam nu van zijn bank af om me beter te kunnen zien. Hij nam me van hoofd tot voeten op, zonder enige schaamte – zo'n kerel die te oud is om zich nog ergens voor te excuseren. Ik noemde mijn naam en stak mijn hand uit. Lucien gaf me een slap linkerhandje, met zijn vingers om de mijne, terwijl hij met zijn

rechterhand het laken om zijn middel hield. Hij hapte een paar keer naar adem, zo rood als een granaatappel.
'Ben je ook op zoek naar Kam Roberts?' vroeg hij ten slotte.
Kam Roberts. Robert Kamin. Dat moest een grap zijn.
'Ja,' zei ik met een onnozele grijns. 'Ja, Kam Roberts,' herhaalde ik. Vraag me niet waarom. Ik wek altijd de indruk dat ik meer weet dan ik doe. Zo ben ik nu eenmaal, al sinds de tijd dat ik een stout jongetje was. Pretenderen. Doen alsof. Ik heb zoveel verschillende ego's dat de verleiding gewoon te groot is, zeker voor een man die zichzelf niet altijd in de hand heeft. Ik zag 'Kam Roberts' als een geheim wachtwoord. Als ik dat had uitgesproken, zou ik nog meer vragen mogen stellen. Maar door de vreemde klank van de naam of door mijn overdreven enthousiasme stuitte ik plotseling op een muur van weerstand.
Mijn overbuurman en Lucien trokken zich terug. Lucien zei dat hij wilde kaarten en sleurde zijn maat mee, met een gemompeld afscheid en een haastige blik in mijn richting.
Ik bleef zitten in de stoom, als stoofgroente, en bedacht wat me nu te doen stond. Hitte heeft een vreemde uitwerking. Je armen en benen worden steeds zwaarder en je gedachten gaan steeds trager, alsof de zwaartekracht toeneemt. Alsof je op Jupiter bent. Toen ik daar tussen die andere mannen in de hitte zat, dacht ik onwillekeurig aan mijn vader en de brandweerkazerne waar die kerels zo'n groot deel van hun leven samen doorbrachten, slapend in die ene grote ruimte, waar ze onrustig lagen te dromen, wachtend op het schorre geluid van de sirene, de roep van het gevaar. We wisten het altijd als er brand was. Dan hoorde je de brandweerwagens uit de kleine kazerne stormen, vier straten verderop, met hun rinkelende bellen en het gebrul van hun enorme motoren die zwaar genoeg leken om een raket aan te drijven. Als mijn vader thuiskwam, nam hij de brand soms mee – een doordringende geur die als een wolk om hem heen hing. 'Ik stink weer als de zondaren in de hel,' zei hij dan, uitgeput door de inspanningen en de angst, wachtend tot The Black Rose zou opengaan om daar nog een borrel te pakken voordat hij naar bed ging. Sindsdien droom ik altijd van vuur, hoewel ik niet weet of dat door mijn vader komt of door de manier waarop mijn moeder, als ze kwaad was, me een draai om mijn oren gaf en riep dat ik een verbond met Satan had gesloten en in een pak van asbest moest worden begraven. Half gekookt strompelde ik terug naar de groezelige kleedkamer. Ik stond juist naar het nummer van mijn sleutel te turen, toen ik een stem achter me hoorde.
'Hé, yo! Meneer! Jorge wil je spreken.' Het was een knul met een

emmer en een dweil. Ik wist niet zeker of hij het tegen mij had, maar hij wierp zijn sluike zwarte haar naar achteren en gebaarde dat ik mee moest komen. Ik klepperde achter hem aan op mijn rubber sandalen met het natte laken om me heen. We liepen de kleedkamer uit en kwamen bij een handgeschilderd bordje met het opschrift 'Clubkamer'. Misschien wilde iemand me overhalen om lid te worden. Of me iets vertellen over Bert.

Ook deze ruimte was heel modern – voor 1949. De muren waren betimmerd met goedkoop mahonie en op de vloer lagen vlekkerige bruine asbesttegels die iedere inspecteur van de volksgezondheid een hartaanval zouden hebben bezorgd. De stoelen waren bekleed met rood vinyl, waar hier en daar de voering uit puilde en bij één stoel zelfs een zwarte springveer, die al zo lang naar buiten stak dat hij begon te roesten. Aan een grijs formicatafeltje, versierd met zo'n vaag motief alsof je door een slecht ingestelde microscoop kijkt, zaten vier mannen te kaarten. Ze speelden bezique. De jongste van het viertal, een gladde Mexicaan, knikte en de jongen met de emmer zette een stoel voor me neer.

'Zoek je Kam Roberts?' vroeg de Mexicaan. Hij bleef naar zijn kaarten kijken. Lucien en zijn makker waren nergens te zien.

'Ik ben een vriend van Bert Kamin.'

'Ik vroeg je naar Kam Roberts.' Hij keek me nu aan. Jorge was een magere vent, een van die ongeschoren, pezige Mexicanen die als lichtgewicht boksers zelfs de meest gespierde negers de ring uit kunnen slaan. Dat soort onzichtbare kracht maakt altijd indruk op me.

'Kun je je legitimeren?'

Ik keek naar het laken, zwaar en bijna doorschijnend van de stoom.

'Geef me twee minuten.'

'Hoe ver dacht je te komen in twee minuten?' vroeg hij, en gooide een kaart neer. Ik dacht daarover na.

'Mijn naam is Mack Malloy. Bert is mijn collega. Ik ben advocaat.' Ik stak mijn hand uit.

'Nee, dat ben je niet,' zei Jorge. Het verhaal van mijn leven. Iedereen gelooft me als ik lieg. Zolang ik maar niet de waarheid spreek.

'En wie ben jij?' vroeg ik.

'Wie ik ben? Ik ben iemand die hier met je zit te praten, oké? Jij bent op zoek naar Kam Roberts. Dat ben ik, oké? Jorge staarde me aan met een soort derde-wereldwoede die veel dieper ging dan huidkleur, iets van eeuwen geleden, een soort genetisch gecodeerde herinnering aan de syfilis die de mannen van Cortez hadden verspreid en aan de stamhoofden die door de gehelmde Europese soldaten in de stomen-

de vulkaankraters waren gesmeten. 'Meneer Roberts hier, dat is meneer Shit. Begrijp je me?'
'Heel goed.'
Hij wendde zich tot de man naast hem, een dikke oude gorilla die zijn kaarten nog in zijn hand hield.
'Hij begrijpt me heel goed.' Ze grijnsden tegen elkaar.
Ik stond naakt tegenover vier nijdige kerels. Dat leek me geen gunstige situatie. Jorge legde zijn handen op tafel.
'Volgens mij ben je een smeris.' Hij bevochtigde zijn lippen. 'Dat wéét ik gewoon.' Zijn donkere Hispaanse ogen hadden irissen als grotten en straalden geen sprankje licht uit. Ik verdwaalde in die grotten. Daardoor duurde het even voordat ik me realiseerde dat ze een smeris niet voor dood in een steegje zouden achterlaten. 'Ik zou je er overal uit pikken. Je hebt een politiepenning op je kont getatoeëerd.'
De drie anderen vonden dat erg grappig.
Ik glimlachte zwakjes, nog steeds vechtend tegen de oerdrift om ervandoor te gaan. Wat dacht die vent dat hij van me wist? Het was al meer dan twintig jaar geleden, maar ik kon me nog iedereen herinneren die ik te grazen had genomen. Net als de jongens van school. Sommige gezichten vergeet je nooit.
'Wat je ook zoekt, *hombre*, je zult het hier niet vinden. Praat maar eens met Hans van het zesde district, die zal het je wel vertellen.'
'Ik zoek Bert.'
Jorge sloot zijn ogen. Hij had dikke oogleden, als van een hagedis.
'Die ken ik niet. Hem of zijn vrienden. Dat heb ik ook tegen die smeris gezegd die naar Kam Roberts kwam vragen. Ik heb meteen verteld dat ik geen zin had in dat gedonder. Praat maar met Hans, heb ik tegen hem gezegd. En nu komt er weer zo'n klootzak met een onnozel verhaal. Maar mij belazer je niet.' Hij draaide zijn hoofd helemaal rond, alsof het aan een touwtje zat. Ik had hem dus goed ingeschat: een ex-bokser.
En nu begreep ik ook waarom hij dacht dat ik een smeris was. De politie was hier al eerder geweest, op zoek naar Kam Roberts. Ik wilde natuurlijk meer weten – van welk bureau ze kwamen en waarom ze Bert zochten – maar ik wist dat ik beter mijn mond kon houden.
Jorge boog zich weer vertrouwelijk over het tafeltje naar me toe.
'Ik heb bescherming tegen dit soort gelazer.' Daar betaalde hij Hans voor, begreep ik. Ik kende Hans ook. Hij was de wachtcommandant van het zesde district, nog twee, drie jaar van zijn pensioen verwijderd. Hans Gudrich was een dikke vent met heel heldere, blauwe

ogen, mooie ogen zelfs, als je dat van zo'n dikke oude diender kon zeggen.
'Ik was al op weg naar buiten,' zei ik.
'Nou begrijp je me.'
'Je hebt gelijk.' Ik stond op. Water druppelde van het laken op de grond. 'We hebben allemaal ons werk,' vervolgde ik, nu in mijn rol van eerlijke politieman. Maar Jorge trapte er niet in. Hij wees.
'Niemand heeft hier werk. Je komt hier om te zweten, dat is alles. Als je hier komt met kutverhalen over Kam Roberts of wat dan ook, zullen we je een lesje leren, of je nu een penning draagt of niet. Ik wil niets meer over Kam Roberts horen, is dat goed begrepen?'
'Ja.'
Ik ging er snel vandoor. Bert speelde misschien dat hij een gangster was, maar deze kerels hadden in hun leven werkelijk een paar harde beslissingen genomen. Ik kleedde me haastig aan en verdween. Toen ik de straat uit liep, krampte de angst nog in mijn darmen. Leuke vrienden heb je, zei ik tegen Bert. En nu ik hem toch sprak, had ik meteen een paar vragen voor hem. Waarom hij zich Kam Roberts noemde, bijvoorbeeld.
Ik bereikte de kruising van Duhaney en Shields, een van die grotestadswijken waar alle volkeren samenkomen. Vier straten waar elf talen worden gesproken, die je allemaal tegenkomt op de schreeuwerige reclameborden achter de etalageruiten. Taxi's zie je hier maar zelden, dus liep ik naar de bushalte, waar nog wat vuile sneeuw lag. Mijn wangen tintelden van de kou en mijn ziel voelde geblakerd na mijn bezoekje aan dat inferno van boeven en intense hitte. Ik was hier dichtbij opgegroeid, en onvermijdelijk kwamen de herinneringen boven aan al die emoties die dertig jaar geleden mijn leven hadden beheerst. Ik had altijd ruzie gehad met iedereen – mijn moeder, de kerk, de nonnen op school, die hele benauwende gemeenschap met zijn miljoenen regeltjes en voorschriften. Ik vond het niet prettig om 'erbij te horen', zoals de rest. Ik had het gevoel dat ik een spion was, een geheim agent uit een andere wereld, een buitenstaander die de anderen als objecten zag, als voorwerpen, als dingen.
De laatste twee jaar, sinds Nora bij me weg is, kom ik hier steeds vaker. Mijn dromen liggen nog ergens in die sombere huizen onder de brug van Callison Street, waar ik ze loop te zoeken. Veertig jaar later begrijp ik pas dat ik daar in het geheim ben geïnfiltreerd. Soms, in mijn dromen, denk ik dat ik mijn zusje zoek, die lieve Elaine, die nu drie jaar dood is. Maar ik vind haar niet. Buiten hangt de was te wapperen in de zon, die fel genoeg schijnt om de vlekken weg te branden, maar ik stap naar binnen. De wind strijkt langs de gordijnen en de

kranten bij de voordeur als ik door die grimmige gangen dwaal om het verloren contact te vinden. Waar leefde ik voor, in die tijd? Wanhopig schrik ik 's nachts wakker, schiet overeind en probeer me de oorzaak van al die fouten te herinneren, in het besef dat ik ergens in dit donkere huis, in een van die kamers, een deur zal openen van waarachter de hitte, het licht en de vlammen me tegemoet zullen slaan.

III MIJN ADVOCAAT

Om een uur of half acht was ik terug op kantoor. Brushy was er nog, zoals gewoonlijk. Voor zover ik weet gelooft niemand van mijn collega's dat geld het belangrijkste in de wereld is – zo gedragen ze zich alleen maar. Zeer fatsoenlijke mensen, mijn collega's, mannen en vrouwen met een verfijnde geest, heel ruimdenkend, prettig gezelschap en betrokken bij allerlei goede doelen. Maar net als de kern van een atoom worden wij bijeengehouden door de duistere magnetische krachten van de natuur – de gemeenschappelijke zwakte van onze verdorven verlangens. Vooruitkomen in de wereld. Geld verdienen. Macht uitoefenen. Dat kost allemaal tijd. In dit leven heb je het soms zo druk dat je niet op je hoofd durft te krabben uit angst dat je aan het eind van de dag een minuut te kort zult komen.
Net als een groot aantal van haar collega's voelde Brush zich zo het prettigst, brandend als een fakkel in de donkere uurtjes. Geen telefoon, geen tegenpartij of confraters, geen vervloekte vergaderingen. Zo kon ze haar scherpe intellect eindelijk op haar werk richten – brieven schrijven, memo's doorlezen, zeven zaken afhandelen in zestig minuten, stuk voor stuk met een prijskaartje van een kwartier. Mijn tijd op kantoor ging meestal aan doelloze zaken op.
Ik stak mijn hoofd naar binnen. Ik had behoefte aan een zinnig gesprek.
'Heb je even?'
Brushy heeft het kantoor op de hoek, de mooiste plek. Ik ben tien jaar ouder, maar ik heb het kleine kamertje naast haar. Brushy zat achter haar bureau, een glasplaat omzoomd door groene planten waarvan de lange bladeren op haar paperassen lagen.
'Zakelijk?' vroeg ze. 'Wie is de cliënt?' Ze had haar urenstaat al bij de hand.
'Een oude bekende,' zei ik. 'Ikzelf.' Emilia Bruccia had mij verte-

genwoordigd in mijn oorlogen met Nora. In de rechtszaal was ze absoluut meedogenloos – een van de grote sterren van G&G. Ik heb meegemaakt hoe ze tijdens een kruisverhoor de verklaringen van getuigen wist om te buigen alsof ze hun psychoactieve drugs had toegediend. En dan heeft ze ook nog dat prachtige, sluwe, achterbakse talent om de belangrijkste documenten van de tegenpartij van tafel te vegen als oude kranten waarin je beter de vis kunt verpakken. Ze is een van de pijlers van onze relatie met TN, maar ze heeft zelf ook een stuk of twaalf vooraanstaande cliënten, waaronder een grote verzekeringsmaatschappij in Californië.

Niet alleen schrijft ze een miljoen dollar per jaar, maar ze is ook een geweldige meid. En dat meen ik. Ik zou liever de strijd aanbinden met een hongerige panter dan met Brushy. Maar ze is niet gevoelloos. Ze barst van de emoties, die ze uitleeft in haar werk en haar seksuele rooftochten. Achter haar rug circuleren allerlei grappen over haar privé-leven, omdat ze zich volledig door haar hormonen laat meeslepen. Ze is loyaal, ze is slim en ze vergeet niet gauw een gunst. En ze is een geweldige collega. Als ik binnen een uur iemand moest vinden om midden in de nacht ergens in de rimboe een zaak van me over te nemen, zou ik het eerst aan Brushy denken. Het was ook vanwege haar betrouwbaarheid dat ik nu haar kantoor binnenstapte. Ze knipperde niet eens met haar ogen toen ik zei dat ik een gunst nodig had.

'Je zou me een geweldige dienst bewijzen als je Tootsies hoorzitting voor het Tuchtcollege van me kon overnemen,' zei ik. 'Bij de eerste zitting op woensdag ben ik zelf nog aanwezig, maar daarna ben ik vertrokken.' Het Tuchtcollege is een log bureaucratisch apparaat dat toezicht houdt op de toelating en het gedrag van advocaten. Mijn eerste vier jaar als advocaat heb ik er zelf ook gewerkt, worstelend om boven te blijven in die vloedgolf van klachten over wanpraktijken, wanprestaties, wangedrag en noem maar op.

Brushy protesteerde dat ze nog nooit een zaak voor het Tuchtcollege had gedaan, en het kostte even tijd om haar te overreden. Zoals veel grote talenten wordt Brushy soms bestormd door twijfels. De buitenwereld ziet alleen haar triomfantelijke grijns, maar als ze in haar eentje is, wringt ze haar handen en vraagt ze zich af wat haar allemaal is ontgaan. Ik beloofde dat ik Lucinda, onze gemeenschappelijke secretaresse, zou vragen haar een kopie van het dossier te geven.

'Wat ga je eigenlijk doen?' vroeg ze.
'Bert zoeken.'
'Ja, waar zit die in godsnaam?'
'Dat wil de Commissie ook graag weten.'

'De Commissie?'
Ze luisterde met toenemende belangstelling naar mijn verhaal. De Grote Drie zijn nogal gesloten, en de meesten van mijn collega's zijn heel benieuwd wat zich achter de schermen afspeelt. Brushy genoot van alle details, tot het moment waarop de harde waarheid tot haar doordrong.
'Zomaar? Vijf, zes miljoen?' Brushy's kleine mond viel open. Somber staarde ze in de toekomst – al die processen en beschuldigingen. Haar investering in het kantoor liep gevaar. 'Hoe kon hij ons zoiets aandoen?'
'Slachtoffers bestaan niet,' zei ik. Ze begreep het niet. 'Dat is wat smerissen altijd zeggen,' verduidelijkte ik. 'Een vent loopt in zijn eentje door een donkere straat in een verdachte buurt en wordt overvallen. Een of andere malloot raakt honderdduizend dollar kwijt omdat een oplichter hem heeft verteld dat hij een auto kan ontwerpen die op potato-chips loopt. Mensen krijgen wat ze verdienen. Slachtoffers bestaan niet.'
Ze keek me zorgelijk aan. Ze droeg een keurig pakje en een blouse met een grote oranje strik. Haar haar was kort geknipt, een beetje butch, waardoor de twee of drie acne-littekens op haar linkerwang werden benadrukt, als de kraters van de maan. Waarschijnlijk had ze een moeilijke tienertijd gehad.
'Het is een soort gezegde,' zei ik.
'Maar wat betekent het? In dit geval?'
Ik haalde mijn schouders op en liep naar de potloodla in de grijze metalen kast achter haar om een sigaret te pakken. We zijn allebei stiekeme rokers. Officieel mag er bij Gage & Griswell niet worden gerookt, maar wij paffen weleens een sigaretje in mijn kantoor of dat van Brushy, met de deur dicht. In de la vond ik ook een make-up spiegeltje. Ik vroeg of ik het mocht lenen. Brushy vond het best. Ze zat op haar duim te bijten, nog steeds in de greep van de dreigende catastrofe.
'Mag je me dit wel vertellen?' vroeg ze. Brushy besefte beter dan ik welke informatie vertrouwelijk moest blijven.
'Ik denk het niet,' gaf ik toe. 'Maar het valt nu onder je beroepsgeheim, want ik praat met je als cliënt.' Vertrouwelijk, voor eeuwig geheim. Een onnozel advocatengrapje. Brushy was mijn advocaat niet, en ik niet haar cliënt. 'Bovendien wilde ik je wat vragen over Bert.'
Ze dacht nog steeds over de situatie na. Ze kon het niet geloven, zei ze nog eens.
'Toch is het een leuk idee, *n'est-ce-pas*? Je steekt een paar miljoen dollar in je zak, je regelt een nieuwe identiteit en je stapt op het vliegtuig om de rest van je leven iemand anders te zijn.' Ik maakte een geluid. 'Ik krijg al de rillingen als ik eraan denk.'

'Een nieuwe identiteit?' vroeg ze.
'Bert schijnt een vreemde schuilnaam te gebruiken. Heb jij ooit gehoord dat hij zich Kam Roberts noemde, om welke reden dan ook? Misschien voor de grap?'
Nee, Brushy wist van niks. Ik vertelde haar in het kort over mijn bezoek aan het Russisch Bad, waar kerels als koelkasten elkaar met eikeloof en zeep te lijf gingen.
'Bizar,' zei ze.
'Ja, dat vond ik ook. Maar daar gaat het niet om, Brush. Die lui in de sauna schijnen te denken dat Bert er met een of andere vent vandoor is. Heb je ooit de naam Archie gehoord?'
'Nee.' Ze tuurde naar me door de rook. Ze wist al dat ik iets in de zin had.
'Daar keek ik toch even van op. Weet je, het is al jaren geleden dat ik Bert voor het laatst met een vrouw heb gezien.' Toen Bert hier kwam, meer dan tien jaar terug, nam hij Doreen – zijn schoolvriendinnetje – altijd mee als hij op een feestje kwam. Hij had haar vaag beloofd dat hij met haar zou trouwen. Ze was een lieve onderwijzeres, maar in de jaren dat ze op hem moest wachten veranderde ze in een kroegtijger met een drankprobleem zo groot als het mijne, rokjes zo groot als een zakdoek en een blond kapsel dat zo door de chemicaliën was aangetast dat het als raffia alle kanten uit stak. Op een dag vertelde ze Bert bij de lunch dat ze met haar schoolhoofd ging trouwen. Niets meer over gehoord. Ooit. En daarna geen andere dames meer.'
Brushy, die begreep wat ik bedoelde, leefde weer wat op. 'Vraag je me nu wat ik denk dat je me vraagt?'
'Smerig en indiscreet, dat geef ik toe. Maar ik ben niet geïnteresseerd in gissingen. Ik dacht dat je misschien concrete feiten had.' Ik krabde me wat lamlendig achter mijn oor, maar ze liet zich niet bedotten. Opeens zag ze er strijdlustig uit. Ze is niet groot – klein, breed en een beetje mollig, hoewel ze genoeg aan fitness doet – maar er lag een onverzettelijke uitdrukking om haar mond.
'Wat is dit? De geestelijke gezondheidszorg?'
'Ik vraag geen bijzonderheden. Ja of nee is genoeg.'
'Nee.'
Ik wist niet precies waar ze op antwoordde. Brushy is heel gevoelig als het om het privé-leven van andere mensen gaat, omdat iedereen altijd over het hare roddelt. Ieder kantoor verdient een Brushy, een verstokte vrijgezelle dame met een grote seksuele honger. Ze hangt een eigen vorm van het feminisme aan, dat gebaseerd lijkt op piraterij op volle zee, waarbij ze zich ten doel heeft gesteld alle passerende

mannelijke schepen te enteren. De gebruikelijke beperkingen – echtelijke status, leeftijd, maatschappelijke klasse – erkent ze niet. Als ze haar zinnen op een man heeft gezet, vanwege de positie die hij bekleedt, de belofte die hij uitstraalt of de knappe kop die andere vrouwen alleen maar aan het dromen brengt, laat ze geen enkele twijfel aan haar bedoelingen bestaan. In de loop der jaren is ze gesignaleerd in het gezelschap van rechters en politici, journalisten, tegenstanders, jongens van het archief, een paar voormalige juryleden – en een groot aantal van haar collega's, onder wie ikzelf, als het jullie interesseert. Dat was me een dolle middag. Bert was groot en knap, dus had Brushy ongetwijfeld haar persicoop ook op hem gericht.
'Het is geen groezelige nieuwsgierigheid, Brush, maar zakelijke interesse. Een hint is voldoende. Ik wil jouw mening. Is het een hij of een zij met wie Bert de polka danst?'
'Dit gelóóf ik eenvoudig niet,' zei ze nijdig en keek de andere kant op. Bij haar escapades is Brushy op haar eigen manier heel discreet. Zelfs op de pijnbank zou ze er niets over zeggen, en hoe meedogenloos haar aanpak ook is, ze neemt altijd de regels van het huis in acht. Maar toch betaalt ze een hoge prijs voor haar seksuele pleziertjes. Vanwege haar verslaving aan driften die de meesten van ons proberen te onderdrukken, beschouwen de mensen haar als vreemd, of zelfs gevaarlijk. Andere vrouwen behandelen haar vijandig. En bij haar collega's, de mannen en vrouwen van het eerste uur die al die jaren samen hebben opgetrokken – de nachtelijke zwoegers in de bibliotheek, de helden van de diepvriesmaaltijd – ligt Brush er toch al uit. Ze zijn jaloers op haar carrière bij het kantoor, en als ze over iemand roddelen, is het dikwijls over haar.
In zekere zin is ze alleen. Dat is waarschijnlijk de reden waarom we ons tot elkaar aangetrokken voelen. Over ons enige, mislukte avontuurtje praten we nooit meer. Na Nora lijkt mijn vulkaan bijna gedoofd, en we weten allebei dat die ene middag tot mijn krankzinnigste periode behoorde, vlak nadat mijn zuster Elaine was gestorven en ik met drinken was gestopt – de periode waarin de gedachte dat mijn vrouw zich met andere seksuele interesses bezighield langzaam vorm begon te krijgen, zoals het kolkende gas en stof in een verre uithoek van de kosmos het begin vormt van een planeet. Toch was onze escapade heel nuttig geweest, zowel voor Brush als voor mij. Daarna werden we goede vrienden, kletsten we veel met elkaar, rookten we sigaretjes en speelden we eens in de week een partijtje racquetball. Op de baan is ze zo gemeen als een kat.
'Hoe gaat het met het Klierige Kind?' vroeg Brushy. Ze keek me waarschuwend aan. Ander onderwerp.

'Hij doet zijn naam eer aan,' verzekerde ik haar. Nora en ik hadden één zoon, Lyle, die zich als kind altijd zo in zichzelf had teruggetrokken dat ik hem het Zielige Kind was gaan noemen – uit tederheid, dacht ik toen. Toen hij opgroeide had ik het bijvoeglijk naamwoord maar veranderd.
'Wat is het laatste nieuws?'
'O, alsjeblieft, dan ben ik morgen nog niet uitgepraat. Modderige voetafdrukken op de divan. Gemorste limonade op de keukenvloer. Hij komt 's nachts om vier uur thuis en belt aan omdat hij zijn sleutels is vergeten. De helft van de drugs die hij gebruikt komt niet eens op de officiële lijsten voor. Hij is negentien jaar, maar als hij naar de wc is geweest, vergeet hij door te trekken.'
Bij die laatste opmerking trok Brushy een gezicht. 'Wordt het niet eens tijd dat hij eindelijk opgroeit? Dat doen kinderen toch?'
'Nou, Lyle niet. Wat je me ook aan alimentatie hebt bespaard, Brush, met die zieleknijper heeft ze het me allemaal weer afgetroggeld. Al dat gelul over de kwetsbaarheid van een opgroeiend kind dat in die omstandigheden zijn vader moet missen.'
Brushy zei wat ze altijd zei: de eerste echtscheidingszaak die ze had meegemaakt waarbij de ouders vochten om het kind níet te hoeven hebben.
'Ja, ze heeft het me goed betaald gezet,' besloot ik.
'Wat, eigenlijk?'
'Jezus Christus,' zei ik, 'jij bent zeker nooit getrouwd geweest? De wereld is naar de verdommenis gegaan en ik ging mee. Zoiets. Ik weet het niet.'
'Je bent gestopt met drinken.'
Ik haalde mijn schouders op. Ik ben daar nooit zo van onder de indruk als andere mensen, die denken dat dit het bewijs is dat ik een eigenschap bezit die weliswaar niet uniek maar toch heel bijzonder is. Moed. Ik weet het niet. Maar ik kende het geheim en ik ben het nooit vergeten. Ik ben nog steeds verslaafd, maar nu aan de pijn om niet te drinken, aan het verlangen, aan de onthouding. Vooral de onthouding. Als ik 's ochtends opsta en weet dat ik niet zal drinken, vraag ik me af waarom ik mezelf dat aandoe – zoals ik me dat ook afvroeg als ik 's ochtends wakker werd met een kater. Omdat je het verdient, gilt dezelfde kleine heks dan in mijn kop.
Ik stak nog een sigaret op en slenterde naar de grote ramen. Een spoor van koplampen en remlichten stippelde het lint van de autoweg. Hier en daar brandde nog licht achter de ramen: weer iemand die zijn leven verspilde aan nachtelijke arbeid.
'Weet je,' zei ik, 'scheiden is net alsof je door een truck wordt aange-

reden. Je loopt rond in een soort mist. Je weet niet eens of je nog leeft. Het laatste jaar begin ik te beseffen dat ze juist bij me is weggegaan omdat ik met drinken was gestopt.'
Brushy had haar pumps uitgetrokken en haar voeten gekruist op het bureau gelegd. Ze wreef met haar korte tenen tegen het oranje weefsel van haar panty, maar bij die laatste opmerking hield ze haar voet opeens stil en vroeg wat ik bedoelde.
'Nora hield meer van me als ik dronken was – voor zover ze van me hield. Dan liet ik haar met rust en kon ze doorgaan met haar internationale experimenten in levenskunst. Het laatste dat ze wilde was mijn aandacht. Tegenwoordig bestaat er een woord voor zo iemand. Wat is dat ook alweer?'
'Voordeurdeler.'
'O ja.' Ik glimlachte, maar we zwegen allebei. Brushy had de spijker op de kop geslagen. De chaos in mijn leven liep vanzelf dood.
Ik ging op haar divan zitten, een zwartleren sofa met metalen leuningen. Haar kantoor was ingericht in de stijl van de eenentwintigste eeuw, 'high-tech', met de warmte van een operatiekamer. Alle vennoten mogen hun werkplek naar hun eigen smaak inrichten, maar verder zijn alle kantoren hetzelfde: drie imitatie-stenen wanden, en een panoramaruit in een kozijn van gietbeton. De TN Needle is een stiletto van vierenveertig verdiepingen hoog, een overheersend gebouw tegen de achtergrond van de binnenstad en het prairielandschap. Wij zitten er al sinds de opening, zes jaar geleden, gezellig samen met onze grootste cliënt. Onze telefooncentrale en onze elektronische post lopen via hetzelfde circuit. De helft van onze advocaten heeft briefpapier van Jack Eiger, het hoofd van de juridische afdeling van TN, zodat ze uit zijn naam brieven kunnen sturen. Bezoekers aan het gebouw zeggen vaak dat ze niet weten waar TN begint en Gage & Griswell eindigt, en zo willen we het ook.
'Dus je hebt de opdracht aangenomen? Je gaat op zoek naar Bert?'
'Volgens de Grote Drie had ik geen keus. We kennen allemaal mijn verhaal. Ik ben te oud om iets nieuws te leren, te materialistisch om mijn salaris op te geven, en te uitgeblust om iets beters te verdienen. Om mijn baantje te redden moest ik Mission Impossible dus wel aannemen.'
'Dat klinkt als een afspraak die mensen gemakkelijk kunnen vergeten. Heb je daar wel aan gedacht?'
Dat had ik, maar ik vond het nogal vernederend dat ik me zo in de luren had laten leggen. Ik haalde mijn schouders op.
'Bovendien,' zei ik, 'zal de politie Bert wel eerder te pakken krijgen dan ik.'
Bij het woord politie verstijfde ze. Ik vertelde haar de rest van het

verhaal, over Jorge, de lichtgewicht bokser, en zijn drie gemene vrienden.
'Bedoel je dat de politie al is ingelicht? Over het geld?'
'Vergeet het maar. Nee, het komt van onze eigen rekening en de politie weet nog van niks. Dat is het punt niet.'
'Wat dan?'
Ik schudde verdrietig mijn hoofd. Ik had geen idee.
'Ik kreeg de indruk,' zei ik, 'dat ze naar Kam Roberts hadden geïnformeerd.'
'Ik begrijp er niets meer van,' zei ze.
'Ik ook niet.'
'En het is me ook niet duidelijk waarom je bereid bent dit te doen,' zei Brushy. 'Je zei toch zelf dat hij je zou neerknallen?'
'Dat was om er onderuit te komen. Ik red me wel. Ik zal zeggen dat ik het niet geloofde en dat ik hem ben gaan zoeken om zijn naam te zuiveren.'
'Maar gelóóf je het echt?'
Ik hief mijn handen op. Wie zal het zeggen? Wie weet zoiets? Ik nam een moment de tijd om me te verwonderen. Wat stelt dit leven eigenlijk voor? Acht uur per dag zit je schouder aan schouder met een vent, werk je samen aan zaken, ga je samen lunchen, zit je op de achterste rij en maak je geintjes op de vergadering, sta je naast hem op de plee als hij de laatste druppel afschudt, en wat weet je helemaal van hem? Niets. *Nada*. Geen enkel vermoeden wat zich in hem afspeelt. Je weet niet waar hij op geilt of wat zijn droom is. Je weet niet of hij zich constant verbonden voelt met de Grote Geest of dat de zorgen aan hem knagen als een hongerige rat. Ja, wat stelt dit leven eigenlijk voor? Met mensen weet je het maar nooit. Weer zo'n zinnetje van de straat dat ik al twintig jaar herhaal. Ik herhaalde het nu ook tegen Brushy.
'Het wil er bij mij niet in,' zei ze. 'Dit is zo berekenend. Maar Bert is impulsief. Als je me had gezegd dat hij zich vorige week als astronaut had aangemeld en nu op weg was naar de maan, had ik het eerder geloofd.'
'We zullen zien. Als ik hem werkelijk zou vinden, heb ik in elk geval nog een andere keus dan hem aangeven of hem mee terug nemen.'
Haar slimme groene ogen staarden me nieuwsgierig aan.
'O ja? Wat dan?'
'We kunnen het geld samen delen.' Ik drukte mijn sigaret uit en knipoogde. 'Beroepsgeheim,' zei ik weer. 'Strikt vertrouwelijk.'

IV BIJ BERT THUIS

A Zijn appartement

Mijn collega Bert Kamin is geen alledaags type. Hij is hoekig, donker, met een atletisch postuur en lang donker haar. Hij ziet er heel goed uit, maar hij heeft een wilde blik in zijn ogen. Totdat ze vijf of zes jaar geleden stierf, woonde Bert – voormalig gevechtspiloot, gewiekst strafpleiter, fanatiek gokker en gangster-vriendje – nog bij zijn moeder, een veeleisende oude tang die Mabel heette en hem al zijn tekortkomingen voor de voeten wierp. Slordig. Onverantwoordelijk. Ondankbaar. Gierig. Ze veegde de vloer met hem aan, en Bert met zijn stoere verhalen, zijn macho-houding en zijn kauwgum bleef braaf zitten en hoorde het aan.

De man die deze vijfendertig jaar durende mortierbeschieting heeft overleefd is een soort donker mysterie, een van die vage paranoïde types die hun eigenaardigheden verdedigen onder het mom van individualiteit. Voedsel is een van zijn specialiteiten. Hij weet zeker dat Amerika hem wil vergiftigen. Hij is geabonneerd op minstens twaalf obscure gezondheidsblaadjes – 'Alles over vitamine-B', 'Nieuwsbrief over oplosbare vezels' – en hij leest boeken van net zulke malloten als hijzelf, die hem ervan overtuigen dat hij nooit iets nieuws moet proberen. Ongewild heb ik tijdens talloze lunches zijn meningen moeten aanhoren. Hij is doodsbang voor kraanwater, dat volgens hem allerlei dodelijke elementen (fluoride, chloor en lood) bevat en hij drinkt geen druppel uit de leiding. Ondanks de protesten van de Commissie heeft hij in zijn kantoor zelfs zo'n grote groene waterkoeler laten installeren. Hij eet geen kaas ('junk food'), geen worst ('nitraten'), geen kip ('DES') en hij drinkt geen melk (nog steeds bang voor strontium-90). Aan de andere kant gelooft hij dat cholesterol een verzinsel van de medische stand is en heeft hij geen enkel bezwaar tegen rood vlees. Ook heeft hij nog nooit groene groenten gegeten. Daar wordt veel te veel belang aan gehecht, vindt hij, maar de ware reden is dat hij ze als kind niet lustte.

Toen ik voor zijn appartement stond, voelde ik Berts aanwezigheid – de intensiteit van zijn bizarre ideeën – heel sterk. Het was een uur of elf en ik had besloten op weg naar huis een kijkje te nemen bij hem thuis. Volgens mij was inbraak nog steeds strafbaar, dus hield ik dit bezoekje maar voor mezelf.

Bert woont, of woonde, in een klein vrijstaand huis met twee appartementen, in een gerenoveerde wijk niet ver van het centrum. Als ik het me goed herinner was hij liever in het huis van zijn moeder in South End blijven wonen, maar na de begrafenis kreeg hij ruzie met zijn zuster en moest hij het huis verkopen om haar tevreden te stellen. Waar hij nu woonde, hoorde hij eigenlijk niet thuis. Ik arriveerde met mijn koffertje, waar niets anders in zat dan twee kleerhangers, een schroevedraaier die ik op kantoor uit de onderhoudskast had geleend, en de dictafoon, die ik had meegenomen in de terechte verwachting dat mijn dromen me zouden wekken en dat ik blij zou zijn dat ik nog iets te doen had in deze afschuwelijke, stille uren.

Ruim twintig jaar geleden, voordat ze me naar de afdeling Fraude overplaatsten om me de tijd te geven mijn rechtenstudie af te maken, werkte ik bij de tactische brigade, met een goede maat die Gino Dimonte heette, maar vanwege zijn varkensoogjes door iedereen Pigeyes werd genoemd. De tactische brigade bestaat uit agenten in burger. Het zijn de vrije verdedigers van het politie-elftal, die reageren op wat de straatagenten rapporteren. Ze grijpen verdachten in hun kraag en verrichten arrestaties. Ik heb heel wat geleerd van Pigeyes, en daarom kon hij het zo moeilijk verkroppen dat ik voor de jury tegen hem getuigde. Tegenwoordig heeft hij een uitzichtloos baantje bij Fraude, en volgens de geruchten is hij steeds naar mij op zoek, zoals kapitein Haak altijd op zoek was naar de krokodil en Ahab naar de walvis. Hoe het ook zij, Pigeyes heeft me een miljoen trucs geleerd. Hoe je met de patrouillewagen een steegje in moet rijden, met de koplampen gedoofd, en de handrem kunt gebruiken om te stoppen, zodat de verdachte niet eens de gloed van je remlichten ziet. Hij wist appartementen binnen te komen zonder huiszoekingsbevel, door van tevoren op te bellen en te zeggen dat hij een koerier was en een pakje beneden had achtergelaten, of dat hij aan de overkant van de straat woonde en dacht dat er brand was uitgebroken op het dak, zodat de verdachte hals over kop naar buiten rende en zijn deur wijdopen liet. Ik heb hem zelfs over de telefoon horen zeggen dat er verdachte figuren rondslopen, en daarna zijn triomfantelijke smoel ge-

zien toen de onnozele klootzak de deur opende met een illegaal pistool in zijn hand, zodat we hem konden arresteren en zijn voorkamer doorzoeken.
Dit was ook een van Gino's trucjes: een make-up spiegeltje dat vrouwen in hun handtas meenamen of in een bureaula hadden liggen, zoals Brushy. In de meeste oude gebouwen zijn de voordeuren van de appartementen aan de onderkant afgeschaafd om het tapijt te laten doorlopen. Als je zo'n spiegeltje naar binnen schuift en je bent gewend de wereld op zijn kop te bekijken, kun je nog heel wat zien. Dus knielde ik in de hal, terwijl ik zo nu en dan mijn oor tegen de deur naar het appartement op de bovenverdieping drukte om me ervan te overtuigen dat de buurvrouw niet thuis was. Ik herinnerde me dat ze stewardess was. Misschien kon ik eens bij haar langs gaan, nadat ik Berts appartement had doorzocht.
Het leek in elk geval of Bert er niet was. In het spiegeltje zag ik stapels post op de grond liggen – de *Sports Illustrated*, gezondheidskrantjes, fitness-bladen en brochures, en natuurlijk een berg rekeningen. Ik tikte tegen de deur, luid genoeg om de aandacht te trekken als er iemand binnen was. Toen er geen reactie kwam, gebruikte ik de kleerhangers. Ik boog ze recht, behalve de haak, en maakte ze aan elkaar vast. In het spiegeltje zag ik dat het kettingslot open hing. Het kostte me vijf minuten om greep te krijgen op de knop van de grendel, en toen bleek dat hij niet eens dicht zat. Met de schroevedraaier had ik de deurknop en het oude loperslot binnen twintig seconden los. Als iemand echt binnen wil komen, zei ik altijd tegen Nora, dan komt hij ook binnen.
Misschien was het de gedachte aan Nora, maar zodra de deur openzwaaide vloog de eenzaamheid me naar de strot. Berts leven. Ik had het gevoel of ik helemaal hol was – een lege ruimte gevuld met afwezigheid. Ik vind het angstig om te zien hoe vrijgezellen leven. Toen Nora het ruime sop koos, liet ze bijna alles achter. De meeste meubels zijn oud en kapot, dank zij het Klierige Kind, maar het is nog steeds een huis. In Berts woonkamer lag niet eens een kleed. Hij had een divan, een grootbeeld-tv en een grote groene plant die iemand hem vermoedelijk cadeau had gedaan. In een hoek, nog boven op de verpakking, stond een complete computeropstelling – doos, toetsenbord, monitor en printer – met een klapstoeltje ervoor. Opeens had ik een visioen van malle Bertje die in het apparaat was verdwaald en in de kleine uurtjes van de nacht met zijn brein de circuits van een chip volgde, zoevend van het ene bulletin board naar het andere, of verdiept in complexe computerspelletjes waarin hij kleine groene mannetjes moet uitschakelen met een dodelijke straal uit de ruimte.

Volslagen geschift.
Ik liep dwars door de stapel post toen ik naar binnen stapte, bedacht me toen en liet me op de hardhouten vloer vallen, tussen de stofnesten. De oudste enveloppen hadden een poststempel van ongeveer tien dagen geleden, wat overeenkwam met de vermoedelijke datum van Berts verdwijning. Op één envelop stond een voetafdruk, misschien van mij, of van iemand anders, of van Bert toen hij was vertrokken. Dat laatste lag het meest voor de hand, want ik vond ook nog een envelop die geopend was. Er zat een credit card in – eentje maar – in zo'n kartonnetje waarin ze jaarlijks nieuwe kaarten rondsturen. Zou Bert de andere kaart hebben meegenomen? Op deze stond de naam Kam Roberts.
Tussen de post vond ik nog een envelop die aan Kam Roberts was geadresseerd. Ik hield hem tegen het licht en scheurde hem toen open. Het was een maandelijks bankafschrift dat bij de credit card hoorde. De bedragen klopten ongeveer met wat je van Bert kon verwachten in het basketballseizoen. Rekeningen in alle steden van de Mid-Ten. Bert stapte rustig om vijf uur in zo'n vliegende emmer om nog op tijd in een universiteitsstad in het Midden-Westen te kunnen zijn om te zien hoe onze eigen universiteitsploeg, de Bargehands – al generaties lang bekend als de Hands – het zoveelste pak slaag incasseerde. Er stonden ook een paar plaatselijke bedragen op. Ik propte alles, de credit card en het afschrift, in de binnenzak van mijn pak. Daar zou ik me later wel in verdiepen.
De enige andere post die me opviel was *The Advisor*, de homokrant van Kindle County, met zijn smeuiige persoonlijke oproepen en een paar zeer gênante advertenties voor ondergoed. Was hij nou zo of niet? Hij zou wel beweren dat hij een abonnement had vanwege de kleine advertenties of de filmkritieken, maar volgens mij was Bert een heimelijke homo. Hij is van mijn generatie, uit de tijd dat seks nog smerig was en begeerte een verborgen last die we allemaal in onze eigen doos van Pandora bewaarden en alleen uitleefden in het clandestiene duister, waar we prompt tot slaven werden. Berts neigingen zijn een diepverborgen geheim. Hij heeft het aan niemand verteld, misschien niet eens aan zichzelf. Vandaar Kam Roberts. Dat is zijn travestie. Als hij jongens ontmoet in de toiletten van de bibliotheek van Kindle County of de leerbars bezoekt in andere steden waar hij zogenaamd naar de Hands gaat kijken, is Kam zijn naam. Gissingen, niets dan gissingen, zouden de ingenieurs bij TN zeggen. Maar toen ik in dat appartement stond, leek het me allemaal heel logisch. Nee, hij heeft nooit zijn hand op mijn knie gelegd of wellustige blikken op het Klierige Kind geworpen, maar ik durf er alles onder te

verwedden dat Berts bizarre gewoonten en zijn eenzame stemmingen gewoon het gevolg zijn van de richting die zijn pik uit wijst. Dat is natuurlijk zijn zaak, niet de mijne. Dat meen ik echt. Eerlijk gezegd heb ik altijd bewondering gehad voor mensen die een geheim weten te bewaren – ik heb er zelf ook een paar.

Dat neemt niet weg dat al deze conclusies me wel de rillingen bezorgden en een soort perverse nieuwsgierigheid bij me naar boven brachten. Goed, noem me maar een viezerik. Maar vragen jullie je niet af wat die kerels eigenlijk doen? Ik bedoel, wie doet wat, met wie? Je weet wel, palletje A in gaatje B. Het is toch een soort geheim genootschap, net als de vrijmetselaars of de mormonen.

Ik vroeg me af of Kam zich in de nesten had gewerkt. Misschien was dat de reden dat de politie achter Bert aan zat. Toen ik zelf nog bij de politie was, waren er altijd zielige toestanden met dat soort types – iemand in de Rudyard-gevangenis die via de persoonlijke oproepen een stel kerels had gevonden die hem vijftig dollar de man hadden betaald voor een brief waarin hij beloofde dat hij 'een lip-slot om je liefdes-spier zou leggen' zodra hij uit de gevangenis was. En dan was er een restauranthouder die achter een van de urinoirs een verborgen camera had geïnstalleerd en een fotocollectie had aangelegd van de meest vooraanstaande pikken in Kindle County. En natuurlijk alle gevallen van afpersing, waarbij schandknapen dreigden de echtgenote of de baas in te lichten. Er waren duizenden manieren waarop Bert in de problemen had kunnen komen. En Mack met zijn grote mond en zijn kleine hartje had eigenlijk wel medelijden met Bert, die geen mens kwaad wilde doen.

Ik deed de ronde door het appartement. Berts slaapkamer was niet veel beter dan zijn huiskamer – een goedkope toilettafel en een onopgemaakt bed. Nergens een foto te zien. Zijn pakken hingen netjes in zijn kast, maar zijn andere spullen lagen door de hele kamer verspreid, net als bij Lyle.

Ik liep naar de keuken en keek in de koelkast om vast te stellen hoe lang onze held al was verdwenen. Weer zo'n politietrucje: aan de melk ruiken en de uiterste verkoopdatum controleren. Toen ik de koelkast opende, staarde een dode vent me aan.

B Zijn koelkast

De doden zijn anders dan jij en ik, net als de rijken. Ik had dat vreemde gevoel of ik ieder moment uit elkaar kon spatten. Toch kon ik ook een macabere belangstelling niet onderdrukken. Ik trok zelfs

een keukenstoel bij en ging op een meter afstand zitten kijken. Bij de politie heb ik genoeg lijken gezien – zelfmoordenaars aan buizen in kelders of in een badkuip vol met bloed, een paar moordslachtoffers en een heleboel mensen die gewoon waren doodgegaan. Bovendien ben ik nu op een leeftijd waarop het lijkt of ik elke paar weken naar een begrafenis moet. Hoe het ook zij, het fascineert me nog steeds hoe een mens eruitziet als hij van het leven is beroofd, als een boom die zijn bladeren heeft verloren. De dood neemt altijd iets weg, niets dat je zou kunnen benoemen, maar het leven is toch iets zichtbaars.
Het was niet Bert. Hij was ongeveer even lang als Bert, maar ouder, een jaar of zestig. Het lichaam was als een kledingzak in de koelkast gevouwen, met de voeten één kant op, de benen dubbelgeklapt en het hoofd in een hoek van ongeveer negentig graden. De ogen puilden ongelooflijk ver uit het hoofd. Ze waren heel lichtgroen, bijna grijs. Hij droeg een pak met een stropdas. Het bloed was in zijn kraag gedrongen en opgedroogd als een soort batikwerk. Ten slotte ontdekte ik het zwarte snoer, diep in zijn hals gedrongen, dat aan een plankhaak was gebonden om hem overeind te houden. Een vislijn. Voor diepzeevissen. Sterk genoeg voor een gewicht van veertig kilo. Het lampje van de koelkast glom als een kale schedel en wierp een oranje schijnsel over zijn gezicht. Bij leven moest hij een respectabele figuur zijn geweest.
Ik probeerde te bedenken wat me te doen stond. Ik moest voorzichtig zijn en geen fouten maken, dat wist ik wel. Ik vroeg me af wat hier precies gebeurd was. Berts motieven voor een wereldreis leken nu wat duidelijker. De meest voor de hand liggende reden om het lijk te koelen was tijdwinst. Maar ik had nergens bloedsporen gevonden in het appartement. Misschien waren er een paar meubels of een kleed weggehaald. Was malle Bertje tot moord in staat? Volgens de jezuïeten van mijn oude school was niemand dat, maar later gaf de politie me een pistool met de opdracht om te schieten als het nodig was. Ik ben in heel wat kelders afgedaald, op zoek naar een of andere klootzak die door een gangetje was gevlucht, en elke keer dat ik de verwarmingsketel hoorde tikken, piste ik bijna in mijn broek van angst. O ja, ik zou dat pistool hebben gebruikt als het nodig was. Op zijn eigen manier was Bert ook behoorlijk gespannen. Dus wie weet.
Maar misschien had iemand anders het gedaan. Voordat Bert was vertrokken of daarna? Ervóór leek niet waarschijnlijk. Er zullen niet veel mensen je appartement binnendringen met een lijk dat ze zonder jouw toestemming in je koelkast achterlaten. Daarna zou kunnen. Als iemand wist dat Bert verdwenen was.
Ik had weinig zin om de politie te bellen. Dan kwam de hele zaak aan

het licht. Bert weg, geld weg. Cliënt weg. Tot ziens, Mack en G&G. Nee, erger nog. Zoals de zaken er nu voor stonden, zou ik nog een tijdje de belangrijkste verdachte zijn. En dat kon heel vervelend worden, gezien het aantal smerissen – makkers van Pigeyes – dat het op mij voorzien had en van wie iemand op een gegeven moment wel zou beseffen dat hij me voor inbraak kon pakken. Toch moest de politie vroeg of laat op de hoogte worden gebracht. Deze arme klootzak had waarschijnlijk ook familie. Maar een anonieme tip leek me voorlopig het beste, nadat ik alles goed had overdacht.

Ik ruimde alles weer zo goed mogelijk op, wreef de deurkruk van de koelkast schoon en veegde de keukenvloer om mijn voetafdrukken te verwijderen. Ik kon het slot niet op de voordeur aanbrengen zonder de deur te openen, omdat de buitenplaat vanaf de andere kant moest worden vastgeschroefd. Dus stond ik daar op de drempel, in het volle zicht, voor de deur van het appartement waarin ik zojuist had ingebroken. Na vijf minuten prutsen had ik het slot weer op zijn plaats. Ik probeerde te bedenken wat ik moest zeggen als de stewardess zou thuiskomen of als ik de aandacht zou trekken van een voorbijganger op straat. Hoe zou ik me daaruit moeten redden? Toch beviel de situatie me wel, toen ik daar met de laatste schroef bezig was, balancerend op de rand van de afgrond. Soms gaat het leven gewoon zijn eigen gang, zonder dat je er enige invloed op hebt. Dat is een van die dingen die smerissen in hun werk bevalt. Het had mij ook wel aangetrokken, behalve als ik midden in de nacht wakker werd, met een bonzend hart en een mond vol lijm, en de angst me aflikte als een kat die een muis gaat doden. Dat was een van de oorzaken waarom ik ging drinken, en dat bleef ik doen, ook toen ik bij de politie weg was. Maar er gebeurde niets. Deze keer niet. De stewardess kwam niet opdagen en niemand op straat keek op. Ik stapte de buitendeur uit met mijn sjaal tot aan mijn neus getrokken. Rustig liep ik de straat uit, veilig en tevreden, zoals ik nu ook tevreden ben omdat de ochtend aanbreekt en ik niet langer in dit ding hoef te praten. Weer een nacht overleefd.

BAND 2

Gedicteerd op 24 januari, 11.00 uur 's avonds

Dinsdag 24 januari

V EEN WERKZAAM LEVEN

A De geest in de machine

Zo nu en dan wil iedereen wel iemand anders zijn, Elaine. Al die geheime personages die binnen in je wonen – pa en ma, boeven en smerissen, televisiehelden, die allemaal op een gegeven moment naar de gashendel grijpen. Dat kun je niet tegenhouden en waarom zou je ook? Wat leek er gisteren nu mooier dan Bert opsporen en er samen met het geld vandoor gaan? Maar je broer, die ouwe smeris, zal je voor de zoveelste keer vertellen waarom mensen het verkeerde pad opgaan. Alle arrestanten die ik aan het praten heb gekregen kwamen met hetzelfde excuus: ik bedoelde het niet zo, ik wilde het eigenlijk niet. Alsof het iemand anders was die de smack had gekocht of de munten uit de verkoopautomaat had getrapt. En dat is ook zo, op een bepaalde manier. Dat bedoel ik nou.

Dinsdagochtend zat ik in mijn kantoor en sprak dit pseudo-filosofische commentaar in voor mijn overleden zuster, zoals ik elke dag een paar keer doe. Daarna staarde ik een tijdje naar het bankafschrift van Kam Roberts' credit card. De gedachte dat Bert een dubbelleven leidde vond ik heimelijk wel spannend, maar de bijzonderheden van dat geheime leven ontgingen me nog steeds. Behalve de bedragen voor vliegtuigtickets en de nota's van restaurants en hotels in kleine Mid-Ten steden, waren er nog andere posten: vijf tot vijftien dollar, die bijna dagelijks waren betaald voor iets wat 'Infomode' heette. Bovendien had Kam Roberts contant geld opgenomen tot een totaalbedrag van drieduizend dollar. Bert verdiende meer dan ik, misschien wel 275.000 dollar. Als hij contant geld nodig had, lag het meer voor de hand dat hij een cheque op de boekhouding zou uitschrijven dan rente te betalen over zijn credit card. Nog vreemder was het bedrag van ruim negenduizend dollar aan 'Arch Enterprises'. Was dat zijn makker Archie, de ontspoorde actuaris? Maar waarom die negenduizend dollar? Als een scenarioschrijver bedacht ik allerlei mogelijkheden. Misschien had Bert een dure verzekering afgesloten, of zoiets. En er was nog een merkwaardige post van de afgelopen maand: de rekening voor twee nachten in de U Inn, een verlopen hotel/motel tegenover de campus van de universiteit – een vreemde plaats voor Bert om te logeren, op anderhalve kilometer van zijn eigen appartement.

Ik zat nog met de stukjes van de puzzel te schuiven toen de telefoon ging.

'We hebben een ernstig probleem.' Het was Wash.

'O ja?'

'Heel ernstig.' Hij klonk uit het lood geslagen, maar Wash is niet op zijn best in een crisis. Er zijn mensen, zoals Martin, die van Wash een soort mythe maken, maar ik vermoed dat hij een van die jonge kerels was die werd bewonderd vanwege zijn glorieuze toekomst en nu niet meer op zijn fouten wordt aangesproken vanwege zijn vermeende verdiensten uit het verleden. Hij is zevenenzestig, en volgens mij is hij al minstens tien jaar geleden alle belangstelling voor de juridische praktijk verloren. Dat kun je van mij ook zeggen, maar ik ben geen mythe. Dit leven kan je gemakzuchtig maken. Er zijn altijd wel jonge advocaten, scherp en ambitieus, die jouw denkwerk voor je willen doen, jouw adviezen willen schrijven en jouw contracten willen opstellen. Voor die verleiding is Wash bezweken. Hij is er grotendeels voor het decorum: een rustgevend element voor de oudere cliënten die hij via zijn clubs en uit zijn studententijd kent.

'Ik heb zojuist met Martin gesproken,' zei Wash. 'In de lift was hij Jake Eiger tegen het lijf gelopen.'

'En?'

'Jake vroeg naar Bert.'

'O jee.' Lastige vragen van de cliënt. Zoals altijd was ik blij dat ik niet verantwoordelijk was.

'We moeten bedenken wat we tegen Jake kunnen zeggen. Martin moest naar een vergadering – hij had nog net de tijd om mij te bellen. Maar hij heeft niet lang werk. Hij stelde voor om de koppen bij elkaar te steken.'

Ik zei tegen Wash dat ik me beschikbaar hield.

In de tussentijd zocht ik iets te doen – mijn vaste bezigheid bij G&G de laatste tijd. Toen ik hier achttien jaar geleden binnenkwam, had Jake Eiger me beloofd dat hij stapels werk voor me had, en een paar jaar lang was dat ook zo. Ik herschreef de gedragscode voor het TN-personeel, ik voerde een aantal interne onderzoeken uit – stewardessen die drankjes uit eigen flessen verkochten, een hotelmanager die alleen kamermeisjes aannam die zijn zaad doorslikten als ze hem hadden gepijpt. Maar na een tijdje werd dat soort werk minder, en de laatste twee jaar hoor ik helemaal niets meer van hem. Daarom doe ik nu klusjes voor Bert en Brushy en een paar andere collega's die nog wel werk van Jake krijgen. Ik doe de rechtszaken waarvoor zij het te druk hebben, ik houd me bezig met bedrijfscommissies, nog steeds – na achttien jaar privé-praktijk – met de hoop dat ik een dure cliënt tegen het lijf zal lopen die een ex-alcoholische ex-smeris als juridisch adviseur wil inhuren. Met mijn slordige werkwijze en mijn gebrek aan cliënten is mijn waarde voor het kantoor bijna tot het nulpunt gedaald. Goed, ik incasseer nog ieder kwartaal een flinke cheque, ondanks de salarisdaling van de afgelopen drie jaar, en er zijn nog mensen – zoals Martin – die bereid lijken me te steunen uit sentimentele overwegingen. Maar ik maak me zorgen over het moment dat iemand als Pagnucci zal roepen dat het nu genoeg is. Nog afgezien van mijn trots, of wat daarvan over is.

Met die sombere gedachten las ik het Blue Sheet, ons dagelijkse bulletin, en de rest van de zinloze stapel memo's en post die G&G iedere dag produceert. Ik had nog wat onbelangrijk werk te doen aan 397, de vliegramp die Bert de laatste drie jaar volledig heeft beziggehouden en mij ook aardig wat werk heeft opgeleverd. Er moesten brieven worden getekend en uitbetalingsdocumenten worden opgesteld voor Peter Neucriss, de belangrijkste advocaat van de eisers, een vermoeiende arrogante zak die me zeker zou vragen alles vier keer te herschrijven. De brieven kwamen zogenaamd van TN – geschreven op TN-briefpapier – en bevatten enkele regelingen voor het schadefonds dat wij moesten beheren en waar TN toezicht op hield. Ik maakte Jacks handtekening foutloos na en boog me toen weer over het Blue Sheet, op zoek naar interessante nieuwtjes. Niets bijzonders. Een lunch van de sectie bedrijfszaken om de rentefluctuaties te bespreken; de urenstaten moesten om vijf uur zijn ingeleverd, anders kregen we allemaal een boete. O ja, en mijn favoriete bericht, de mysterieuze post: een fotokopie van een cheque van 275 dollar, uit te betalen aan het kantoor, met een briefje van Glyndora van de boekhouding, of iemand wist wie die cheque gestuurd had en waarom. Ooit stond er drie dagen lang een mysterieuze cheque van 750.000 dollar in het krantje, die ik bijna voor mezelf had opgeëist. Carl en enkele sub-hoofden hadden vier afzonderlijke memo's naar alle vennoten gestuurd, zowel op schrift als via de elektronische post, met het verzoek onze cliënten aan te sporen hun nota's te betalen voordat het fiscale jaar over een week, op 31 januari, zou worden afgesloten.

Dat herinnerde me weer aan de credit card van Kam Roberts. Ik zei tegen Lucinda waar ze me kon vinden als Wash zou bellen en slenterde de gangen door naar de juridische bibliotheek op de 38ste verdieping, een etage hoger. Drie jonge medewerkers, allemaal in hun eerste jaar, zaten rond een tafeltje te kwekken. Bij de zeldzame aanblik van een vennoot in deze omgeving hielden ze opeens hun mond en stoven uiteen om hun tijd nuttig te besteden.
'Niet zo snel,' zei ik. Ze waren alledrie door mij aangenomen. Een groot advocatenkantoor is eigenlijk georganiseerd volgens hetzelfde principe als een frauduleus netwerk. De enige zekere groeifactoren zijn nieuwe cliënten, hogere rekeningen en – vooral – veel mensen onder aan de ladder, die bereid zijn tot diep in de nacht door te werken en meer voor het kantoor verdienen dan ze krijgen uitbetaald. Dus hebben wij een geil oog voor jong talent en maken we iedereen het hof. 's Zomers geven we vijftien rechtenstudenten een proeftermijn, met arbeidsvoorwaarden waarvoor de vakbond bereid zou zijn zichzelf op te heffen. Twaalfhonderd dollar per week om naar honkbalwedstrijden en dure lunches te gaan – een ervaring die een betere voorbereiding lijkt op het koningschap dan op een advocatenpraktijk. En wie heeft de eer deze jongelui zo in de watten te leggen? Ondergetekende.
Toen ik bij de subcommissie personeelswerving werd ingedeeld, beweerde Martin dat het een eerbetoon was aan mijn kwajongensachtige charme. Jonge mensen zouden mijn nonchalante aanpak en mijn excentrieke trekjes wel waarderen, dacht hij. Met zijn aangeboren gevoel voor kantoorpolitiek had hij zich aan een laatste strohalm vastgegrepen om de andere vennoten ervan te overtuigen dat ik toch mijn nut had. Dat begreep ik ook wel. Het punt is alleen dat ik niet zo dol op jonge mensen ben. Vraag het mijn zoon maar. Ik heb de pest aan hun jeugd – hun mogelijkheden, de miljoenen manieren waarop ze beter af zijn dan ik. En eerlijk gezegd is de jeugd ook niet dol op mij. Maar toch zit ik iedere herfst negentien keer op een desolate hotelkamer in de buurt van een belangrijke juridische faculteit en zie ik ze zelfbewust rondlopen in hun advocatenkostuums, vijfentwintig jaar oud en soms zo opgeblazen dat je er een speld in zou willen steken om ze als een leeglopende ballon door de kamer te zien vliegen. Jezus.
'Ik heb hier een bankafschrift als bewijsstuk,' zei ik, 'en ik probeer erachter te komen waar de man zijn geld aan uitgegeven heeft. Wat is Infomode?' In de luxe omgeving van de bibliotheek zat het drietal naar me te luisteren met de bestudeerde ernst van de ambitieuze jeugd. Dit was een comfortabele, ouderwetse plek met clubfauteuils

en eikehouten tafels en boekenkasten. Op de eerste verdieping was een omloop met nog meer kasten, gevuld met goudgestempelde boeken die de hele omtrek van de bibliotheek besloegen. Leotis Griswell, wijlen de stichter van het kantoor, had hier bepaald niet op een cent gekeken – als een katholiek die een kerk inricht.

Het was Lena Holtz die van Infomode had gehoord.

'Het is een modem-informatieservice. Je weet wel. Als je opbelt kun je elektronisch boodschappen doen, de beurskoersen opvragen, een telegram opgeven, noem maar op.'

'Wàt?'

'Kijk.' Ze bracht me naar een laptop-computer in een van de studiehokjes. Lena was mijn grote succes van dat jaar. Ze had rechten gestudeerd aan de plaatselijke universiteit, ze kwam uit een rijke familie uit de buitenwijken van West Bank. Voordat ze ging studeren had ze een moeilijke tijd doorgemaakt, maar daar had ze een soort charmante doortastendheid aan overgehouden. Ze was maar een meter vijftig en heel mager, zodat haar kleren altijd te wijd leken. Ze was niet echt knap, als je goed keek, maar ze wist zichzelf goed te verkopen. Haar, make-up, kleding – Lena had stijl, zoals dat heet.

Ik gaf haar het afschrift van Kam Roberts en ze toetste een paar opdrachten in. In het apparaat zoemde een telefoon.

'Zie je?' zei ze toen het scherm oplichtte en er in kleurige letters een tekst verscheen: WELKOM IN INFOMODE!

'Wat voor soort informatie kun je nu krijgen?' vroeg ik.

'Van alles. Aankomst- en vertrektijden van binnen- en buitenlandse vluchten, de prijzen van antiek, het weerbericht. Ze hebben tweeduizend verschillende bestanden.'

'En hoe kom ik erachter wat hij heeft opgevraagd?'

'Vraag zijn rekeningnummer maar op, dan zie je het vanzelf.'

'Geweldig.'

'Maar dan heb je wel zijn wachtwoord nodig.'

Dus keek ik haar niet-begrijpend aan.

'Dit is niet gratis,' zei ze. 'Als je een bestand opvraagt, schrijven ze een bedrag van je credit card af. Ik heb nu via zijn rekening informatie opgevraagd.'

'Hoe?'

'Het rekeningnummer staat op zijn afschrift. Maar om zeker te weten dat ik toegang kan krijgen, moeten we zijn wachtwoord hebben.'

'Wat voor een wachtwoord? "Rozeknopje"?'

'De naam van een kind, een verjaardag, een feestdag.'

'Geweldig,' zei ik weer. Voorovergebogen tuurde ik naar de kleine oplichtende slangetjes die over het scherm draaiden alsof de letters in

brand stonden – zoals altijd gefascineerd door vuur. Misschien had Bert deze credit card om Infomode-informatie te kunnen opvragen onder een andere naam. Ik pakte haar arm.
'Probeer Kam Roberts eens.' Ik spelde de naam.
Het scherm lichtte weer op. WELKOM IN INFOMODE!
'Kijk eens aan!' riep ik. Eens een kunstenaar, altijd een kunstenaar. Wat hou ik toch van kleur!
'Geef rekeningoverzicht,' typte ze. De lijst die verscheen leek op het bankafschrift: een reeks bedragen, ongeveer eens per twee dagen, met vermelding van de tijdsduur en de kosten. Precies wat je van Bert zou verwachten. Het ging om twee bestanden, 'Sportlijn' en 'Postbus'. Ik nam aan dat Sportlijn de uitslagen van sportwedstrijden gaf. Ik vroeg wat Postbus betekende.
'Wat de naam zegt. Berichten die mensen met elkaar uitwisselen. Net als elektronische post.'
Je kon ook berichten achterlaten, kleine memo's aan jezelf of aan iemand die met jouw toestemming op jouw rekening belde. Dat had Bert gedaan. Het memo dat we vonden was drie weken geleden gedateerd en sloeg nergens op.
'Hé, Arch,' begon het,

SPRINGFIELD
Kam's Special 1.12 — U. vijf, vijf Cleveland.
1.3 — Seton vijf, drie Franklin.
1.5 — SJ vijf, drie Grant.

NEW BRUNSWICK
1.2 — S.F. elf, vijf Grant.

Lena pakte een notitieblok uit een ander hokje en noteerde de tekst.
'Zegt je dat iets?' vroeg ze.
Niets. Honkbaluitslagen in januari? De coördinaten van een landkaart? De combinatie van een kluis? Teleurgesteld staarden we allebei naar het scherm.
Ik hoorde mijn naam via de luidspreker in het plafond. 'Meneer Malloy, u wordt verwacht op het kantoor van meneer Thale.' De oproep werd nog twee keer herhaald, op de een of andere manier steeds dreigender. Ik zag het somber in. Wat moesten we tegen Jake zeggen? Ik stond op en bedankte Lena. Ze schakelde de computer uit, zodat Berts boodschap, wat de betekenis ook mocht zijn, verdween in een sterretje van licht dat nog even op het doffe scherm nagloeide.

B Wash

Wash was opgelucht dat ze me hadden gevonden. Hij verwelkomde me in zijn kantoor met een warmte alsof ik bij hem thuis op bezoek kwam. George Washington Thale III heeft een soort aristocratische charme, een onverwoestbare hartelijkheid, zelfs tegenover de secretaressen. Als hij al zijn aandacht en goede manieren op je richt, is het net of je iemand uit een boek van Fitzgerald ontmoet, een produkt van die oude, rijke wereld waarnaar alle Amerikanen ooit verlangden. Toch heeft hij ook iets pompeus, vind ik. Hij heeft een dikke buik die zijn borst omhoog lijkt te duwen als hij zit. Met zijn strikje en zijn hoornen brilmontuur, zijn pijp, en de levervlekken op zijn gezicht is hij bijna een cliché – de vleesgeworden rijkdom, waarbij je onmiddellijk denkt dat er wel iemand op zijn erfenis zit te wachten. Wash informeerde naar mijn welzijn, maar hij zat nog met zijn gedachten bij Jake. Hij draaide meteen Martins nummer en schakelde de luidspreker van de telefoon in. In Wash's grote hoekkamer, betimmerd met donker hout en ingericht met antiek uit de koloniale tijd, verlevendigd met gouden en rode accenten, ademt het juridisch handwerk meestal een rustige, elegante sfeer – een wereld waar belangrijke mannen besluiten nemen die door ondergeschikten op afstand worden uitgevoerd. Hij heeft de ruimte gevuld met herinneringen aan George Washington: portretten en bustes, kleine aandenkens, dingen die G.W. nog persoonlijk in handen zou hebben gehad. Wash is familie in de negende of twaalfde graad, en zijn onnozele gehechtheid aan dat soort voorwerpen komt me altijd wat zielig voor, alsof zijn eigen leven nooit zo'n succes zal worden.

'Ik zit hier met Mack,' zei Wash toen Martin aan de lijn kwam.

'Mooi,' antwoordde hij. 'Juist de mannen die ik zoek.' Ik hoorde aan Martins toon, iets te vriendelijk, dat hij ook gezelschap had. 'Mack, ik kwam Jake tegen en we hadden het over de voortgang van een paar 397-zaken waar Bert aan werkt. Ik vroeg of hij even wilde meekomen. Het leek me verstandig met ons allen te overleggen.'

'Zit Jake bij jóu?' vroeg Wash. Nu pas drong het tot hem door wat Martin had bedoeld toen hij zei dat hij de koppen bij elkaar wilde steken.

'Ja hoor,' antwoordde Martin. Opgewekt. Energiek. Martin is net als Brushy, als Pagnucci, als Leotis Griswell in zijn hoogtijdagen, als al die andere geboren advocaten die nooit uit hun rol vallen. Hij leidt het kantoor, hij is betrokken bij de renovatie van de gebouwen langs de rivier, hij adviseert cliënten en hij nodigt veertien jongere advocaten op zijn kantoor uit om war-games te spelen op basis van al zijn grote zaken. Hij vliegt overal heen en houdt eindeloze telefonische besprekingen met partijen in bijna alle tijdzones ter wereld, terwijl hij tegelijkertijd luistert, zijn mening geeft, stukken opstelt en zijn post doorneemt. Hij heeft altijd iets juridisch bij de hand of in gedachten. En hij is er dol op, als een gourmet die een eindeloze maaltijd naar binnen werkt en alle lekkernijen op zijn bord verslindt. Met Jake tegenover zich en een crisis op de loer, klonk hij opgewekt en zelfverzekerd, bereid om er flink tegenaan te gaan. Maar toen Wash weer voor zich keek, stond zijn oude, bleke gezicht verbijsterd en leek hij nog angstiger dan ik.

C Het slachtoffer van de misdaad

Als je ooit *De geboorte van Venus* hebt gezien, met de godin op die halve schelp en de serafijnen die terugdeinzen van angst omdat ze zo indrukwekkend is, heb je een aardig beeld van een advocatenkantoor als het hoofd van de juridische afdeling van hun belangrijkste cliënt binnenstapt. Tijdens die eerste minuten met Jake Eiger in Martins grote hoekkamer, terwijl er koffie werd gehaald en Martin de dringendste telefoontjes afhandelde, staken een stuk of zes vennoten beurtelings hun hoofd naar binnen om Jake te zeggen hoe fit hij eruitzag, of dat zijn laatste brief over de zaak zus-en-zo even kernachtig en verhelderend was als de Gettysburg Address. Ze strooiden met uitnodigingen voor dineetjes, het theater of honkbalwedstrijden. Jake onderging al die aandacht met stijl, zoals altijd. Zijn vader was een politicus en hij kent de techniek: een opgestoken hand, een gulle lach, een kwinkslag en wat goedmoedige plaagstoten.

Ik ken Jake Eiger al bijna mijn hele leven. We zaten samen op Loyola, Jake twee klassen hoger dan ik. Jij en ik, Elaine, behoorden tot het katholieke volk dat zichzelf als een minderheid zag, de makreelvreters die vrijdags vis aten en as op hun voorhoofd droegen en ruim baan maakten voor de dames in de zwarte jurken. We wisten dat we door de protestanten als een clandestiene organisatie met buitenlandse contacten werden beschouwd, net als de vrijmetselaars of de KGB. Jack Kennedy was natuurlijk onze held en na zijn presidentschap hadden katholieken in Amerika een wezenlijk andere positie gekregen. Maar je blijft nu eenmaal kind, en ik zal er nooit zeker van zijn of er voor mij wel plaats is aan de tafel.

Maar Jake was zo'n katholieke jongen, van Duits-Ierse afkomst, die dacht dat hij bij de blanke elite hoorde. Dat heb ik hem altijd benijd, en nog talloze andere dingen: dat zijn vader rijk was en dat Jake goed met mensen kon omgaan. Hij is knap als een filmster, met golvend koperblond haar dat nooit verkeerd zit en pas de laatste tijd, nu Jake al tweeënvijftig is, niet meer zo glanst dat het lijkt of hij onder een schijnwerper zit. Hij heeft sympathieke ogen, met bijzonder lange wimpers voor een man, die hem ondanks een weinig opvallende jeugd een bedrieglijk wereldse en volwassen diepte gaven. De meisjes vielen voor hem, en ik verdacht hem ervan dat hij ze heel wreed behandelde door ze eerst teder het hof te maken en ze dan als een baksteen te laten vallen als ze eenmaal hun benen hadden gespreid.

Maar toen ik voor de veertiende keer bedacht wie ik eigenlijk wilde zijn, nadat ik Vincent van Gogh, Jack Kerouac en Dick Tracy van het lijstje had geschrapt – en bovendien had besloten de suggestie van mijn vader om rechten te gaan studeren een eerlijke kans te geven – werd Jake nota bene een soort held voor me. Na school waren onze wegen uiteengegaan, maar toen ik verkering kreeg met Nora kwamen we weer in contact op familiefeestjes en gaf Jake me allerlei adviezen over mijn rechtenstudie en de advocatuur. Toen ik bij het Tuchtcollege begon, vroeg hij me om een niet geringe gunst, die hij later terugbetaalde door me binnen te halen bij G&G.

Redelijk gesproken had ik Jake Eiger daar dankbaar voor moeten zijn. Vorig jaar heb ik 228 168 dollar verdiend, zelfs nadat ik voor de derde achtereenvolgende keer salarisverlaging had gekregen. Zonder Jake zat ik nu waarschijnlijk in een of ander kantoortje met goedkope houten wandjes, deed ik kleine klussen voor de kantonrechtbank en staarde ik hongerig naar de zwijgende telefoon. Maar Jake vliegt en ik zweef. Hij is nog steeds op weg naar de sterren en heeft mij onderweg losgesneden om te verschroeien als ik terugval door de atmosfeer. Een bekrompen geest zou daar misschien bitter over zijn, want zonder mij was Jake Eiger nu een knappe vent van middelbare leeftijd die steeds weer moest uitleggen waarom hij zoveel jaar geleden een bloeiende advocatenpraktijk had opgegeven.

'Wash, Mack...' Martin had de telefoon neergelegd, de laatste interruptie afgehandeld, en zijn secretaresse had eindelijk de deur achter zich dichtgetrokken. 'Over Broeder Kamin.'

'O ja.' Ik grijnsde vrolijk en keek toe hoe Martin op het slappe koord balanceerde.

'Jake weet natuurlijk dat Bert er weer eens tussenuit is geknepen voor eh... betaald verlof.'

'Juist.' Er werd gegrijnsd. Wash lachte hardop. Die Martin is toch zo'n rakker.

'En eerlijk gezegd wilde ik onze problemen eens met Jake bespreken. Het hele verhaal. Ik wil geen misverstanden.'

Martin ging verder op indrukwekkend ernstige toon. Iedereen zweeg. Ik keek de kamer rond. Ramen aan drie kanten, en overal abstracte schilderijen en die vreemde kunstvoorwerpen waar Martin zo van houdt: grappige klokken, een bijzettafeltje met een glasplaat over een hele stad die in exotisch hardhout is uitgesneden, en de staf van een sjamaan die het geluid van een waterval maakt als je hem omkeert. In plaats van de standaardfoto van zijn gezin neer te zetten had Martin zijn vrouw en drie kinderen als zachte rubber poppen laten vereeuwigen – vier trollen boven op zijn kast. Zelf zat Martin achter het bureau waarnaar alle voorwerpen in het kantoor subtiel gericht stonden: een grote, provisorisch afgeschaafde stomp van een duizendjarige eik.

Ik begreep veel eerder waar Martin heen wilde dan Wash, die op een van de Barcelona-stoelen zat die een boog rond Martins bureau vormen. Toen Wash eindelijk doorkreeg dat Martin echt het hele verhaal wilde vertellen, dacht ik even dat hij zou protesteren. Maar hij had niet genoeg tijd om de gevolgen te overzien en daarom hield hij zijn mond.

Martin pakte de sleutel van zijn kast – verborgen in de rubber buik van een klok die in een hoela-danseres was verwerkt – en haalde de dossiermap tevoorschijn die ik de vorige dag ook had gezien. Hij legde aan Jake uit dat we geen documentatie voor de cheques hadden gevonden. Jake begreep dat er iets mis was en begon op zijn stoel heen en weer te schuiven. Maar Martin, de man van principes en harde voornemens, aarzelde geen moment. Dat kon niet eenvoudig voor hem zijn. G&G was zijn leven, al sinds de tijd dat hij nog Leotis Griswells rechterhand was geweest. Hij houdt van het gedoe, hij vindt het leuk om mensen bij elkaar te brengen. Dat is zijn geloof: dat het team sterker is dan de som van de delen. Hij is mijn held op dit kantoor, de man die ik bewonder, en wat hij nu deed was bewonderenswaardig. Gisteren had de Commissie nog besloten de cliënt voorlopig niets te vertellen. Maar Martin bewees hier zijn loyaliteit aan iets wat veel belangrijker is dan de overlevingskansen van een advocatenkantoor: normbesef, plichtsgevoel. De erecode van ons beroep. De cliënt had onverwachts een vraag gesteld die een eerlijk antwoord verdiende, en Martin wilde de waarheid niet omzeilen.

Martin legde het plan van de Commissie uit. Ik zou op zoek gaan naar Bert, in de hoop dat we hem tot andere gedachten zouden kunnen brengen. Martin vroeg Jake om een paar weken respijt, met de belofte dat ik aan het eind daarvan met een uitvoerig rapport zou komen. Voor zijn conclusie ging hij op de rand van zijn bureau zitten.

'Als we Bert kunnen zeggen dat jullie, dat TN, begrip toont voor de

situatie,' zei hij tegen Jake, 'denk ik dat we een kans, een reële kans hebben om het geld terug te krijgen. Dan kunnen we misschien een schandaal vermijden. Dat lijkt me echt de beste mogelijkheid voor iedereen.'
Hij zweeg. Martin had zijn verzoek gedaan, met de inzet van al zijn niet geringe charme en overredingskracht. We wachtten op wat er komen ging. Het was hoog spel. Gage & Griswell stond waarschijnlijk op het punt de verzonken stad Atlantis achterna te gaan als een beschaving die onder de golven was verdwenen. Ik dacht dat Wash een flauwte zou krijgen. Zelfs ik had kippevel, in afwachting van Jakes reactie. Jake had er nog nooit zo belazerd uitgezien. Zijn gezicht was vaalgrijs, alsof hij in shocktoestand verkeerde.
'Ongelooflijk.' Dat was het eerste dat hij zei. Hij stond op, liep om zijn stoel heen en toen nog een keer, de andere kant uit. 'Hoe moet ik dat hierboven verkopen?' Hij vroeg het voornamelijk aan zichzelf, met zijn vingers tegen zijn lippen, zonder dat hij het antwoord wist. Hij bleef staan, zichtbaar ontsteld, niet echt bereid om de gevolgen te bespreken, alsof die woorden hem te smerig waren.
'Wij willen je helpen,' zei Wash.
'O, jullie hebben ons geweldig geholpen,' zei Jake, en hij maakte een grimas.
TN had een zware tijd achter de rug, als je dat kunt zeggen van een bedrijf met een jaarlijkse bruto winst van vier miljard dollar. Bijna alles wat ze bezitten – de hotels, de autoverhuurbedrijven, de luchtvaartmaatschappijen – is gevoelig voor fluctuaties in het reiswezen. En sinds ons oorlogje met 'Sodamn Insane' werd er veel minder gereisd. Geen wonder. Iedereen met economie in zijn schoolpakket had je kunnen vertellen dat de markt een cyclische beweging kent. Om haar belangen te spreiden had TN tien jaar geleden een reischequesfirma gekocht en zich daarmee een plaats verworven in de toeristische bankwereld. Maar kort daarna was de hele portefeuille naar de knoppen gegaan. Door de suïcidale tarievenoorlogen van de afgelopen zomer verloor het bedrijf ongeveer 600 miljoen dollar – het derde slechte jaar op rij.
Om de bloeding te stelpen had de raad van bestuur Tadeusz Krzysinski als directeur aangetrokken, de eerste buitenstaander die ooit hoger steeg dan de rang van adjunct-directeur. Tad heeft talloze hervormingen doorgevoerd, de kosten zoveel mogelijk teruggebracht en Jake onder druk gezet vanwege zijn relatie met G&G omdat hij vindt dat er meer concurrentie moet zijn voor TN's juridische opdrachten. Hij heeft zich lovend uitgelaten over een kantoor met tweehonderd advocaten in Columbus, waarmee hij goed heeft samengewerkt in zijn laatste functie als directeur van Red Carpet Rental Car.

Dat baart G&G enige zorgen, om het maar voorzichtig uit te drukken, omdat TN minimaal 18 procent van onze omzet vertegenwoordigt. Martin en Wash hebben geprobeerd Krzysinski tot andere gedachten te brengen. Ze hebben met hem geluncht, ze hebben hem voor besprekingen uitgenodigd en hem er herhaaldelijk aan herinnerd hoe duur het zou zijn om onze kennis over TN en het juridische verleden van het bedrijf te moeten vervangen. Op zijn beurt heeft Krzysinski benadrukt dat de beslissing geheel aan Jake is. Het hoofd van zijn juridische afdeling moet de vrijheid hebben zijn eigen externe advocaten te kiezen – een handige zet, omdat zowel Jake als G&G hun aanhangers hebben binnen de directie van TN. Maar Jake heeft het goed ontwikkelde territoriumbesef van de bureaucraat. Hij wil een zetel in de directie en de titel van adjunct-directeur, die alleen Krzysinski hem kan geven. Daarom is hij graag bereid zijn nieuwe directeur terwille te zijn, hoewel hij zich in werkelijkheid niet echt op zijn gemak bij hem voelt. Zoals zo vaak in dit soort situaties wordt er meer gepraat dan gedaan. Jake heeft wat kruimels naar Columbus en een paar andere firma's afgeschoven. Maar in het zakenleven, net als in de sport, staat het bestuur vaak honderd procent achter je tot aan de dag dat je eruit wordt getrapt.

Jake richtte zich nu tot mij. 'Dit is een heel gevoelige zaak, Mack. Ik wil alles weten wat je doet. En wees in godsnaam discreet,' voegde hij eraan toe.

Jake is gewend aan macht. Hij bleef even staan: een slanke man van gemiddelde lengte, met een hand over zijn ogen. Hij droeg een mooi double-breasted pak met een subtiel ruitje, en toen hij naar mij wees zag ik zijn initialen – J.A.K.E., John Andrew Kenneth Eiger – op zijn manchet. 'Jezus Christus,' zei hij ten slotte, en vertrok zonder nog een woord te zeggen.

Wash kwam ook overeind. Door de heftige emoties had zijn oude gezicht de kleur van een kalebas gekregen. Hij aarzelde even, een mysterie voor zichzelf, heen en weer geslingerd tussen de opwelling om Martin de mantel uit te vegen en de behoefte Jake gerust te stellen. Hij koos voor het laatste. Zelfs een kind wist wat hij zou gaan zeggen: geef ons tijd. Doe niets overhaast. Als we Kamin vinden, komt er wel een oplossing.

Martin keek hen na van achter zijn duizendjarige eik. 'Wat denk je?' vroeg hij aan mij, toen ze verdwenen waren. Hij had zijn handen over zijn buik gelegd, zijn sluwe gezicht omlijst door de verticale strepen van zijn moderne handgemaakte overhemd en de bijpassende motieven van zijn das.

'Als ik weer gevoel heb in mijn armen en benen zal ik het je laten weten.' Mijn hart bonsde nog in mijn keel. 'Ik dacht dat we niets zouden zeggen.'

Martin is een van die figuren die je in de advocatuur wel vaker tegenkomt, zo intelligent dat ze een kwart groter lijken dan ze in werkelijkheid zijn. Zijn brein raast rond met de snelheid van een elektron. Als je gaat zitten, voel je je aan alle kanten ingesloten. Jezus Christus, gaat het door je heen, wat zou die vent denken? Ik weet dat hij elk woord dat ik zeg al drie keer heeft geanalyseerd voordat ik het volgende uit mijn bek krijg. En dat snelle intellect gaat gepaard met een enorme mensenkennis. Waar dat alles voor wordt gebruikt is niet altijd duidelijk. Martin is zeker geen Moeder Teresa. Zoals iedereen die een glanzende carrière heeft gemaakt in de advocatuur is hij in staat je hart uit je lichaam te snijden als het moet. Een gesprek met hem is altijd een soort wedstrijd. Hij is slim en hartelijk, en hij geeft je het gevoel dat hij precies begrijpt wat je bedoelt, maar op de een of andere manier is dat nooit wederzijds. Ik ken jou, maar jij kent mij niet. Hij verblijft ergens anders, in de buurt van de berg Olympus. Maar ik had me zelden zo over hem verwonderd als nu. Het leek of het hele gesprek hem nauwelijks had geraakt. Hij beantwoordde mijn vraag met een ondoorgrondelijk handgebaar, alsof hij wilde zeggen: wat gebeurd is, is gebeurd.

'Wat denk je dat Krzysinski zal zeggen als Jake het hem vertelt?' vroeg ik.

Martin sloot zijn ogen om daarover na te denken, alsof het nog niet eerder bij hem was opgekomen. Toen hij me weer aankeek, bespeurde ik even een lachrimpeltje, een vleugje humor of ironie, op zijn gegroefde gezicht. Hij stond op en keek me aan. Een van zijn rare klokken begon te kwetteren als een eekhoorn, ergens in de kamer.

'Zorg maar dat je Bert vindt,' zei hij tegen me.

VI HET GEHEIME LEVEN VAN KAM ROBERTS

A Goed nieuws

Als ik dit zit te dicteren zie ik maar zelden de gezichten van Carl, Wash en Martin voor me. Ik kan me hen niet echt voorstellen met de bladzijden in hun hand. Blijkbaar praat ik dus tegen iemand anders, hier tussen de oude meubels van mijn slaapkamer, diep in de nacht. In de stilte lijkt mijn stem een geest, zoals de vlam de geest is van de kaars. Misschien is de dictafoon een medium, een middel om het contact met de dierbare overledenen te herstellen. Wellicht is dit één lange boodschap aan die lieve Elaine, die ik wel drie keer op een dag sprak, toen ze nog leefde. Vandaag was ik me sterk van haar afwezigheid bewust. Ik miste haar begrijpende oor, haar bereidheid om naar mijn onsamenhangende opmerkingen te luisteren, zelfs toen ik op kantoor zat, rusteloos en bitter, verward door onze speurtocht naar Bert.

Ik tuurde weer naar het bankafschrift van Kam Roberts. Mijn voeten lagen op het bureau, een groot antiek geval, massief als een stoomboot. Het rozerode blad ging geheel schuil onder een lappendeken van oude telefoonnotities, memo's en de verschillende stukken en afschriften die ik nog moest opbergen. Toen ik met steun van Jack Eiger bij G&G binnenkwam en als vennoot werd aangenomen in die eerste jaren waarin Jack me nog onder het werk bedolf, had ik dit kantoor opnieuw kunnen inrichten, maar ik ben er nooit toe gekomen. Te dronken om enige interesse op te brengen, denk ik. Al die tijd heb ik met deze tweedehands spullen geleefd – het grote notehouten bureau, boekenkasten met glazen deuren, twee leren leunstoelen met koperbeslag, een mooi maar versleten Perzisch tapijt, een personal computer en mijn eigen rommel. Het enige voorwerp waar ik echt iets om geef hangt aan de muur: een prachtige Beckmann-prent van verlopen figuren in een kroeg. Overdag heb ik een mooi uitzicht op de rivier en de westelijke rand van het centrum, begrensd door de Interstate US 843.

Somber vroeg ik me af hoe ik Martin gelukkig kon maken door Bert te vinden. Ik wilde graag een praatje maken met de stewardess die boven hem woonde, maar ik wist haar naam niet – die stond niet op de brievenbus – en ik kreeg de rillingen bij de gedachte om weer in de buurt van dat lijk te komen. Ik belde inlichtingen en vroeg naar een nummer in Scottsdale. Na twee telefoontjes had ik Berts zuster aan de lijn, mevrouw Cheryl Moeller, die ik had ontmoet bij de begrafenis van hun moeder. Ze wist niet waar haar broer uithing en ze had al in maanden niets meer van hem gehoord, maar dat kwam vaker voor. Ze kon zich geen vriend van Bert herinneren die Archie heette. Zo te horen was ze niet erg op haar broer gesteld en aan het eind van het gesprek verzekerde ze me dat Bert wel weer zou opduiken, zoals altijd.

Mannen, Elaine... tegen wie ik het ook heb... ik moet bekennen dat jullie speurneus er geen gat meer in zag. Ik boog me nog eens over het bankafschrift. Waarom had Bert op wedstrijdavonden een hotelkamer genomen terwijl hij maar anderhalve kilometer verderop woonde? In een opwelling belde ik de U Inn. Ik kreeg de telefoniste aan de lijn en hing een smoes op uit mijn politietijd. Ik zei dat ik inlichtingen wilde over iemand met wie ik op 18 december een zakelijke afspraak had in de U Inn. Ik had mijn dossier in een taxi laten liggen, maar misschien had het hotel een adres of telefoonnummer van mijn zakenrelatie.

'Hoe heet die meneer?' vroeg de telefoniste.

'Kam Roberts.' Alle aanwijzingen waren welkom. Ik hoorde het geklik van een toetsenbord, moest nog een eeuwigheid wachten, maar eindelijk kreeg ik een zekere Trilby aan de lijn, die zei dat hij de bedrijfsleider was. Eerst vroeg hij naar mijn eigen naam en telefoonnummer, die ik hem gaf.

'Ik zal onze gegevens nagaan, meneer Malloy en meneer Roberts vragen u te bellen.'

Geen goed idee. Bert zat niet te wachten op een ontmoeting met een van zijn collega's.

'Ik ga morgen op vakantie. Ik moet hem vandaag nog bereiken. Is dat mogelijk?'

'Eén moment.' Het duurde wel wat langer, maar toen Trilby zich weer meldde klonk hij heel zelfvoldaan. 'Meneer Malloy, u moet over bovenzintuiglijke gaven beschikken. Hij logeert op dit moment in het hotel.'

Mijn hart bleef stilstaan.
'Kam Roberts? Weet u het zeker?'
Hij lachte. 'Nou, niemand hier kent hem persoonlijk, maar iemand met die naam heeft kamer 622. Zal ik vragen of hij u belt? Of kunnen we tegen hem zeggen wanneer u langskomt?'
Ik dacht even na. 'Kan ik hem spreken?'
Hij kwam terug na een uitvoerige symfonische versie van *Raindrops keep falling on my head*.
'Er wordt niet opgenomen, meneer Malloy. Als u aan het eind van de dag langskomt, kunnen we hem waarschuwen dat hij u kan verwachten.'
'Goed,' zei ik. 'En anders bel ik wel.'
'U belt of u komt langs,' herhaalde Trilby. Hij maakte een notitie.
Toen ik had opgehangen bleef ik een tijd naar de rivier zitten staren. Aan de overkant stond een gebouw waar de kerstversiering nog niet was weggehaald: linten, lichtjes en een krans van hulst over het dak. Ik begreep er niets van. Bert had alle reden om zich gedeisd te houden. Iedereen zat achter hem aan – zijn collega's, de politie en misschien zelfs de moordenaar van die zakenman met de uitpuilende ogen in zijn koelkast. Waarom zou hij dan onderduiken in Kindle, waar hij vroeg of laat iemand tegen het lijf zou lopen die hem kende? In elk geval moest ik snel reageren, voordat Bert die vervloekte boodschap kreeg waarin mijn echte naam zelfs werd genoemd. Dat zou genoeg reden voor hem zijn om de benen te nemen.
Ik nam de lift naar beneden en stak de straat over naar het fitnesscentrum waar ik racquetball speelde met Brushy. Ik trok haastig mijn joggingpak aan, stak mijn portefeuille in een zak en begon te rennen. Het was rond het vriespunt, dus hield ik er een flink tempo in met mijn brede Ierse kont, maar na vier straten raakte ik buiten adem en werd ik duizelig. Toch liep ik door, totdat mijn doorgerookte longen aanvoelden of ik bleekwater had ingeademd. Toen pas bleef ik staan en liet het zweet op mijn neus bevriezen.
Vanuit het centrum kwam ik in buurten waar de tweegezinshuizen als broedende kippen achter de bevroren grasvelden zaten en de hoge bomen, naakt en donker, zich langs de lanen van het park verhieven. Beïnvloed door mijn stemming liep ik een paar straten om, naar de rand van het getto, om St. Bridget's School weer eens te zien. Het is een gepleisterd gebouw, met scheuren als bliksemschichten in de muren. Elaine was daar meer dan eenendertig jaar bibliothecaresse geweest, om 'de hongerigen te voeden', zoals ze altijd zei. Elaine was iemand met ijzeren opvattingen. Tegenover onze moeder gedroeg ik me als een bal aan een touwtje, altijd dicht genoeg in de buurt om

een andere kant op te worden geslagen als ze weer tegen me begon te schelden, maar Elaine was veel slimmer en bleef op veilige afstand. Daaraan dankte ze vermoedelijk haar eigenzinnige karakter. Als iedereen zat, ging Elaine staan. Als de familie zat te eten, slenterde Elaine de keuken door. Ze gaf de voorkeur aan haar eigen gezelschap en dat is nooit veranderd.

Ze werd zo'n katholieke, vrijgezelle juffrouw – een echte religieuze die nooit helemaal bij de wereld hoorde. Iedere ochtend om vijf uur ging ze naar de mis. Ze trok altijd met de nonnen op en ze deelde de mensen, en zelfs de winkels, in naar de parochie waartoe ze behoorden. Ze had haar wereldse momenten, zelfs een paar vrienden met wie ze de zonde bedreef, en ze was heel geestig. Een slimme Ierse meid met een verfrissend gevoel voor humor. Ze had de scherpte van onze moeder geërfd, maar terwijl Bess vol haat en vooroordelen zat, richtte Elaine haar humor voornamelijk op zichzelf. Dan mompelde ze iets geestigs als je opstond of je omdraaide – een pijltje recht naar het hart. Haar enige tekortkoming was aangeboren. Ze dronk te veel. De avond dat ze ons huis verliet, aangeschoten van de pruimenbrandewijn, en aan de verkeerde kant de US 843 op reed, was de laatste dronken avond van mijn leven.

Bij de AA, waar ik steeds minder kom, net als in de kerk – wel onder de indruk van het geloof, maar niet bereid de verplichte dagelijkse rituelen uit te voeren – zeiden ze altijd dat ik me moest overgeven aan een macht buiten mezelf. Reken er niet op dat je de duivel in je eentje kunt verslaan. Daarom vraag ik jou om hulp, Elaine. En op die momenten, als ik door de troosteloze straten naar de U Inn jog of 's nachts hier in de dictafoon zit te mompelen, dringt de waarheid tot me door. Een pijnlijke waarheid.

Ik mis jou tien keer zo erg als Nora.

B Slecht nieuws

Ten slotte bereikte ik de omgeving van de campus, die mooie, goed geïntegreerde buurten uit het begin van deze eeuw, met hun boekwinkeltjes en hun vage bohémienachtige sfeer. De U Inn lag op de hoek van Calvert en University. Ik liep eerst een rondje over het parkeerterrein. Toen kwam ik joggend de voordeur binnen en zwaaide naar de portier alsof ik een hotelgast was, een zakenman op reis, die leefde op snacks uit de mini-bar en een uurtje aerobics in de morgen. Ik rende naar de lift, stapte in met een dikke vrouw die in zichzelf liep te fluiten, en drukte op het knopje van de zesde verdieping.

Het was rustig bij kamer 622. Ik legde mijn oor tegen de deur en rammelde aan de deurkruk. Pigeyes' trucjes waren niet bruikbaar in een grotestadshotel. De deuren waren verstevigd en de sloten waren vervangen door van die moderne elektronische snufjes: koperen doosjes met lichtjes, waar je een plastic kaartje in moest steken in plaats van een sleutel. Ik klopte luid. Geen reactie. Een verdacht type in een hagedisseleren jasje liep voorbij en ik hield hem in de gaten tot hij wat ijs had gehaald en was verdwenen onder het exit-bordje aan de andere kant van de zwak verlichte hal. Het was rustig in de gang, afgezien van het geluid van een stofzuiger uit een van de kamers.

De volgende stap had ik voorbereid. De man aan de telefoon had gezegd dat niemand Kam Roberts persoonlijk kende. Ik aarzelde nog, maar ik had geen keus. Dit hoorde nu eenmaal bij een gevaarlijk leven. Ik moest erachter komen wat Bert in vredesnaam in zijn schild voerde. En daarom moest ik hem verrassen. Ik haalde de credit card van Kam Roberts uit mijn portefeuille.

Bij de receptie in de lobby sprak ik met een leuk blond meisje, waarschijnlijk een studente, zoals een groot deel van het personeel.

'Ik ben Kam Roberts, kamer 622. Toen ik ging joggen heb ik in plaats van mijn sleutelkaartje mijn credit card meegenomen. Heel dom.' Ik liet haar de card vluchtig zien en tikte ermee op de balie. 'Heb je een andere voor me?'

Ze verdween naar achteren. Het was eigenlijk een raar hotel, zeker voor iemand die gewend is eerste klas te reizen. De armoedigheid werd natuurlijk gecompenseerd door de gunstige lokatie – binnen anderhalve kilometer van de universiteit was geen ander hotel te vinden – en een sfeer van zelfverzekerd chauvinisme. De U Inn is volledig op de universiteit gericht, zoals je ook verwacht. Iedereen droeg de universiteitskleuren, rood en wit. Bij de receptie stonden vlaggetjes en pom-poms, en aan de wanden waren sweatshirts van de universiteit opgeprikt. Het basketballprogramma van de Hands hing aan één kant van de balie, met aan de andere kant een kartonnen poster met een kleurenfoto van Bobby Adair, de gedoodverfde ster van dit jaar. Ik keek ernaar en besefte dat een Hands-wedstrijd reden genoeg zou zijn om Bert weer naar de stad te lokken, wat de risico's ook mochten zijn.

Maar er was vandaag geen wedstrijd. En ook gisteravond niet, of morgen. En er klopten nog meer dingen niet. De thuiswedstrijden stonden in rood op het schema, de uitwedstrijden in zwart. Ik had Kams bankafschrift niet bij me, maar ik had er al bijna achttien uur op zitten turen en de meeste bedragen en data kende ik al uit mijn hoofd. Het vreemde was dat de data niet klopten. Op 18 december, de laatste keer dat Kam hier had gelogeerd, speelden de Hands een thuiswedstrijd. Maar volgens het schema hadden ze daarna in Bloomington, Lafayette en Kalamazoo gespeeld, op andere dagen dan de data waarop Kam zijn rekeningen in die steden had betaald.

'Meneer Roberts?' Het blonde meisje dook weer op. 'Mag ik uw credit card nog even zien?' Ik stak haar de kaart toe en ze pakte hem aan. Even voelde ik de neiging ervandoor te gaan, maar het meisje leek zo van een hooiwagen gevallen, met haar mooie ogen van korenbloemenblauw. Een van die twintig miljoen blondines in Amerika – het buurmeisje dat je nooit zal bedriegen. Ze verdween in het kantoortje, maar ze was zo weer terug.

'Meneer Roberts,' zei ze, 'meneer Trilby zou u graag even willen spreken in het kantoor.' Ze opende een deur voor me en wees naar het kantoortje achterin. Ik bleef staan. Mijn hart fladderde als een vlinder.

'Problemen?'

'Ik geloof dat hij een boodschap voor u had.'

O, natuurlijk. Mijn oude vriend Mack Malloy had gebeld. Trilby, die ook niet op zijn achterhoofd was gevallen, wilde me waarschijnlijk vertellen dat hij Macks telefoontje niet erg vertrouwde.

Er zaten drie mannen in het kantoor: een zwarte man achter een bureau die ik voor Trilby aanzag, en het verdachte type dat ik in de gang had gezien. De derde man draaide zich het laatst naar me om. Pigeyes.

Ik zat tot aan mijn nek in de puree.

C Zou jij het leuk vinden als je maat je zo te grazen nam?

Dit wordt geen leuk verhaal, Elaine. Pigeyes en ik hebben bijna twee jaar bij de tactische brigade gewerkt, leven en dood gedeeld, veel whiskey gedronken en veel gelachen. Ik was de ex-student met kunstzinnige neigingen, nog nat achter de oren, hij was het straatjochie dat al sinds zijn zevende wist wat er in de wereld te koop was. Ik praatte over Edward Hopper en Edvard Munch als we 's avonds door de donkere stad reden; hij betastte ieder hoertje. Een mooi span.

Onze samenwerking was altijd een avontuur. Pigeyes was een van die smerissen uit de oude doos, die denken dat ouders voor hun kinderen zorgen, dat je naar de kerk gaat om God te bidden je ziel te redden, en dat de rest... goed of kwaad... afhankelijk is van waar je staat en hoe je het bekijkt. Maar soms zie je het niet zo scherp. Toen we anderhalf jaar samen waren, vielen we een drugstent binnen, een klein laboratorium in een troosteloze huurkazerne. We hadden een of andere klojo geschaduwd die een paar pakjes had uitgewisseld. Omdat we niet wisten of hij ons in de gaten had, besloten we meteen toe te slaan en niet op versterkingen te wachten. Zo'n cowboy was Pigeyes nu eenmaal. Hij zag zichzelf als een filmster en hij was verslaafd aan gevaar. Het gaf hem net zo'n kick als wanneer hij zich een naald in zijn arm zou hebben gestoken.

De volgende scène heeft iedereen in de bioscoop gezien. We stormen naar binnen met getrokken pistool, schreeuwend en scheldend in drie verschillende talen. Mensen springen het raam uit naar de brandtrap. Ik zie een of andere klootzak langskomen met een seal-apparaat onder zijn ene arm en een weegschaal onder de andere. Ik trap de deur van de plee in en zie een meid op de wc zitten met een bloemetjesrok om haar buik en een baby op haar arm, bezig een zak met poeder tussen haar dijen te proppen.

We kregen vier mensen te pakken en gaven ze bevel om plat op hun buik te gaan liggen. Pigeyes ging op zijn gebruikelijke wijze tekeer, drukte zijn dienstpistool tegen hun oor en brulde de vreselijkste dingen totdat iemand begon te jammeren of het letterlijk in zijn broek deed. Daarna richtte hij zijn aandacht op een klein kaarttafeltje in de hoek van de huiskamer waarop een enorme stapel bankbiljetten lag, alsof het gewoon papier was. Pigeyes had de narcoticabrigade al gewaarschuwd om ons te komen helpen bij de arrestatie, maar zonder blikken of blozen telde hij twee stapeltjes bankbiljetten uit, drie- of vierduizend dollar elk, en stak er mij één toe. Ik nam het aan maar gaf hem het geld terug toen de narcoticabrigade was verschenen en we weer in de auto zaten.

'Wat stelt dit voor?'
'Ik ga rechten studeren.' Ik was inmiddels toegelaten.
'Ja, en?'
'Dus moet ik dit niet doen.'
'Hé, wees even reëel.' Hij drukte me met mijn neus op de feiten. Dacht ik echt dat die narcotica-jongens niets zouden inpikken? Wat moesten we dan doen? Al dat geld laten liggen, zodat die dealers het weer netjes zouden terugkrijgen als rechter Nowinski ons op een procedurefout zou betrappen? Moesten we soms wachten in de hoop dat die klojo's van het OM eindelijk terugkwamen van hun partijtje golf om de zaak officieel in beslag te laten nemen, waarna het geld waarschijnlijk zoek zou raken op de administratie of op het kantoor van de rechter zelf? Dacht ik echt dat die dealers iets zouden zeggen? Die zouden heus hun mond wel houden. Die waren doodsbang en hadden

wel wat anders aan hun hoofd. 'Of wil je je mammie recht in de ogen kunnen kijken?' vroeg hij.
'Hé, kalm nou even.' We hadden dit al eerder bij de hand gehad. Hij was niet de enige die dit soort dingen deed, nam ik aan, en meestal liet hij mij erbuiten. Maar deze keer wilde hij dat ik mee zou doen. 'Jij doet maar wat je wilt, dan doe ik dat ook. Ik moet aan de rest van mijn leven denken, dat is alles.'
Hij keek me aan – een onaangename vent met een norse kop, een beginnende onderkin en kleine oogjes waarvan je het wit niet zag. Er lag een wantrouwende uitdrukking op zijn gezicht. Dit mocht je een precaire situatie noemen. Het was net als met de Yakuza. Je moest je vinger afhakken om te laten zien dat je erbij hoorde. Wat wilde hij eigenlijk? Achteraf denk ik dat hij iets wilde bewijzen, dat hij me voor mijn vertrek duidelijk wilde maken dat je mensen niet kunt oordelen, dat iedereen zijn momenten heeft. Dus nam ik het geld mee naar huis, liet het aan mijn vrouw zien, bewaarde het drie weken in mijn sokkenla en gaf het toen aan mijn zuster voor St.-Bridget's. Ja, Elaine, daar kwam het vandaan. Het was niet afkomstig van een collecte op het bureau, zoals ik toen zei. Ik heb nog een briefje gekregen van de klasseoudste van de achtste groep, dat ik al die jaren heb bewaard – onzinnig natuurlijk, omdat ik niemand ooit de waarheid zou vertellen. Ik was immers politieman, en ik had Pigeyes ter plekke moeten aanhouden in plaats van *Que sera, sera* te zingen of gestolen geld aan een school te schenken.
Twee maanden later begon ik met mijn rechtenstudie en een paar weken daarna werd ik overgeplaatst naar Fraude. Pigeyes gaf nog een afscheidsfeestje toen ik wegging. Alles in goede harmonie.
De politie is een gesloten broederschap, waar je ook komt. Een hechte gemeenschap. Politiemensen vertrouwen in de eerste plaats elkaar, en verder bijna niemand. Daar zijn heel wat redenen voor, maar de belangrijkste is misschien wel dat niemand echt dol op ze is. Waarom zou je ook? Van die types die je heimelijk in de gaten houden tot je een foutje maakt. Ik ben zelf agent geweest, maar als ik een patrouillewagen op de hoek zie staan, is het eerste dat ik denk: waarom houdt die klootzak me in het oog?
Bovendien zijn politiemensen op zichzelf aangewezen. Die hele stoet van advocaten, officieren, rechters en gouverneurs met al hun regels en wetten zijn mijlenver weg als je in die kelder achter een overvaller aanzit die mevrouw Washington heeft zien weglopen. Je stapt naar binnen en je blijft op de drempel staan wachten. Vijf minuten later kom je weer naar buiten en schud je teleurgesteld je hoofd. Nergens te vinden. En als jij hem niet grijpt, heeft die hele stoet van advoca-

ten en rechters niets te doen. Alles draait om jou – niet alleen dat je je leven op het spel zet, maar jij bent de enige die ervoor kan zorgen dat die vent wordt gepakt. Er is geen systeem. Daarom is het zo gemakkelijk die klootzak op zijn brutale smoel te slaan als hij geboeid achter in de patrouillewagen zit en je moeder beledigt of een grote bek heeft over de schending van zijn constitutionele rechten, zonder één moment spijt dat hij een man van zevenenzeventig met een straattegel zijn hersens heeft ingeslagen om hem van zijn AOW-cheque te beroven. Want jíj hebt hem gearresteerd. Hij is van jou. Alleen andere smerissen kunnen dat begrijpen.

En daarom, nog afgezien van al het andere – dat ze een gesloten broederschap vormen en dat niemand hen mag – houden politiemensen elkaar ook de hand boven het hoofd. Op straat, als je er alleen voor staat, doe je wat je kunt. En als je een foutje maakt... nou ja, niemand is volmaakt. Morgen beter. Wie heeft het recht te oordelen? Als je zo begint, heeft iedereen nog wel een verhaaltje te vertellen.

Volgende akte. Twee jaar later kom ik van een college Constitutioneel Recht II en zie ik twee FBI-agenten – met een temerig accent, polyester pakken en witte schoenen – die met me willen praten. Of ik ooit heb gewerkt met Gino Dimonte, la-di-da, nog wat gezeik, en dan de echte vraag: of ik drie jaar geleden, in april, aanwezig was bij de arrestatie van een drugsbende? Ik denk bliksemsnel na. Een van die dealers is door de FBI onder druk gezet en heeft zo'n doctorandus van het OM getroffen die hem een paar maanden strafvermindering heeft beloofd als hij wil praten over politiemensen die geld achterover hebben gedrukt. De dealer houdt natuurlijk zijn mond over smerissen die hij nog eens nodig kan hebben, en noemt alleen de naam van Pigeyes, die een greep in de buit heeft gedaan. Dat gaat allemaal door me heen. En ik weet ook waar ze naartoe willen. 'Oké, oké,' zeg ik. 'Ja, ik geloof dat ik het me herinner. Er lag wat geld op een tafel.' Een luchtbel in mijn hersenen. Wat doe ik nou? Dit is krankzinnig. Vijf seconden in een gang van de rechtenfaculteit en ik heb mijn leven een andere wending gegeven. De smerissen die het hoorden – en geloof me, ze wisten het al voordat de inkt van het 302-rapport van de FBI-agenten droog was – dachten allemaal dat ik het had gezegd omdat ik me als rechtenstudent nu boven hen verheven voelde. Politiemensen zijn heel gevoelig voor rangen en standen. Dat speelt altijd mee. Ze kunnen het niet verkroppen dat zij veertigduizend per jaar verdienen om de wereld veilig te maken voor rijke stinkerds die op hun graf zouden spuwen als ze bij de uitoefening van hun werk het loodje zouden leggen. Maar dat was de reden niet. Ik wilde geen nieuwe vrienden maken. Ik heb de pest aan verklikkers.

En het was ook niet mijn mooie karakter of mijn liefde voor de waarheid. Wie probeer ik nou te belazeren? Ik heb wel om minder gelogen dan om een maat te helpen. Maar op dat moment, in de gang van de faculteit, met die betimmerde muren, kwam er iets over me dat terugging tot mijn jeugd, toen ik het gevoel had dat ik nergens bij hoorde en dat de wereld alleen uit dingen bestond. Dat was het, denk ik. Het slimme vierdeklassertje dat zijn leven bekeek als Zoek Het Foutje In Dit Plaatje, en dacht dat hijzelf het Foutje was.

Ik was al op driekwart van het verhaal toen het met een schok tot me doordrong dat dit niet goed zou aflopen. De agenten hadden me het gebruikelijke voorstel gedaan: als je de waarheid spreekt, ga je vrijuit en kom je er zonder kleerscheuren van af. Maar opeens besefte ik dat de FBI niet mijn enige probleem was. Ik zou dit ook moeten verantwoorden tegenover het Tuchtcollege, dat het beginnende juristen bepaald niet gemakkelijk maakte. Ondanks de garantie dat de FBI me vrijuit zou laten gaan, zou ik er niet mooi opstaan met dat verhaal over gestolen drugsgeld in mijn sokkenla. Dus vertelde ik dat ik Pigeyes in de auto het geld had teruggegeven en hem had gezegd dat hij alles – ook zíjn geld – met de rest van de bewijzen moest inleveren. Daarna ging alles als vanzelf. Ik moest getuigen voor een onderzoeksjury en herhaalde wat ik in mijn verklaring al had gezegd, zonder er iets aan toe te voegen. Mijn laatste zes maanden als politieman bracht ik door achter een archiefkast. Ik mocht niet meer op straat komen en zelfs de kaki-brigade – het personeel dat geen eed had afgelegd – spuwde in mijn koffie als ik even niet keek. Ten slotte werd Pigeyes in staat van beschuldiging gesteld en moest ik opnieuw voor de rechtbank tegen hem getuigen. Hij had ongeveer dertigduizend dollar betaald aan Sandy Stern, die ik een paar jaar geleden nog een joodse strafpleiter zou hebben genoemd. Sandy suggereerde dat het OM geen poot had om op te staan. Als getuigen hadden ze een paar kleine dealers die toegaven dat ze met hun gezicht tegen de grond hadden gelegen. Een agent van de narcoticabrigade verklaarde dat er maar tweeduizend dollar in contanten op het tafeltje had gelegen, terwijl het volgens de dealers veertigduizend dollar had moeten zijn. En ze hadden mij. Natuurlijk vertelde ik maar een deel van de waarheid. Mijn oude makker Pigeyes wierp me moordlustige blikken toe, en ik kreeg een zeer onprettig gevoel, alsof mijn botten in de teer werden gekookt. Stern vroeg me of ik jaloers was geweest op Pigeyes en of ik hem een betere smeris vond dan ik. Ja, antwoordde ik. En ik gaf toe dat ik nooit had gecontroleerd of Pigeyes het geld werkelijk met de bewijzen had ingeleverd. Inderdaad, er waren Hispano's die de ene blanke smeris niet van de andere konden onderscheiden. Ik

zei zelfs ja toen Stern me vroeg of ondergetekende in feite de enige politieman was die toegaf dat hij geld had aangenomen dat van dat tafeltje gestolen was. De officier keek alsof hij last van aambeien had. Na twee uur kwam de jury terug en verklaarde Pigeyes niet schuldig. Toen ik naar de deur van de rechtszaal liep, keek iedereen me na. Ik geloof niet dat er iemand was – niet de rechter, zelfs niet de tandeloze zwervers op de publieke tribune – die me niet als een smerig onderkruipsel beschouwde. Nora, die altijd wist hoe ze me kon treffen, vatte het heel goed samen: 'Zo, Mack, ben je nou tevreden?'
Was ik dat? Er zaten een paar vreemde kanten aan, dat moet ik toegeven. Heel merkwaardig was bijvoorbeeld dat het Tuchtcollege me publiekelijk steunde. Volgens hen moest je een sterk karakter hebben om je maat te verlinken. Ze boden me meteen een baan aan, omdat ik me zo fatsoenlijk en rechtschapen had gedragen in een ander beroep. Pigeyes kon het verder wel schudden. Voor de jury is het altijd een première, maar de andere smerissen hadden Stern al eerder aan het werk gezien en hadden geen proces nodig om te weten dat Pigeyes niet deugde. Al zijn makkers, en hij heeft er duizenden, zullen hem blijven steunen en hem een extra uniformtoelage geven als het kan, maar hij zal nooit carrière maken. Hij was besmet en de leiding wilde zijn vingers niet branden. Sindsdien gaat het bergafwaarts met hem en krijgt hij het soort behandeling waar Rome sterk in is: stuur de pedofiele priester maar het klooster in. Pigeyes' klooster is de afdeling Fraude. Zelf had ik het daar wel naar mijn zin gehad. Ik hield wel van die ingewikkelde zaken. Weer eens iets anders dan het vriendinnetje van de verdachte opsporen en haar huis in de gaten houden tot hij langskwam voor een wip. Maar Pigeyes trekt veel liever een pistool dan een fraudeur te slim af te zijn.
Zo te horen leidt hij nu een triest bestaan. De zeldzame keren dat hij nog bij een drugszaak is betrokken, steelt hij het poeder van de tafel, niet het geld. Achter zijn rug wordt hij al de 'Neus' of de 'Sneeuwman' genoemd, en niet omdat hij zo van de winter houdt. Hij was een echte smeris, vol complexen en tics. Hij had de pest aan iedereen en daarom is er nooit een mevrouw Pigeyes geweest, alleen de gebruikelijke barmeisjes en dames in problemen, die het een goed idee vonden een smeris te naaien. Hij had in zijn leven niet veel gehad. Dat was nu anders. Nu had hij mij.

D Pigeyes en ik hernieuwen onze kennismaking

'Heb ik je niet gezegd dat deze vent zou opduiken? Heb ik het niet gezègd?' Pigeyes was zo trots als een haan die iedere hen in het kippenhok had gepakt. Nog even en hij zou zichzelf omhelzen. Somber dacht ik aan mijn collega's, die mij geblinddoekt een weg op hadden gestuurd die regelrecht naar mijn ergste vijand bleek te leiden – mijn ex-vrouw meegerekend. En blijkbaar had hij mij al verwacht.
'Help me even,' zei hij. 'Volgens mij ben jij dit niet.' Hij had de credit card in zijn hand.
'Wat bedoelt u, agent?'
'Rechercheur, boerenlul.'
'Neem me niet kwalijk, rechercheur Boerenlul.' Had ik dat echt gezegd? Ik kon het nauwelijks geloven. Maar door de jacht op Bert en de gedachte aan een nieuw leven was ik een ander mens geworden. De jonge smeris met zijn hagedisseleren jasje en zijn lange haar met bakkebaarden grijnsde en deed een pirouette bij de deur. Ik vroeg erom. Maar hij kende de achtergrond niet. Als Pigeyes me verrot zou schoppen, zou hij daar nooit een geloofwaardig excuus voor kunnen vinden. Dat besefte Pigeyes ook. Hij staarde me aan met die kleine zwarte oogjes waarvan het wit niet zichtbaar was. Toen stak hij een vinger naar me uit, zo dik als een stok, en boorde zijn blik recht in mijn hart.
'Probeer dat niet weer,' zei hij.
Nu nam Trilby het woord, van achter zijn bureau. Hij was een vlezige zwarte man van middelbare leeftijd. Samen met zijn blonde assistente bij de balie had hij me behoorlijk te grazen gehad. De politie was hier blijkbaar al eerder geweest, op zoek naar Kam, en had instructies achtergelaten om contact op te nemen als er zich vrienden of kennissen van Kam zouden melden. Terwijl ik wachtte, had Trilby waarschijnlijk met Pigeyes gebeld, die stralend zijn afgod had bedankt toen hij mijn naam hoorde. Tot dit moment had Trilby onze confrontatie vanuit een ooghoek gevolgd, met zijn gezicht half afgewend, zodat hij zou kunnen beweren dat hij niets gezien had als er vervelende dingen gebeurden. Maar nu schraapte hij zijn moed bijeen om te vragen wie ik was.
'Een zuiplap,' zei Pigeyes.
Vreemd dat ik daar nog zo gevoelig voor ben.
'Ik ben advocaat, meneer Trilby.'
'Kop dicht,' zei Pigeyes. Hij was niet groot, waarschijnlijk niet eens een meter vijfenzeventig zoals hij zelf beweerde, maar hij had de bouw van een vrieskist: geen nek, geen taille en veel lillend vlees over

een stevig onderstel. Zijn woede gaf hem een soort aura, een suggestie van hitte. Je wist dat hij er was. Hij droeg een sportjasje en een gebreid shirt waaronder zijn hemd te zien was. Aan zijn voeten had hij cowboylaarzen.
Zijn maat zag dat hij kwaad was en kwam naar hem toe. Gino slenterde naar de deur. Met de tweede smeris begonnen we overnieuw.
'Dewey Phelan.' Hij haalde zijn legitimatie uit zijn zak en gaf me zelfs een hand. De goede en de kwade smeris. Jut en Jul. Verdomme, ik had dit spelletje zelf bedacht, maar toch was ik opgelucht dat ik met die magere jonge Dewey kon praten. Hij was een jaar of drieëntwintig. Zijn vette zwarte haar viel in zijn ogen en hij had een bleke huid, korrelig als custard.
'Wij hebben het vermoeden, meneer Malloy – maar dat had u al begrepen – dat u probeerde een hotelkamer van iemand anders binnen te dringen. Hebt u daar een verklaring voor?' Dewey was hier nog niet erg goed in. Hij hipte van zijn ene been op zijn andere als een vijfjarig kind dat een plasje moet. Pigeyes stond bij de deur, met zijn arm op een archiefkast, en keek toe met een zure uitdrukking op zijn gezicht.
'Ik ben op zoek naar een collega van mij, rechercheur.' Ik kon beter de waarheid vertellen. Bluffen had nu geen zin. Ik moest vooral een montere indruk maken.
'Hm,' zei Dewey. Hij knikte en vroeg zich af wat hij nu moest vragen. 'Hoe heet hij? En wat voor een collega is het?'
Ik spelde de naam Kamin. Dewey noteerde het in een opschrijfboekje met een spiraalrug, dat hij tegen zijn dijbeen liet rusten.
'Valse voorwendsels,' zei Pigeyes uit de richting van de archiefkast. Hij wees op de credit card die Dewey nog in zijn hand hield. Pigeyes wilde me erop pakken dat ik me voor iemand anders had uitgegeven. Ik was even vergeten dat de politie grote belangstelling had voor wie ik was of wilde zijn.
Ik keek Dewey aan, bijna alsof hij een vriend was. 'Weet je,' zei ik, 'Gino en ik... dat is een lang verhaal. Zeg maar tegen hem dat het geen valse voorwendsels zijn als je iemands naam gebruikt met zijn eigen toestemming. Die credit card is van Kamin, begrijp je?'
Dewey begreep het niet. 'U hebt die card van hem gekregen, bedoelt u dat? Van Kamin?' Hij keek even naar Pigeyes, misschien om te zien hoe hij het deed. Maar ik had het gevoel dat ik hun iets belangrijks had verteld. Ze keken allebei tevreden. Bert was Kam, of andersom. Dat hadden ze dus niet geweten. 'Is het Kamins card?' vroeg Dewey.
'Ja.'

'En die heeft hij aan u gegeven?'
'Het is Kamins card. Ik kwam hem hier zoeken. Voor zover ik weet heeft hij hier een hotelkamer genomen. Hij zal jullie zeker bevestigen dat ik zijn toestemming had.'
'Nou, dat moeten we hem dan vragen.'
'Doe dat,' zei ik.
'Wat is zijn adres?'
Ik had een fout gemaakt, besefte ik te laat. Als Bert de telefoon niet zou opnemen, zou de politie vroeg of laat zijn appartement doorzoeken. En als ze de koelkast opendeden, had je de poppen aan het dansen. Ik probeerde te bedenken hoe lang het zou duren voordat het zo ver was, en wat de gevolgen zouden zijn.
Dewey had inmiddels Berts adres genoteerd en was naar Pigeyes toe gelopen voor overleg. Ongetwijfeld zei hij tegen Gino dat ze geen goede gronden hadden om me vast te houden, terwijl Gino beweerde dat het gebruik van een valse naam reden genoeg was. Maar als hij me nu onterecht zou arresteren, alleen vanwege ons roerige verleden, zou ik een klacht indienen en zou hij onmiddellijk met vervroegd pensioen worden gestuurd. Dat wist hij ook wel.
Ik dacht al dat ik met de schrik vrij zou komen toen ik Gino hoorde zeggen: 'Ik haal haar wel even.' In een oogwenk was hij terug met de lieve studente van de receptie. Ik veronderstelde dat hij mijn gebruik van Kams credit card nog eens wilde doornemen, in de hoop dat zij hem iets kon vertellen wat hij over het hoofd had gezien. Maar ik vergiste me.
'Dit is hem toch niet?' vroeg hij.
Vijf mensen was wat te veel voor het kleine kantoortje. Het grootste deel van de ruimte werd in beslag genomen door Trilby's bureau, dat leeg was, op de foto's van zijn vrouw en zijn volwassen kinderen na. Aan de betimmerde muren hingen een klok en een vlaggetje van de universiteit. Het meisje keek om zich heen.
'Nee, natuurlijk niet,' zei ze.
'Beschrijf hem eens.'
'Om te beginnen was hij zwart.'
'Over wie gaat het?' vroeg ik.
Dewey wierp me een waarschuwende blik toe en schudde zijn hoofd, nauwelijks waarneembaar. Niet onderbreken. Pigeyes vroeg het meisje om verder te gaan.
'Achter in de twintig, zou ik zeggen. Zevenentwintig. Terugwijkend haar. Een atletisch postuur. Hij zag er goed uit,' voegde ze eraan toe, en haalde haar schouders op, misschien als verontschuldiging voor zo'n eerlijke ontboezeming van een blank meisje.

'En hoe vaak heb je hem gezien?'
'Zes of zeven keer. Hij is hier vaak geweest.'
'Wat moet dit voorstellen?' vroeg ik, ernstig en onzeker. 'Een confrontatie? Wat heb ik gedaan – zijn portefeuille gerold?' Ik raadde maar wat.
'Beste vriend,' zei Dewey, 'hou je erbuiten.'
'Jullie hebben me ondervraagd en nu praten jullie over iemand anders in mijn aanwezigheid. Ik wil weten over wie het gaat.'
'Die vent is toch onmogelijk!' Pigeyes draaide zich om en kauwde op een van zijn knokkels.
'Vertel het hem maar,' zei Dewey, met een licht schouderophalen. Wat kon het hun schelen? Gino kreeg het eindelijk door. Er begon hem iets te dagen.
'Goed dan,' zei Pigeyes, 'als ik je daar gelukkig mee maak.' Hij wees met zijn vlezige hand naar het meisje. 'Zeg maar tegen meneer Malloy over wie we het hebben.'
Het meisje had geen idee wat zich hier afspeelde. Ze haalde haar schouders op – een boerendochter, een beetje mollig in haar witte blouse.
'Meneer Roberts,' zei ze. 'Kam Roberts.'
'Je vriend.' Pigeyes staarde me vanaf de andere kant van de kamer aan. Zijn harde kleine ogen glinsterden als agaat. 'Wat heb je daarop te zeggen, slimmerik?'

VII WAAR IK WOON

Het huis waar Nora Goggins en ik ons huwelijksleven hebben doorgebracht was klein en vierkant, opgetrokken uit baksteen, met kunststoflijsten, zwarte luiken en drie slaapkamers, in een onopvallende, burgerlijke buitenwijk die Nearing heet. Nora zei altijd dat we ons wel iets beters konden permitteren, maar dat wilde ik niet. We hadden een zomerhuisje bij Lake Fowler en dat vond ik al een behoorlijke uitgave. Er waren zoveel kosten – de BMW, mijn kleren en de hare, al die verdomde clubs. Achteraf gezien betekent het waarschijnlijk wel iets dat ons huis niet veel voorstelde. De klimop die we hadden geplant toen we erin trokken heeft zich aan de stenen gehecht met ranken zo dik als boomtakken. De ranken krijgen bast en sinistere tentakels, die zich in de spleten van het metselwerk dringen en geleidelijk het hele huis afbreken. Toen ik de jongen bij me nam, kreeg ik ook het huis. Nora ging er met het geld vandoor. Nearing zal nooit een mooie wijk worden en Nora kent de prijzen van onroerend goed.

Nora is makelaar. Je kent dat type wel, zo'n keurige dame, erop gekleed om tijdens de lunch haar slag te slaan. Ze hield het thuis niet uit. Haar zwangerschap en de opvoeding van haar kind waren een lijdensweg voor haar. Toen Lyle eindelijk naar de middelbare school ging, had Nora volgens mij op een papiertje uitgerekend hoeveel van haar hersencellen iedere dag gestorven waren. Hoewel ik dronk, was ik me altijd bewust van dat wilde, ongelukkige trekje in haar karakter dat zich nooit zou laten temmen. Ik weet nog dat ik haar een keer in de tuin zag staan. Ieder jaar had ze een andere passie, en die zomer was dat groente. Het was één zee van groen: de maïsstengels met hun brede bladeren als sierlijke handen, het oerwoud van bonen, en de varenachtige toppen van de asperges, gespreid als kant. Nora stond in ons kleine stadstuintje met Lyle tegen haar knie en staarde in de verte, haar hoofd vol eenzame visioenen, net als Columbus, die de wereld rond dacht terwijl de rest van de mensheid een plat vlak zag. Ten slotte wierp ze zich op de makelaardij. Met een tomeloze vreugde stroopte ze de markt af en leidde potentiële kopers rond. Ze vlamde op als een raket. Ze genoot ervan om in de volwassen wereld terug te zijn. Het leek wel of ze weer eenentwintig was – helaas in alle opzichten. Toen het tot me doordrong wat er gaande was, voelde ik me als verlamd. Ik dronk niet meer, dus zat ik eenzaam thuis met mijn pijnlijke fantasieën over kerels uit Kansas City die hier een huis zochten en door Nora op een bijzondere wijze werden verwelkomd. Zij liet hun haar diepste heiligdom zien, terwijl ik – de voormalige zuiplap die meer had rondgezworven dan een minstreel – thuis een persoonlijke en perverse romance beleefde met Marietje Ruk. Is dat niet het ergste van seks, dat we erover nadenken? Vooral mannen. Je weet hoe het gaat. We krijgen geen baby's, dus hebben we maar één manier om ons te bewijzen. 'Doe je het nog?' Alsof je een dik mens vraagt of hij wel genoeg eet. Ik zweer je, na mijn laatste keuring was ik dagenlang depressief omdat de dokter – heel modern – me had gevraagd of ik nog seksueel actief was en ik ontkennend had moeten antwoorden. Maar ik dwaal af.

Op haar zwerftochten was Nora meestal in het gezelschap van haar manager, een zekere Jill Horwich met wie ze altijd een borrel dronk of naar een of andere conventie moest. Jill was zo'n typische makelaarsdame: gescheiden, met een stel kinderen. Ik denk dat ze het prettiger vond om een vent uit een kroeg te naaien, zonder problemen en zonder stress, dan zich een kerel op de hals te halen die een vaste plaats in haar keuken veroverde. Nog een mond om te voeden. En Nora leek onder de indruk van Jills manier van leven.

Dat Nora van avontuur hield, was natuurlijk geen nieuws voor mij. Kort nadat we elkaar hadden ontmoet, bij ons tweede afspraakje, was het Nora Goggins die me voor het eerst van mijn leven pijpte. Het moment waarop ze mijn gulp openritste, oog in oog met mijn jongeheer, en hem vastgreep met de zelfverzekerdheid van een nachtclubzangeres die de microfoon pakt, herinner ik me nog altijd als een van de opwindendste ogenblikken uit mijn leven. En dat was niet alleen de opwinding van een schooljongen. Ik wist dat ik een bijzondere vrouw had gevonden, iemand die moediger was dan ik – een eigenschap die ik onweerstaanbaar vond, zeker bij een katholiek meisje. Ik dacht dat dit een vrouw was die ik door de jungle kon volgen, die niet bang was voor de wilde dieren en die de innerlijke kracht had om haar eigen pad uit te hakken. Maar ze was gewoon iemand met uitgesproken meningen, die zich door ons leven gefrustreerd ging voelen.

Ze ging tegen me tekeer, ze vertelde me regelmatig dat ik haar emotioneel tekort deed, en blijkbaar had ze geheime verlangens die ik nooit zou kunnen bevredigen.
Toen ik vanavond thuiskwam, maakte ik zoveel herrie dat het Klierige Kind persoonlijk de trap af kwam, wrijvend in zijn ogen. Hij droeg een spijkerbroek zonder hemd en zag eruit alsof hij door een straathond was aangevreten. Hij is een wat ziekelijk type, eerlijk gezegd, even lang als ik maar nog niet helemaal volgroeid, met een paar verdwaalde haren op zijn borst, tussen de acne. Zijn merkwaardige kapsel, een soort golfbaan die op een overwoekerde heuvel is uitgehakt, zat in de war. We gingen aan de keukentafel zitten met een pak gesuikerde cornflakes.
'Zware nacht?'
Hij maakte een vaag bevestigend geluid. Hij hield zijn hand voor zijn gezicht en rustte met zijn arm op het pak cornflakes alsof het zijn enige houvast was. Hij had nu een hemd aangetrokken, een shirt van duur rayon, dat ik ongetwijfeld zelf had betaald. De rode streep, constateerde ik, was gemorste ketchup en hoorde niet bij het motief.
'Hoe laat was je thuis?'
'Om een uur.'
Hij bedoelde 's middags, niet 's nachts. Ik keek op de klok. Het was twaalf minuten voor acht. Lyle was net opgestaan. Hij leefde zijn leven achteruit. Hij en zijn makkers vonden het niet *cool* om vóór middernacht al iets te doen. Nora weet Lyles losgeslagen bestaan natuurlijk aan het slechte voorbeeld van zijn vader toen Lyle nog een kind was.
'Lees eens wat van de Heilige Augustinus. Die waarschuwt tegen de gevaren van een losbandig leven.'
'Ach, hou je kop, pa.'
Als hij er iets meer humor in had gelegd, had ik misschien niet de neiging gehad hem te slaan. Maar nu had ik moeite me te beheersen. Als ik hem sloeg, zou hij het tegen zijn moeder zeggen, die het aan haar advocaat zou vertellen, die de rechter zou inlichten. Als ik het joch had kunnen lozen door hem buiten westen te slaan, zou ik geen moment hebben geaarzeld. Maar ik wist dat het alleen tot meer beperkingen en problemen voor mezelf zou leiden.
Volgens die uitstekende opleiding die ik aan de universiteit had genoten was het Rousseau geweest die in de westerse cultuur de aanbidding van het kind had geïntroduceerd. Iedereen die een menselijk wezen vanuit het niets heeft grootgebracht, weet dat dit nergens op slaat. Kinderen zijn barbaren, egocentrische kleine etters die op driejarige leeftijd al alle vormen van menselijk wangedrag onder de knie

hebben – inclusief geweld, bedrog en omkoperij – om hun zin door te drijven. Het kind dat bij mij in huis woonde had zijn leven nooit gebeterd. Vorig jaar bleek dat de scholengemeenschap waarvoor ik hem de laatste anderhalf jaar ieder kwartaal een keurige cheque had meegegeven, zijn naam niet eens kende. Een maand geleden nam ik hem mee uit eten en betrapte ik hem toen hij de fooi voor de dienster in zijn zak wilde steken.

Ongeveer drie keer per week dreig ik hem de deur uit te gooien, maar zijn moeder heeft hem verteld dat ik volgens de echtscheidingsakte voor hem moet zorgen tot hij eenentwintig is. Brushy en ik hadden aangenomen dat dat alleen voor het schoolgeld gold. Maar Nora, die vindt dat de jongen begrip nodig heeft (vooral sinds zij daar niet meer voor opdraait), zou het daar principieel natuurlijk mee oneens zijn en de rechter vragen om Lyle en mij naar therapie te sturen. Weer vijfhonderd dollar per maand. Het is een verontrustende gedachte, met de gemene scherpte van een roestig mes, maar ik kan het niet ontkennen: ik ben nu ook bang van hem.

Geloof me, ik ben niet zo opgewekt als ik klink.

Mijn zoon stond op om nog een schaaltje cornflakes te nemen en vroeg waar ik was geweest.

'Ik heb me beziggehouden met enkele onaangename aspecten van mijn verleden,' zei ik.

'Zoals moeder, bedoel je?' Dat vond hij grappig.

'Ik ben een smeris tegen het lijf gelopen die ik nog van vroeger kende. In de U Inn.'

'O ja?' Lyle vindt het wel leuk dat ik bij de politie ben geweest, maar hij liet de kans om van rol te wisselen niet voorbijgaan. 'Je hebt toch geen problemen, pa?'

'Als ik ooit uit de goot moet worden gered, weet ik waar ik een expert kan vinden, kerel.' Ik wierp hem een veelbetekenende blik toe. Lyle trok zich meteen naar de andere kant van de keuken terug.

Het had Pigeyes grote moeite gekost me te laten gaan. Hij en Dewey hadden een kwartier overlegd en ten slotte besloten dat ze eerst mijn verhaal over Bert moesten natrekken. Gino gaf me de credit card terug en zei dat ik hem goed moest bewaren omdat ik snel weer van hem zou horen. Ik verwachtte niet dat hij bloemen voor me zou meebrengen.

Terwijl ik mijn avondeten naar binnen slurpte, bedacht ik dat ik niet zo snel had moeten zijn met Berts naam. Als Pigeyes en Dewey de koelkast in Berts appartement zouden openen, zouden ze meteen bij G&G op de stoep staan, besefte ik. Natuurlijk zouden ze alles willen weten over Kamin. En op dat moment – waarschijnlijk al binnen een week – zouden we wel iets over het vermiste geld moeten zeggen. Zodra dit een politiezaak was, zou iedereen het zekere voor het onzekere nemen. Zelfs als Krzysinski het hoofd koel hield als hij het verhaal van Jake te horen kreeg; hij zou de zaak niet meer kunnen verzwijgen als de politie op het toneel verscheen. Dan waren er geen diplomatieke oplossingen meer mogelijk. Dan was het sayonara, G&G. Ik moest nodig weg.

Toch gaf het nieuws dat er inderdaad iemand bestond die Kam Roberts heette, me hetzelfde gevoel als een astronoom die zojuist heeft ontdekt dat er zich nog een tweede planeet in onze baan bevindt, die ook Aarde heet. Maar als het Bert niet was – en Bert was geen zevenentwintig, niet zwart en nog niet kalend toen ik hem tien dagen geleden voor het laatst had gezien – waarom gebruikte Kam Roberts dan een verbastering van Berts naam en liet hij zijn post naar Berts adres sturen?

In het borstzakje van mijn overhemd had ik het briefje dat Lena uit Infomode had overgeschreven. Ik keek er nog eens naar en liet het in mijn wanhoop ook aan Lyle lezen. Waarschijnlijk was het een boodschap van Bert, zei ik erbij.

'O, die vent die ons een paar keer heeft meegenomen naar een wedstrijd van de Trappers? Dan moet het iets met sport te maken hebben.'

'Dank je, Sherlock. En welke sport? Brandkastkraken?'

Lyle wist ook niets te verzinnen. Ik had hem net zo goed iets over het boeddhisme kunnen vragen. Het joch had een pakje sigaretten op tafel laten liggen en ik pakte er een, als versiering van de maaltijd.

'Hé.' Hij wees. 'Koop ze zelf maar.'

'Het is voor je eigen bestwil,' zei ik. 'Ik wil je gezondheid en je toekomst redden.'

Hij vond het niet grappig. Dat vond hij nooit. Als ik alle mislukkingen uit mijn leven op een rijtje moet zetten, zouden de batterijen van dit apparaat al snel leeg zijn. Maar op de een of andere manier hebben Lyle en ik toch een aparte relatie. Toen ik nog zoop, voelde ik in een dronken bui soms een geweldige liefde voor dit kind – een genegenheid die me de adem benam. Het was altijd hetzelfde beeld, van een mollige, twee jaar oude peuter die hard door de tuin rende, met een klaterende lach die zoeter klonk dan de mooiste muziek. Dan hield ik zoveel van hem, met zo'n hartverscheurende tederheid, dat ik ongegeneerd boven mijn cocktailglas zat te huilen. Dat waren de intiemste momenten die ik met mijn kind had, dit denkbeeldige contact als hij in zijn bedje lag te slapen en ik tien kilometer van huis in de kroeg zat. Maar in de praktijk had hij weinig aan me. Volgens mij verschil ik daarin niet veel van driekwart van alle vaders, die ook een soort telefonisch contact onderhouden met hun kinderen. Maar op een gegeven moment ontdekte Lyle mijn kwetsbaarheid – dat ik gewoon verlamd ben van spijt, waar het hem betreft. Noem het wat je wilt, een wederzijdse vergeldingsactie of een gedeelde waanzin, maar we weten allebei dat zijn speldeprikken en mijn weigering erop in te gaan dezelfde verwrongen emotionele dynamiek hebben als bijvoorbeeld een rituele marteling of een gezinsvariant van SM. Lyle straft mij met zijn gedrag, terwijl ik door mijn lijden duidelijk maak dat ik van hem houd, of in elk geval van iets wat hij alleen vertegenwoordigt.

Ik trok me terug met de sigaret en slenterde de huiskamer door. Ik had me bij de fitness-club weer omgekleed en was toen naar kantoor gegaan om het dossier over Toots Nuccio op te halen. Morgen is de hoorzitting. Ik las het dossier door en verdween ten slotte naar boven voor mijn gebruikelijke nachtelijke ritueel: proberen de slaap te verrassen. Zal ik mijn slaapkamer eens beschrijven, de plaats waar ik 's nachts mijn verslag dicteer? Hiroshima na de bom. Boeken, kranten en sigarettepeuken. Opiniebladen en juridische tijdschriften die ik in mijn intellectuele perioden nog weleens lees. Een koperen koloniale lamp met een gebarsten kap. Naast mijn kersehouten ladenkast is het kleed wat minder verschoten dan in de rest van de kamer, met putten op vier hoeken waar de poten van Nora's toilettafel hebben gestaan – een van de weinige meubelstukken die ze heeft meegenomen. Met Lyle in huis heeft schoonmaken weinig zin, en mijn kleine hoekje van de wereld lijkt nu behoorlijk verlopen en verslonst.

Naast mijn bed, voor een achtergronddoek, staat een ezel met een half voltooid schilderij. Op de richel ligt een groot aantal platgeknepen verftubes met felgekleurde duimafdrukken. Een kunstenaar aan het werk. Toen ik achttien was, dacht ik dat ik een tweede Monet zou worden. Als kind in het huis van mijn moeder, als slachtoffer van haar schrille tirades, concentreerde ik me graag op dingen die niet veranderden, op het houvast van een lijn en de stilte van een pagina. Dat gaf een zekere troost. Ik weet niet hoe vaak en in hoeveel klaslokalen ik de figuren uit de strips heb getekend: Batman, Superman, Dagwood. En ik was goed. De leraren prezen mijn werk en als ik 's avonds met mijn vader in The Black Rose zat, amuseerde ik zijn vrienden door foutloos foto's uit de krant na te tekenen. 'Die jongen heeft talent, Tim.' In de kroeg, met zijn vrienden, vond hij het leuk als anderen zijn zoontje prezen. Maar thuis wilde hij niet tegen mijn moeder ingaan, die een heel andere visie had. 'Tekeningetjes. Stelt niets voor,' mompelde ze als het onderwerp ter sprake kwam. Pas toen ik een laag cijfer haalde bij de tekenlessen in mijn eerste jaar aan de kunstacademie, begon ik te begrijpen dat ze misschien gelijk had.

Het probleem is dat ik alleen maar goed kan zien in twee dimensies. Ik weet niet of dat iets met mijn dieptezicht te maken heeft of dat het psychisch is. Ik kan goed kopiëren, maar ik heb moeite naar de werkelijkheid te schilderen. Als vervalsen een legitiem beroep was, zou ik een Pablo Picasso onder de vervalsers zijn. Ik kan alles op papier reproduceren, alsof ik het heb overgetrokken met calqueerpapier. Maar het werkelijke leven is me te moeilijk. Het perspectief, de verhoudingen... op de een of andere manier lukt me dat niet. Mijn carrière als kunstenaar, besefte ik kort voordat ik bij de politie ging, zou een soort tweedehands hel zijn geworden waarin ik nooit iets origineels zou hebben gepresteerd. Dus werd ik maar advocaat. Weer zo'n grap, maar mijn collega's kunnen er niet echt om lachen.

Thuis, helemaal alleen, doe ik graag alsof. Normaal gesproken, als ik 's nachts om drie uur wakker schiet, is het niet Wash' rapport of de dictafoon die op me wacht. Dan kopieer ik Vermeer en stel ik me de voldoening voor om zo brutaal de werkelijkheid te kunnen transformeren. Vaak ben ik hier aan het werk, midden in de nacht, in het felle licht, verblind door de glanzende pagina van het kunstboek en de natte acryl, vechtend tegen het beeld dat uit de vlammen opdook om me uit mijn slaap te wekken.

Welk beeld dan, zullen jullie vragen. Het is een man. Ik zie hem uit de vuurzee stappen, en als ik met bonzend hart en droge mond wakker schrik, kijk ik om me heen of ik hem ergens kan ontdekken – de man die met mij komt afrekenen. Hij loopt altijd achter me, verscholen om de hoek. Hij draagt een hoed en hij heeft een mes. In mijn dromen zie ik soms de glinstering in het blauwe licht van een straatlantaarn. Hij is nooit uit mijn gedachten. We zijn altijd samen, ik en de Anonieme Beul, zoals smerissen hem noemen: de vent die op je loert om je te grazen te nemen. Hij is de man voor wie moeders hun dochters waarschuwen als ze door verlaten straten lopen. Hij is de overvaller in het park, de inbreker die om drie uur 's nachts je huis binnendringt. Misschien ben ik wel bij de politie gegaan om hem te grijpen, maar nu heeft hij míj in zijn greep. Iedere nacht.

Jezus, waar ben ik nou eigenlijk zo bang voor? Ik heb vijf jaar straatdienst gedaan, ik bezit al mijn vingers en tenen nog, ik heb een baan die ik probeer te houden, en mijn handen staan niet verkeerd. Maar de vijftig begint te naderen, en dat getal roept nog altijd iets in me wakker, als het kaliber van een pistool dat op je hoofd wordt gericht. Ik lig hier in het bed waarin ik een paar duizend keer een vrouw

heb geneukt die – zoals ik me nu realiseer – nauwelijks geïnteresseerd was in wat ik deed. Ik luister naar het gerochel van de verrotte uitlaat van wat ik ooit mijn auto noemde en ik klamp me wanhopig vast aan de afscheidsgeluiden van dat zwervertje dat vroeger een lief kind was. Waar moet ik nou zo bang voor zijn, Elaine, behalve voor mijn enige eigen leven?
Vannacht ben ik maar één keer wakker geworden. Het was niet zo erg als anders. Geen dromen. Geen messen of vlammen. Eén gedachte maar. Een afschuwelijke gedachte, maar niet zo afschuwelijk dat ik hem niet onder woorden kan brengen.
Bert Kamin is waarschijnlijk dood.

BAND 3

Gedicteerd op 26 januari, 9.00 uur 's avonds

Woensdag 25 januari

VIII DE MANNEN VAN DE GROTE STAD

A Archie was een koele kikker

Toen ik woensdagochtend op kantoor kwam, zat Lena op me te wachten.
'Is die vent een gokker?' Het antwoord was ja, dat wist ze al.
'Laat maar zien.' Ik liep achter haar aan naar de bibliotheek.
Toen ik Lena vorig jaar op de campus had gesproken, was het me opgevallen dat er een lacune in haar curriculum zat. Ze had zeven jaar over haar vooropleiding gedaan. Ik vroeg of ze erbij had gewerkt.
'Nee, dat niet.' Ze had haar koffertje gepakt. Een kleine roodharige dame met een wereldwijze blik. 'Ik had het een tijdje moeilijk.'
'Hoe moeilijk?'
'Moeilijk.' We keken elkaar aan in het sollicitatiekamertje, een geluiddicht hok ter grootte van een kast. Ideaal als martelkamer. 'Ik dacht dat ik verliefd was op een jongen, maar ik was verliefd op de dope. Ik zit bij de Anonieme Verslaafden. Ik doe het hele programma. Eens per week.' Ze wachtte op mijn reactie. Er waren nog een stuk of zes andere goede kantoren in de stad, en wij waren vroeg met onze gesprekken. Als openhartigheid niet werkte, zou ze bij haar volgende sollicitatie kunnen liegen, of hopen dat ze ergens kon binnenkomen voordat er lastige vragen werden gesteld. Ze had uitstekende cijfers. Iemand zou het risico wel nemen. Al die overwegingen stonden duidelijk op haar vastberaden gezicht te lezen.
'AA,' zei ik, en ik gaf haar een hand. En ze had het hier goed gedaan. Briljant zelfs. Ze had haar leven weer in eigen hand genomen, met het doorzettingsvermogen van een topsporter. Steeds als ik haar bezig zie, voel ik me weer gekleurd door datzelfde palet van troebele gevoelens: afgunst, bewondering, het voortdurende besef dat ik maar namaak ben, en zij echt.

In de bibliotheek zette ze me naast een pc en toetste de commando's in om Berts boodschap op het scherm te brengen. Ik keek er weer naar:
Hé, Arch...

                    SPRINGFIELD
Kam's Special 1.12 — U. vijf, vijf Cleveland.
1.3 — Seton vijf, drie Franklin.
1.5 — SJ vijf, drie Grant.

                    NEW BRUNSWICK
1.2 — S.F. elf, vijf Grant.

'Kijk,' zei ze. 'Ik heb ook Sportlijn opgevraagd. Dat zijn niet alleen uitslagen, ze hebben ook een toto. Uit Las Vegas misschien? Compleet met een kansberekening. Hier.' De lijst was pagina's lang. Basketball, universitair en professioneel, en ijshockey, met een berekening voor iedere wedstrijd op een aparte regel. 'Daarna vroeg ik me af of een van die sporten iets met Springfield of New Brunswick te maken had,' vervolgde ze.
In Springfield, Massachusetts, was een soort basketball-heiligdom, maar New Jersey zei me niets.
'Football,' zei ze. 'Daar is de eerste universitaire football-wedstrijd gespeeld. In New Brunswick. En de eerste basketball-wedstrijd was in Springfield.'
Ik vroeg haar om Berts boodschap weer op te roepen. Drie weken geleden hadden de NFL play-offs het grootste deel van mijn weekend verknald.
'Dit zijn wedstrijden,' verklaarde ze. 'Ik denk dat hij op de uitslagen wedt.' Ze keek me aan om te zien hoe ik reageerde. Ik had alle bewondering voor haar. 'Zo wordt het begrijpelijk,' zei ze. 'Franklin en Grant staan toch op bankbiljetten? Alleen Cleveland kan ik niet plaatsen.'
'Grover Cleveland staat op het biljet van duizend.'
'Dus het klopt. Hij zet geld in,' zei ze. 'En niet zo'n beetje ook. Hoe dekt hij zijn verliezen?' Als verslaafde had Lena geleerd dat je ooit de prijs moet betalen voor de zonde.
Ik dacht na over haar vraag. Als hij tussen de vijf- en de tienduizend dollar per dag inzette, had Bert alle reden gehad om zijn hand in de kas te steken.
'Maar dit begrijp ik niet,' zei ze. 'Wat is "Kam's Special"?'
Ik had geen idee.

'En wie is Archie?' vroeg ze.
Dat lag meer voor de hand.
'Een bookmaker.' Actuarissen zijn niets anders dan bookmakers in een wit overhemd. Archie had de verleiding niet kunnen weerstaan zijn rekenkunsten bot te vieren op iets leukers dan sterftestatistieken. Het was een amusante gedachte, zo'n keurig type dat in een van die stalen torens weddenschappen aannam.
'Luister,' zei ik tegen Lena. 'Als die Archie de naam en het rekeningnummer van Kam Roberts had, zou hij kunnen opbellen om de weddenschappen uit de Postbus te noteren, nietwaar? En dat kan hij ook met tientallen andere mensen doen, als hij dat zo heeft afgesproken.'
'Maar waarom?'
'Omdat gokken illegaal is en hij op deze manier niet gepakt kan worden.' Zelfs toen ik nog straatdienst deed, voordat de afluisterindustrie zo'n grote vlucht nam, werd er al overal gegokt. Een of andere stroman klopte ergens aan in een arme buurt en vroeg of hij een appartement kon huren voor een maand. Drieduizend dollar, geen lastige vragen. Daar bleven ze vier weken zitten en verkasten dan weer, in de hoop de FBI een stap vóór te blijven. Maar als je tegenwoordig iets via de telefoon regelt, hoe je het ook doet, loop je altijd het risico dat de politie meeluistert. Archie liet zich dus niet bellen. Je riep gewoon Sportlijn op en liet je inzet in de Postbus achter. Zo liep Archie geen risico. Een man die met zijn tijd meeging. Een elektronische bookmaker.
Dat verklaarde ook de post 'Arch Enterprises' op het bankafschrift van Kam Roberts. Archie had het eeuwenoude probleem opgelost hoe je het geld moet innen zonder gebruik te maken van zware jongens die het slachtoffer zijn benen zullen breken als hij op vrijdag niet heeft betaald. Dit was klinisch, professioneel. Alles ging via de credit card. Winst en verlies. Waarschijnlijk kwam er eens per maand een debet- of creditafschrift. Voor een winnaar was dat net zo gemakkelijk als contant geld. Je kon er je vliegtuigtickets mee betalen, of een etentje, een pak, een stropdas, wat je maar wilde. En als je verloor, kreeg Archie zijn geld via de bank. Natuurlijk zaten er een paar stappen tussen. Arch Enterprises was waarschijnlijk een dochter van een houdstermaatschappij die weer eigendom was van een trust. Uit Pico Luan, misschien?
'Waar gaat deze zaak eigenlijk om?' vroeg Lena. 'Kan ik misschien helpen?' Leuker dan beleggings- of verzekeringskwesties.
Ik bedankte haar uitvoerig en nam het afschrift weer mee naar mijn kantoor, een beetje teleurgesteld in mezelf. Zoals gewoonlijk had ik me door mijn op hol geslagen fantasie laten meeslepen. Archie was

niet Berts minnaar. Hij was zijn bookmaker. Maar toch waren er nog een heleboel dingen die niet klopten. Ik wist nog steeds niet wat de relatie was tussen Bert en Kam, of waarom Pigeyes en zijn makkers achter hem aan zaten. Niet vanwege het gokken, want dat was een andere afdeling. Pigeyes en Dewey werkten voor Fraude. Maar deze informatie betekende wel dat mijn conclusie van de vorige nacht nog waarschijnlijker leek. Dus zei ik het nog een keer, hardop, maar zachtjes: 'Bert is dood.'

IJskristallen van staalhard licht zweefden boven de rivier. Je moest Berts situatie bekijken met de logica van een smeris. De simpelste verklaring was altijd de beste. De man in de koelkast had niet zelf dat snoer om zijn hals geknoopt. De moordenaar had iets willen bewijzen. En dat had met Bert te maken, gezien de plaats waar hij het lijk had achtergelaten. En nu was Bert verdwenen en kwam ik erachter dat hij betrokken was bij een illegaal gokcircuit, waarin mensen hun schulden niet meer kunnen betalen en waarin rekeningen met bloed worden vereffend omdat je nu eenmaal geen proces kunt beginnen. Ik vroeg me af of Bert nog een koelkast in zijn kelder had.

Eén ding stond vast. Ik ging niet terug om het te controleren, zeker niet nu ik Pigeyes die kant uit had gestuurd. De computer in Berts huiskamer zou misschien nuttige informatie kunnen opleveren over Kam, zijn leven en 'Kams Special'. Helaas. Om toch iets te doen slenterde ik naar Berts kantoor, verderop in de gang. De deur zat op slot. Typisch Bert, fanatiek bezorgd over de geheimen van zijn cliënten – om over zijn eigen geheimen maar te zwijgen. Ze hadden zijn secretaresse aan iemand anders toegewezen zolang haar baas afwezig was, maar ik wist waar ze de sleutel bewaarde en ik opende de deur. Bij Bert thuis was het een rommeltje, maar zijn kantoor was onberispelijk. Dat paste bij zijn grillige karakter. Alles was afgestoft en stond keurig op zijn plaats. De meeste advocatenkantoren zijn op dezelfde manier ingericht: diploma's aan de muren, foto's van hun gezin en een paar hoogtepunten uit hun juridische loopbaan, om indruk te maken op de cliënten. Wash bewaart de verslagen van enkele van zijn grote successen in een boekenkast, in doorschijnend plastic gegoten. Hij heeft zelfs 'bijbels' van al zijn zakelijke transacties, op folioformaat en in leer gebonden, met de namen en data van iedere zaak in goud op snee. Zelfs ik heb een ingelijste schets, gemaakt door een tekenaar van een plaatselijk tv-station, waarop ik TN vertegenwoordig in een zaak waarin ze een piloot wilden ontslaan die ze als John in dienst hadden genomen en die later de naam en genitaliën van Juanita aannam.

Eén blik door Berts kantoor was voldoende om te weten dat deze man een sportgek was. Sportsouvenirs stonden en hingen overal: gesigneerde honkbalballen, en een shirt van de Hands, met in viltstift de handtekeningen van alle leden van de kampioensploeg uit 1984. Het shirt was ingelijst en hing aan een van de betonnen pilasters. Verder bevatte het kantoor weinig persoonlijks, behalve die vreemde grote waterkoeler in de hoek.

Omdat ik zelf ook aan de zaak-397 werkte, kende ik Berts wachtwoorden. Ik zette de computer aan, liep alle directories door en riep verschillende documenten op, in de hoop wat meer te ontdekken over Kam Roberts en Archie. Maar er was niets te vinden. Daarom verdiepte ik me maar in Berts eindeloze correspondentie, op zoek naar aanwijzingen – maar ook, dat geef ik toe, omdat ik het wel spannend vond in Berts vroegere leven als advocaat te snuffelen.

Door zijn vreemde gewoonten heeft Bert nooit veel eigen cliënten aangebracht. Hij is meer iemand, net als ik, die het werk doet waarvoor een van onze dure vennoten eigenlijk is ingehuurd. Maar ondanks die beperkingen is hij bij de Commissie heel populair. Bert schrijft ieder jaar zo'n vijfentwintighonderd uur en weet met zijn harde methoden goede resultaten te boeken in de rechtszaal. Hij stort zich met hart en ziel op iedere zaak. Als je een cliënt hebt met een klein probleem – bijvoorbeeld iemand die beweert dat wit zwart is – zal Bert hem zonder enige aarzeling verdedigen. Hij is zo'n advocaat die het op geen enkel punt met de tegenpartij eens is. Verschuif de zaak een uurtje, en Bert klimt in de pen. Zonder dat die brief weergeeft wat er in werkelijkheid is gezegd, overigens. Stel dat mijn cliënt openhartchirurgie moet ondergaan. Dan beweert Bert dat de man verstek laat gaan omdat hij een afspraak heeft bij de dokter. Met dat soort stunts had Bert zich gehaat gemaakt bij de helft van alle strafpleiters in de stad. Dat was ook de reden waarom ik aan 397 ging werken. Jake kan zich niet bezighouden met de honderdvijftig advocaten van al die eisers, die bovendien allemaal een cassetterecorder willen aanzetten voordat ze zelfs maar goeiemorgen tegen Bert durven zeggen.

In de gang werd mijn naam omgeroepen, met het verzoek of ik Lucinda wilde bellen. Tijd voor Toots' hoorzitting. Ik wilde juist de pc uitschakelen toen ik in Berts eindeloze brievenbestand een naam zag die me bijna de adem benam: Litiplex.

Haastig toetste ik de commando's in om de brief op te roepen. In mijn zenuwen was ik al bang dat ik op de verkeerde toetsen had gedrukt en de brief had gewist, maar dat was niet zo. Het bleek trouwens geen brief te zijn, maar een kort begeleidend memo:

GAGE & GRISWELL
Intern memo
INDIVIDUEEL ONDERZOEK
VERTROUWELIJK EN GEHEIM

20 november

AAN: Glyndora Gaines, hoofd afdeling Boekhouding
VAN: Robert A. Kamin
BETREFT: zaak-397, cheques aan Litiplex Ltd.

Verzoek overeenkomstig de afspraak met Peter Neucriss, brief bijgevoegd, op mijn handtekening cheques uit te schrijven aan Litiplex Ltd. voor de aangegeven factuurbedragen.

Ik las het memo vier of vijf keer, om de tekst zo goed mogelijk tot me door te laten dringen. Toen liet ik het printen. Het papier schoot uit de printer alsof die zijn tong tegen me uitstak.
'Hé.'
Ik schrok. Ik had de deur niet horen opengaan boven het geluid van de printer uit. Het was Brushy. Ze had haar jas en de mijne over haar ene arm en het dossier over de zaak Toots onder haar andere.
'Het is tien vóór. We halen het nog net.' Ik denk dat ik schuldig keek, want ze liep meteen om Berts bureau heen en kwam achter me staan. Ik wilde haar nog tegenhouden, zodat ze Berts memo niet over mijn schouder zou kunnen lezen, maar eigenlijk was ik wel trots op mezelf en op mijn speurwerk.
'Allemachtig,' zei ze. 'Wat is die "begeleidende brief"?'
'God mag het weten. Ik heb wel gezocht, maar ik kan nergens anders de naam Litiplex vinden. Ik zal het Glyndora moeten vragen. Ik wilde toch al met haar praten.'
'Volgens de Commissie was er toch geen documentatie bij die cheques?'
'Ja, dat zeiden ze.'
'Misschien is dit memo een truc,' zei ze. 'Iets wat Bert kon laten zien als iemand hem zou vragen waarom hij die cheques had getekend.'
Dat zou kunnen. Het leek zelfs logisch. De kans dat Bert een 'afspraak' met Peter Neucriss had gemaakt leek een bijna mathematische onmogelijkheid. Neucriss is de belangrijkste advocaat op het gebied van schadeclaims, een mollig klein duiveltje, die aan zijn hautaine houding en zijn successen in de rechtszaal de bijnaam 'de Prins' heeft overgehouden. Achter zijn rug wordt daar nog 'der Duisternis'

aan toegevoegd. Hij en Bert hebben geen beleefd woord meer gewisseld sinds de zaak *Marsden*, een paar jaar geleden, toen Neucriss in zijn slotbetoog Bert omschreef als 'die advocaat uit de vierde dimensie', wat hem een lach van de jury opleverde. Misschien moest ik Neucriss bellen, maar dat vooruitzicht lokte me niet aan.
'Als je met hem gaat praten,' vroeg ze, 'vertel je me dan hoe het is afgelopen?'
'Natuurlijk,' antwoordde ik. 'Maar hou het voor jezelf. Beroepsgeheim. Dit mag niet bekend worden voordat ik zelf weet hoe het zit.'
'Toe nou, Malloy,' zei ze. 'Je kent me toch wel? Ik bewaar al je geheimen.' Ze lachte tegen me op die speciale manier – wispelturig, flirterig, tevreden met zichzelf en haar heimelijke avontuurtjes – en trok me toen mee de deur uit.

B De Kolonel

'Wilt u uw naam noemen en uw achternaam spellen?'
'Mijn naam is Angelo Nuccio, N, u, c, c, i, o, maar al sinds mijn jeugd word ik meestal Toots genoemd.' De Kolonel, zoals hij ook bekend staat, grijnsde als een filmster naar de leden van onderzoeksjury D van het Tuchtcollege, die naast hem aan een lange tafel zaten. Onze zaak – voorzover je het een zaak kon noemen – diende voor een driekoppige jury van andere advocaten, vrijwilligers met de parttime behoefte om over anderen te oordelen. De voorzitter, Mona Dalles, ontdooide wat als reactie op Toots' glimlach, maar de twee mannen aan weerskanten van haar hielden hun gezicht strak in de plooi, om maar vooral een neutrale indruk te maken. Mona werkt bij Zahn, de grootste concurrent van G&G, en staat bekend als vriendelijk, evenwichtig en intelligent – eigenschappen die niet veel goeds beloofden voor de zaak Toots, vanuit het standpunt van de verdediging gezien. Een compleet geschifte voorzitter was ons liever geweest. Voor Mona stond een grote spoelenrecorder, die voor eventuele geïnteresseerden de ondergang van een van de kleurrijkste openbare figuren van dit land moest vastleggen.
Kolonel Toots is drieëntachtig jaar en een lichamelijk wrak. Zijn kromme korte benen, waarvan er één bij Anzio een kogel had opgelopen, staan stijf van de jicht en zijn longen zijn volledig doorgerookt – omgekruld als dode bladeren, zoals ik me voorstel – waardoor hij een piepende ademhaling heeft die ieder woord begeleidt. Hij heeft suikerziekte, waardoor hij slecht ziet, en nog enkele stofwisselingsziekten. Maar hij zit niet bij de pakken neer, dat moet je

hem nageven. Kolonel Toots heeft zijn hele leven op super gelopen. Hij is een man van de grote stad, met een zeer gevarieerd verleden. Soldaat in drie oorlogen; een belachelijke, brallerige chauvinist; politicus; een uitstekend klarinettist die twee keer het symfonie-orkest van Kindle County heeft ingehuurd om hem te begeleiden bij een stuk van Mozart dat hij niet onverdienstelijk ten gehore bracht; gangster; advocaat; vriend van hoeren, moordenaars en bijna iedereen in de omgeving die voor hem van belang zou kunnen zijn. Toen ik twintig jaar geleden bij de politie zat, was hij op het hoogtepunt van zijn macht als raadslid voor South End. Als hij geen politiek bedreef, was hij bezig rechters te chanteren en baantjes te verkopen. Volgens de geruchten zou hij zelfs een paar mensen uit de weg hebben geruimd. Je wist het nooit zeker met Toots. De waarheid betekende niets voor hem, maar met zijn verhalen zou hij zelfs Odysseus hebben betoverd. Hij bleef altijd charmant, zelfs als hij dingen vertelde waarvan je wist dat ze absoluut niet door de beugel konden: hoe hij voor kalkoenen de stemmen van het tuig kocht ('november is een goede maand voor verkiezingen') of een vent die zijn biljartschulden niet wilde betalen door allebei zijn knieën had geschoten.

Met zijn drieëntachtig jaar heeft Kolonel Toots bijna alles overleefd, behalve het Tuchtcollege, dat in de loop van zijn carrière al zes keer haar kanonnen op hem heeft gericht en ze steeds opnieuw moest laden. Bij een recent FBI-onderzoek bleek dat kolonel Toots veertien jaar achtereen het country-club lidmaatschap had betaald van Daniel Shea, de voorzitter van de belastingkamer, in een district waar Toots' kantoor zeer actief was. Rechter Shea was zo verstandig geweest te overlijden voor de officier hem voor verscheidene belastingdelicten kon aanklagen. Het OM kon niet bewijzen dat bepaalde zaken in Shea's rechtszaal waren gemanipuleerd, daarom kon Toots weinig ten laste worden gelegd, maar de betalingen vormden een inbreuk op bepaalde ethische voorschriften en dus had de officier de zaak verwezen naar het Tuchtcollege, waar mijn ex-collega's – grimmige, rechtschapen juristen – meteen wisten wat voor vlees ze met Toots in de kuip hadden, drieëntachtig jaar oud of niet.

Daarom waren Brushy en ik die ochtend om tien uur samen met onze cliënt gearriveerd in het oude schoolgebouw waar het Tuchtcollege is gehuisvest. Onze aanwezigheid was op zichzelf al een teken van zwakte. Op aandringen van mijn cliënt had ik verschillende trucs gebruikt om de zaak tweeënhalf jaar te traineren. Maar nu ging hij toch voor de bijl.

De aanklacht was gebaseerd op een verzameling juryverslagen, bijeengebracht door Tom Woodhull, de substituut-hoofdofficier, die

jaren geleden mijn baas was geweest. Woodhull verscheen persoonlijk om zijn zaak te presenteren – lang, knap, onverstoorbaar en onbuigzaam. Meteen liet ik Toots in de getuigenbank plaatsnemen, in de hoop dat de aanval de beste verdediging was.
'Wanneer bent u advocaat geworden?' vroeg ik mijn cliënt, nadat hij in felle kleuren een beeld van zijn oorlogservaringen had geschilderd.
'Precies tweeënzestig jaar en negentien dagen geleden. Maar wat is tijd?' vroeg hij met de melige glimlach die ik al van voorgaande gelegenheden kende.
'Waar hebt u rechten gestudeerd?'
'Aan de universiteit van Easton, waar ik de kneepjes van het vak heb geleerd van wijlen Leotis Griswell, van uw eigen kantoor, die tijdens mijn lange carrière altijd mijn geweten is gebleven.'
Ik wendde me van de jury af, uit angst dat ik zou grijnzen. Ik had Toots verzocht zijn Japie Krekel-nummer achterwege te laten, maar hij liet zich niet gauw iets voorschrijven. Hij zat op zijn stoel met zijn wandelstok tegen zijn knie. Er blonk wat speeksel op zijn lippen omdat hij zo moeizaam ademhaalde – een bolle, ronde man met een sigaar, een dikke buik en wollige wenkbrauwen die tot halverwege zijn voorhoofd reikten. Hij droeg wat hij altijd droeg: een verblindend groen sportjasje in een tint die het midden hield tussen de kleur van een limoen en een lichte watermeloen. Ik durfde er een kapitaal onder te verwedden dat geen van de twee mannelijke juryleden zelfs een das bezat met zo'n felle kleur.
'Wat was het karakter van uw advocatenpraktijk?' vroeg ik vervolgens. Een gevaarlijke vraag.
'Het was een vrij algemene praktijk,' antwoordde Toots. 'Ik zag mezelf als steun en toeverlaat. Mensen met problemen kwamen naar me toe en ik hielp hen.'
Veel meer konden we er niet van maken, omdat Toots na tweeënzestig jaar als advocaat geen enkele zaak kon noemen die hij voor de rechter had gebracht en geen enkel testament of contract dat hij had opgesteld. Inderdaad, mensen kwamen met hun problemen naar hem toe, en die problemen werden opgelost. Toots' praktijk werkte volgens een katholiek concept. Wie kan een wonder verklaren? Toots had ook talloze hoge ambtenaren geholpen. Er was geen belangrijk departement te vinden waar niet iemand werkte met wie Toots een speciale vriendschapsband onderhield, bijvoorbeeld die zwierige assistent-procureur voor wie Toots pakken kocht, of die belangrijke senator die zijn huis had laten verbouwen door een aannemer die hij via Toots had ingehuurd voor het opvallend lage bedrag van veertienduizend dollar. Door dit soort gunsten had de Kolonel

zich heel wat invloed verworven, vooral omdat iedereen zijn methoden kende. Eerst wierp hij zijn kwajongensachtige charme in de strijd. Daarna stuurde hij zijn vriendjes op je af, die je ramen ingooiden, je winkel in brand staken of – zoals ooit een nachtclubzanger was overkomen die zich Toots' ongenoegen op de hals had gehaald – je amandelen knipten zonder verdoving.

'Behandelde u ook zaken die voor de belastingkamer dienden?'
'Nee, nooit. Als ik daar nu naartoe moest, zou ik eerst de weg moeten vragen.'

Ik keek even naar Brushy om te zien hoe het ging. Ze zat naast me in een donker pakje en probeerde ieder woord op een schrijfblok te noteren. Ze lachte even, maar dat was alleen vriendelijk bedoeld. Ze was realistisch genoeg om niet meer hoop te koesteren dan ik.

'Kende u rechter Daniel Shea?' vroeg ik.
'O ja. Ik kende rechter Shea uit de tijd dat we allebei nog beginnende advocaten waren. We waren heel goed bevriend.'
'En hebt u, zoals de officier hier beweert, het country-club lidmaatschap van rechter Shea betaald?'
'O, zeker.' Toots had het niet zo zeker geweten toen de belastingdienst hem een paar jaar geleden dezelfde vraag had gesteld, maar dat gesprek had hij snel afgekapt. Het kon hem niet veel schade doen bij het kruisverhoor door Woodhull, dat toch al weinig geïnspireerd zou zijn.

'Kunt u me misschien uitleggen waarom?'
'O ja, dat is geen enkele moeite.' Toots pakte zijn wandelstok en duwde hem naar voren alsof het een versnellingspook was. 'Ik meen dat het in 1976 was dat ik Dan Shea tegen het lijf liep op een etentje van de Knights of Columbus. Het gesprek kwam op golf. Mannenpraat. Hij vertelde me dat hij altijd lid had willen worden van de Bavarian Mound Country Club. Hij woonde er in de buurt, maar helaas kende hij niemand die hem als lid zou kunnen voordragen. Ik zei dat ik dat graag voor hem zou doen. Kort daarna waarschuwde de voorzitter van de club, meneer Shawcross, me dat Dan Shea problemen had met de betaling van het lidmaatschap. Omdat ik hem had voorgedragen, voelde ik me verplicht de betalingen over te nemen en dat heb ik sindsdien gedaan.'

'Hebt u dat ook tegen rechter Shea gezegd?'
'Nee, nooit,' antwoordde hij. 'Ik wilde hem niet in verlegenheid brengen. Zijn vrouw Bridget was ziek en het verdriet en de kosten betekenden een zware last voor hem. Ik kende Dan Shea en ik wist dat hij ooit zijn lidmaatschap wel zou betalen, maar dat het hem gewoon ontschoten was.'

'En hebt u met hem weleens gesproken over zaken die voor zijn rechtbank dienden en waarbij uw kantoor betrokken was?'
'Nooit,' zei hij. 'Hoe had ik dat kunnen doen? Die jonge kerels op mijn kantoor zijn met zoveel dingen bezig, ik wist niet eens dat ze ook zaken voor de belastingkamer behandelden. Er zijn tegenwoordig zoveel rechtbanken, nietwaar?' Toots spreidde zijn armen en glimlachte de versleten en vergeelde stompjes van zijn tanden bloot. Brushy schoof me een briefje toe. 'Contant geld,' stond erop.
'O ja.' Ik streek met mijn hand over mijn das en kroop weer in mijn rol. 'Toen meneer Shawcross voor de onderzoeksjury verscheen, heeft hij getuigd dat u het lidmaatschap contant voldeed en hem vroeg er met niemand over te spreken. Kunt u dat uitleggen?'
'Natuurlijk, geen probleem,' zei Toots. 'Ik wilde niet dat het onder de leden van de club bekend zou worden dat rechter Shea het lidmaatschap niet kon betalen. Dat zou te pijnlijk voor hem zijn geweest. Daarom betaalde ik contant, zodat de boekhouder en de anderen niet mijn handtekening onder een cheque zouden zien. Dat is ook de reden dat ik meneer Shawcross vroeg om dit onder ons te houden.' Met moeite draaide hij zich naar de jury toe. 'Ik probeerde gewoon een vriend te zijn,' zei hij tegen hen. Ik zag niemand naar een zakdoek grijpen.
Woodhulls kruisverhoor duurde vijftien minuten en was een lijdensweg. Toots, die geen woord had gemist toen ik hem ondervroeg, was opeens bijna doof. Woodhull moest iedere vraag drie of vier keer herhalen en Toots reageerde vaak alleen met een vage, verwarde blik. Tegen een uur of twaalf verdaagde Mona de zitting. Het was wel voldoende voor vandaag. De aanwezige advocaten trokken hun agenda's om een nieuwe datum vast te stellen. We liepen alle ochtenden en middagen door en kwamen uit op volgende week dinsdag.
'Hoe deed ik het?' vroeg Toots op weg naar buiten.
'Geweldig, royeren?' vroeg Brushy toen we hem in een taxi hadden gezet. 'Waarom gaat hij niet gewoon met pensioen?'
Aan Toots' veertigjarige carrière als raadslid voor South End was in het begin van de jaren tachtig een eind gekomen toen bleek dat de Commissie voor Parken en Speelplaatsen, waarvan de leden door Toots waren benoemd, een contract van tien jaar had verleend aan Eastern Salvage, een vuilnisophaalbedrijf dat via verschillende stromannen eigendom was van een van Toots' zonen. Sinds die tijd had Toots' leven zich weer beperkt tot zijn rol als de man voor wanhopige zaken. Hij had zijn advocatenpraktijk nodig om zijn activiteiten een legaal vernisje te geven. Ik vertelde dit alles aan Brushy toen we door de middagdrukte naar de Needle terugliepen. De vorige avond

was er wat sneeuw gevallen die tot grijze smurrie was vertrapt en over de neuzen van onze schoenen spatte.

'In de gouden gids komt geen rubriek Fiksers voor. Bovendien zou het zijn eer te na zijn. We praten over een man die op de hoorzitting zijn medailles wilde dragen! De publieke schande zou hij nooit kunnen verdragen.'

'Zijn eer?' vroeg ze. 'Hij heeft mensen uit de weg laten ruimen. En die lui in het South End? Daar gaat hij mee lunchen en dineren.'

'Dat vindt hij ook een eer.'

Brushy schudde haar hoofd. We stapten de Needle binnen en namen de lift naar de ontvangsthal van G&G, waar eikehouten boekenkasten stonden met antieke boeken die per gros waren gekocht om de hal de juiste sfeer te geven. Ons kantoor was op Martins aanwijzingen een paar jaar geleden opnieuw ingericht in de stijl van een Engelse jachthut. De receptie was betimmerd met vurehouten planken, er stonden rode leren fauteuils, en aan de muren hingen kleine landschappen en jachttaferelen, met koperen lijsten en brede groene passe-partouts. Oppervlakkige, tweederangs rotzooi, maar mij was niets gevraagd. Maar tegen die achtergrond verviel je gemakkelijker in een soort wezenloze stemming: iedere dag nieuwe gezichten, jonge mensen die haastig en serieus heen en weer liepen, al dat belangrijke gedoe dat niets met mij te maken had. Effecten en contracten. Je zag het al van grote afstand: mannen met fallussymbolen om hun nek en vrouwen met hun benen half ontbloot. Waar waren ze in godsnaam mee bezig? Waarom maakten zij zich zo druk en ik niet?

'Ik heb hem gezegd dat we dit niet kunnen winnen,' zei ik over Toots. 'Maar hij vroeg steeds om uitstel.'

'Dat heb ik gezien.' Ze klopte op het dossier. 'Twee jaar en vier maanden. En waarvoor?' Ze liep achterwaarts de gang in. Ze had een afspraak met Martin maar ze herinnerde me nog aan onze afspraak voor racquetball, om zes uur.

'Om tijd te winnen.'

'Wat moet hij met tijd?' vroeg Brushy.

'Sterven,' zei ik, voordat ik me omdraaide.

IX LASTIGE KLANTEN

A De slavenkoningin van de boekhouding

Als de machinekamer van een oceaanstomer, waar beroete handen de steenkool in withete ketels scheppen, zo klopt de boekhouding als het vurige hart van G&G, benedendeks. Op de 32ste verdieping, tussen een investeringsbank en een reisbureau, ademt de boekhoudafdeling de sfeer van een souterrain omdat hij is afgesneden van de drie andere etages die wij bezetten. Toch is het in vele opzichten de kurk waar het kantoor op drijft. De boekhouding verwerkt dagelijks al onze urenstaten en de nota's die maandelijks worden verstuurd. Hier draaien de winstgevende diesels van het advocatenkantoor op volle snelheid.
Een van de opvallendste veranderingen toen ik van het Tuchtcollege bij G&G kwam was de overgang naar een wereld waarin geld – dat ik als politieman en daarna als overheidsjurist als het slijk der aarde had beschouwd – de spil van het universum was. Geld is de reden waarom cliënten ons inhuren: om ze te helpen er meer van te verdienen, of om te houden wat ze hebben. En God weet dat het ons ook om de centen te doen is. Dat hebben we allemaal met elkaar gemeen. In deze tijd, als het fiscale jaar ten einde loopt, heerst er hier dezelfde sfeer als op een universiteitscampus voor een grote wedstrijd. De vennoten vergaderen over het innen van de nota's, met donderspeeches van Martin en vooral Carl, die ons als een sportploeg het veld in sturen om de cliënten onder druk te zetten. Het was een van Carls vele goede ideeën om de afsluiting van het fiscale jaar één maand te vervroegen naar 31 januari, om de cliënten de kans te geven onze nota's op het vorige of het lopende kalenderjaar af te boeken. Als op 2 februari, Grote Verdeeldag, alle inkomsten bekend zijn, komen de vennoten in smoking bijeen en wijst de Commissie iedere vennoot

zijn 'punten' toe: zijn procentuele aandeel in de winst van het kantoor.

De boekhouding is ondergebracht in twee kamers, verlicht door felle neonbuizen. Negen vrouwen in een landschap van wit formica. Hun cijfers worden dagelijks aan de Commissieleden en hun persoonlijke medewerkers doorgegeven. De boekhouding wordt geleid door Glyndora Gaines. Toen ik binnenkwam, stond ze een krantenknipsel te lezen. De krant zelf lag op haar bureau, dat verder leeg was, afgezien van een ingelijste foto van haar zoon. Zodra ze me zag, liep ze weg. Ik had mijn jas aan omdat ik op weg was naar Peter Neucriss. Ik had Glyndora al vier of vijf keer gebeld, zonder dat ze had gereageerd. Ik vroeg haar of ze mijn boodschappen niet had gekregen.

'Ik had het druk,' zei ze, de meid die zojuist nog de *Tribune* zat te lezen. Ik volgde haar over de afdeling, terwijl ze laden opentrok en weer dichtsloeg.

'Dit is belangrijk,' zei ik.

Ze keek me aan met een blik die lood kon smelten.

'Mijn werk ook, beste vriend. We zitten tien procent onder de begroting en we moeten op alle fronten bezuinigen. Of wil je soms niets verdienen?'

Allemachtig, dit is een dame met een gigantisch ego, zo'n sterke Afro-Amerikaanse vrouw die het zonde vindt dat ze maar één leven heeft om over het onrecht van de afgelopen paar eeuwen te fulmineren. Niemand kan met haar overweg. De advocaten niet, de medewerkers niet, het personeel niet. Toen ze nog secretaresse was, heeft Glyndora voor bijna de helft van alle advocaten van het kantoor gewerkt. Met andere vrouwen kan ze niet opschieten en ze hield het maar één week met Brushy uit. Voor Wash en een heel stel anderen was ze veel te dominant. Maar bij alle conflicten werd ze voortdurend gedekt door... één keer raden... Martin Gold, beschermheilige van alle mafkezen. Hij schijnt haar amusant te vinden, en zoals ik heel goed wist is hij bereid alle zonden behalve luiheid te vergeven zolang iemand zijn werk goed doet. En dat doet Glyndora. Dat is juist het probleem. Ze heeft de pest aan de manier waarop ze tot slaaf van de omstandigheden is geworden. Op haar vijftiende kreeg ze een kind, dat ze in haar eentje heeft grootgebracht, zodat ze geen kans meer had op een echte carrière.

Martin, die besefte dat Glyndora zich tot iedere prijs wilde bewijzen, had haar ten slotte gekoppeld aan Bert, de man voor wie ze het langst heeft gewerkt. Glyndora deponeerde zijn stukken, hield zijn agenda bij, schreef de standaardbrieven, verzon excuses als hij er tussenuit kneep, en nam in enkele noodgevallen zelfs in de rechtszaal voor hem waar. (En dat tegen een inkomen van ongeveer tien procent van het zijne, sprak de zoon van de vakbondsman.) Helaas kregen ze een jaar geleden ruzie. Wat heet ruzie! Ik heb het niet over een paar boze blikken of scherpe opmerkingen. Ik bedoel dat ze op de gang tegen elkaar stonden te schelden, dat de papieren door de kamer vlogen, dat de cliënten vanuit de deuropeningen van de spreekkamers verbaasd de gang in keken. Scènes en toestanden. Totdat iemand die in het leger of bij de politie moet hebben gezeten het lumineuze idee kreeg om haar te bevorderen. Als baas was Glyndora veel minder tiranniek dan als ondergeschikte. Ze vond het heerlijk dat ze nu een eigen territorium had. Bert stelde zich natuurlijk aan als een kind toen ze werd overgeplaatst, en ook daar genoot Glyndora van.

'Glyndora, het gaat om Litiplex. Dat geld.' Eindelijk had ik haar aandacht. We stonden voor een rij crèmekleurige kasten. Ze keek me achterdochtig aan, met samengeknepen mond. 'Toen je naar de documentatie zocht, heb je volgens mij een memo over het hoofd gezien. Van Bert. Mogelijk met een begeleidend briefje over een afspraak met Peter Neucriss.'

Meteen schudde ze haar hoofd. Ze had lang haar, dat zijn glans had verloren door de chemische middelen om het steil te maken. Ik knikte nadrukkelijk.

'Hé, man.' Ze maakte een weids handgebaar. 'Ik heb hier tachtigduizend dossiers, maar ik heb ze allemaal bekeken. Als jij denkt dat je het beter kunt, Mack, ga je gang. Maar om vijf uur gaan we dicht.'

De telefoon ging en ze nam op. Haar lange, sinister gevormde nagels waren felrood gelakt. Glyndora is de veertig gepasseerd en begint tekenen van slijtage te vertonen. Ze is een knappe vrouw en dat weet ze – massief als een stenen bunker, een meter vijfenzeventig lang en vrouwelijk van top tot teen, met een fantastisch stel koplampen, een grote zwarte kont en een trots, aristocratisch gezicht met een scherpe neus als overblijfsel van semitische avonturen in West-Afrika, eeuwen geleden. Zoals alle mooie mensen die ik ken kan ze heel charmant zijn als ze iets wil, en tegenover mij is ze in een bepaalde stemming zelf een beetje flirterig – waarschijnlijk omdat ze aanvoelt dat ik een lange ervaring heb met dit soort vrouwen, die het slachtoffer zijn van die typisch vrouwelijke frustratie om gevangen te zitten zonder een uitweg. En zoals gezegd, ze ziet er bijzonder goed uit. Jarenlang heb ik mannen met bewondering over haar horen spreken, maar altijd van een afstand. Zoals Al Lagodis, een oude makker uit mijn politietijd, een keer zei toen hij kwam lunchen: bij haar zou je een pik als een koevoet nodig hebben.

Voorlopig zag ze me liever gaan dan komen. 'Ik zei je toch al, Mack,' zei ze toen ze ophing, 'ik heb hier gewoon geen tijd voor.'
'Dan kom ik om vijf uur wel langs. Dan kun je me laten zien welke dossiers je hebt doorzocht.'
Ze lachte. Glyndora en overwerk verdroegen elkaar niet, alleen in hoogst noodzakelijke gevallen.
'Wanneer dan?' vroeg ik.
Ze pakte haar tasje, deed er iets in en wierp me een strak lachje toe dat aan duidelijkheid niets te wensen overliet. Val dood. Ze liep de gang door naar een deur waar ik haar niet kon volgen. Ik riep haar na, maar ze reageerde niet. Ik bleef staan bij haar bureau. De krant waaruit ze het stukje had gescheurd lag nog open. Zo te zien was het een artikel van een achtste pagina geweest. Een klein deel van de kop was achtergebleven: 'WES', en nog een deel van een T. West? Ik keek op. Sharon, een van Glyndora's ondergeschikten, hield me in de gaten. Ze was een kleine bruine vrouw in een roze pakje dat een halve maat te strak zat. Van zes meter afstand sloeg ze me van achter haar bureau achterdochtig gade: personeel versus baas, vrouw versus man, alle onuitgesproken fricties van de werkvloer. Ze wilde niet dat ik het zou vinden – wat ik ook zocht.
Ik waagde een onnozele glimlach en stapte uit Glyndora's verboden zone vandaan.
'Vraag of ze me belt,' zei ik.
Sharon keek zwijgend terug. We wisten allebei dat ik geen kans had.

B De Prins der Duisternis

TransNational vlucht nr. 397 was in juli 1985 in een gruwelijke vuurbol neergestort op het vliegveld van Kindle County. Een tv-ploeg stond toevallig bij een andere uitgang om een reportage te maken over de aankomst van het Circus van Peking. De opnamen van het ongeluk werden in het hele land vertoond. Waarschijnlijk heb je ze gezien: de 397 die op zijn neuswiel stuiterde en zich weer in de lucht verhief, als in een kinderboek over dansende nijlpaarden, heel sierlijk en in slow-motion, tot het toestel naar voren helde, recht op zijn neus landde en meteen in lichterlaaie stond. Het vuur joeg eerst door de cockpit en rolde daarna door de cabine. De ruiten lichtten op, en even later explodeerden de motoren en de onderbuik in een indrukwekkende eruptie van oranje en gele vlammen. Geen overlevenden. Alle 247 passagiers en bemanningsleden verbrand.
Meteen maakten de advocaten van de aanklagers zich van de situatie

meester – de jongens en meiden die op een jury inpraten over het leed van de weduwen en wezen en vervolgens ruim dertig procent incasseren van wat er uit medeleven wordt uitbetaald. Als iemand die aan de overkant van de straat werkt zal ik de hoge heren sparen, maar ik wil wel opmerken dat Peter Neucriss, chef-barracuda van de plaatselijke smartegeldclub, al drie aanklachten had ingediend namens de families van de slachtoffers nog voordat de stoffelijke resten waren begraven en in één geval zelfs letterlijk voordat ze waren afgekoeld. Binnen zes maanden stonden er meer dan 137 zaken op de rol, waaronder vier processen waarin een ondernemende advocaat beweerde dat hij iedereen vertegenwoordigde. Al deze zaken dienden voor rechter Ethan Bromwich van het gerechtshof van Kindle County, een voormalige hoogleraar rechtswetenschappen van de universiteit van Easton, met een briljant verstand dat alleen wordt overtroffen door zijn eigendunk. En in alle afzonderlijke zaken was TransNational Air, onze cliënt, de voornaamste beklaagde.

Als luchtvaartmaatschappij in een proces wegens een vliegtuigongeluk voel je je alsof je een botsautootje op de kermis bestuurt. Je wordt van alle kanten aangevallen, regels zijn er niet, iedereen volgt zijn eigen richting en allemaal vinden ze het enig om je van achteren te rammen. Niet alleen zijn er 247 individuele slachtoffers, allemaal met hun eigen familie en advocaten die geld willen zien om het verdriet te verzachten, maar je hebt ook nog te maken met tien of twaalf mede-gedaagden, die zwaar de pest in hebben dat ze bij de zaak worden betrokken. Iedereen wordt aangeklaagd, niet alleen de luchtvaartmaatschappij en de erfgenamen van de piloot, maar iedere arme klootzak die toevallig zijn vingerafdrukken op het vliegtuig heeft achtergelaten: de fabrikanten van de motoren en de romp, de vluchtleiders en zelfs de maatschappij die de brandstof heeft geleverd – iedereen met voldoende geld die misschien iets te verwijten valt, of die bij het vooruitzicht van een jarenlang en peperduur proces bereid is een paar miljoen dollar te dokken om van het gelazer af te zijn. En al die partijen hebben weer een verzekeringsmaatschappij die onder de verantwoordelijkheid probeert uit te komen of iemand anders voor de kosten wil laten opdraaien. Er zijn windvaantjes die minder kanten uit draaien. Wij beschuldigen de mensen in de verkeerstoren. Zij beweren dat de luchttroeren niet goed werkten en de fabrikant houdt het op een fout van de piloot. De eisers zien het van een afstandje grijnzend aan.

Een jaar nadat de 397 neerstortte, begon Martin Gold met een project dat me even romantisch en onverstandig leek als de kruistochten: het regelen van de schadeclaims. Martin heeft een brein als een nevelkamer, de ruimte waarin kernfysici het verloop van complexe atoomreacties volgen. Hij is waarschijnlijk de enige jurist die ik ken die een onderhandelingsproces op gang zou kunnen brengen – laat staan voltooien – waarbij hij op een gegeven moment telefoongesprekken moest voeren met 163 verschillende advocaten.

Volgens 'het plan Bromwich', zoals Martin het altijd heel zorgvuldig aanduidt (soms zelfs op kantoor), hebben de gedaagden (met name hun verzekeringsmaatschappijen) een fonds van 288,3 miljoen dollar bijeengebracht. In ruil daarvoor hebben de eisers, onder aanvoering van Neucriss, beloofd dat het totaalbedrag van alle schadeclaims deze som nooit te boven zal kunnen gaan. De afgelopen vijf jaar zijn alle individuele zaken voor een Bijzondere Arbiter behandeld of – in de meeste gevallen – geschikt, met Bert als aanvoerder van het TN-team en toezichthouder op het rentedragende kapitaal dat G&G in een speciaal fonds heeft ondergebracht.

Nu ook de laatste gevallen bijna zijn afgewikkeld, heeft zich een onverwachte ontwikkeling voorgedaan: het ziet ernaar uit dat we miljoenen dollars zullen overhouden, die eigendom blijven van dat beste, brave TransNational. Het enige probleem voor TN is dat nieuws geheim te houden, omdat het vanuit pr-standpunt gezien een ramp zou zijn om te moeten uitleggen hoe de luchtvaartmaatschappij na aftrek van alle juridische kosten, de rente en TN's oorspronkelijke bijdrage aan het fonds, erin is geslaagd een netto winst van 20 miljoen dollar over te houden aan de dood van 247 mensen. En wat nog erger is: de advocaten van de eisers, die niet één dollar hebben gekregen waar ze naar hun eigen idee geen recht op hadden, zouden van die kwetsbare positie onmiddellijk gebruikmaken om voor zichzelf een groter aandeel los te krijgen. En natuurlijk zouden ook de medegedaagden moord en brand schreeuwen. In dat pijnlijke besef willen we er dan ook voor zorgen dat alle eisers hun geld hebben gekregen en schriftelijk van alle verdere aanspraken hebben afgezien voordat we de eindafrekening aan rechter Bromwich voorleggen. Maar als je Tad Krzysinski, de president-directer van TransNational, in besloten kring een paar borrels door zijn keel giet, wil hij nog weleens smakelijk lachen om de onvermijdelijke grappen over de winstgevende mogelijkheid om nog meer vliegtuigen te laten verongelukken.

Toen ik Neucriss om half vijf eindelijk te spreken kreeg, had hij een bord met een tonijn-steak voor zich staan. Hij kwam juist van de rechtbank en genoot van een lichte maaltijd als voorbereiding op het werk van die avond. Zijn kantoor beschikte over een volledig geoutilleerde keuken, met een kok. In zijn kamer rook het naar gember, maar de koortsachtige sfeer van de rechtbank was er nog voelbaar.

Peters das van honderd dollar hing los en de mouwen van zijn witte zijden overhemd waren opgerold. Hij at terwijl hij stond, en gaf een reeks bevelen die als vrije associaties in hem schenen op te komen. Vier of vijf medewerkers liepen in en uit met vragen over bewijsstukken die ze de volgende dag nodig zouden hebben. Het ging om een baby die gehandicapt ter wereld was gekomen door een fout van een verloskundige, een zaak die in Peters handen minstens tien miljoen dollar waard was. De moeder zou morgen getuigen.
Ik wachtte af in de onderdanige houding die Peter graag om zich heen ziet. Ik hoopte op een snelle reactie, dan kon ik weer weg. Ik had de conceptteksten van de uitbetalingsdocumenten voor 397 bij me, en tussen neus en lippen door had ik de naam Litiplex genoemd, met dezelfde smoes die Wash ook al had gebruikt – correspondentie die we niet konden traceren. Misschien had Peter een idee?
'Litiplex.' Peter legde even zijn hand tegen zijn voorhoofd en staarde in het niets. 'Daar heb ik het met iemand over gehad.'
'O ja? Met Bert?'
'Met Bert?'
'Hij is de stad uit. Ik kon het hem niet vragen.'
'Juist. Weer een bezoekje aan zijn familie op Mars?' Neucriss rolde met zijn ogen. 'Nee. Maar met wie dan wel?' Hij trommelde met zijn vingers op zijn bureau, riep een van de secretaressen, maar hield haar toen tegen door luid in zijn handen te klappen. 'Ik weet weer wie iets over Litiplex vroeg. Jezus Christus, wat zijn jullie toch een stelletje druiloren. Práten jullie nooit met elkaar? Gold. Gold begon erover. Is die ook de stad uit, of alleen maar lunchen?'
Ik voelde een steek in mijn maag. Ik wist niet waarom, maar hier klopte iets niet. Er waren genoeg advocaten van de eisers met wie Martin rustig kon praten. Maar zelfs voor hij hallo zei tegen Peter Neucriss trok hij eerst een harnas aan, en na afloop had hij een bruistablet nodig.
'Martin?' vroeg ik.
'Ja, wie anders? Gold belde me drie of vier weken geleden. Hij bracht het via een omweg, net als jij. Hij praatte ergens anders over en noemde toen nonchalant de naam Litiplex, in de hoop dat het niet zou opvallen. Wat voeren jullie in je schild?'
Niets, zei ik. Liegen tegen Peter is niet eens een kamertjeszonde; het is meer zoiets als Frans spreken tegen een Fransman. Wash had gezegd dat Martin een paar advocaten van de tegenpartij had gebeld met een discrete vraag over Litiplex, maar het was nooit bij me opgekomen dat Neucriss een van die advocaten kon zijn. Wat was de bedoeling van dit vraag-en-antwoordspelletje over Litiplex? Maar met-

een probeerde ik mijn achterdocht te sussen. Martin had geen mogelijkheid onbenut willen laten en van tevoren al zijn voelhorens uitgestoken. En bij wie had hij meer kans dan bij Peter?

Stroopsmeren werkt bij Neucriss altijd het best. Misschien juist omdat er sociaal gezien geen strakker keurslijf denkbaar is, lijkt de wet meer van dit soort types aan te trekken: mensen met een gigantische eigendunk, die de advocatuur beschouwen als een mogelijkheid om hun wil en hun ego bijna onbegrensd te kunnen uitleven. Als enige vennoot van een kantoor met zeventien juristen is Neucriss de enige advocaat die ik ken die meer verdient dan een goede linkshandige werper in de National League. Tussen de vier en zes miljoen dollar per jaar, volgens de gepubliceerde schattingen. En dit jaar, met zo'n dertig miljoen aan uitbetalingen in de 397-zaak, zal zijn inkomen 'de acht cijfers bereiken', zoals hij het zelf op zijn zalvende wijze uitdrukt.

Dat succes heeft hij niet te danken aan zijn scrupules. Hij besteedt veel geld aan politieke donaties. Hij laat geen middel onbeproefd en doet schenkingen uit naam van zijn zestien confraters, zijn vrouw en zijn kinderen. Bovendien laat hij niets aan het toeval over. Zijn getuigen worden zorgvuldig geïnstrueerd, documenten verdwijnen, en in de slechte oude tijd toen rechters nog voor contant geld te koop waren – een tijd die misschien nog niet helemaal achter ons ligt – had Neucriss ook daar geen problemen mee. Het ergste is dat zijn indrukwekkende resultaten een weerzinwekkende bevestiging vormen van de feilbaarheid van het jurystelsel. Tien minuten in het gezelschap van deze man en je hebt hem door: een buitensporig opgeblazen ego, een verknipte persoonlijkheid. Maar op de jury hebben Peters slijmerige aanpak, zijn zelfvoldane bariton en zijn zilvergrijze manen al veertig jaar het gewenste effect. En Peter gaat maar door, terwijl we allemaal weten dat hij ondanks zijn triomfen, zijn rijkdom, de landelijke erkenning en alle gekochte aanbidding alleen wordt voortgedreven door zijn verlangen naar meer. Dat is een natuurwet, even onwrikbaar als de zwaartekracht.

Hij praatte nog even over Martin, altijd een pijnlijk onderwerp voor hem.

'O ja. Wat zei Gold ook alweer? Net zoiets als jij. Een brief die hij moest doorsturen. "Wat is dit voor een spelletje?" vroeg ik. "Postkantoortje? Pubers die elkaars brievenbus betasten?"' Neucriss bulderde van het lachen, met volle mond. Zijn platte humor irriteerde Martin altijd.

'Maar hoe zit het, Peter? Litiplex, zegt jou dat iets?'
'Luister, hoe moet ik dat weten? Verdomme, waarom bel je inlich-

tingen niet? Vraag die maar naar Litiplex. Jezus Christus,' vervolgde hij. 'Hoe hou je dit vol, Malloy? Honderdveertig advocaten die als gekken rondrennen en tegen elkaar opbotsen. Twee directeuren die de post sorteren. Wil je Jake Eiger nu al een rekening sturen omdat je naar een envelop gekeken hebt? En dan beweren jullie nog dat het de advocaten van de eisers zijn die de proceskosten opjagen!'
Jake en Neucriss spraken wel met elkaar, omdat Jakes vader een van die politici was aan wie Neucriss zich tientallen jaren geleden had vastgezogen. Peter begon aan een lange tirade over de grote advocatenkantoren, de gesel van zijn universum. Op zijn eigen glibberige wijze probeerde hij zelfs mijn steun te krijgen. Hij wist waar ik stond bij G&G. Hij had de hele juridische wereld, lokaal en nationaal, als een landkaart in zijn hoofd. Omdat ik al bijna afgeschreven was, zou hij me misschien aan zijn kant kunnen krijgen, tegen mijn collega's. Maar ik hield hem met een flauwe grap op afstand.
'Als ik niet beter wist, Peter, zou ik denken dat je me een baantje aanbood.' Zodra ik het zei, hoorde ik dat de toon verkeerd was. Neucriss scherpe ogen registreerden iets, de mogelijkheid van corruptie, die hier altijd als kooldioxide in de lucht hangt. Hij aarzelde even, maar verwierp die gedachte toen weer.
'Jou niet, Malloy. Jij bent een oud karrepaard.' Dat op zijn laatste benen loopt, maar dat zei hij er niet bij. Binnenkort zouden mijn botten worden vertrapt en verbrijzeld onder de hoeven van een andere knol die mijn akkertje moest ploegen. Hij ging weer aan het werk en ik vertrok. Ik probeerde me niet te laten intimideren of ontmoedigen door zijn houding, maar natuurlijk voelde ik me waardeloos. Ik was het omkopen niet eens waard.
Ik liep de straat door, met mijn jas open. Het was maar een klein eindje naar de Needle. Aan alle kanten werd ik ingesloten door voetgangers, forenzen die naar huis gingen in het afnemende, sombere winterlicht. De hemel vervaagde tot de kleur van een aangebrande pan. De gesmolten sneeuw van die ochtend was weer bevroren op de stoep, tussen bergjes pekel die het beton omlijstten en vlekken in mijn schoenen zouden maken.
Ik probeerde te begrijpen wat er aan de hand was. Ik wil niet zeggen dat ik Peter geloofde. Dan kon je nog beter de paashaas vertrouwen. Maar ik kon niet bedenken wat hij te verbergen had. Ik was in een tegendraadse stemming, zoals vroeger toen ik nog bij de politie zat en ik iedereen als potentiële verdachte zag. Bert. Of Glyndora. Of misschien zelfs Gods eigen afgezant op aarde, Martin Gold. Vooral die vage onvoorspelbaarheid van Martins gedrag zat me dwars. Zoals hij zich tegenover Jake had gedragen, of het feit dat hij Neucriss had ge-

beld, wat hij normaal alleen deed als iemand hem daar vorstelijk voor betaalde. Ik bleef staan op een hoek waar een kleine jongen in een sweatshirt met capuchon kranten stond te verkopen. Door een onverwachte windstoot sloeg mijn sjaal tegen mijn gezicht. Daar stond ik dan, in de stad waar ik mijn hele ellendige leven had doorgebracht, tussen de krochten en spelonken die ik al tientallen jaren kende. Daar stond ik dan, onzeker en gedeprimeerd, er één moment van overtuigd dat ik echt niet meer wist waar ik was.

C Iemand anders z'n liefje

Om onduidelijke redenen vond ik het altijd een schok om Brushy's bleke vlezige dijen onder haar sportbroekje te zien. Soms had ze last van acne op plekken van haar lichaam die normaal verborgen bleven: hoog op haar armen en in de V-hals van haar tennisshirt. Toch vond ik haar aantrekkelijk meisjesachtig. Maar ze gunde me niet de tijd om haar uitvoerig te bekijken en sloeg de bal al over de baan. Het ging iedere week ongeveer hetzelfde. Ik bewoog me goed naar links en rechts, ik had een betere slag en een groter bereik. Brushy had een onhandige slag, met een stijve elleboog, maar ze schoot als een eekhoorn over de baan, tussen de witte muren heen en weer, en retourneerde elke bal. Ze zou me nog eerder van de sokken lopen dan een bal uit te laten gaan. Iedere week eindigden de eerste twee games in winst voor haar en winst voor mij. Ik rende rond, scheldend en vloekend bij iedere verkeerde bal. En Brushy, die geen drop shots sloeg om mijn knie te ontzien, liet me alle hoeken van de baan zien tot ik liep te hinken en zo buiten adem was dat ik bijna flauwviel.
Tijdens de gebruikelijke, gespannen pauze tussen de tweede en derde game liepen we naar het lage gangetje achter de baan om ons af te drogen. Ze wilde weten wat mijn gesprekken met Glyndora en Neucriss hadden opgeleverd.
'Niets,' zei ik. 'Niemand die iets weet. Misschien had je gelijk en heeft Bert gewoon een loos briefje geschreven om zich in te dekken.'
Ze stelde nog een paar vragen en ik vertelde haar wat over Archie en zijn goksysteem en over mijn angstige avontuur van gisteren, waarin ik me volgens mijn eigen versie heldhaftig had verweerd tegen mijn oude vijand bij de politie.
Brushy luisterde goed, en zoals gewoonlijk kwam ze meteen tot de kern van de zaak. 'Van wie is die credit card nu eigenlijk?' vroeg ze. 'Van Bert of van Kam?'
Ik had geen idee.

'En waar had je die card gevonden?' vroeg ze.
Dat hield ik liever voor mezelf. Niemand mocht me in verband brengen met Berts koelkast. Ik beriep me op het magische beroepsgeheim en duwde Brushy de baan weer op, waar ze me binnen de kortste keren weer had verslagen, met 21-7. Ze sloeg ballen naar de hoeken en liet ze tegen het plafond stuiteren alsof het blauwe hagel was.
'Zou je het heel erg vinden als ik ook eens won?' klaagde ik toen we vertrokken.
'Ik ken jou, Mack. Je hebt een zwak karakter. Dan zou je elke week willen winnen.'
Dat ontkende ik, maar ze geloofde me niet. Toen ze naar de dameskleedkamer liep, vroeg ik of ze met me ging eten. Dat deden we zo nu en dan, als we allebei overwerkten.
'Nee, ik kan niet. Misschien later in de week.'
'Wie is de gelukkige?'
Brushy fronste. 'Tad, als je het echt wilt weten. Ik ga een borrel met hem drinken.' Brushy en Krzysinski maakten wel vaker een afspraak voor de lunch, een cocktail of een etentje, maar niemand bij G&G wist wat hij daarvan moest denken. Tad was pas een maand directeur van TN toen hij persoonlijk betrokken raakte bij een aandelenfraude die door Brushy werd afgehandeld en gewonnen. Het lukte haar de zaak niet ontvankelijk te laten verklaren. Daarna hield Krzysinski 'contact', zoals het luidde, maar iedereen bij G&G vermoedde of hoopte dat hij het met Brushy had aangelegd, omdat iedere directe connectie met de top van TN welkom was, gezien onze wankele relatie met de luchtvaartmaatschappij. Het vreemde was alleen dat Krzysinski de naam had van een keurige familievader, met negen kinderen, en zelfs een keer van de Fiji-eilanden was teruggevlogen om op zaterdagmiddag op tijd in de kerk te zijn voor de familiemis. Maar zoals mijn moeder al zei: de duivel weet in het veiligste huis binnen te dringen.
Als reactie op Brushy's nieuws trok ik veelbetekenend mijn wenkbrauwen op.
'O-la-la,' zei ik. Meestal kon Brushy dat soort opmerkingen goed hebben, maar nu kreeg ze de pest in.
'Dat vind ik lullig,' zei ze met een felle blik. Brushy wil graag worden gezien als adviseur van de groten der aarde, een briljant advocate met wie iedere tycoon graag een borrel drinkt. In plaats daarvan suggereerde haar vriend en collega nu dat ze in één hand haar martini had, en in de andere Tads intieme delen. Ik stond te zweten in de gang, een kop groter dan zij, en voelde me kwetsbaar omdat ik opeens niet wist wat ik moest zeggen.

'En je vergist je,' vervolgde ze. 'Je begint nog erger te worden dan de rest. Waarom denk je opeens dat mijn seksleven jou iets aangaat?'
'Misschien omdat ik er zelf geen heb?'
Ze bleef verongelijkt.
'Doe daar dan iets aan,' zei ze, en beende de smalle witte gang uit naar de kleedkamers. De deur was te zwaar om ermee te slaan, maar ze probeerde het wel.
Het kwam niet vaak voor, maar op momenten als deze was er opeens iets voelbaar tussen Brushy en mij – misschien een verloren kans. Vooral in de eerste jaren liet Brushy een man al weten dat ze beschikbaar was nog voordat je hallo had gezegd, en al tien jaar hadden we een soort standaardgrap over alle pret die ik miste. Dan glimlachte ik, maar ik bleef op afstand. Niet omdat ik zo deugdzaam was. Maar het was al erg genoeg om op kantoor als een zuiplap bekend te staan, en op een bepaalde manier was ik ook bang voor Brushy, misschien vanwege dat oude verhaal over die student die in de postkamer had gewerkt en na een magische zomernacht had rondgebazuind dat Brushy hem zo had geïnspireerd dat ze het tussen half acht 's avonds en de volgende ochtend maar liefst negen keer hadden gedaan. Daarna stond de jongeman bekend als *Nueve* en bezorgde hij al zijn mannelijke collega's zo'n depressie dat ze bijna een feestje gaven toen hij eindelijk terugging naar de universiteit.
Maar in die periode dat mijn leven de wet van de thermodynamica of de entropie leek te bewijzen, dat alles wat mis kon gaan ook inderdaad misging – de dood van mijn zuster, Nora's escapades, Lyles puberale uitspattingen en mijn eigen drooglegging – had ik eindelijk een middag met haar doorgebracht in het Dulcimer House, een duur hotel om de hoek. De seks met Brushy was, nou ja, kort. Ik ging niet volledig de mist in, maar opeens kwamen er allerlei gedachten in me op aan thuis, aan mijn echtgenote, aan mijn doodse bestaan en zelfs aan overdraagbare ziekten, waardoor ik me zo slap als water voelde en zo snel als kwikzilver.
Nou en? had Brushy gezegd, en ik was haar dankbaar geweest voor haar begrip. Voor Brushy ging het alleen om de verovering. Ze voelde zich vast prettiger nu ze wist dat ze niet veel miste.
En ikzelf? Ik had het waarschijnlijk verwacht. Ik heb in mijn leven alleen lekkere seks gehad als ik dronken was. Dat zegt wel iets over mij, ik weet alleen niet wat. Maar het ging gewoon gemakkelijker als ik de mislukkingen op de fles kon afschuiven. Ik was zo dronken, etcetera, etcetera, dat ik twintig dollar had betaald aan het hoertje dat me achter in die taxi afzoog en dat ik die meid was blijven neuken, zelfs toen ze moest overgeven. Een heleboel kerels die aan de drank

zijn kunnen het niet meer, maar zo nu en dan, na een halve fles Seagram's 7, kon ik nog flink tekeergaan.

Maar zonder drank bleef er niet veel over. Soms krijg ik nog de geest, bij de vreemdste dingen – een meisje in een cosmeticareclame of een doodgewone vrouw die toevallig met een opwaaiende rok de straat oversteekt – en verlies ik me in 's Mans Oudste Plezier. Ik weet hoe walgelijk dat klinkt, een grote volwassen kerel met zijn hand aan zijn eigen gereedschap, maar wat stelt het nou helemaal voor? Daarna schaam ik me, als goed katholiek, maar toch ben ik ook nieuwsgierig. Wat mankeert me in vredesnaam? Ben ik gewoon halfdood in die regionen, of kan geen enkele vrouw beantwoorden aan wat ik zelf bedenk? Wat bedenk ik dan? willen jullie weten. Mensen. Paren, eerlijk gezegd. Ik moet het bekennen, ik kijk graag toe. Pornofilms, in mijn eigen theater. Maar de man ben ik nooit zelf.

Dat dacht ik dus toen ik uit de kleedkamer van Dr. Goodbody's Health Club kwam. Er stonden een paar stoelen met een tafeltje ertussen waar de meeste kranten van die week op een stapeltje lagen, naast de gebruikelijke fitness-bladen. Ik voelde me wat zeikerig, dus liet ik me in een stoel vallen. Ik had het vage gevoel dat ik nog iets in een krant moest opzoeken, maar ik wist niet meer wat. Het sportkatern stond vol met opgeklopte verhalen over de Super Bowl op zondag en het plaatselijke hoogtepunt: de wedstrijd van vrijdagavond tussen de Hands en UW-Milwaukee. De seizoenrecords van de Hands en de Meisters stonden in een kadertekst op de binnenpagina en het viel me terloops op dat Bert of Kam, wie dan ook, zijn Infomode-weddenschap van vijfduizend dollar – Kam's Special – had gewonnen: de overwinning van de U. op Cleveland State. Die gedachte bleef nog even hangen. Volgens het bankafschrift had hij in december nog negenduizend dollar krediet gehad. Kam of Bert was aan de winnende hand geweest en had dus niet hoeven stelen om Archie te kunnen betalen.

Opeens wist ik weer waarom ik de krant had willen inkijken: om te zien wat Glyndora eruit had gescheurd. Twee keer bladerde ik zonder succes de *Tribune* door, en ik wilde de moed al opgeven toen ik het eindelijk vond, in de editie van gisteren. Het was een stukje van de stadsredactie: ZAKENMAN UIT WEST BANK VERMIST. De vrouw van de vooraanstaande verzekeringsman Vernon 'Archie' Koechell bevestigde dat haar man al twee weken niet meer thuis of op zijn werk was verschenen. Koechells verdwijning was gemeld bij de politie van Kindle County, die nu een mogelijk verband met een niet nader genoemde fraudezaak onderzocht. Naast het artikel stond een foto van Archie, een fatsoenlijk ogende zakenman met een rond gezicht en terugwijkend haar. De foto was minstens twintig jaar oud, maar ik herkende hem meteen. We hadden elkaar van aangezicht tot aangezicht ontmoet, om het zo maar eens te zeggen. Ik zou de man in Berts koelkast niet licht vergeten.

X UW SPEURDER VERVALT IN EEN PAAR
SLECHTE GEWOONTEN

A Uw speurder wordt misleid

Glyndora woont in een triplex-woning in een van die gerenoveerde wijken in de schaduw van de huurkazernes. Bij God, ik zweer dat ik na de dood als projectontwikkelaar wil reïncarneren. Je verkoopt mensen voor tweehonderdduizend dollar een appartement van drie kamers, en als ze 's morgens buiten komen, zijn de wieldoppen van hun auto gestolen. Twee straten verderop zag je kinderen in rafelige jasjes – het is winter – basketballen. Zo nu en dan staarden ze met een doodse, verslagen uitdrukking door de kettingen van het hek. Maar hier deed de omgeving denken aan een Hollywood-decor, perfect tot in alle zichtbare details, maar steeds met het gevoel dat je je hand er dwars doorheen kon steken. Het geheel moest blijkbaar de sfeer ademen van het oude zuiden. Smeedijzeren hekken en kleine houten dingsigheidjes langs de daken. Kwijnende boompjes, kaal en iel in januari, stonden in kleine vierkante perkjes geplant, op enige afstand van de stoep. Het leek wel een themapark.
'Glyndora, Mack hier.' Ik had haar adres uit de personeelslijst van het kantoor, en ik kwam onaangekondigd. Via de intercom excuseerde ik me dat ik haar thuis stoorde. 'Maar ik moet je spreken en ik heb niet veel tijd.'
'Oké.' Een stilte. 'Zeg het maar.'
'Toe nou, Glyndora, een beetje gastvrij. Laat me even binnen.'
Geen reactie.
'Glyndora, hou op met die onzin.'
'Ik bel je morgen wel.'
'Net als vandaag? Luister, ik blijf hier op die bel staan drukken en je naam roepen tot mijn kloten bevriezen. Ik trap een geweldige scène, zodat je buren zich zullen afvragen met wat voor mensen je omgaat.

En morgenochtend ga ik rechstreeks naar de Commissie om ze te vertellen dat je alle medewerking weigert.' Daar moest toch een geloofwaardig dreigement bij zitten. Vooral de Commissie. Ik stampte nog een minuutje over de donkere stoep heen en weer en blies ademwolkjes naar de koperen koloniale lamp, met mijn kin diep in mijn sjaal gedrukt. Ten slotte hoorde ik de zoemer.

Ze stond boven aan de trap op me te wachten, tegen het licht van haar eigen appartement, en versperde me de weg. Ze droeg een eenvoudige, huiselijke jurk en geen make-up. Haar stijve haar hing los en maakte een wat vormeloze indruk. Ik duwde haar min of meer over haar eigen drempel heen en wuifde met mijn handen om duidelijk te maken dat ik me niet liet tegenhouden. Ik ging meteen op haar divan zitten, knoopte mijn jas los en probeerde een massieve en onverzettelijke indruk te maken.

'Krijg ik geen koffie? Het is koud buiten.'

Ze bleef bij de deur staan en reageerde niet.

'Luister, Glyndora, ik wil een paar dingen met je bespreken. Denk nog eens na of je echt geen memo van Bert over die Litiplex-cheques hebt gezien. Dat is punt één. En in de tweede plaats: Heb je ooit de naam Archie Koechell gehoord?'

Ze probeerde me met haar blik te onderwerpen, zoals circusartiesten dat met wilde en gevaarlijke dieren als cobra's of beren doen. Ze zette haar handen op haar heupen en schudde langzaam haar hoofd.

'Glyndora, je hebt jarenlang Berts telefoon opgenomen, en die Archie is een grote vriend van hem. Denk goed na. Hij is actuaris. En hij wordt vermist. Net als Bert. Er stond gisteren een stukje in de krant. Heb je dat niet gelezen?'

Niets. Nog steeds die scherpe, norse blik. Ik blies op mijn koude handen en vroeg nog eens om koffie.

Nu ging ze wel, maar niet voordat ze me had vervloekt en ongelovig haar hoofd had geschud. Ik slenterde het appartement door. Heel aardig. De discrete burgerlijke smaak die ik in mijn eigen huis ook graag had gezien. Een licht berberkleed en gebloemde kussens op de rotanmeubels. Boven de bank hing het soort schilderij dat voornamelijk bij de inrichting moest passen: veel nietszeggende golflijnen. Verder waren de muren kaal. Glyndora was niet iemand die zich aan beelden hechtte.

Ze bleef een tijdje weg. Ik wierp een blik in de keuken, een soort kleine kombuis achter de kleine ruimte die de architect vermoedelijk de 'eethoek' noemde, maar daar was ze niet. Er stond ook geen koffie te pruttelen. Twee deuren verder hoorde ik enige beweging en ik meende haar stem te herkennen. Misschien zat ze op de wc of trok ze haar harnas aan. Het leek me wel iets voor Glyndora om een levendig gesprek met zichzelf te houden, maar ik had ook de neiging haar telefoon op te pakken om te horen of ze iemand had gebeld. Ik hield mijn adem in maar ik kon geen woord verstaan.

Tegenover me, in een hoek van de eetkamer, stond een kleine ronde étagère van chroom en glas met verscheidene verdiepingen. Er stonden een paar glazen dieren in – Steuben, als je het Nora Goggins' ex-echtgenoot vroeg – enkele foto's van Glyndora's kind, een eindexamenfoto compleet met een academische baret, en een kleinere, wat nieuwere foto in een lijstje. Een jonge vent die er goed uitzag, slank en gespierd, met de sterke bouw van zijn moeder. Hij had haar knappe gezicht, in het mannelijke vertaald, maar met een ontspannen, kwajongensachtige uitdrukking die hij nooit van Glyndora kon hebben.

'Ben je er nog?' Ik keek over mijn schouder. Ze leek enigszins geamuseerd, waarschijnlijk over zichzelf.

'Ik probeer warm te worden.'

Ze had haar haren wat gekamd en haar lippen gestift, maar haar houding was nog steeds onvermurwbaar.

'Hoor eens, Glyndora,' zei ik. 'We zijn allebei intelligente mensen, dus laten we ophouden met die onzin.'

'Mack, je bent al twintig jaar bij de politie weg,' zei ze met een overdreven negeraccent, 'en ik ben geen gangstermeid, dus houd je verhalen maar ergens anders. Ik ben moe.' Glyndora is vaak op haar zwartst bij blanke mensen, vooral als ze in de aanval gaat. Vandaag op kantoor hadden we nog hetzelfde Engels gesproken.

'Toe nou, Glyndora, ik heb je al uitgelegd hoe het zit. Ik stel de vragen en jij geeft de antwoorden. Anders bespreken we het morgen wel – jij en ik en de Commissie.' Ik hoopte dat dit dreigement, waarmee ik ook binnen was gekomen, voldoende zou zijn. Maar ze reageerde met een soort bittere vrolijkheid.

'Ik moet dus doen wat jij zegt?'

'Zoiets.'

'Dat verbaast me niets, man. Dat vind je zeker wel prettig?'

Ik haalde mijn schouders op.

'Ja, dat vind je wel lekker. Jij en ik samen, en ik heb geen keus.'

'Toe nou, Glyndora.'

'Daarom kom je na het donker bij me thuis. Omdat ik geen keus heb.'

Glyndora heeft bepaalde stokpaardjes. Voor haar komt het altijd neer op baas en slaaf. Ze liep naar me toe met wiegende heupen, bewust provocerend maar ook uitdagend. Ik stond op om haar af te

wachten, maar ze kwam dichterbij dan nodig was. Ze wist wat ze van plan was, en ik ook. We hadden allebei genoeg films gezien. Ze wilde me gewoon imponeren met haar onverzettelijkheid. Ze trok de taille van haar jurk strak en wierp zichzelf en haar niet geringe anatomie in mijn richting, balancerend op haar tenen, met haar handen op haar heupen. De boodschap was duidelijk: heb het lef eens.
'Vertel me maar, Mister Mack, wat kan ik voor je doen?' vroeg ze, weer met dat overdreven negeraccent. Van dichtbij was haar donkere huid een complex van kleuren, bijna pointillistisch. Ze keek me aan met een plagerig lachje, en ik zag dat ze een spleetje tussen haar tanden had. Dat was me in die vijftien jaar nog niet opgevallen.
'Toe nou,' herhaalde ik zachtjes.
Ze bleef staan, met opgeheven hoofd en een vurige blik. Als volwassene heb ik nooit geloofd dat priesters, leraren en politiemensen geen vleselijke gemeenschap mogen hebben met de mensen over wie ze gezag uitoefenen. De verleiding is natuurlijk groot. Ik weet niet wat het is met sommige meiden, maar soms lijkt het wel of ze in de rij staan om een smeris te naaien. Neem een vent met het figuur van een gasfornuis, half kaal en smerig, een vent die de hele avond aan het eind van een bar kan zitten zonder dat iemand op hem let, maar trek hem een uniform aan en hang hem een pistool aan zijn heup en meteen is hij een ladykiller. Het is onverklaarbaar. Voor sommige kerels bij de politie was het een droom die uitkwam. Ze hadden zelfs voor niets willen werken. Anderen zou het een zorg zijn.
Voor mij was het een van de weinige terreinen van mijn leven waarop ik enige zelfbeheersing had getoond. Maar natuurlijk was ik ook niet volmaakt. Ooit was er een meid uit Minnesota die me het hoofd op hol had gebracht. Ze was getuige in een zaak wegens vrouwenhandel, waarin we zoals gewoonlijk probeerden de schurken te vangen door ons achter een boom te verbergen. Twintig of eenentwintig was ze, mooi en blond, en ze zag er zo onschuldig uit dat het leek of ze rechtstreeks uit een fjord hierheen was gezeild. Maar ze had een afschuwelijk leven achter de rug. Ze was van huis weggelopen omdat haar vader haar elke avond pakte, in de stad was ze bij de verkeerde mensen terechtgekomen, en Jezus, neem me niet kwalijk als ik de indruk wek dat ik een katholieke opvoeding heb genoten, maar daarna deed ze alles om zichzelf door het slijk te halen. Er was een grote tv-ster, een komiek die iedereen kent, die haar elke keer als hij in de stad kwam twee ruggen betaalde om op haar te mogen schijten en – hou je vast – toe te kijken hoe ze het opvrat. Dat verzin ik niet. Maar Big Bad Mack vond haar dus erg lief. En ze had genoeg meegemaakt, dus ze voelde het meteen, zoals een plant zich naar het zonlicht keert. Op

een dag moest ik haar van het bureau naar haar appartement terugbrengen en een adresboekje meenemen waarin ze een paar namen van belangrijke figuren had genoteerd. We wisten allebei hoe laat het was. De natuur moest zijn loop hebben. Ze opende de deur van dat haveloze flatje – ik herinner me nog hoe pokdalig die deur eruitzag, alsof hij met een bijl of een koevoet was bewerkt – en binnen zag ik een kleine Chihuahua, zo'n mini-hondje, overdekt met zwarte wonden. Schurft of een andere hondeziekte. Het beestje deed meteen een aanval naar onze kuiten. Ze riep een keer 'Af!' en begon het diertje door het appartement te jagen, vloekend en schoppend met zo'n verstokte en intense haat in haar ogen dat ik het gevoel had dat mijn hart leegliep als een ballon. Dat maakte iets in me wakker, geef ik toe, toen ik het litteken zag dat al die wreedheid bij haar had achtergelaten – hoe geslagen, geschopt en verminkt ze was, net als die deur. En Glyndora maakte nu ook iets in me wakker. Ik liep al tegen de vijftig en ik kreeg een buikje. Niet bepaald het type waarvan Glyndora 's nachts in erotische vervoering zou raken. Maar iets vreemds en avontuurlijks had zich van me meester gemaakt, vooral omdat ik wilde zien waar dit zou eindigen. En met de moed die altijd weer bij me boven komt, omdat ik anders van angst zou sterven, hief ik mijn handen op en legde mijn wijsvingers met zalige onbeschaamdheid één voor één op de punten van haar borsten. Vervolgens, zo zacht als iemand die braille leest, liet ik mijn vingertoppen op de dunne stof van haar jurk rusten, zodat ik het kantmotief van haar beha eronder voelde.

Wat zich toen tussen ons afspeelde was wat we op straat altijd v.m. noemden – verdomd merkwaardig. Niemand meende het serieus. Natuurlijk had ik niet in haar tieten willen knijpen en natuurlijk wilde Glyndora dat niet prettig vinden. Het was gewoon een uitdagend spelletje. Net alsof we voor een camera stonden. Ik zag het in gedachten: de lichamen hier beneden en de geesten die er vijf meter boven zweefden, worstelend als engelen om iemands ziel. In theorie was het gewoon een strijd om macht en territorium. Maar met al die verschillende gezichten kwam ook ons geheime zelf naar boven om wat lol te trappen. Die warme bruine ogen van haar bleven me aanstaren, duidelijk geamuseerd maar nog steeds uitdagend. Ik zie je. Nou én? Ik zie jou. Maar, beste mensen, we waren allebei behoorlijk opgewonden.

Het contact, de confrontatie, noem het zoals je wilt, duurde maar enkele seconden. Toen bracht Glyndora haar armen omhoog en duwde mijn handen langzaam weg. Ze bleef me aankijken. Toen ze sprak, klonk haar stem heel helder.

'Dat kun je niet aan, man,' zei ze, en ze draaide zich om naar de keuken.
'Wedden?'
Daar gaf ze geen antwoord op. Ze zei dat ze een borrel nodig had.
Ik stond te tintelen – de lichamelijke terugslag na een spanning van vierduizend volt. Het was gewoon het idee: dat ik met haar speelde en zij met mij. En Meneertje Recht Overeind stak ook zijn kop op, daar beneden. Ik hoorde haar vloekend in een kast rommelen.
'Wat?' vroeg ik. Ze had geen whisky, en ik bood aan een fles voor haar te gaan halen. Ik wilde dat ze zich zou ontspannen. Dit kon een lang gesprek worden, en een nog langere avond. 'Zet jij maar koffie.' Ik keek om de hoek van het kleine keukentje en wees, maar toen was ik weer verdwenen. Ik was bang voor wat ik zou zien. Iets in me had zich al vastgeklampt aan dat bizarre intieme moment tussen ons. Eén hint en ik zou haar vaarwel hebben gekust.
Dus liep ik haastig naar de Brown Wall's, een plaatselijke supermarkt die ik onderweg had gezien. Een volwassen man die hartje winter de straat over rende met zijn vlaggestok half omhoog. De winkel lag in de neutrale zone tussen de huurkazernes en de gerenoveerde wijk. De stenen waren beklad met de symbolen van de straatbendes. De etalages waren vrolijk ingericht maar werden beschermd door zware hekken. Ik pakte een fles Seagram's van een plank, met het gevoel dat ik iets pornografisch zag toen ik naar al die glazen soldaatjes keek, keurig op een rij. In een opwelling liep ik langs de drogisterij-afdeling voor een pakje met drie condooms. Je kon nooit weten, dacht ik, en een padvinder is op alles voorbereid. Daarna rende ik weer terug, zonder me iets aan te trekken van de drie bendeleden op de hoek, herkenbaar aan hun kleuren, die me kritisch opnamen. In één sprong nam ik de treden van de portiek en drukte op de bel, wachtend om weer in het paradijs te worden toegelaten.
Ik belde nog een paar keer, en na anderhalve minuut begon ik me af te vragen waarom er geen reactie kwam. Mijn eerste gedachte: Dat ik een grote stommeling was? Dat ik de kleine eikel voor de grote eikel had laten denken? Nee, ik maakte me echt zorgen om haar. Was ze ziek geworden? Was ze neergeslagen door een inbreker terwijl ik weg was? Maar toen herinnerde ik me dat fatale klikje achter me, dat me nauwelijks was opgevallen toen ik de trap afrende. Nu ik hier in de portiek stond, verschrompeld door de kou, realiseerde ik me dat het de klik van een grendel was geweest – een dame die de deur op het nachtslot deed.
Ik gaf me niet zonder slag of stoot gewonnen, dat moet gezegd. Ik stond op die bel te rammen alsof het haar vervloekte neus was. Na

een minuut of vijf hoorde ik eindelijk haar stem, heel duidelijk en heel kort, zodat ik niet eens de kans kreeg om te antwoorden.
'Ga weg,' zei ze, kerngezond en niet geïnteresseerd in mijn gezelschap.
Laat ik eerlijk zijn. Dit was niet leuk. Ik was vanavond net iets eerder bij de auto geweest dan Lyle. Ik reed in een aftandse Chevy. Nora had de jadegroene BMW gekregen die me altijd een kick had bezorgd alsof ik een pil had geslikt. Moedeloos liep ik terug naar het versleten wrak, waarin ik me slecht op mijn gemak voelde door de vlekken die Lyle en zijn vrienden op de bekleding achterlieten. Ik stapte in en probeerde alles weer op een rij te krijgen. Goed, hield ik mezelf voor, een of andere meid wil je eerst niet binnenlaten, probeert je te versieren en doet dan haar deur op slot. De reden...? Vul maar in op de stippellijn. Plaatjes? Misschien zat er wel een idioot in de kast met een camera.
Maar ik moest Glyndora nageven dat ze de weke onderbuik van dit stekelvarken gevonden had. Laat hem weer eens een poging doen bij de dames en geef hem dan een fles drank. De fles whisky vormde een vreemd, magisch gewicht in mijn hand. Ik had altijd whisky gedronken, net als mijn vader. God, ik was er dol op. Ik voelde een kleine schok van opwinding toen mijn duim over de belastinglabels op de flessehals gleed. Ik was een beschaafde drinker die pas tegen de avond begon, maar om twee uur 's middags voelde ik al een droog plekje op de speekselklieren en bij het eerste glas zweefde ik al weg. Al die tijd dacht ik aan Dom Perignon, de monnik die voor het eerst champagne had gemaakt. Hij viel van de trap en verklaarde tegen de broeders die hem te hulp schoten: 'Ik drink sterren.'
Het lijkt allemaal zo verdomd triest, dacht ik plotseling, toen ik in die troosteloze avond naar Glyndora's appartement tuurde. De ruiten besloegen door mijn adem en ik zette de motor aan voor de warmte. Het aantrekkelijke van dit hele avontuur was dat ik opeens enige controle over mijn bestaan had kunnen krijgen. Maar nu voelde ik opnieuw de macht van die verre poppenspeler die zijn touwtjes in mijn mouwen had genaaid. De harde feiten staarden me weer in het gezicht: ik was gewoon een waardeloze schooier.
Ik vroeg me af wat ik me altijd afvraag – hoe was het zo ver met me gekomen? Was het de natuur? In mijn oude buurt ging je ervan uit dat je vader een held was als hij bij de politie zat. Of bij de brandweer. Dan hoorde hij tot die mystieke, moedige figuren die met hun helmen en hun zware jassen een van de onbegrijpelijkste verschijnselen van de natuur bestreden: hoe de materie in hitte en kleur verandert, hoe grillig die heldere vlammen dansen als ze hun vernietigende

werk doen. Toen ik drie of vier was, had ik daar al zoveel over gehoord, over hoe de mannen zich langs de paal naar beneden lieten glijden en noem maar op, dat ik zeker wist dat mijn vader kon vliegen als hij zijn laarzen en zijn rubberjas droeg. Maar dat kon hij niet. Daar kwam ik later wel achter. Mijn vader was geen held. Hij was een dief. Een 'tief', zoals hij het zelf uitsprak, maar nooit met betrekking tot zichzelf. Toch bracht hij schatten mee van ieder avontuur, net als Jason of Marco Polo.

Ik hoorde mijn vader vaak zijn logica verklaren als hij zich in een dronken bui tegenover mijn moeder rechtvaardigde. Als een huis tot de grond toe afbrandt, vrouw, waarom zou je dan niet de sieraden meenemen voordat ze smelten? Allemachtig, je waagt daar toch je leven! Als je naar buiten ging en het aan de bewoners vroeg, terwijl ze zagen hoe de vlammen hun leven verteerden, zouden ze dan nee zeggen? Later, bij mijn colleges economie, had ik geen enkele moeite met het begrip vindersloon.

Toch kon ik hem niet vergeven. Als kind vroeg ik me af of iedereen wist dat brandweermannen stalen. In mijn buurt schenen ze dat wel te begrijpen. De mensen kwamen regelmatig langs, op zoek naar goedkope, gestolen spulletjes die in de rubberjassen pasten. 'Waarom dacht je dat ze de zakken van die jassen zo groot maken?' vroeg mijn vader altijd, niet aan mij maar aan de klanten die kwamen kijken naar het tafelzilver, de klokken, de sieraden, het gereedschap, de duizenden kleine dingen waarmee ons huishouden regelmatig werd verrijkt. Hij lachte als hij die spullen uitstalde. Waar komt het vandaan? wilden de bezoekers weten, en dan grinnikte mijn vader en kwam met die opmerking over de jas. Onnozel, natuurlijk, maar hij wilde de indruk wekken dat hij lef had – dat willen alle bange mensen. Ze willen lijken op de mensen voor wie ze bang zijn. Een nichtje van me, Marie Clare, kwam een keer langs om mijn vader te vragen uit te kijken naar een doopjurk voor haar baby, en hij vond een prachtige jurk voor haar. Waarom dacht je dat ze de zakken van die jassen zo groot maken?

Voor mij, als kind, leek de schaamte soms blaren op mijn hart te maken. Als ik te biecht ging, biechtte ik voor hem. 'Mijn vader steelt.' De priesters waren altijd geïnteresseerd. 'O ja?' Ik wilde mijn naam en adres achterlaten, in de hoop dat ze er een eind aan konden maken. Je vader is je noodlot. Maar deze vorm van stelen was een maatschappelijk verschijnsel, geaccepteerd en algemeen. Ze zeiden tegen me dat ik eerbied moest hebben voor mijn vader, dat ik moest bidden voor zijn ziel en dat ik beter op mijn eigen gedrag kon letten.

'Zoveel van het leven is wilskracht.' Ik had de gouden dop van de fles gedraaid voordat ik wist wat ik deed, en herhaalde dat oude zinnetje bij mezelf. Ik had het gehoord van Leotis Griswell, niet lang voordat hij stierf. Ik staarde in het gat van de open fles alsof het een blind oog was. Zo had ik ook eens naar iets anders gestaard – een andere bron van genot. De scherpe geur van de alcohol gaf me een schok, even scherp en pijnlijk als een verre blik op een prachtige vrouw van wie je nooit de naam zult weten.

Zoveel van het leven is wilskracht. Leotis had het over Toots, zijn oude student. Leotis had het talent dat ik bij veel van de beste advocaten aantrof – mensen die zich met hart en ziel voor een zaak inzetten, maar toch afstand bewaarden tot de cliënten. Als hij over hen sprak, klonk hij vaak heel koel, en hij wilde niet dat ik me door Toots zou laten inpalmen. 'Hij komt met roerende verhalen over zijn zware leven, maar ik heb nooit veel op gehad met sociologie. Het is zo negatief. Ik hoef niet te weten waardoor de massa wordt onderdrukt. Iedereen met ogen in zijn hoofd kan dat zien: door het leven zelf. Maar waar komt die ene uitzondering vandaan, wat is het verschil? Daar kan ik nog uren over nadenken. Waar de kracht vandaan komt om je niet te laten onderdrukken. De wilskracht. Zoveel van het leven is wilskracht.' Het leek wel of de oude man even oplichtte toen hij dat zei. In dat broze lichaam woonde nog steeds een briljante geest. En de herinnering daaraan en aan de normen die hij als mens had gesteld, staarden me verwijtend in het gezicht.

Maar Leotis had gelijk gehad, over het leven en de wilskracht. Het was een passend geloof voor een man die in de laatste jaren van de negentiende eeuw was geboren, maar voor de rest van de wereld geldt dat niet meer. Wij geloven nu dat een natie recht heeft op zelfbeschikking maar dat de ziel de slaaf is van het materiële lot: ik steel omdat ik arm ben. Ik betast mijn dochter omdat mijn moeder dat ook bij mij heeft gedaan. Ik drink omdat mijn moeder weleens wreed was en me uitschold en omdat mijn vader die eigenschap heeft achtergelaten in mijn genen, als een noodlottig richtsnoer. Nee, dan geef ik toch de voorkeur aan Leotis' visie, dezelfde die ze me in de kerk hebben geleerd. Ik geloof liever in de wilskracht dan in het lot. Ik drink of ik drink niet. Ik zal Bert zoeken of niet. Ik zal er met het geld vandoor gaan of het teruggeven. Je kunt beter een keuze doen dan je uitleveren aan dat verbond tussen oorzaak en gevolg. Het gaat allemaal terug tot aan de Heilige Augustinus. We kiezen het goede. Of het kwade. En betalen de prijs.

En dit, dit is misschien wel de zoetste appel van de slang. Ik hoefde niet eens te slikken, leek het wel.

Ik drink sterren.

Donderdag 26 januari

B Uw speurder raakt behalve zijn zelfrespect nog iets anders kwijt

Ik ben al zo vaak wakker geworden met het vaste voornemen dit nooit meer te doen, dat er bijna plezier school in de pijn. Ik voelde me als iets dat je uit het vuilnis hebt gevist. Ik bleef doodstil liggen. De zon sloeg als een kogel door mijn brein. De misselijkheid kroop omhoog langs de innerlijke lijn van mijn buik naar mijn hoofd. Ik voelde de eerste kokhalzende bewegingen al opkomen. 'Langzaam,' waarschuwde ik mezelf. Even later drong het tot me door dat ik niet alleen was.
Toen ik mijn ogen opende, zag ik een jongen die me recht aankeek. Hij leek me een Latino, en hij zat een halve meter bij me vandaan, ineengedoken op de linkerstoel. Hij had één hand op de radiocassettespeler, die hij al half uit het dashboard had getrokken, zodat het troosteloze interieur van de auto – de donkere gaten en de gekleurde kabels – zichtbaar waren. Het doorsnijden van de kabels was de volgende stap. Achter hem stond het portier op een kier, en het binnenlampje brandde. Een vlaag koude lucht streek langs mijn neus.
'Hou je rustig,' zei hij.
Ik zag geen pistool of mes. Hij was nog maar een jochie, dertien of veertien, met puistjes over zijn hele gezicht. Een van die lieve kleine stadsvampiers die er vroeg in de morgen op uit trekken om zuiplappen te beroven. Al liep ik tegen de vijftig, deze kleine etter kon ik nog wel aan. In elk geval kon ik hem een paar flinke klappen verkopen. Dat wisten we allebei. Ik keek weer in zijn ogen. Het zou zo'n geweldige triomf zijn geweest als ik daar maar een komma, een punt, een apostrof van angst, één lichte aarzeling, zou hebben gezien.
'Eruit,' zei ik. Ik had me niet bewogen. Ik lag half opgevouwen als een weggeworpen boodschappentas, op mijn zij over de rechterstoel. Door de adrenaline werd ik veel te snel wakker en voelde me duizelig worden. Mijn maag protesteerde al.
'Hou je gemak, man.' Hij stak een schroevedraaier mijn kant uit.
'Ik neem je te grazen, snotneus. Ik trap je je kloten van je lijf.' Ik knikte nadrukkelijk, maar dat was een vergissing, alsof je te ver achterover leunt in een stoel. Ik rolde even met mijn ogen en hees me op een elleboog overeind. Toen ging het mis.
Ik kotste helemaal over hem heen.
Echt helemaal. Het droop zelfs uit zijn wimpers. Kleine smerige

klontjes zaten verspreid over zijn pukkelige kop. Zijn kleren waren kletsnat. Hij verdronk er bijna in, sputterend, rillend en vloekend in een onverstaanbare *rap*. 'O man,' zei hij maar steeds. 'O man.' Zenuwachtig bewoog hij zijn handen, maar ik wist dat hij zichzelf niet durfde aanraken. Bliksemsnel klom hij de auto uit. Ik lag te wachten tot hij me met zijn schroevedraaier zou vermoorden, en ik besefte pas dat hij was verdwenen toen hij al de straat uit rende.
Nou Malloy, dacht ik, dit wordt leuk. Ik klopte mezelf een paar keer op mijn rug voordat ik overeind kwam. Dit verhaal, net als wat er werkelijk tussen Pigeyes en mij was gebeurd, zou ik voor mezelf houden. Want ik was stout geweest. Zwak. Ik had gedronken. Een hele fles. Ik had het lot getart.
Mijn maat bij de AA, mijn beschermengel, mijn hand in het duister, heette Giandomenico. Achternaam onbekend. Hoewel ik al in geen zestien maanden meer op een bijeenkomst ben geweest, weet ik zeker dat hij weer met me zou praten om me te vertellen dat ik sterk genoeg was. Vandaag was niet anders dan eergisteren. Een dag dat ik niet zou drinken. Ik zou vandaag wel doorkomen, dan kon ik morgen weer opnieuw beginnen. Ik wist het allemaal wel. Ik kende de twaalf stappen uit mijn hoofd. Maar op de lange duur vond ik de AA eigenlijk triester dan mijn drankprobleem, als ik naar die mensen luisterde: 'Mijn naam is Sheila en ik ben alcoholiste.' Daarna kwam het verhaal, dat ze had gestolen, de hoer had gespeeld en haar kinderen had geslagen. Jezus, soms vroeg ik me af of ze die dingen verzonnen om de rest van ons het gevoel te geven dat we nog niet zo slecht af waren. Het was me te veel een cultus. De Kerk van de Zelfverloochening noemde ik het altijd, dat gelul om jezelf de goot in te trappen en je over te leveren aan een hogere macht, achternaam onbekend, die je zou beschermen tegen de duivel van de drank. O, ik was blij geweest met die steun en ik had warme gevoelens opgevat voor een aantal mensen die elke week waren verschenen en mijn hand hadden vastgehouden. Ik hoop dat het goed met ze gaat. Maar ik ben nu eenmaal excentriek en ik wil me niet verdiepen in de vraag waarom ik na de dood van mijn zuster niet langer die onbeheersbare behoefte voelde om te drinken. Had ik eindelijk mijn eigen bodemloze beker van pijn gevuld? Of was dit, zoals ik in mijn grimmigste momenten wel vaker vreesde, een soort viering?
Ik staarde naar Glyndora's straatje aan de overkant, grijs op grijs, de kleuren bijna onherkenbaar in het vale winterse licht. Het zag er nog altijd uit als een filmdecor, afgezien van een bord waarop stond dat er nog appartementen te koop waren vanaf 179.000 dollar. Wat had ze me gisteren duidelijk willen maken? Had ze me gewoon te grazen

willen nemen, voor de lol? Maar zo'n subtiele omweg leek me niets voor haar. Dan zei ze het wel recht in je gezicht. Was ze bang dat ik iets zou ontdekken? Een vriendje, misschien? Er hingen mannenkleren in de kast en er stonden mannenschoenen bij de deur. Van Archie? Of van Bert?
Ik richtte me op en grijnsde breed bij de gedachte aan Lyle en zijn makkers die na middernacht in dit stinkende wrak zouden stappen. Ik durfde er heel wat onder te verwedden dat hij niet eens zou weten wie hier verantwoordelijk voor was. Waarschijnlijk zou hij zich proberen te herinneren wie hier eergisteravond zijn maag had omgekeerd. Die kleine klootzak had de auto weleens smeriger voor me achtergelaten. Maar ik draaide toch alle raampjes open en gooide de vloermat naar buiten. Daarna duwde ik de radio terug in het breekbare plastic van het dashboard. Ik dacht aan dat kleine diefje dat nu in de kou door het North End liep, op zoek naar een waterslang. Wat zou hij stinken als hij op school kwam! Ja, ik voelde me vrolijk en agressief. Ik haalde diep adem, schoof achter het stuur en miste toen pas de vertrouwde druk tegen mijn heup. Ik begon te vloeken.
Dat verdomde joch had mijn portefeuille gestolen.

XI ALLES IS JAKE

A Uw speurder wordt in zijn werk gestoord

Als Bert Kamin dood was, wie had dan nu het geld?
Die vraag kwam opeens bij me op toen ik voor een spiegel in het fitness-centrum stond, waar ik naartoe was gegaan om me op te frissen voordat ik naar kantoor ging. Maar na het douchen en scheren voelde ik me nog steeds belazerd. Ik zag eruit als een onbetrouwbare boef op een opsporingsaffiche, en ik had een koppijn die me herinnerde aan die holenmensen die ventilatiegaten in hun eigen schedels boorden. Ik belde Lucinda om te zeggen waar ik was, en vroeg haar om de bank te bellen dat mijn credit cards waren gestolen. Daarna zocht ik een eenzaam hoekje in de kleedkamer om eens diep na te denken. Wie had het geld? Martin had gezegd dat de bankier uit Pico had laten doorschemeren dat het inderdaad Berts rekeningnummer was waar het geld op was gestort. Maar dat was natuurlijk geen bewijs.
De bedoeling van een rustig plekje, waar je het ook vindt, is dat je niet wordt gestoord. Dus reageerde ik geïrriteerd toen een van de assistenten kwam zeggen dat er telefoon voor me was. Waar ik vooral de pest aan heb in de zakenwereld aan het eind van deze eeuw, is die universele bereikbaarheid: faxen, draagbare telefoons en die ijverige, opgewekte bezorgers van allerlei koeriersdiensten. Door de concurrentie in de wereld van het grote geld is privacy iets uit het verleden geworden. Ik verwachtte Martin, Meneertje Ongeduld, die de gewoonte heeft om je om elf uur 's avonds vanuit een of ander vliegtuig naar Bangladesj te bellen met zijn laatste briljante suggesties over een zaak. Maar het was Martin niet.
'Mack?' vroeg Jake Eiger. 'Ik zou je graag zo snel mogelijk spreken.'
'Goed. Ik zal Wash en Martin waarschuwen.'

'Nee, onder vier ogen,' zei Jake. 'Kom maar hier naartoe. Ik wil je iets vertellen over onze situatie.' Hij schraapte veelbetekenend zijn keel, dus ik vermoedde al wat er komen ging. De leiding van TN had het fiasco – Bert en het geld – nog eens grondig geanalyseerd en besloten dat er een groot advocatenkantoor bestond dat ze konden missen als kiespijn. Laat die zoekactie maar zitten en pak je koffers. En ik moest dat nieuws naar mijn collega's laten 'lekken'.

Het was al een tijdje geleden dat ik Jake onder vier ogen had gesproken. Na mijn scheiding van zijn nichtje en Jakes beslissing om mij geen TN-zaken meer toe te schuiven was onze verhouding een beetje moeizaam geworden. Over geen van beide onderwerpen hadden we ooit gesproken. Het onbespreekbare is zo'n beetje het fundament van onze relatie.

Dat is een lang verhaal, zoals gewoonlijk. Jake was geen bijzonder goede student. Ik heb altijd vermoed dat hij het aan zijn vader te danken had dat hij tot de faculteit was toegelaten. Hij is intelligent genoeg – soms zelfs heel slim – maar hij heeft moeite zijn gedachten op papier te zetten. Goed in multiple-choice maar waardeloos in het schrijven van essays. Zelf noemde hij dat 'cryptofoob'. Gestoord leergedrag, heet dat tegenwoordig.

Ik werkte ongeveer een jaar bij het Tuchtcollege toen Jake me uitnodigde om te gaan lunchen. Ik dacht dat het een soort familieverplichting was – een van Nora's tantes die tegen hem had gezegd dat hij Mack maar eens mee uit eten moest nemen om hem wat goede raad te geven. Dan werd het misschien nog wat. Maar ik merkte meteen dat hij zich slecht op zijn gemak voelde. We zaten in een of andere modieuze tent op een dakterras, en Jake tuurde tegen de zon in. De rand van de parasol boven ons hoofd wapperde in de wind.

'Mooi uitzicht,' zei hij.

We hadden allebei een borrel genomen. Hij was ongelukkig, dat zag ik. Jakes knappe kop heeft alleen ruimte voor jongensachtige vrolijkheid. Zijn bezorgdheid was als een uithangbord.

'Wat is er aan de hand?' vroeg ik. Er moest iets zijn. We hadden geen echte sociale relatie.

'Examen,' zei hij.

Eerst begreep ik het niet. Ik dacht dat het turbo-taal was, zo'n opmerking die ik niet begreep, geheimtaal tussen yuppen. Hij was juist begonnen aan zijn derde jaar bij G&G, als Wash' favoriete medewerker. Hij was al drie jaar van de universiteit, had één jaar als assistent van een rechter gewerkt, en zijn examen had hij allang achter de rug moeten hebben. Ik bestelde de lunch. Van waar we zaten kon je het Trappers Park zien, en we praatten een tijdje over de ploeg.

'Ik moet weer eens gaan kijken,' zei Jake, 'maar het komt er steeds niet van.'
'Druk? Veel zaken?'
'Examen,' zei hij weer. 'Ik heb het juist voor de derde keer gedaan.' Hij draaide zijn hoofd om en keek me aan, met zo'n rustige, oprecht trieste blik waarmee hij vermoedelijk ook de dames het bed in kreeg. Ik had geen handleiding nodig om te weten dat ik ergens werd ingeluisd.
'Drie slag en je bent uit,' zei hij. Drie keer zakken en je moest vijf jaar wachten voordat je opnieuw examen mocht doen. Ik kende de regels. Ik was een van de mensen die ze had opgesteld. 'Het kantoor moet me ontslaan,' zei hij. 'Mijn vader overleeft het niet. Echt niet.' Dat betekende in feite het einde van zijn carrière als advocaat, maar de teleurstelling van zijn vader zou voor Jake nog erger zijn.
Toen ik opgroeide zat Jakes vader in het gemeentebestuur, net als Toots Nuccio. Hij was een man met grote invloed. Bekleed met de middeleeuwse macht die het voorrecht was van een raadslid uit Du-Sable, werd Eiger senior in onze hechte katholieke gemeenschap vereerd als een prins onder het gewone volk. Op 18 juni 1964, de dag waarop ik eenentwintig werd, nam mijn vader me mee naar raadslid Eiger om hem te vragen of hij een baan bij de politie voor me kon regelen. Ik had toen al een paar jaar gestudeerd en voorzag zo'n beetje in mijn eigen onderhoud door met stofzuigers langs de deuren te gaan. Ik bewoog me in artistieke kringen als een soort intellectuele beatnik, een gemiddelde student met jeugdproblemen, een Iers joch dat nog bij zijn moeder woonde en geen idee had welke kant hij uit wilde in het leven. De politie was in elk geval een eerste stap en zou me bovendien uit dienst houden, iets wat ik niet hardop zei, maar waar ik wel blij om was. Dat had niets te maken met linkse ideeën, maar het was gewoon een pit-stop in het leven die ik liever oversloeg. Ik voerde niet graag orders uit. Drie jaar later brak ik mijn knie en kreeg ik de kans rechten te gaan studeren. Ik was niet in dienst geweest, ik had geen trauma overgehouden aan Vietnam. Ik ging gewoon studeren, voornamelijk om weer op school te zitten – een van die vreemde toevalstreffers in het leven.
Toen ik daar zat, in het wijkkantoor, dat eruitzag als een jeugdhonk in een souterrain, met kaarten en politieke affiches van vorige campagnes aan de muren en vier van die ouderwetse zwarte telefoons op het bureau – zwaar genoeg om ze als een moordwapen te gebruiken – verzekerde raadslid Eiger me dat mijn sollicitatie bij de politie alle aandacht zou krijgen. Je moest wel van hem houden, een man met zoveel macht, die hij zo genereus gebruikte. Hij was het soort politi-

cus dat je kon begrijpen, iemand met de bekende, traditionele prioriteiten: eerst hijzelf, dan zijn familie, dan zijn vrienden. Niet dat hij tegen wetten of principes was, maar in de praktijk had je daar weinig aan. Binnen drie weken was ik cadet in een geselecteerde klas van de politie-academie.

En nu zat zijn zoon tegenover me, en hoewel Jake ontkende dat zijn vader ergens van wist, was de boodschap duidelijk. Ik had een schuld in te lossen. Tegenover de familie. Je wist dat zijn vader het ook zo zou zien.

Ik deed één enkele poging tot rechtschapenheid.

'Jake, we kunnen beter ergens anders over praten.'

'Natuurlijk.' Hij staarde in zijn glas. 'Vorige week heb ik examen gedaan. Eén vraag heb ik zo stom beantwoord – het ging over een civiele procedure, de revisie van een echtscheidingsbesluit, maar ik heb een heel stuk over het huwelijksrecht geschreven.' Hij schudde zijn hoofd. Die arme, knappe Jake stond op het punt in huilen uit te barsten. Ja, hoor. Een volwassen man, bijna, die als een kind in zijn gintonic begon te snotteren. 'Ach, verdomme, het spijt me.' Hij rechtte zijn rug. Een minuut of tien zaten we zwijgend te eten, toen zei hij nog eens dat het hem speet en liep van het tafeltje weg.

Een van de vreemde dingen die je in het leven leert is dat grote instellingen alleen zo groot lijken door de waarde die de mensen eraan toekennen, niet door hun eigen werkwijze, die vaak heel prozaïsch is. Neem de beoordeling van de examens voor advocaat. Wij stuurden de ingevulde examenformulieren naar tien juristen, verspreid door de staat, één voor iedere vraag. Ze kwamen per post weer terug, duizenden gecorrigeerde vragen, slordig bijeengebonden in bundeltjes. De secretaressen hadden dagen nodig om alles te sorteren en de punten op te tellen voor iedere kandidaat, waarna de staf de uitslagen nog eens controleerde. De resultaten van dit examen: zeventig geslaagd, negenenzestig afgewezen. Jake was nummer 66 toen ik zijn stapeltje op het bureau van een collega vond op de avond dat ik besloot ernaar op zoek te gaan. De man die Jakes antwoord over de civiele procedure had nagekeken had hem een 3 gegeven. Een 3 en een 8 lijken natuurlijk veel op elkaar, zelfs als je geen talent voor vervalsen hebt. Ik liep geen enkel risico. Niemand zou het ooit weten. Behalve ikzelf natuurlijk.

Toch vragen jullie je af waarom ik het heb gedaan? Niet vanwege Jake, zeker niet, en zelfs niet omdat mijn vader en moeder zich zouden schamen als ze wisten dat ik een vriend in nood niet hielp. Nee, ik denk dat ik aan Woodhull en zijn volgelingen dacht, die hun eigen ego met ethiek verwarden, van die betweterige zeikerds, mijn colle-

ga's, weer zo'n clubje waaraan ik mijn ziel niet wilde verkopen. Dezelfde reden waarom ik Pigeyes erbij heb gelapt, en daarna heb gelogen, omdat ik voor geen van beide partijen wilde kiezen.
De week nadat de uitslagen waren verstuurd nam Jake me weer mee uit lunchen. Hij was zo blij als een jonge hond. Zijn dankbaarheid kende geen grenzen, maar ik zei niets. Ik feliciteerde hem gewoon toen hij me vertelde dat hij was geslaagd. En ik gaf hem een hand.
'Denk maar niet dat ik dit ooit vergeet,' zei hij.
'*No comprendo*. Bedank jezelf maar. Jij hebt het examen gemaakt.'
'Klets toch niet.'
'Hé, Jake, oefening baart kunst. Je bent geslaagd, oké? Hou er nu maar over op.'
'Je bent een prima kerel. Na die laatste vertoning... je weet wel... werd ik bijna misselijk. Jezus, dacht ik, een smeris! Je hebt dat verhaal gehouden tegen een vent die vroeger smeris was.'
Zijn blik zei alles. Kerels onder elkaar. Vrienden. Dat zelfvoldane gevoel om bij een broederschap te horen, een gevoel dat Jake al die jaren nooit is kwijtgeraakt. Zijn leven bestaat nu uit country-clubs, golfen, en zijn derde vrouw bedriegen. Maar op dat moment, eenentwintig jaar geleden, zag dat ik dat ik zijn vertrouwen in zijn fundamentele levensovertuiging had hersteld: dat we bijzondere mensen waren die iedereen te slim af konden zijn als we elkaar maar hielpen. Ik had hem het liefst in zijn gezicht gespuwd.
'Vergeet het nou maar, Jake,' zei ik. 'Alles.'
'Nooit,' antwoordde hij.
En ik wist dat het een vloek was.

B Uw speurder brengt een bezoek aan het Amerika van Herbert Hoover

Ik zat op Jake te wachten bij de receptie van de 44ste etage, de directieverdieping van TN. Ik voelde me totaal onbeduidend. Er heerst daar een opgefokte, gewichtige sfeer waar ik altijd apathisch van word. Ooit kan iemand me misschien uitleggen waarom dit systeem van ons, dat de diversiteit en de individuele keuze zou moeten bevorderen, het middel is geworden waardoor iedereen hetzelfde kiest. Met al zijn luchtvaartmaatschappijen, banken en hotels heeft TN vorig jaar zaken gedaan met twee van de drie Amerikanen die meer dan vijftigduizend dollar verdienen. Veel van die mensen zien TN als niets anders dan een vliegende bus, maar in een massamaatschappij blijkt zelfs zo'n triviale connectie met vijfentwintig miljoen mensen – voor-

al als daar vooraanstaande figuren onder zijn – een bedrijf het aureool van grootheid en macht te verlenen.
Jakes secretaresse bracht me naar zijn kantoor en Zijne Knappe Kop stond op om me te begroeten. Zijn kamer is zo groot dat hij daadwerkelijk wuifde toen ik binnenkwam. Zodra we alleen waren, ging Jake op de hoek van zijn bureau zitten, met één voet op het dikke tapijt. Ik dacht onwillekeurig dat het een pose was die hij in een advertentie in een of ander tijdschrift had gezien. Hij droeg een jasje en zijn haar zat perfect. Als inleiding praten we meestal over onze oude buurt, over de jongens van school en onze plaats tussen de generaties. Maar vandaag kwam hij meteen ter zake. Het ging over Bert, zoals ik al had gevreesd.
'Luister, ouwe jongen, ik moet toegeven dat ik achter de feiten aanloop. Wat gebeurt er allemaal beneden?'
'Ik wou dat ik het je kon vertellen, Jake.'
'En jij,' vervolgde hij, 'maakt het me ook niet gemakkelijk. Ik begrijp dat je met Neucriss hebt gesproken.'
Het nieuws doet snel de ronde.
'Hij hing al bij me aan de telefoon voordat jij met de lift op de begane grond was aangekomen,' zei Jake. 'Hij wilde weten wat er mis was. Mag ik vragen wat je in vredesnaam van plan was?'
'Hé,' zei ik vriendelijk. Ik zal Jake nooit beledigen. Al die jaren had ik mijn vader tegen de brandweercommandant zien slijmen. 'Het was een ingeving, meer niet. We hebben geen idee wat Litiplex is. Ik hoopte dat de eisers me iets meer konden vertellen. Ik wist niet dat Martin ook al met Peter had gesproken.'
Jake keek me vorsend aan.
'Dat had hij dus wel. En toen jij er ook over begon, kreeg Neucriss argwaan. Dat kunnen we niet hebben.' Blijkbaar had Neucriss zich via de telefoon flink uitgeleefd: Die sukkels die jij voor driehonderd dollar per uur hebt ingehuurd! Twee ervan doen niets anders dan de post doorsturen! Ha, ha, ha. Jake had zich gepakt gevoeld en ik betaalde nu de prijs.
'Luister, Mack, beste vriend, laten we de bieding nog eens doornemen.' Jake is een meester in dat soort jargon. Hij beheerst het tot in zijn vingertoppen. Het haalt de scherpe kantjes van een gesprek, maar in wezen is Jake net zo'n platte boender als zijn vader. Ik wist dat hij grof ging worden, hoe beschaafd hij ook leek. 'Hij...' Jake liet zijn stem dalen en wees naar de deur van het aangrenzende kantoor. 'Die Poolse meneer hiernaast. Houdt hij nu van me of niet? Dat wisselt met de dag. Laten we maar aannemen dat hij niet de voorzitter van mijn fanclub is, oké? Omdat hij vindt dat ik de ver-

keerde advocaten inhuur en ze te veel betaal. Laten we daarvan uitgaan. Maar hij kan niet om me heen. En weet je waarom niet?'
'Vanwege de directie?'
'Precies, vanwege de directie. Omdat een deel van de directie me op handen draagt. En weet je waarom?'
'Nou?'
'Vanwege de manier waarop ik, en de advocaten die ik heb ingehuurd, een schadeclaim van 300 miljoen dollar hebben afgehandeld. Een ingewikkelde strafzaak die dit bedrijf 100 miljoen dollar dreigde te gaan kosten maar waarop wij – ik, jouw kantoor, Martin – uiteindelijk winst hebben gemaakt. Bijna twintig miljoen. Iedere dollar die in dat schadefonds overblijft is een eerbewijs aan ons allemaal. En een punt op het scorebord. Oké?'
Ik knikte. 'Natuurlijk,' zei ik. Ik zat braaf te luisteren, toegesproken als een kind, met een onnozel lachje, diep onder de indruk alsof hij zojuist de koude fusie had uitgevonden.
'En nu dat gelazer met Bert. Heel vervelend. Eerlijk gezegd geloof ik er niets van. Anders zou ik me nog meer zorgen maken. Maar als we de zaak rustig tot op de bodem uitzoeken en de boeken nog eens controleren, blijkt misschien dat er heel iets anders aan de hand is. Maar voorlopig ligt alles nog open. Goed, stel maar een onderzoek in. Dat is het verstandigste. Maar houd je oog op de bal gericht, kerel. Als je de advocaten van de eisers zo in paniek brengt dat ze eerst de centjes willen tellen voordat er volgende maand wordt uitbetaald, en als Neucriss en consorten ontdekken dat er een overschot bestaat, zullen ze hun uiterste best doen om de kas te plunderen, tot aan de laatste dollar. En dan heb ik het nog niet eens over onze mede-gedaagden. En hoe het ook zit met Bert, dat zou veel erger voor ons zijn. Voor ons allemaal. Begrepen? Laten we dus voorzichtig zijn. Ik heb het je een paar dagen geleden al gezegd: wees discreet.'
Als op een afgesproken teken stak Tad Krzysinski, de president-directeur van TransNational, zijn hoofd om de hoek van de deur. In een ideale wereld zou dit iemand zijn aan wie je spontaan een hekel had, een klootzak zoals Pagnucci, een geslaagde patser met een veel te groot ego. Maar dat is hij niet. Hij is hooguit een meter vijfenzestig, een vrolijk klein baasje, maar als hij binnenkomt heb je het gevoel of iemand opeens een compacte kernreactor heeft geïnstalleerd, met een kracht alsof je dwars door de muren wordt geblazen.
'Hack,' begroette hij me, en hij kwam op me toe om mijn hand te zwengelen. Hij is een gespierde ex-atleet met een innemende oogopslag. Zoals gewoonlijk vroeg ik me af wat hij met Brushy had, maar hij is altijd zo verdomd vrolijk dat je nooit weet wat er in hem omgaat.

'Tad,' zei ik. De man houdt niet van plichtplegingen. Hij komt over zoals hij is: de zoon van een loodgieter, uit een gezin van acht kinderen. Zelf heeft hij er nu negen. Hij heeft aan drie uur slaap voldoende, en naar zijn eigen zeggen is hij alleen geïnteresseerd in zijn gezin, zijn God en het vergroten van de winsten voor de mensen die hem hun vertrouwen hebben gegeven door hun geld in aandelen TN te steken. Alleen al met een knikje en een handdruk joeg hij Jake de stuipen op het lijf. Ze vormden twee etnische tegenpolen die – ooit als buitenstaanders beschouwd – sinds de jaren zestig carrière hebben gemaakt in het Amerikaanse zakenleven: Jake, een weekdier dat zich aan zijn Ierse achtergrond had ontworsteld en alle loze aspiraties van de gemiddelde yup najoeg, en Krzysinski, de Poolse immigrant met zijn heilige geloof in hard werken, standvastigheid en de kans om de wereld te verbeteren. Ik stond wat ongemakkelijk tussen hen in en besefte plotseling dat dit een onmogelijke combinatie was. Jake had invloedrijke aanhangers in de directie van TN, maar Krzysinski had de pest aan hem, dat kon niet anders. Dat bedoelde Jake toen hij zei dat het overschot in de zaak 397 zijn redding was.

'Als ik jou hier zie, Hack, zullen er wel weer problemen zijn.' Tad sloeg me goedmoedig op mijn schouder en lachte om zijn eigen grap. Daarna sprak hij met Jake over een lastige zaak op de Fiji-eilanden. TN bezit hotels over de hele wereld. Tokio, Parijs. Maar vooral in het Verre Oosten hebben ze eerder voet aan de grond gekregen dan wie ook. En in deze magere tijden was dat heel belangrijk. Vaak maakt Tad zich meer zorgen over premier Miyazawa dan over Bill Clinton. Iemand zou zich daar eens rekenschap van moeten geven, want deze tycoons zullen binnenkort een statenloze superklasse vormen – mensen die alleen nog leven voor hun deals en hun partijtjes golf, en die het meer interesseert waar je je managersopleiding hebt gekregen dan uit welk land je komt. We zijn weer terug in de middeleeuwen, met al die kleine, onafhankelijke staatjes en hertogdommen, ieder met hun eigen vlag en bereid elke huurling aan te nemen die een eed van trouw aan de kasteelheer zweert. Iedereen die zichzelf nu feliciteert omdat het rode gevaar is uitgeroeid, zal zich nog eens achter de oren krabben als Coca Cola een zetel in de Verenigde Naties aanvraagt.

Eindelijk vertrok Tad weer. Jake keek hem geërgerd na.

'Laten we maar een eindje gaan wandelen.' Jake liep de gang door. Ik volgde hem en knikte tegen mensen die ik kende. Een bezoekje aan deze etage was voor mij altijd een hele inspanning – glimlachen en handen schudden om Jakes juridische medewerkers eraan te herinneren dat ik niet dronken of dood was. Toen we bij de lift kwamen, stormde er een koerier naar buiten – zo'n lid van de minimum-

loonbrigade die zich op de fiets door het drukke stadsverkeer slingert. Hij droeg een fel oranje vest over zijn versleten parka. Jake en ik stapten in, eindelijk alleen.
'Ik wil zeker weten dat we uit hetzelfde liedboek zingen,' zei Jake. Hij drukte hard op het knopje 'Deuren sluiten', wachtte tot ze dicht waren en draaide zich naar me toe.
'Bert?' vroeg ik.
'Die zaak, ja,' antwoordde hij.
De lift kwam in beweging en Jake drukte op de knop van de etage beneden ons.
'Je weet wat ik wil. Een nette afwikkeling,' zei Jake. 'En als Kamin niet meer opduikt?'
'Ja?'
Hij kwam vlak bij me staan, met zijn vinger nog steeds op de knop om de deur te sluiten. De lift remde af.
'Dan hoeft niemand hierboven er ooit iets over te horen.' Hij keek me plechtig aan voordat de deuren zich langzaam openden en hij de helder verlichte gang in stapte.

XII UIT DE SCHOOL GEKLAPT

A Jongens en meisjes onder elkaar

'SOS,' zei ik toen ik mijn hoofd om de deur van Martins kantoor stak. Zijn secretaresse was al vertrokken en ik had aangeklopt. Glyndora stond bij hem.
'O, verdomme,' zei ik. Het ontglipte me gewoon, en ze staarden me allebei aan. Het was een vreemd ogenblik. Glyndora wierp me een blik toe alsof ze me dood wilde hebben, en mijn eerste gedachte was dat ze zich bij Martin had beklaagd over mijn opsporingsmethoden. Dat was een van Martins vele rollen – de grote regelaar, de steun en toeverlaat van de ontevredenen, de onderdrukten, de zwakken. Een jonge jurist voldoet niet in de praktijk, een vennoot gaat door het lint of heeft een drank- of drugsprobleem, Martin regelt het wel. Meegevoel, zou je denken, maar dat is het niet echt. Het is meer zijn Olympische ego. Ik ben de berg.
Martin schrok niet van mijn interruptie. Hij glimlachte zelfs en wuifde me zijn kantoor binnen, met al die grappige, overdreven kunstvoorwerpen. Hij mompelde dat Glyndora hem de laatste cijfers had gebracht over de contante inkomsten. De oudste vennoot en het hoofd van de boekhouding die de jaarcijfers bespraken. Maar toch dacht ik steeds terug aan de houding waarin ik hen had aangetroffen. Zij stond op enige afstand van hem, een meter bij zijn stoel vandaan, maar wel aan zijn kant van het bureau. Martin zat tegenover haar, in het melkachtige licht dat door de grote ramen naar binnen viel, met zijn benen gestrekt en zijn handen op zijn buik, heel ontspannen en open. Dat was niets voor Martin, die altijd zo op zijn hoede bleef. Maar misschien was het gewoon de schok om Glyndora daar te zien, die nog steeds een magnetische aantrekkingskracht voor me bezat.
Martin zei dat ze bijna klaar waren. Glyndora begreep de hint, verza-

melde haar spullen en liep langs me heen zonder me aan te kijken. Een teleurstelling, dat geef ik toe.

'Ik heb zojuist met Jake gesproken,' zei ik tegen Martin toen ze vertrokken was.

'Problemen?'

Ik was bang dat hij het aan mijn gezicht kon zien. Mijn hart sprong nog als een eekhoorn door mijn borstkas heen en weer. Op zijn eigen manier had Jake een zeer sinistere indruk gemaakt. Ik gaf een verslag van ons gesprek. Martin luisterde aandachtig. Als je goed naar hem kijkt, heeft hij duidelijk etnische trekjes. Hij is zo'n harig, donker type dat je eerder als vrachtwagenchauffeur verwacht, met een zware baard die zijn wangen een blauwachtig waas geeft. Zijn vader was een kleermaker die verscheidene gangsters onder zijn cliëntèle had gehad. Zo nu en dan verwijst Martin naar zijn achtergrond, om een cliënt in te palmen of een tegenstander nerveus te maken. Hij heeft een paar spannende verhalen over het afleveren van smokings bij het beroemde bordeel van Dover Street in het South End. Maar anders dan ik vlucht Martin nooit in het verleden en laat hij zich er niet door opeisen. Bovendien heeft hij de luchtige, aristocratische houding van iemand die in het zomerse Newport is opgegroeid. Hij is getrouwd met een elegante, lange Britse vrouw die Nila heet, en die je je met een cocktail in haar hand in een tuin voorstelt. Grote hoeden en wijde jurken met petticoats. Martin is helemaal de man geworden die hij wilde zijn. En die man reageerde nauwelijks op wat ik zei, totdat hij me opeens onderbrak.

'Wacht eens even,' zei hij. 'Mijn collega's moeten dit ook horen.' Hij bedoelde de Commissie. 'Carl is vandaag weer in de stad.'

Martin stelde een bespreking voor om vier uur en liet het verder aan mij over. Ik liep terug naar Lucinda en vroeg of ze de anderen wilde bellen, behalve Pagnucci, die ik zelf nog moest spreken. Ik bleef even bij het bureau van mijn secretaresse staan en bekeek de lijst van mijn credit-cardbanken die ze had gebeld. Nu pas realiseerde ik me dat ik ook de credit card van Kam Roberts in mijn portefeuille had gehad. Ik had geen idee wat ik daaraan moest doen.

Brushy kwam energiek aanlopen, maar schrok toen ze me zag.

'Jezus, Mack, wat zie jij eruit.' Ze had ongetwijfeld gelijk. Jake had mijn adrenaline op gang gebracht, maar ik had nog steeds het gevoel dat mijn hart modder pompte. 'Ben je ziek?' vroeg ze.

'Een griepje misschien.' Ik draaide me om naar mijn kantoor, maar ze liep bezorgd achter me aan. 'Of gedeprimeerd.'

'Gedeprimeerd?'

'Door ons gesprek van gisteren.'

'Hé,' zei ze, 'je kent me toch? Ik ben een emotioneel zuidelijk type. Ik zeg wat me voor de mond komt.'
'Nee,' zei ik, 'je had gelijk.'
Met haar korte kapsel, de grote parelhangers in haar oren en haar eerlijke gezicht maakte ze een stoere, agressieve indruk, alsof ze zo uit haar pumps kon stappen om je een oplawaai te verkopen.
'Misschien wel.' Ze lachte een beetje.
'Ja,' zei ik. 'Ik ben er gisteravond nog op uitgegaan en één moment dacht ik zelfs dat ik de kans zou krijgen om de hokey-pokey te oefenen.'
Ik kon haar gebit uittekenen.
'En?' wilde ze weten.
'En wat?'
'En?' herhaalde ze, mevrouwtje Bemoei-je-met-je-eigen-zaken.
'En mijn portefeuille werd gerold.'
Ze schoot in de lach. Ze vroeg of ik geen klappen had opgelopen en zong toen vals een paar maten van *Looking for Love in All the Wrong Places*.
'Je hoeft niet zo triomfantelijk te kijken.'
'Waarom zou ik?' vroeg ze, en lachte nog eens.
Ik draaide haar mijn rug toe om mijn post door te nemen. Nog meer memo's van de Commissie over het trage innen van de nota's; en het Blue Sheet. Ik hoorde dat ze de deur dichtdeed. De klik van het slot gaf me een vreemde sensuele prikkel, een verdwaalde impuls uit ons gesprek en de gebeurtenissen van het afgelopen etmaal, een vage herinnering aan wat er gebeurde als een man en een vrouw met elkaar alleen waren. Maar Brushy had heel iets anders aan haar hoofd.
'Heb je de krant gezien?' vroeg ze. Blijkbaar had er die ochtend weer een stukje over Archie in gestaan, voornamelijk met de strekking dat hij nog steeds niet was gevonden. Ze vertelde het me en vroeg: 'Denk je dat hij het is? De man over wie ze het in die sauna hadden?' Ze vergat nooit een detail.
'Ik denk het wel,' zei ik, terwijl ik de rest van de post doorbladerde. Zonder te begrijpen waarom voegde ik eraan toe: 'Maar hij is dood.'
'Wie is dood?'
'Hij. Archie. Vernon. Morsdood.'
'Nee,' zei ze. 'Hoe weet je dat?'
Ik vertelde het haar. 'Bert heeft een probleem in zijn koelkast waar geen bakpoeder tegen opgewassen is,' zei ik. Ze liet zich op mijn versleten sofa vallen en streek woest met haar vingers door haar korte haar toen ik het lijk beschreef.
'Waarom heb je me dat niet eerder verteld?' vroeg ze.

'Hé, wees even reëel! Je kunt beter vragen waarom ik het je nu wèl vertel. Dit is echt vertrouwelijk, en dat meen ik. De politie zal me geen moment met rust laten als ze erachter komen dat ik in de buurt van dat lijk ben geweest.'
'Heeft Bert hem vermoord?'
'Misschien.'
'Bert?'
'Jij zegt het,' zei ik.
'Onmogelijk.'
'Ik denk het ook niet.'
'Maar wie dan wel?'
'Iemand anders. Waarschijnlijk die jongens met de zware manchetknopen.'
'Dat doen ze toch niet meer?'
'Dat moet je mij niet vragen,' zei ik. 'Jij bent Italiaans.'
'Toe nou,' zei ze. 'Ik bedoel, dat doen ze toch niet met fatsoenlijke burgers?'
'Dit was geen fatsoenlijke burger, Brush. Als je een gokcircuit runt, moet je connecties hebben.'
'Waarom?' vroeg ze.
'Waarom? Omdat het hùn territorium is. Van kust tot kust. En die jongens geloven niet in gezonde concurrentie. Als je weddenschappen aanneemt, best, maar dan krijgen zij wel een percentage – straatbelasting, zal ik maar zeggen. Anders gebruiken ze fysiek geweld of verklikken ze je aan hun favoriete diender. Bovendien leveren ze zeer nuttige diensten. Als een klant niet snel genoeg betaalt, zullen zij hem wel even tot spoed manen, geloof me. Nee, zonder die lui kun je geen zaken doen.'
Ze staarde me aan. Ik begreep niet waarom.
'Net als die verzekeringscliënt van jou,' zei ik. 'Hoe heten ze ook alweer?'
Ze noemde de naam, een redelijk grote maatschappij waarvoor ze de lastige schadeclaims in het Midden-Westen afhandelde. Het was een belangrijke opdrachtgever, en ze had moeite haar trots te verbergen toen ze de naam uitsprak.
'Laten we zeggen dat ze in Californië een schadeportefeuille hebben van vier miljard,' zei ik. 'Hoe zorgen ze ervoor dat ze niet failliet gaan als er een grote bosbrand in de heuvels uitbreekt?'
'Door zich te herverzekeren.'
'Juist. Ze zoeken een paar grote, betrouwbare maatschappijen waar ze hun eigen risico's verzekeren. Bookmakers doen precies hetzelfde. Een goede bookmaker is geen gokker, evenmin als jouw verzeke-

ringsmaatschappij. Een bookie maakt tien procent winst op jouw inzet, als je verliest. Als je 100 dollar inzet, ben je hem 110 dollar schuldig als jouw club verliest. Daar zit zijn winst. Waar je ook op wedt, zolang jij maar op de verliezer inzet en ik op de winnaar. Dan krijgt hij 110 dollar van jou, houdt zelf 10 dollar af en geeft mij 100 dollar.'

Brushy onderbrak me.

'Nee, Malloy,' zei ze. 'Dan zou hij jouw geld gebruiken om míj te betalen.'

'Heel geestig.' Ik maakte een schijnbeweging naar haar biceps en ging verder: 'Als hij risico loopt, dus als hij veel meer winst- dan verliesgeld heeft, of andersom, doet hij hetzelfde als een verzekeringsmaatschappij. Dan wentelt hij het risico af door zich te herverzekeren, of hoe je het ook wilt noemen. En in deze branche kan dat alleen als je deel uitmaakt van het circuit. Anders wil niemand iets met je te maken hebben. Bovendien is er maar één echt grote en betrouwbare instelling die jouw risico kan overnemen, en dat zijn zíj.'

'Maar wat heeft die vent gedaan? Die Archie?'

'Misschien heeft hij de straatbelasting ontdoken.' Er waren wel mensen voor minder om zeep geholpen. Door zijn truc met die credit cards had hij wellicht gedacht dat hij geen bescherming nodig had. Maar zelfs een actuaris die de Vegas-lijn gebruikte moest zijn percentage voldoen. Ik moest maar eens gaan praten met iemand die de juiste connecties had. Ik dacht onwillekeurig aan Toots.

Omdat ik niets meer te zeggen wist, vroeg ik Brushy of ze mee ging lunchen.

'Ik kan niet,' zei ze. 'Pagnucci is in de stad. Ik heb al met hem afgesproken.'

'Met Pagnucci?' Dat was niet een van Brushy's bekende bondgenoten of liaisons, maar gedachtig aan gisteren hield ik wijselijk mijn mond. 'Waar gaat het over?' vroeg ik. 'Grote Verdeeldag?'

Ze vermoedde van wel. Op ons kantoor heeft een vennoot een gegarandeerd inkomen van 75 procent van wat hij de vorige twaalf maanden heeft verdiend. Dat bedrag wordt bepaald na de eerste drie kwartalen van ons fiscale jaar. De rest wordt op 31 januari door de Commissie vastgesteld, die op Grote Verdeeldag de resultaten bekendmaakt. We trekken dan allemaal een smoking aan en rijden naar de Belvedere Club voor een etentje. Daar worden we in stijl bediend en maken we er een gezellige avond van. Voordat we vertrekken krijgen we een envelop met ons aandeel in de winst van het kantoor. Op die avond wordt er niet aan carpooling gedaan. Iedere vennoot rijdt in zijn eentje naar huis, dronken van het succes of diep terneergeslagen.

De volgende dag begint het gekanker, dat vaak het grootste deel van het jaar duurt, tot aan de volgende Grote Verdeeldag. Sommige mensen lobbyen bij de Commissie en leveren lijstjes in met al hun resultaten, hun nieuwe cliënten en hun omzet. Om de lieve vrede te bewaren doet Pagnucci, die de eerste verdeling vaststelt, de ronde langs alle invloedrijke vennoten om zeker te weten dat ze met de beoordeling door de Commissie akkoord zullen gaan. Tenminste, dat heb ik gehoord. Pagnucci heeft mij nog nooit gebeld voor een lunchafspraak. Ik hoor alleen de roddels, voor of na de grote dag. Je 'punten' horen namelijk geheim te blijven, net als je geslachtsdelen. Toen ik drie jaar geleden mijn eerste salaris kreeg, was ik zo nieuwsgierig dat ik op een avond laat stiekem een blik wierp in de la van Martins kast, waar hij de gegevens bewaart. Ik sneed zowat mijn polsen door toen ik de namen van al die eikels en slampampers zag die meer punten hadden dan ik.
'Zullen we dan morgen gaan lunchen?' vroeg Brushy. 'Een deftige tent, met tafelkleedjes, oké? Ik wil eens met je praten.' Ze raakte mijn knie aan. Er lag een warme uitdrukking op haar ronde gezicht. Emilia Bruccia is waarschijnlijk de enige die zich nog weleens zorgen maakt over mijn welzijn.

B Politiegeheimen

Toen Brush was vertrokken, belde ik met McGrath Hall, het hoofdbureau van politie van Kindle County. Na tweeëntwintig jaar kende ik het nummer nog steeds uit mijn hoofd. Ik vroeg naar het toestel van Al Lagodis, die nu op het archief werkte, en zei dat ik langs zou komen. Ik gaf hem niet de kans om te protesteren, maar hij reageerde ongeveer even enthousiast als wanneer ik hem zou hebben verteld dat ik loten voor een liefdadig doel verkocht.
De Hall is een grijze steenklomp, zo groot als een kasteel, aan de zuidrand van het centrum, precies op de grens tussen de wolkenkrabbers en de troosteloze lichte buurt. Het wemelt daar van de kroegen die in felle kleuren met dansmeisjes adverteren – plaatsen waar de zuiplappen en de hoerenlopers uit de kantoorkolossen tussen de middag hun borrel komen drinken met de meisjes van lichte zeden. Binnen tien minuten was ik op het bureau. Ik meldde me bij de balie en ze belden Al om me te komen halen.
'Hoe gaat het?' vroeg Al oprecht. Hij keek me onderzoekend aan toen we naar zijn kamer liepen.
'Ach, je weet wel.'
'Zo goed?' Hij lachte. Al en ik kennen elkaar nog uit de tijd toen ik

bij Fraude werkte en hij vond dat ik Pigeyes terecht te grazen had genomen. Niet dat Al zelf veel deed. Ik vermoedde dat hij weleens met de FBI sprak, onder een kop koffie – wat achtergrondinformatie en een paar concrete feiten onder het mom van 'geruchten'. Ik heb altijd het gevoel gehad dat Al me de FBI op mijn dak had gestuurd. Hij was een van de weinige mensen hier die daarna nog met me wilden praten, bij voorkeur als er niemand in de buurt was. Twintig jaar later keek Al nog steeds schichtig om zich heen in de hoop dat niemand hem zou zien met Mack Malloy, de legendarische paria. Er was niet veel veranderd. Ik zag nu ook meiden door de schemerige gangen lopen, met pistoolholsters, stropdassen en overhemden die naar mijn idee niet echt waren ontworpen voor mensen met tieten, maar toch liepen ze als echte smerissen, met die houding van doe-me-eens-wat.
'Leuk kantoor,' zei ik. Hij had een hokje met stalen scheidingswanden in politieblauw, van die geribbelde plastic ramen en een deur. Geen plafond. Zo'n kantoortje waar je zachtjes moet praten en je letterlijk alle wanden kunt aanraken als je je uitrekt. Al Lagodis had veertien jaar bij Fraude gewerkt. Toen Pigeyes bij de afdeling kwam, vertrok hij – voorzichtigheid is de moeder van de porseleinkast. Nu werkte hij op het archief, een beter eindpunt van een carrière. Hij is nu een van die smerissen die hun ruige jaren achter de rug hebben en op de politieplattegrond een doodlopende straat hebben gevonden waar ze rustig naar hun pensioen toe werken. Voor Al zou dat niet lang meer duren. Op zijn vijfenvijftigste kon hij ermee nokken. Het wemelt op het bureau van dat soort types, met een uitgezakte buik en een doorgerookte stem. Hij werkt van acht tot half vijf. Hij houdt toezicht op de administratie en hij vult formulieren in. Niemand probeert hem neer te schieten en niemand zit hem meer op zijn huid. Hij heeft zijn herinneringen om warm te blijven en een vrouw die hem op het rechte pad houdt als hij een borreltje te veel op heeft en begint te lallen dat hij weer straatdienst zou willen doen. Een brave borst, met een gezicht dat door de alcohol is vervaagd.
'Je moet een paar dingen voor me uitzoeken,' zei ik tegen hem.
'Zeg het maar.' Ik zat naast zijn kleine bureau geklemd. Vanaf zijn stoel kon hij de deur dichttrekken en dat deed hij.
'Jij hebt langer bij Fraude gewerkt dan ik. Ik heb informatie nodig uit Pico Luan. De rekeninghouder van een bepaald banknummer.'
Al schudde zijn hoofd. 'Vergeet het maar,' zei hij. Zo nonchalant mogelijk vroeg hij: 'Waar gaat het eigenlijk om?'
Ik ontweek het antwoord. 'Dat weet ik niet precies. Het is een vreemde zaak. Laat me je iets vertellen. Iemand zegt tegen me dat hij met de directeur van een bank in Pico Luan heeft gebeld, en die heeft la-

ten doorschemeren wie de bewuste rekeninghouder is. Hoe klinkt je dat in de oren?'
'Heel onwaarschijnlijk. Zeker via de telefoon. Die lui hebben een standaardverhaaltje. Ga maar naar de ambassade. Probeer maar een diplomaat voor je karretje te spannen. Vul een formulier in. Wacht een eeuwigheid. Dan nog een. Totdat ze je een prachtig document sturen, eerlijk waar. Je hebt nog nooit zoveel zegels en lintjes gezien; het lijkt wel een parade van de oorlogsveteranen. Maar het stelt allemaal niets voor, want ze vertellen je niet eens de voornaam van je eigen moeder als het om een bankrekening gaat. Je bent er zelf geweest. Je weet hoe het is.'
Dat wist ik, maar ik had er niet echt bij stilgestaan toen Martin zijn verhaal deed. Omdat het Martin was. Maar nu vroeg ik me af waarom ik dat zomaar had geslikt. 'Geen vat op te krijgen.' Jezus, dacht ik.
'Eén of twee keer,' vervolgde Lagodis, 'waren we wanhopig en hebben we een of andere griezel ingehuurd die zich advocaat noemde en beweerde dat hij connecties bij de banken had. Wat een slangenbezweerder, die vent! Voor negenennegentig vierenveertig één honderdste procent onbetrouwbaar, als je het mij vraagt, maar je kunt hem eens proberen. Zelf heb ik nog meer geloof in die kerels die opstaan en weer kunnen lopen bij zo'n gebedsgenezer.' Hij schudde nog eens zijn hoofd, maar ik vroeg hem toch om de naam.
Hij schraapte met zijn stoel over de grond, liep naar het drukke hart van het archief, met alle computerterminals, dossierkasten en bureaus, waarvan de meeste onbezet waren omdat het lunchtijd was. Van waar ik zat zag ik maar één agent in uniform, die de *Tribune* las en een hamburger zat te eten uit een zakje. Het hoofdbureau, en vooral een afdeling als het archief, blijft zo'n plek waar iedereen valium lijkt te slikken en iedere dertig seconden een minuut schijnt te duren. Toch vond ik het wel prettig om weer eens die sombere bureaucratische lucht op te snuiven – die sfeer van onkwetsbaarheid die het politie-apparaat nu eenmaal oproept.
De trieste waarheid is dat ik in mijn hart altijd wel een smeris zal blijven. Ik heb nog nergens een platter moreel landschap gezien, maar toch ben ik nooit zo gelukkig geweest als juist daar. Smerissen zien het allemaal: de hopman die het op jongetjes heeft voorzien, de zakenman die driehonderdduizend dollar verdient en gepakt wordt omdat hij nog meer wil stelen, of de moeder die haar baby bont en blauw heeft geslagen en begint te janken als je met de kinderbescherming het kind komt weghalen. Je staat erbij als ze op haar knieën valt en smekend haar armen uitstrekt, met een zondvloed van tranen. Je ziet het opgekropte geweld van haar eigen verdriet, je weet dat je

haar hele universum meeneemt, hoe verwrongen ook, omdat ze alles op dat kind projecteerde, niet alleen haar wilde pijn maar ook de groezelige hoop dat ze misschien haar eigen ellende beter zal kunnen verwerken door er een tastbare vorm aan te geven. Je ziet het en je vraagt je af hoe je dat alles kunt begrijpen als je dat niet zelf ook in je hebt. Alleen sta je vandaag toevallig aan de goede kant omdat je een blauw uniform draagt.
'Joaquin Pindling,' las ik op het kaartje dat Al me gaf. 'Jezus, wat is dat voor een naam?'
'Hij kost je wel een paar centen, dat beloof ik je. Maar een vent als jij,' vervolgde Lagodis, 'met zoveel persoonlijkheid, zou er misschien zelf naartoe kunnen gaan om nieuwe vrienden te maken en de informatie los te peuteren.'
'Het soort vrienden dat me kapitalen kost?'
'Alles is mogelijk. Maar misschien loop je iemand tegen het lijf die zich wat minder behulpzaam opstelt, met de kans dat je persoonlijk kennismaakt met de wetgeving van Pico Luan.'
'Heel interessant.'
'Zeg dat wel. Ik heb eens met een paar onderzoekers gesproken die daar waren geweest. De gevangenissen in Pico Luan zijn heel anders dan het Regency Hotel aan het strand. Ze laten je poepen in een groot gat in het midden van de cel, een heel diep gat, geen idee waar het uitkomt. En 's nachts spelen de bewaarders verstoppertje met de blanken. Dan moet je goed uitkijken waar je loopt, anders ontdek je vanzelf waar dat poepgat uitkomt.'
'Juist.'
Al wachtte mijn reactie af. Hij ging niet zitten. Hij droeg een stropdas en een overhemd met korte mouwen – ondanks de winter – dat iets te strak over zijn bierbuik zat. Ik zei dat ik Pigeyes tegen het lijf was gelopen, maar dat had hij al gehoord. Dit was de politie. Dat was dus al oud nieuws.
'Hij heeft me laten gaan,' zei ik.
'Zorg maar dat er geen tweede keer komt. Dan rukt hij je kop van je romp en schijt in je nek. Ik heb gehoord dat hij jou zelfs de schuld geeft als hij zijn knie stoot. Volgens mij heb je ooit zijn gevoelens gekwetst.'
'Dat moet het zijn.' Ik wilde Al eigenlijk vragen of hij wist waar Gino achteraan zat, in de hoop wat meer over Kam Roberts te weten te komen, maar ik durfde niet te ver te gaan.
'Ja,' zei Al, om de stilte op te vullen. Hij wipte wat op en neer en hees zijn broek op, die iedere keer vijftien centimeter afzakte. 'Je moet heel voorzichtig zijn,' waarschuwde hij me.
Dat was geen nieuws.

XIII WIE ZEGT DAT ADVOCATEN NIET HARD KUNNEN ZIJN?

A Toots' muren

Ik werd op Toots' kantoor ontvangen in de grootse ceremoniële stijl die ongetwijfeld iedere gast ten deel viel. Strompelend met zijn stok, met een gedoofde sigaar in zijn mond, stelde hij me voor aan alle secretaressen en de helft van zijn vennoten – de vermaarde Mack Malloy, die de kolonel hielp bij dat proces wegens onethisch gedrag. Daarna nam hij me mee naar zijn kantoor en gaf een uitvoerige uitleg bij alle herinneringen die aan de wanden hingen.

Ze hadden Toots' kantoor geheel intact naar een of ander museum moeten overbrengen, als een monument – zo niet voor het politieke leven in de twintigste eeuw, dan toch zeker voor de zelfverheerlijking van één bepaald individu. Het leek wel een altaar voor de verering van Kolonel Toots Nuccio. Er waren natuurlijk de gebruikelijke foto's van de Kolonel met alle Democratische presidenten vanaf Franklin D. Roosevelt, en twee met Eisenhower, waarop Toots beide keren in uniform was gefotografeerd. Er waren plaquettes van de B'nai B'rith (Man van het jaar), de Little Sisters of the Poor, en het Kindle County Art Museum; een speciale prijs van het symfonie-orkest; een in brons gegoten klarinet; religieuze relikwieën van dankbare geestelijken; en een uitvoerige bedankbrief van de Urban League, misschien wel het enige compliment dat Toots de afgelopen dertig jaar van gekleurde mensen had ontvangen maar dat hij toch had ingelijst. Ik zag de hamer die hij bij zijn afscheid van de gemeenteraad had gekregen, met zijn dienstjaren op de koperen band rondom de kop gegraveerd. Verder hingen er nog tientallen foto's van Toots met sportsterren en politieke figuren, sommigen al zo lang dood dat ik me hun namen niet meer kon herinneren. Maar de meeste aandacht trokken toch zijn medailles, recht boven zijn zware oude bureau, keurig op een rij in een glazen vitrine. Een speciale felle lamp bescheen Toots' zilveren ster, die op zwart fluweel was gespeld. Ik keek er even naar, zoals het hoorde, en vroeg me onwillekeurig af of Toots die onderscheiding had gekregen wegens betoonde moed of als deel van een van zijn onvermijdelijke deals. Binnen deze muren besefte je dat de eerbewijzen, de vaantjes en lintjes, veel reëler en belangrijker voor Toots waren dan de gebeurtenissen waaraan ze herinnerden.

'Zo,' zei hij, toen we eindelijk gingen zitten. 'Ik wist niet dat je ook huisbezoeken aflegde.'

'Soms. Ik wilde je iets vragen.'

'Over die hoorzitting?'

Nee, over iets anders, zei ik hem, en ik trok mijn stoel wat dichterbij. 'Toots, mag ik je een vraag stellen? Als vrienden onder elkaar?'

'Natuurlijk, zeg het maar,' reageerde hij, joviaal als altijd. Ik antwoordde op dezelfde toon dat hij de enige in de stad en de wijde omgeving was die ik dit kon vragen. Hij glimlachte, intens tevreden met ieder compliment, gemeend of niet.

'Ik vroeg me af of je misschien iets had gehoord over die verzekeringsman, die actuaris, die volgens de kranten wordt vermist. Vernon Koechell. Ze noemen hem Archie. Wat ik wil weten is of er iemand een reden had hem uit de weg te ruimen.'

Toots lachte vrolijk, alsof ik een dubbelzinnige opmerking had gemaakt die nog net binnen de grenzen van het betamelijke viel. Zijn ingevallen oude gezicht toonde geen spoor van verontwaardiging, maar hij schoof wat naar achteren, steunend op zijn wandelstok, en in zijn troebele oude ogen zag ik opeens iets dodelijks.

'Mack, beste vriend, mag ik een suggestie doen?'

'Natuurlijk.'

'Stel me een andere vraag.'

Ik staarde hem aan.

'Weet je, Mack, ik heb één regel in het leven, en daar heb ik me altijd aan gehouden sinds er haar groeit op mijn kin. Ik ken je al een hele tijd. Je bent een slimme vogel. Maar ik zal je een goede raad geven. Bemoei je nooit met andermans zaken. Laten ze hun problemen maar zelf oplossen.'

Ik hoorde zijn advies plechtig aan. Toots knipoogde.

'Ik begrijp wat je bedoelt, Kolonel, maar een van mijn collega's wordt vermist, een zekere Kamin. Bert Kamin. Ik heb geen idee waar hij uithangt. Die Archie is een keurige kantoorpik, maar hij runt wel een gokcircuit. En Kamin heeft geld bij hem ingezet. Zo lijkt het, tenminste.' Ik keek op. Toots luisterde nu aandachtig.

'Maar Archie is dood. Dat weet ik toevallig. Morsdood. En de politie kan ieder moment bij me op de stoep staan om me daarover aan de tand te voelen. En eerlijk gezegd wil ik geen problemen met de verkeerde mensen. Daarom vraag ik het jou. Ik moet weten wat er aan de hand is, dan kan ik een strategie bedenken.' Ik probeerde een bezorgde en oprechte indruk te wekken, appellerend aan een van de vele emoties die Toots' leven beheersen. Maar hij trapte er niet in.
'Ben je wel eerlijk tegen me, Mack?'
'Zo eerlijk als iedereen.'
Toots lachte. Dat vond hij wel leuk. Hij nam de sigaar uit zijn mond en bestudeerde het afgekloven stompje in het schemerige licht. Het leek wel een stuk zeewier dat met een hengel uit het water was gevist.
'Je weet hoe het zit met bookmakers?' vroeg hij.
'Niet alles.'
'Iemand die weddenschappen aanneemt moet zijn risico's onderbrengen, oké?'
'Net als een verzekeringsmaatschappij. Hij kan niet alle risico's zelf dragen. Dat begrijp ik, ja.'
'Deze vent heeft veel geluk gehad. Het lukte hem altijd zijn verliezen af te wentelen – alléén zijn verliezen.'
Ik wachtte.
'Hoe kreeg hij dat voor elkaar?' vroeg ik ten slotte. 'Bracht hij zijn weddenschappen dan niet van tevoren onder? Vóór de wedstrijden, de races, of wat dan ook?'
'O jawel,' zei Toots.
Ik moest nu heel voorzichtig zijn. Toots kauwde weer liefdevol op zijn sigaar.
'Je bedoelt dat hij van tevoren de uitslagen wist? Dat ermee werd gesjoemeld?'
'Het is de bedoeling,' zei Toots, 'dat je alles onderbrengt, niet alleen de verliezen, maar ook de winsten, *capisc'*? Je moet aan je vrienden denken. Anders hou je alleen vijanden over, nietwaar? Zo is het leven.'
'Zo lijkt het, Toots. Maar er zijn geen slachtoffers.'
Dat beviel hem wel. Ik hoefde het niet eens uit te leggen.
'Je hebt me wat gevraagd,' zei hij, 'en je hebt me een paar dingen verteld. Ik heb antwoord gegeven en we hebben een gesprek gehad. Oké? Als iemand erop terugkomt, zijn er dingen die je weet en dingen die je niet weet. Begrepen?'
'Begrepen.'
'Goed,' zei Toots, met een snel, zelfvoldaan en beangstigend lachje. 'Maar nu iets anders. Gaan we die hoorzitting winnen?'

'Ik wou dat ik ja kon zeggen, Kolonel. Het zal nog heel lastig worden.'
Hij haalde zijn schouders op, helemaal in zijn element – schijnbaar wereldwijs, gerijpt door het leven.
'Doe je best maar. Ik zal in elk geval niet de doodstraf krijgen, dacht je wel?'
Daar waren we het over eens.
'Wie komt de volgende keer, jij of die dame?'
'Die dame is goed,' zei ik.
'Ja, ik heb het gehoord,' zei Toots. 'Dat zeggen ze. Maar ze is ook de plaatselijke matras, schijnt het.' Ik wist wel dat hij navraag naar haar zou doen.
'Een vrouw van de wereld,' antwoordde ik.
'Een grote wereld,' zei hij.
'Ik zal proberen er zelf te zijn, Kolonel. Maar ik moet me ook bezighouden met die andere zaak. Archie en Bert.'
Dat begreep hij. Soms heeft een man problemen. Hij bracht me naar de deur.
'Denk aan mijn regel.' Hij wees met de sigaar. Bemoei je niet met andermans zaken. Ja, dat had ik in mijn oren geknoopt.

B Boekhoudgeheimen

Toen ik weer terug was in de Needle, stopte de lift op de 32ste. Niemand stapte in, maar ik beschouwde het als een teken, en dus stapte ik uit en liep de gang door naar de boekhouding. Toen ik binnenkwam, zag ik dat de chef, mevrouw Glyndora Gaines, op haar plaats zat.
Ik ging naast haar zitten. Haar bureau was helemaal leeg, op het dossier na dat ze zat te lezen – een ordelijke manier van werken die haar dominante, onverzettelijke persoonlijkheid weerspiegelde. Glyndora las verder, vastbesloten me te negeren. Toch meende ik een spoor, een suggestie van een onderdrukte glimlach te zien.
'Glyndora,' zei ik rustig, 'ik vraag het je maar uit nieuwsgierigheid... ik zeg niet dat ik het zal doen... maar stel dat ik de Commissie vertel hoe je me voortdurend tegenwerkt? Stel dat ik me eindelijk eens gedraag alsof ik een van je bazen ben, en niet een of andere boerenlul?'
Ik probeerde redelijk te klinken, misschien niet vriendelijk, maar wel kalm. In de grote ruimte naast haar kantoor renden een stuk of twaalf mensen rond, opgejaagd door de naderende afsluiting van het fiscale jaar. Rekenmachines spuwden telstroken uit en sommige bureaus lagen vol met cheques, in kleurige stapeltjes.

'Wil je met de Commissie praten? Goed, dan kun je ze dit vertellen.'
Ze verhief zich in haar stoel en keek even in de richting van de deuropening. 'Vertel ze dan maar dat je naar mijn appartement bent gekomen, dat je als een waanzinnige op mijn bel hebt staan hengsten en allerlei dingen over Bert riep. Maar toen ik je binnenliet, zei je niets meer over Bert maar legde je je ene hand op mijn tiet en de andere op mijn kont. En de enige manier waarop ik die ranzige ouwe vent met zijn AA-verhalen kon kwijtraken was hem om een fles whisky te sturen. Zeg dat maar tegen de Commissie.'
Weer dat strakke lachje, alsof ze een bout of een schroef aandraaide. Ze keek me aan om het effect te beoordelen. Bij Glyndora is alles een wedstrijd, en ze wist dat ze me klem had. Mijn kant van het verhaal zou nogal zwak overkomen. Nee, erger nog: belachelijk. Niemand zou geloven dat het alleen een pose van me was geweest om mijn hand op haar borst te leggen. En als ze wisten dat ik weer dronk, zouden mijn dagen als Sluwe Slimpie, hun eigen speurneus, waarschijnlijk geteld zijn – om over mijn baantje nog maar te zwijgen.
'Glyndora, je weet precies wat er aan de hand is.'
Ze steunde op haar armen en boog zich naar voren, waardoor haar oranje blouse zich om haar volle borsten spande. Een dikke laag paarse oogschaduw lag als stuifmeel op haar oogleden.
'Het enige dat ik weet is dat je een zwakkeling bent, Mack. Een zielepoot.' Ze wierp me weer zo'n suggestieve blik toe, geamuseerd door de gedachte dat ze mijn geheimen kende. Maar ik was er zelf bij geweest en ik wist ook iets van haar. Ik wees.
'En je houdt van blanke mannen.' Ik knikte toen ik het zei, misschien om haar te imiteren. Toch had ik er meteen spijt van. Ze verstijfde en deinsde terug. We koersten weer recht op een confrontatie aan. Een volgende krachtmeting. Een rituele dans. Dat was niet wat ik wilde, daarom deed ik iets wat in die omstandigheden nogal gewaagd leek: ik pakte haar hand. Die aanraking, mijn grote roze hand op haar bruine, was een schok voor ons allebei. Dat was ook de bedoeling.
'Hé,' zei ik, 'de kloof is niet zo groot. Ik werk hier ook, net als jij. Ik probeer niet je heer en meester uit te hangen. Heb ik dat ooit gedaan? Oké, je mag me grof en ongevoelig noemen. Maar heb ik ooit geprobeerd je te belazeren? Ze hebben me gezegd dat ik Bert moet vinden, en dus doe ik dat. Omdat ik het zelf wil. Ik móet hem vinden. Geef me dus een kans. Wees een beetje menselijk.' In mijn eigen sombere toon hoorde ik opeens een bekentenis aan mezelf. Ik had mijn zoekactie naar Bert steeds gezien als een wanhopige poging om zelf een nieuw leven te beginnen. Zo praatte ik erover. Maar dat

was onzin, een soort fantasie om er met het geld vandoor te gaan of het respect van mijn collega's te verdienen. En daarom had ik er meer emotie in gestoken dan ik wilde toegeven. Misschien ging het bergafwaarts met mijn leven. Misschien had ik niet veel kansen meer. Maar ik realiseerde me nu dat ik mezelf had beloofd dat ik anders uit dit avontuur tevoorschijn zou komen dan ik eraan begonnen was. Iets in me geloofde daar heilig in. Iets wat – hoe vaag en ongrijpbaar ook – te maken had met hoop.

Maar door dat toe te geven, deed ik juist waar Glyndora iedereen tegen waarschuwde: je kwetsbaar opstellen, zodat ze je te grazen kan nemen. Ze keek me ongelovig aan, duidelijk beledigd en niet bepaald blij met het fysieke contact. Ze trok haar hand terug en schoof haar stoel achteruit om me met meer afstand te kunnen bekijken. We namen elkaar aandachtig op. Glyndora heeft die houding van Hé-ik-ben-een-stoere-zwarte-meid. Dat is haar automatische piloot, een soort raciale retoriek die niet veel dieper gaat dan een toneelrol. O, ze meent het wel. Ik weet dat ze een taaie is. Net als Groucho, die nooit lid van een club wilde worden, wil Glyndora de eerste zijn om je af te wijzen. Missie volbracht. Maar soms zie ik in haar ogen ook de twijfel, het besef dat ze iemand anders is. Ik weet niet of ze last heeft van krankzinnige fantasieën – dat ze door aluminium pannen wordt vergiftigd – of dat ze heimelijk de koran leest, maar achter die harde buitenkant gaat veel meer schuil dan je zou denken. En dat is misschien de grofste manier waarop ze de meesten van ons beledigt: het besef dat ze ons nooit zal toelaten. Maar Glyndora heeft haar geheime plekje. Zei hij met overtuiging; de man met zijn eigen geheime plaatsen. En iemand die de vorige avond, heel even maar, die plek met haar had gedeeld, klopte nu weer aan de deur.

'Ik móet Bert vinden,' herhaalde ik.

Ten slotte boog ze zich naar voren. Haar stem klonk zacht, alsof ze nu zelf een beroep op me deed.

'Nee, dat hoef je niet, Mack. Je hoeft ze alleen maar te vertellen dat je je best hebt gedaan.' Dat was een boodschap. Glyndora speelde de rol van medium, van orakel, maar ik wist niet of het een smeekbede of een waarschuwing was.

'Je moet me wat meer vertellen, Glyndora. Ik heb echt geen idee. Wie probeer je te beschermen? Vertel me in elk geval iets over dat memo.'

Ze verstijfde weer en er kwam een harde uitdrukking op haar gezicht, net alsof je een boek dichtsloeg.

'Je vraagt me te veel, man.' Ik weet niet of het te veel was voor haar of voor mezelf, of ik informatie vroeg waar ik geen recht op had of dat het prijskaartje haar te hoog was. In elk geval was het antwoord nee. Ze stond op en liep langs me heen. Het was een vlucht. Ik bedacht wat me te doen stond. Ik kon haar sleutels vragen en het kantoor op zijn kop zetten. Ik kon dertig uitzendkrachten laten komen om alle dossiers door te werken. Maar ik had zojuist iets met mezelf afgesproken.

'Hé, nog één ding,' zei ik, zonder me om te draaien, voordat ze vertrokken was. Het geluid van haar hakken verstomde, dus ik wist dat ze op de drempel was blijven staan. 'Ik heb mijn hand niet op je billen gelegd. Niet één keer.'

Toen ik omkeek, glimlachte ze even. Dacht ik. Dat had ik dus goed begrepen. Maar ze gaf niets toe.

'Dat zeg jij,' was alles wat ze zei.

C De duivel zelf

'Het is een pact met de duivel.' Aldus sprak Pagnucci toen Carl, Wash, Martin en ik weer in dezelfde met hout betimmerde vergaderzaal zaten waar we elkaar aan het begin van de week hadden gesproken. Heel even liet het winterse zonnetje zich zien. Een deel van de schijf ontsnapte aan de wolken als een zakdoek die half uit een broekzak hing. De zware gordijnen waren door de interieurontwerper van vaste koorden voorzien, en de lange notehouten tafel glinsterde in het late licht als stroperige caramel. Ze zaten alledrie al op me te wachten toen ik binnenkwam, en ik had haastig verslag gedaan van mijn gesprek met Jake Eiger van die ochtend. Over Berts memo en mijn bezoek aan Neucriss zei ik niets. Dat leken me gevaarlijke onderwerpen, gezien Glyndora's reactie. En ik had geen zin in een confrontatie met Martin, omdat ik zijn motieven nog steeds niet begreep. Hij en Carl hoorden de boodschap ernstig aan, maar Wash had het niet meteen door.

'Als we de diefstal niet kunnen oplossen, zeggen we er verder niets over. Dat is wat hij bedoelt,' zei Martin tegen hem. 'Jake is alleen bezorgd om Jake. Hij kan niet naar Krzysinski, zijn directeur, gaan zonder zijn eigen positie in gevaar te brengen. Wie heeft Bert immers het beheer gegeven over het 397-fonds? Daarom wil hij dat we onze mond houden.'

'Juist,' zei Wash, die moeite had zijn vreugde te verbergen. 'En wat betekent dat voor onze relatie met Jake?'

'Dat we nu het bed met hem delen. Twee vuile handen op dezelfde buik,' zei Martin. 'Hij kan ons nu niet de laan uitsturen, is het wel?

We hebben hem in de tang.'
'En hij ons,' zei Pagnucci, een opmerking waarop een veelzeggende stilte volgde.
'Maar,' zei Wash, nog steeds diep in gedachten, 'we hebben de cliënt toch ingelicht? Wíj hebben onze plicht gedaan. Als hij dat níet doet...' Hij maakte een vaag gebaar met zijn sierlijke bleke hand. Probleem opgelost. Wash vond het wel goed zo. Keurig geregeld. Vijf miljoen dollar verdwenen, maar geen haan die ernaar kraaide.
'Jake zei dat hij het nog steeds niet gelooft,' zei ik. 'Hij hoopt dat de boekhouding een fout heeft gemaakt.'
'Dat is onzin,' zei Pagnucci. 'Dat zegt hij maar. En we weten heel goed dat we onze cliënt niet hebben ingelicht. Als we hiermee instemmen, is dat hetzelfde als wanneer we helemaal niets hadden gezegd.'
Met als enige verschil dat de kans op ontdekking dan veel kleiner was. De eindcontrole op het 397-fonds berustte bij Jake. Hij zou ons wel dekken, om zichzelf te dekken. Daarom had hij 's ochtends iets gezegd over 'centjes tellen', besefte ik nu.
We zwegen weer, alle vier. Tijdens het gesprek had ik voortdurend op Martin gelet. Wash had al besloten zo min mogelijk tegen te stribbelen, en Carl zag de zaak als een afweging van winst- en verliesposten. Hij was al bezig de plussen en de minnen op te tellen. Maar Martins berekeningen waren minder simpel, overeenkomstig zijn karakter. Als een Griekse wijsgeer had hij zijn ogen ten hemel geslagen alsof hij mediteerde op een hoger plan. Martin is een Man Van Principes, een advocaat die het juridisch bedrijf niet als zakendoen of als sport beschouwt. Hij zit in een miljoen liefdadigheidscomités. Hij is tegen de bom, de doodstraf en milieuvervuiling, vóór abortus, goede scholen en betere huisvesting voor de armen. Hij is al jaren voorzitter van de Riverside Commission, die de rivier schoon genoeg wil maken om erin te zwemmen of eruit te drinken – een doel dat eerlijk gezegd pas verwezenlijkt zal worden als Mars al jarenlang een kolonie is. Toch neemt hij je mee op wandelingen langs de rommelige, overwoekerde oevers met hun zachte prairiegras, en beschrijft hij hardop de fietspaden en de bootsteigers die hij in gedachten al ziet.
Net als iedere Man Van Principes die ook advocaat is, heeft Martin nog andere belangen dan het welzijn van de mensheid. Door dit soort activiteiten valt hij op, en dat trekt cliënten aan. Bovendien geeft het hem een aureool van macht, naast de kennis van de wet, die ons allemaal een zekere macht verleent. Martin vindt het prettig om hoog spel te spelen. Als hij praat over het aandelenpakket van 400 miljoen dollar waarmee wij twee jaar geleden voor TN de beurs op zijn gegaan, lichten zijn ogen op als van een kat in het donker. Als hij het

over een 'naamloze vennootschap' heeft, zegt hij dat op de toon van een priester die de hostie ronddeelt met de woorden: 'Het lichaam van Christus.' Martin weet hoe het zakenleven Amerika beheerst, en hij wil daar zoveel mogelijk bij betrokken zijn.

Maar het zijn niet alleen de contacten met belangrijke industriëlen waar hij van geniet. Het is ook wat zijn cliënten willen weten: goed of kwaad, toegestaan of niet. Hij is de navigator, de man met het kompas, die de machtigen der aarde op alle regels en principes – en misschien zelfs op morele waarden – wijst. Zijn cliënten mogen vuile handen maken, hij blijft in zijn kantoor en zet hun koers uit, aan de hand van de sterren. Als Martin 's avonds naar bed gaat en Gods zegen vraagt, vertelt hij de Here dat hij zijn cliënten een snelle en verantwoorde weg heeft gewezen door de moeilijke en verwarrende wereld die Hij voor ons heeft geschapen. Hoewel zelfs hij dat misschien niet logisch kan beredeneren, is Martin ervan overtuigd dat hij zich bezighoudt met goede werken.

Ik neem aan dat jullie inmiddels *The Battle Hymn of the Republic* staan te neuriën en de neiging hebben tot marcheren. Goed, goed. Ik probeer het alleen maar uit te leggen. Maar dat is geen reden om te sniëren. Het is gemakkelijk genoeg om een dichter te zijn binnen de poorten van de universiteit, of een monnik in een klooster, en je uitsluitend aan het geestelijk leven te wijden. Maar als je in de grote, drukke stad komt, met al zijn schreeuwende zielen – ik wil, ik moet – waar het sociaal beleid er vooral op gebaseerd is hoe je al die schooiers in toom kunt houden, bedenk dan maar eens hoe je het contact in stand houdt tussen die roerige meute en de diepere aspiraties van de mensheid tot de verheffing van de soort, het nut van het algmeen en de rechten van de minderheid. Zo had ik de taak van de wet altijd gezien, en daarbij vergeleken is hoog-energetische fysica maar een tamme bedoening.

Wash verbrak eindelijk de lange stilte met de vraag die niemand had durven stellen: 'Hoe zou iemand er ooit achterkomen?'

Martin glimlachte nu en keek ons één voor één aan, steeds met een suggestief knikje van zijn kin. Dat gebaar zelf – zijn erkenning van wat zich in deze kamer afspeelde – was bijna shockerend. Als volgende stap zou hij zijn pen in bloed dopen.

'Waar denken jullie dat Bert nu is?' vroeg ik. 'Er zijn al driehonderd mensen die hem zoeken.'

'Zeg maar dat hij in Pico Luan zit, voor zover wij weten,' antwoordde Pagnucci. 'Dat hij zich uit de praktijk heeft teruggetrokken. Dat is niet eens gelogen. Stuur zijn post maar door naar die bank daar. Daar maak ik me verder geen zorgen over.'

'Teruggetrokken?' vroeg ik. 'Zomaar? Hij is pas eenenveertig.'
'Iedereen die Bert Kamin kent weet dat hij soms impulsieve dingen doet,' zei Wash, zwaaiend met zijn pijp. Daar had hij gelijk in. Bert had de afgelopen vijf jaar wel vreemdere dingen gedaan. 'Misschien dat het lukt,' zei Wash. 'Het is niet onmogelijk. En jouw angst, Carl, dat Jake ons rapport zou negeren...' Wash stak zijn pijp aan met een aansteker. 'Persoonlijk geloof ik niet dat Jake Eiger zou liegen.' Het was een soort *non-sequitur*, maar we begrepen allemaal wat Wash bedoelde. Als de zaak ooit zou uitlekken, konden we zeggen dat we Jake hadden vertrouwd. Dat we ervan uitgingen dat hij eerlijk, fatsoenlijk en betrouwbaar de belangen van TN zou behartigen en alles zou vertellen. En toen we er niets meer over hoorden, hadden we aangenomen dat TN zijn gezicht wilde redden en wilde voorkomen dat het fonds door de advocaten van de eisers zou worden geplunderd. Natuurlijk zouden we geschokt zijn over Jakes gedrag. In het licht van zo'n catastrofe zou Wash, die Jake jaren geleden als een kiem bij TN had geplant, geen andere keus hebben dan zijn beschermeling als een baksteen te laten vallen.
Maar Martin, de man van wie ik houd, de man die Keats nog aan het twijfelen zou kunnen brengen of de waarheid wel schoonheid is en vice versa, had Wash meteen door.
'Als we het zo aanpakken,' zei hij, 'en er komt een dag dat we ons moeten verantwoorden, moeten we allemaal liegen. Dan krijg je vier verschillende versies van wat zich in deze kamer heeft afgespeeld.' Zijn blik gleed over onze gezichten en bleef rusten op het mijne.
'Ik zeg het nog maar eens,' besloot hij, 'ik hoop dat je Bert zult vinden.'

D De financieel directeur

'Heel vervelend,' zei Pagnucci toen we na de vergadering naar mijn kantoor liepen. Overal stonden boekenkasten. Martin en de interieurontwerpers hadden het idee bedacht om de gangen vol te stouwen met goudgerugde handboeken over alle aspecten van het Amerikaans recht, maar het is knap lastig voor de medewerkers, die zich een ongeluk zoeken als ze een boek nodig hebben.
Carl was die week al voor de tweede keer uit Washington overgekomen. Om TN terwille te zijn, en om te voorkomen dat ze met andere grote kantoren in zee zouden gaan, hadden we vijftien jaar geleden een vestiging in Washington geopend om kwesties voor de FAA en de CAB te kunnen behandelen. Maar toen het hele stelsel van luchtvaart-

reglementen op de helling ging, zaten we opeens met dertig werkloze advocaten. Onze redder in de nood heette Carl Pagnucci, voormalig juridisch medewerker van rechter Rehnquist van het Hooggerechtshof, een advocaat met een jaarlijkse omzet van zes miljoen dollar – dank zij Ronald Reagan, die Carl in 1982 in de beurscommissie had benoemd als jongste lid uit de geschiedenis van dat instituut.
Er wordt weleens over advocatenkantoren beweerd dat ze uit drie lagen zijn opgebouwd: de bovenste laag, figuren als Carl, Martin en Brushy, die rijke, vooraanstaande cliënten weten te strikken; daarna het tweede garnituur, mensen zoals ik, die ervoor zorgen dat het echte werk wordt gedaan door de derde laag, de jeugdige ploeteraars die zitten te zwoegen in de bibliotheek, tussen de geesten van dode bomen. Het trieste feit is dat types zoals Carl en Martin dun gezaaid zijn en daarom een steeds groter deel van de winst voor zich opeisen. Carl was bij zijn vorige kantoor weggegaan omdat ze niet met hun tijd meegingen, dat wil zeggen: omdat ze hem niet betaalden wat hij zelf vond dat hij waard was. En zijn overstap naar ons kantoor op die voorwaarden betekende dat wij ervoor moesten zorgen dat hier niet hetzelfde zou gebeuren. Maar de mogelijkheden zijn beperkt. Je kunt de medewerkers overhalen om na middernacht nog een kwartiertje extra te blijven, je kunt allerlei idiote extra kosten opvoeren – vijftig cent per pagina om vertrouwelijke documenten door je papierversnipperaar te halen – maar de beste methode is de winst onder zo weinig mogelijk mensen te verdelen. Ontsla een paar advocaten van het tweede garnituur en geef hun aandeel aan Carl. Een heleboel mensen bij G&G beweerden dat wij zoiets nooit zouden doen, maar de druk is er, en Carl – die voorzitter is van de subcommissie Financiën – heeft zich nooit bij die mening aangesloten. Waarschijnlijk dacht hij dat ik hem daarom wilde spreken: om mijn salaris voor volgend jaar veilig te stellen. Zodra ik de deur had gesloten, begon hij daarom over een ander onderwerp.
'Wat is het laatste nieuws van Vermiste Personen?'
'Er is vooruitgang,' zei ik, 'maar ik heb onze man nog steeds niet gevonden.'
'Hm,' zei Pagnucci, en veroorloofde zich een lichte frons.
'Ik heb een vraag aan jou, als onze financieel directeur.'
Hij knikte zwijgend en zette zich schrap. Onbewust bracht hij zijn hand naar zijn hoofd. Hij heeft een kale plek ter grootte van een sinaasappel op zijn achterhoofd en aan zijn gefrunnik kun je duidelijk zien dat het hem mateloos irriteert – de onvolmaaktheid, het gebrek aan controle, het feit dat hij net zo aan de grillen van het lot is overgeleverd als wij allemaal.

'Stel dat ik een reisje naar Pico Luan wilde maken?'
Carl dacht na. Zelfs nu het verzoek meeviel, ging hij niet meteen akkoord.
'Aan het begin van de week vond je dat nog geen goed idee.'
'Het is de enige aanwijzing die ik nog over heb.'
Carl knikte. Hij had dus gelijk gehad. Dat was in orde. Een laatste restje loyaliteit weerhield me ervan hem te vertellen dat er iets niet klopte in Martins verhaal over zijn telefoontje met de International Bank of Finance.
'Er is daar een advocaat die ik in de arm wil nemen. Als jij het goedvindt, natuurlijk.' Ik gaf hem het kaartje dat ik van Lagodis had gekregen. 'Hij gebruikt een soort zwarte magie om informatie van de banken los te krijgen.'
Pagnucci mompelde wat maar reageerde verder niet. Buiten zijn werk leidt hij een druk bestaan, die keurige kleine man met zijn snorretje. Hij is al voor de vierde keer getrouwd – allemaal blondines, oogverblindend knap, en steeds iets langer – en hij komt naar zijn werk in een soort aangepaste Formule-1 racewagens: Shelby's, Lotussen, noem maar op. Kennelijk leeft hij zo nu en dan (of misschien wel de hele dag) in een bruisende fantasiewereld, een film van John Wayne. Maar op kantoor laat hij daar niets van blijken. Daar vertrekt hij nooit een spier.
Ook op dit moment had hij niets te zeggen. Met een gelakte vingernagel streek hij langs de punt van zijn snorretje.
'Eerlijk gezegd wilde ik de reis op de begroting personeelswerving afschrijven,' zei ik. 'Ik denk dat ik iemand meeneem als getuige bij de gesprekken, maar ik wilde je van tevoren waarschuwen, om problemen met de nota's te voorkomen.'
'Heb je hier met Martin of Wash over gesproken?'
'Dat doe ik liever niet.' Daarmee vertelde ik Carl een heleboel, en hij verwerkte het in stilte, zoals altijd. Ik nam een risico, maar Carl is iemand die een geheim kan bewaren. En het leek me niet waarschijnlijk dat hij een veto zou uitspreken over zijn eigen idee.
'Je zit veel gecompliceerder in elkaar dan ik had gedacht,' zei Pagnucci. Ik knikte even. Misschien was het als compliment bedoeld. Voordat hij de deur opende, zei Carl: 'Hou me op de hoogte.' Toen vertrok hij, zelfvoldaan en onverstoorbaar. De indruk die hij achterliet was altijd dezelfde: iedereen voor zich.
Rationeel zelfbelang, dat is Carls credo. Hij offert op het altaar van de vrije markt. Zoals Freud dacht dat alles met seks te maken had, zo denkt Pagnucci dat alle sociale interacties, hoe complex ook, kunnen worden geanalyseerd door er een prijskaartje aan te hangen. Volks-

huisvesting, onderwijs. We hebben concurrentie en winstbejag nodig om alles voor elkaar te krijgen. Een gewaagde theorie, dat geef ik toe. Laat de mensen maar ploeteren om hun emmertje in de stroom te krijgen, dan mogen ze daarna zelf weten wat ze met het water doen. Sommigen zullen er stoom mee maken, anderen drinken het op, en een paar heren of dames wassen zich ermee. Het vrije ondernemerschap komt tot bloei, de mensen zijn gelukkig en we houden er allerlei onmisbare dingen aan over, zoals wijnazijn en mentholsigaretten. Maar welk ethisch maatschappelijk stelsel neemt als uitgangspunt de woorden 'ik', 'mij' en 'mijn'? Daar beginnen onze tweejarige peuters al mee, en de volgende twintig jaar proberen wij ze te leren dat er meer is in het leven.

Ik bleef die avond op kantoor om wat werk af te maken dat was blijven liggen omdat ik de afgelopen twee dagen steeds de hort op was. Memo's en brieven. En ik belde iedereen terug die op het lijstje stond. Ik had niet veel gegeten, ik was moe en door de kater had ik het gevoel of mijn ogen en botten met zuur waren geëtst. Zo nu en dan, als ik mijn ogen sloot, dacht ik dat ik diep in mijn keel de sterke smaak van de whisky nog kon proeven. Heerlijk.

Ten slotte pakte ik de dictafoon. Als je om deze tijd naar buiten kijkt, vertoont de stad een soort geschilderde rust, met zwarte silhouetten en verspreide lichtjes: een houtsnede van grijs tegen een achtergrond van indigo en diepzwart. Een eenzame auto raasde over het lint van de supersnelweg. Het mastlicht van een ijsbreker van de kustwacht danste over de rivier. En zelf was ik een van die vele levens die zich verscholen tussen het zuchten en steunen van dat grote gebouw in de duisternis, pratend tegen mezelf.

Het wordt steeds duidelijker, zelfs voor mij, dat ik nooit een woord hiervan aan de Commissie zal laten lezen. Nog afgezien van de beledigingen, die ik zou kunnen schrappen, heb ik wel een keer of vijf tegen ieder van hen gelogen of dingen voor hen verborgen gehouden. En mijn contact met jou, mijn lieve Elaine, zal heus niet verbeteren door een dictafoon of een tekstverwerker. Dus tegen wie heb ik het nou eigenlijk, vraag ik me af.

In gedachten doemen wel gezichten op. Vraag me niet van wie. Maar ik zie ergens een redelijk denkend mens die dit ooit in handen zal krijgen, iemand met heel vage gelaatstrekken tot wie ik me zo nu en dan richt. Jij. De universele Jij. De Jij in mijn gedachten. Geslacht, leeftijd en aard onbekend. Ervaring onduidelijk. Iemand die als stof langs de buitenste grens van de kosmos zweeft. Maar toch is dit voor Jou bestemd, beste vriend.

Natuurlijk probeer ik me reacties voor te stellen. Je zou een smeris kunnen zijn, of een FBI-agent, met een ziel zo ruw als schuurpapier, die dit 's nachts achter slot en grendel opbergt om er zeker van te zijn dat je vrouw niet zal schrikken van de vuige taal, terwijl Jij als je alleen bent haastig naar de volgende passage zoekt waarin ik mijn eigen apparaat weer ter hand neem. Of misschien ben je een vijftigjarige Ier die vindt dat ik heel anders klink dan jij. Of een jochie dat het allemaal heel saai vindt. Of een professor die het als walgelijk beoordeelt.

Wie je ook bent, ik wil iets van Jou. Geen bewondering, dat zeker niet. Die voel ik nauwelijks voor mezelf. Hoe moet ik het anders noemen dan contact? Begrip? Laat die machtige magische bliksem door het universum schieten, over de kloof van ruimte en tijd. Van mij. Naar Jou. En terug. Zoals het weerlicht vanuit de lucht naar de aarde explodeert en terugkaatst naar de hemel en het heelal erachter, zonder nog ooit te stoppen, op weg naar gebieden waar volgens de fysici de materie gelijk staat aan de tijd. Terwijl op één plek op deze eenzame, nederige planeet een boom wordt gespleten, een dak begint te roken en een mens wakker schrikt, verbijsterd door het wonder van energie en licht.

BAND 4

Gedicteerd op 30 januari, 01.00 uur 's nachts

Vrijdag 27 januari

XIV DAAR HEB JE ZE WEER

<u>A De verdachte</u>

Vrijdagochtend kwam ik door de draaideur de Needle binnen toen een jonge vent me aanhield. Hij had een pokdalige huid, achterovergekamd haar en een duur jasje, gemaakt van de huid van een of ander dier dat een hart met twee kamers had. Ik kende hem ergens van, zoals een acteur die je weleens op de televisie hebt gezien.
'Meneer Malloy?' Hij liet me zijn penning zien, en meteen wist ik weer wie hij was. Pigeyes' slijmerige partner. Dewey.
'Daar heb je ze weer,' zei ik.
'Gino wil je spreken.' Ik keek om me heen. Ik kon me niet voorstellen dat ik binnen honderd meter van Pigeyes kon komen zonder me van zijn aanwezigheid bewust te zijn, als een geleide raket die op een infrarood signaal afkoerst. Dewey wees naar buiten, waar ik alleen een roestig busje zag staan.
Ik vroeg wat er zou gebeuren als ik nee zei.
'Hé, man, doe dat nou niet. Ik zou hem niet kwaad maken, als ik jou was. Je staat er niet best voor.' Pigeyes was in een pesthumeur, bedoelde hij. Zijn verzoek had een klaaglijke toon. Het leven smeedt allerlei banden, en de band tussen mij en Dewey was wel heel vreemd: partners van Pigeyes. Er waren maar weinig mensen op de wereld die zijn situatie konden begrijpen, en ik was er één van – al vond hij me een zak. We keken elkaar even aan terwijl de stroom forenzen haastig langs ons heen trok. Ten slotte liep ik met hem mee naar het busje bij de stoeprand, dat eruitzag als een vermoeide bestelwagen, met schurftige roestplekken op de panelen en zes van die grijsgeschilderde bolle kijkgaten, twee aan de achterkant en twee aan iedere zijkant.
Toen Dewey de achterportieren opende, zag ik Pigeyes zitten, in het

gezelschap van een zwarte smeris. Het was een surveillancebusje. Ik had geen idee hoe lang ze me al schaduwden, maar lang genoeg om te weten dat ik niet boven was. Misschien hadden ze me vanaf mijn huis gevolgd. Nee, ik vermoedde dat ze Lucinda hadden gebeld, die hun had verteld dat ik nog niet op kantoor was. Voor elk van de kijkgaten was een videocamera op een zwenkarm gemonteerd, en achter de stoel van de chauffeur stonden twee rijen bandrecorders in kleine houten hokjes. Het hele interieur was bekleed met een mottig grijs tapijt dat op de vloer al versleten was, met hier en daar een brandgaatje van een sigaret. De nachten duurden lang in zo'n busje, als je een dealer in de gaten moest houden, of een maffiabaas, of een paar gekken die hadden aangekondigd dat ze een senator wilden vermoorden. Het was een kleine ruimte, en je smeekte elkaar niet te veel scheten te laten. Aan de muren waren bekerhouders bevestigd en over de wielkasten waren beklede banken gemonteerd. Pigeyes zat naast de elektronika. Hij droeg zo'n boers petje met een korte klep – vermoedelijk zijn vermomming als hij undercover werkte. Ik knikte zwijgend en Dewey pakte me bij mijn elleboog om me naar binnen te helpen. In het busje hing de stank van gefrituurd voedsel.
Ik was onder de indruk dat Pigeyes over deze spullen mocht beschikken. Surveillance was een heel andere afdeling. Toen ik zelf nog bij de politie zat, zou een verzoek van Fraude om een surveillancebusje meteen in de prullenmand zijn verdwenen. Maar Pigeyes had als het ware zijn eigen politiemacht, met zijn eigen contacten en regels. Zijn neven en twee van zijn broers zaten bij de politie, en bij alle afdelingen van het hoofdbureau had hij wel 'een mannetje', zoals hij het zelf noemde. Alles kon hij regelen: snipperdagen, verlofdagen, extra geld om een verklikker te betalen. En natuurlijk was hij altijd bereid tot een wederdienst, ook buiten werkuren als het moest. De mensen met wie hij was opgegroeid, beroepsgokkers of kerels die tegenwoordig tonijn gevuld met bruine heroïne importeerden, wisten hem wel te vinden als ze in moeilijkheden zaten, en Gino hielp altijd. Zonder lastige vragen. Pigeyes' Nationale Bank voor Openstaande Schulden. Het enige dat me niet beviel was dat hij al zijn invloed nu aanwendde om mij te kunnen bespioneren.
Zodra ik op een van de wielkasten ging zitten, kwam Pigeyes overeind. Hij had de smoor in, dat was duidelijk.
'Ik ken een slimme klootzak, Malloy, die niet zo slim is als jij denkt dat je bent.' Hij wachtte of ik zou happen, maar ik reageerde niet.
'Je wist dat ik die credit card had, of niet?'
Ik keek naar de zwarte smeris, een lange vent in een tweedjasje met een wollen vest, zonder stropdas. Hij bleef in de buurt van de appa-

ratuur. Het busje was zijn verantwoordelijkheid, daar durfde ik iets onder te verwedden.
'Hij heeft weer last van hallucinaties,' zei ik.
'Geen geintjes.' Pigeyes wees. 'Een prachtig verhaal, dat die jongen te vertellen had. Hoeveel heb je hem betaald?'
'Ik heb geen idee wat je bedoelt.' Nu wel, natuurlijk. Pigeyes had het spoor van Kam Roberts gevolgd, op dezelfde manier als ik – met behulp van zijn credit card. Maar als politieman bij de afdeling Fraude had hij het veel gemakkelijker dan ik. De credit-cardmaatschappijen hadden connecties bij Fraude nodig, smerissen die wanbetalers met een betalingsachterstand van twintigduizend dollar een bezoekje wilden brengen met de mededeling dat ze beter konden betalen omdat ze anders de bak in draaiden. En nu had Pigeyes gebruikgemaakt van die connectie. Steeds als er een transactie via Kam Roberts' rekening plaatsvond, werd Pigeyes gewaarschuwd door het computercentrum in Alabama. Zo kon hij Kams bewegingen over de hele wereld volgen, en zodra hij zich weer in de buurt bevond, kon Gino hem in zijn kraag grijpen, of in elk geval informeren waar Kam was geweest en hoe hij eruitzag. Met het verzoek aan de winkelier of de hotelmanager om Pigeyes meteen te bellen als Kam weer opdook of als er iemand naar hem vroeg. Zo had hij mij bij de U Inn ook te pakken genomen, begreep ik nu.
Alles goed en wel, maar blijkbaar hadden Gino en Dewey de vorige dag het hele North End rondgezworven, achter een spoor van dure aankopen aan: CD-spelers, merk-gympen, Starter-jacks en videospelletjes. En in iedere winkel kregen ze het signalement te horen van een dertienjarige Latino in plaats van een zeventwintigjarige zwarte man met een terugwijkende haarlijn.
Dewey zat met een nagel tussen zijn tanden te peuteren terwijl ze me met hun drieën in de gaten hielden.
'Ik heb hem niet betaald,' zei ik.
'Nee, dat zal wel,' zei Dewey. 'Hij zegt dat hij je portefeuille heeft gerold toen je stomdronken in een Chevy lag, ergens bij die huurkazernes.'
'Dat klopt.'
'Ik geloof er niks van,' zei Pigeyes. 'Ik heb gehoord dat je het hele AA-programma doet. Die helpen je heus niet aan de drank.'
Naar Pigeyes' idee had ik het heel slim aangepakt. Op straat weet iedereen dat je kinderen moet nemen om je smerig zaakjes op te knappen, omdat die praktisch gesproken zelden in de gevangenis terechtkomen. De straatbendes gebruiken jochies van twaalf jaar als drugskoeriers en soms zelfs om concurrenten uit de weg te ruimen. Pigeyes

dacht dat ik die jongen Kams credit card had gegeven en gezegd had dat hij kon kopen wat hij wilde, om de politie dwars te zitten.
'Je probeert tijd voor hem te winnen, Malloy, zodat hij ervandoor kan gaan.' Ik wist niet of Gino het over Bert of Kam Roberts had, of dat ze toch een en dezelfde persoon waren. 'Waarom is hij zo belangrijk voor je?'
'Wie?'
'Naar wie ben ik op zoek, eikel?'
'Kam Roberts?' Ik wist het echt niet.
Hij bauwde me na, met een lang gezicht, een beetje als Brando. '"Kam Roberts"?' Hij herhaalde de naam zes keer, op steeds hogere toon. Toen werd hij gemeen. Er kwam een giftige blik in zijn ogen en de brug van zijn neus liep rood aan. Nu begreep ik die geruchten over Pigeyes en drugs. Aan de andere kant, hij was altijd al opvliegend geweest.
'Vertel me waar hij is, verdomme! Nu meteen!'
'Heb je een arrestatiebevel?' Ik wilde nog steeds weten waar het om ging, wat Kam – wie hij ook mocht zijn – nu precies had gedaan.
'Vergeet het maar, Malloy. Eerst jij, dan ik. Geen éénrichtingsverkeer.'
'Je bent aan het verkeerde adres, Pigeyes. Ik weet niets anders over die vent dan wat ik je de vorige keer al heb verteld.' Ik stak twee vingers op. 'Padvinderseer.'
'Weet je wat ik denk, Malloy? Ik denk dat je me belazert.' Pigeyes' intuïtie was heel betrouwbaar en zijn wantrouwen tegenover mij had goede gronden. 'Het klopt allemaal. Wij zijn op zoek gegaan naar je vriend, Bert Kamin.' Pigeyes legde zijn handen op zijn knieën en bracht zijn gezicht vlak bij het mijne. Zijn adem was te snijden en zijn huid had een wrede glans. 'Je bent de afgelopen dagen toch niet toevallig in zijn appartement geweest?'
Ik wist al tweeënzeventig uur dat dit ging komen, maar de kranten schreven al over Archie, en Moordzaken heeft afspraken met de journalisten. Een etentje, een drankje, en probeeer de namen goed te spellen, ook in de eerste regel. Ik twijfelde er dus niet aan dat we het nieuws binnenkort op News Radio 98 zouden horen. Ik zag een van de secretaressen al door de gang rennen: O, mijn god, hebben jullie dat gehoord over Berts appartement?
Daarom verbaasde me dit nogal. Jij weet het natuurlijk al, Jij, tegen wie ik spreek, maar ik ben echt gek. Daarmee bedoel ik wat de meeste mensen ermee bedoelen. Niet dat ik me vreemd gedraag, maar dat mijn motieven gewoon nergens op slaan. Tegenstrijdig, als je wilt. Niet met elkaar te verenigen. Ik ben toch zo'n slimme jongen die alle

antwoorden heeft? Maar toch loop ik te fluiten in het donker, word ik bestormd door allerlei angsten en – nog erger – haal ik krankzinnige stunts uit, zoals het inbreken in hotelkamers en appartementen. Stunts waar de moedigste trapezewerker voor zou terugschrikken. Maar zelfs zo'n domme lul als ik wordt zo nu en dan met een klap tot de werkelijkheidheid teruggebracht, en Pigeyes' dreigende houding maakte me duidelijk dat ik in groot gevaar verkeerde. Op de een of andere manier, met al mijn obsessies en mijn optimistische visioenen over wat ik zou doen als ik Bert zou vinden, had ik me niet gerealiseerd wat een unieke kans ik Gino bood. Ik wist dat hij me in de gaten zou houden en me de duimschroeven zou aanleggen. Derdegraads. Ik had heel wat dingen aangeraakt in Berts appartement. De deurkrukken aan de binnen- en buitenkant, de post. En Moordzaken was daar nu op zoek naar vingerafdrukken.

Mijn gezworen vijand, rechercheur Gino Dimonte, ontdekt een lijk, vindt mijn prenten en constateert dat ik me bijzonder vreemd gedraag. Drie keer raden hoe dat afloopt. De paniek greep me bij de keel, met dezelfde onvoorspelbare heftigheid als een huilbui.

'Ik zei je toch al dat hij een collega van me is? Ik kom regelmatig bij hem.' Gino wist wat ik van plan was. Als ik toegaf dat ik kort geleden nog in het appartement was geweest, kon hij me pakken op inbraak, een strafbaar misdrijf – om nog maar te zwijgen van de verdenking van moord, omdat ik in de buurt van het lijk was geweest. Maar als ik het ontkende, had ik geen verklaring voor mijn vingerafdrukken.

'Gelul,' zei Pigeyes. 'Als je zo'n goede vriend van hem bent, weet je ook wel wie zijn andere vrienden zijn. Ken je Vernon Koechell, een bookmaker?'

'Nee.'

'Nooit van gehoord?'

'Ik ken hem niet.'

'Dat vroeg ik je niet, Malloy.'

Ik had in het Russisch Bad over Archie gesproken, en iemand zou zich dat na enig aandringen wel herinneren. Pigeyes kon een heleboel zaken manipuleren, niet alleen de omstandige bewijzen maar ook de technische uitkomsten. Hij had overal vrienden zitten, en ik had hun gedragscode geschonden. Een vingerafdruk op de deurkruk kon als een vingerafdruk op de koelkast of de groentesnijder worden geadministreerd. Haren van mij die in de keuken waren aangetroffen zouden op de revers van Archie Koechell terecht kunnen komen. Opeens wist ik waarom de vondst van Archies lijk nog niet in het nieuws was geweest. Als de politie tijd nodig had om de moordenaar te grij-

pen, waren journalisten wel bereid hun mond te houden – een paar uur, ten minste.
'Die Koechell, ik ben naar hem op zoek. Wist je dat?'
'Nee.' Ik was blij dat ik eens eerlijk antwoord kon geven.
'Ik wil hem een paar vragen stellen over zijn vriend Kam Roberts.'
Ondanks alle verwarring en paniek wist ik opeens wat Pigeyes onderzocht. Wat de aanleiding was geweest. Ik zag het net zo scherp als een klapwiekende vogel tegen een kille hemel. Ik dacht weer aan mijn gesprek met Tootsie. Het manipuleren van uitslagen. Kam Roberts en Archie. Daarom was het een zaak voor Fraude en niet voor de gewone recherche. *Kam's Special – U vijf*. Misschien was Bert er ook bij betrokken geweest.
'Het was zuiver geluk. Min of meer. Zo'n geval van goed nieuws en slecht nieuws. Ik loop een of andere klootzak tegen het lijf die ik nog van vroeger ken. Ik zet hem even onder druk en, bingo, hij geeft me de naam Bert Kamin en zegt dat ik die maar eens moet zoeken. Het schijnt dat hij Kam Roberts kent. Dat doe ik dus. Ik neem zelfs een kijkje bij Bert Kamin thuis.'
'Met een huiszoekingsbevel?' vroeg ik. Het was een vraag, een obstakel. De angst drukte nog steeds als een baksteen op mijn hart.
Pigeyes snierde. 'Luister, slijmbal, een huiszoekingsbevel voor zijn appartement maakt voor jou geen zak uit.' We wisten allebei dat hij gelijk had. 'Hier, laat hem het bevel maar zien.'
Dewey pakte een koffertje dat naast de stoel van de bestuurder lag. Onwillekeurig sloot ik even mijn ogen.
'Nu vraag ik het je opnieuw, Malloy: jij bent toch niet in dat appartement geweest?'
Ik was politieman geweest in de tijd dat verdachten voor het eerst van hun rechten op de hoogte moesten worden gesteld. Ik zag er toen het nut niet van in. Het was een aardige gedachte, dat moest ik toegeven, om iedereen – rijk en arm – op dezelfde manier en met dezelfde regels te benaderen. Maar het probleem was de menselijke natuur, niet de maatschappelijke rangen en standen. Want iemand die zich in een hoek gedreven voelt zal heus zijn mond niet houden. Als hij zwijgt, als hij zegt dat hij eerst zijn advocaat wil bellen (wat ik nu ook moest doen, zoals ik heel goed wist), dan wordt hij aangehouden, dan nemen ze hem mee naar het bureau en dan komt hij voor de rechter. Voor iemand die klem zit, is er maar één uitweg: blijven praten, in de hoop dat hij de smerissen op de een of andere manier tot andere gedachten zal brengen.
'Pigeyes, waar beschuldig je me eigenlijk van?'
'Ik vroeg je of je in dat appartement was geweest.' Hij gaf Dewey

een seintje om een aantekening te maken. 'Dat is de tweede keer dat hij geen antwoord geeft.'

'Gino, ik ben de vent die jullie Berts naam heeft gegeven en jullie op zijn spoor heeft gezet. Schrijf dàt maar op,' zei ik. Dewey reageerde niet. Natuurlijk niet. 'Waarom zou ik dat hebben gedaan als ik iets te verbergen had?' Hij wist waar ik heen wilde. Als ik Archie had vermoord, waarom zou ik dan hebben gesuggereerd dat ze Bert moesten zoeken? Maar ik wist ook wat smerissen daarop antwoorden: als mensen geen stomme dingen doen, zou er nooit iemand worden gearresteerd.

'Malloy, niets wat jij doet is logisch. Je bent geen logisch persoon. Vertel me eens waarom je zo'n jochie met pukkels op zijn billen de hele stad door hebt gestuurd met die credit card op zak. Vertel me eens waarom de vent die ik zoek en de vent die jíj zoekt dezelfde naam hebben, maar dan andersom. Trouwens, vertel me eerst eens waarom je eigenlijk op zoek bent naar die Robert Kamin. Of waarom je niets weet over die vriend van hem, Vernon Koechell? Waarom probeer je die verdomde flikker in bescherming te nemen?'

Flikker. Ik had het niet gezegd. Ik wist niet eens of hij Archie, Kam of Bert bedoelde.

'Misschien dat drie keer scheepsrecht is,' zei Pigeyes. 'We proberen het nog een keer. Luister goed. Ja of nee. Ben je de afgelopen dagen nog in dat appartement geweest?'

Ik had het gevoel of hij zijn hele vuist in mijn keel had geramd.

'Pigeyes, heb ik een advocaat nodig?'

'Hé, ik dacht dat je zelf advocaat was!' Ze begonnen alledrie te lachen. De zwarte smeris legde zijn hand over zijn gezicht. God, wat grappig. Aan zijn vinger glinsterde een vierkante diamanten ring. 'Weet je waarom ik het vraag? Omdat ik Kamins appartement helemaal heb doorzocht. Ik heb zelfs het stof op de kozijnen en de stempels op de post gecontroleerd. Ik heb in de koelkast gekeken om te zien of er bedorven eten in stond, en wat de uiterste verkoopdatum van de melk en de jus d'orange was. En weet je wat ik heb gevonden?'

'Nee,' zei ik. Hij keek me nog steeds strak aan, terwijl hij Dewey een teken gaf om weer iets op te schrijven. Ik probeerde me niet van mijn stuk te laten brengen, maar zijn blik boorde zich dwars door mijn schedel en hij las al mijn gedachten. Hij wist dat hij me klem had. Hij had me al eerder bang gezien. Hij kende die uitdrukking en hij genoot ervan. En ik kende hem ook. Ik was erbij geweest als hij die arme knulletjes naar het bureau meenam voor een verhoor en een met bloed bevlekt slagersschort voordeed dat hij in zijn kast bewaar-

de, omdat hij wist dat die jochies de politie van Kindle tot àlles in staat achtten. Zo keek hij nu ook. Hij stond op het punt me de genadeslag toe te brengen: de vondst van het lijk, de resultaten van het technisch onderzoek, de haren, de enzymen uit het spijsverteringskanaal, al die sporen die naar Mack Malloy leken te wijzen. Hij boog zich dicht naar me toe, met zijn grimmige gezicht vlak bij het mijne. De Anonieme Beul in hoogst eigen persoon.
'Helemaal niets,' zei hij. 'Niks. Nada. Noppes. Die vent is al minstens tien dagen weg. En als jij niet in zijn appartement bent geweest, vertel me dan eens hoe je aan een creit card komt die volgens de bank pas een week geleden is verstuurd?' Die laatste woorden kwamen er triomfantelijk uit. Hij glimlachte.
Ik ook.

B Hij lijkt op Kam Roberts

Toen de paniek weer over was, kreeg ik het koud. Ik had de neiging om te boeren of een liedje te zingen. Ik had bijna het gevoel dat ik kon vliegen. Gino had duidelijk gezegd dat er niets in de koelkast lag. Hij genoot ervan om mij te intimideren, maar ik dacht niet dat hij loog. Wie het lijk had weggehaald, en waarom, waren vragen voor later.
Voldaan dat hij me in een hoek had gedreven, stommelde Pigeyes terug door de opening tussen de twee voorstoelen. Hij ging zitten en begon te lachen, zo hard dat hij zijn pet moest vasthouden. Wat een lol. Zijn maten, Dewey en de zwarte smeris, grijnsden ook. Niemand had medelijden met Malloy.
Ten slotte veegde Pigeyes de tranen uit zijn ogen. 'Genoeg geluld, oké? Malloy, het interesseert me geen moer waar je mee bezig bent. Robert Kamin? Het kan me geen ruk schelen of hij de vrouw van de oudste vennoot naait – of de vennoot zelf, voor mijn part. De enige die ik zoek is Kam Roberts, wie dat ook mag zijn. Als je me daarbij helpt, kun je terug naar je eigen zielige bestaan. Ik meen het.' Gino legde zijn hand op zijn borst. Volgens mij droeg hij nog steeds hetzelfde overhemd als de vorige keer.
'Als jij me zegt wat je van hem wilt.'
'Dan vertel jij me waar ik hem kan vinden?'
'Gino, ik weet het echt niet.' Hij dacht even na, met duidelijke twijfel in zijn blik. 'Ik heb die vent nog nooit van mijn leven ontmoet. Die credit card staat op Kamins adres, maar vraag me niet waarom. Dat is alles wat ik weet.' Dat, en Infomode, en nog een paar din-

getjes. Maar dat waren mijn zaken. Bovendien lieg ik weleens. Dat wist Pigeyes beter dan wie ook. 'Dat is het. Oké? Je hebt me goed te grazen genomen.'

Pigeyes gaf een teken aan Dewey. 'Laat het hem maar zien.'

Dewey pakte het koffertje. Ze hadden een potloodtekening op een stuk karton dat in een plastic hoesje was geschoven. Een surveillancebusje, een politietekenaar... Pigeyes had heel wat ijzers in het vuur. Dewey liet me de tekening zien.

Een zwarte vent, achter in de twintig, met terugwijkend haar.

'Ooit gezien?' vroeg Dewey.

En dat was zo verdomd vreemd. Dat had ik inderdaad.

'Ik weet het niet zeker,' zei ik.

'Misschien?'

Maar waar? Ik zou het me nooit herinneren. Nu niet, in elk geval. Misschien dat het me onverwachts te binnen zou schieten, als ik half ik slaap was, of mijn kont krabde, of me een handige zet probeerde te herinneren die ik in een verloren rechtszaak had willen toepassen. Misschien was hij de man van de stomerij, of iemand die vaak met dezelfde bus reed als ik. Maar ik hàd hem ergens gezien.

Ik schudde nog steeds mijn hoofd. 'Is dit hem? Kam?'

Pigeyes liet zijn tong over zijn tanden glijden. 'Wie is het?' vroeg hij.

'Gino, ik zweer je bij God dat ik het niet weet. Maar als ik hem op straat tegenkom, zal ik hem arresteren en bel ik jullie meteen.'

'Zou Robert Kamin het weten?'

'Ik zal het hem vragen als ik hem weer zie.'

'En wanneer is dat?'

'Geen idee. Hij is nogal moeilijk bereikbaar.'

'Ja, dat schijnt zo.' Hij wisselde een blik en een grijns met de twee andere smerissen. De speurtocht naar Bert had de afgelopen dagen veel tijd gekost, vermoedde ik. 'En Koechell?'

'Ik heb hem nog nooit ontmoet, ik zweer het je.' Ik hief mijn hand op. 'Eerlijk. En ik heb geen idee waar hij kan zijn.' Ook dat was waar.

Pigeyes dacht daar even over na.

'Wie is een flikker?' vroeg ik. 'Koechell?'

Pigeyes legde zijn handen weer op zijn knieën, zodat hij kon opstaan om zich naar me toe te buigen.

'Gek, hè? Het verbaast me niks dat je dat wilt weten.'

'Als je daar iets mee bedoelt, Pigeyes, doe ik mijn beklag bij de Commissie voor de Mensenrechten.' We waren weer op bekend terrein. Grappen en grollen. Gino's blaas met giftige pis stond even droog. Heel even maar. Toen vulde het reservoir zich weer en opende

hij zijn gulp. Hij mocht me nu eenmaal niet; dat was het richtsnoer van zijn bestaan.
'Als ik je zou vertellen,' zei hij, 'dat je een Saturnus-raket in Archie Koechells achterste kunt parkeren, wat interesseert jou dat dan?'
'Ik zoek alleen naar aanwijzingen over Berts sociale leven. Dat is alles. Hij heeft geen geld meer. Dat weten jullie. Mijn collega's maken zich zorgen en hebben mij gevraagd om hem te vinden.' Ik haalde onschuldig mijn schouders op.
'Als je hem vindt, zeg het dan. Ik wil met hem praten over Kam. Daarna mag hij weer naar huis. Maar als je me belazert, Malloy, pak ik je op alles waar ik je op pakken kan: inbraak, credit card fraude, het gebruik van een valse naam. Dan breek ik al je botten, flinke vent. En denk maar niet dat je dat leuk zult vinden.'
Ik wist wel beter. Dewey opende het portier van binnenuit en ik stapte naar buiten, blij met het daglicht en de kou, de ruimte en de buitenlucht. Twee keer al, dacht ik. Twee keer een wonder. Ik prevelde een bedankje aan Elaine. Pigeyes had me laten gaan.

XV BRUSHY ZEGT ME WAT ZE WIL EN IK KRIJG WAT IK VERDIEN

A Brushy vertelt wat er op het menu staat

Voor onze lunch op vrijdag had Brushy The Matchbook uitgekozen, een ouderwets restaurant dat nog probeerde de sfeer van een stijlvol rustpunt voor de zakenman in stand te houden. Als je vanaf de straat de trap afdaalde, kreeg je het gevoel of er een zachte deken om je heen viel. Het plafond was laag, en het ontbreken van ramen werd gecompenseerd door kleine poelen van licht die op het gemarmerde behang werden geprojecteerd vanaf de bovenkant van de pilaren, waardoor de ruimte werd verdeeld. De obers met hun zwarte vesten en strikjes noemden niet meteen hun voornaam en gedroegen zich niet zo joviaal dat je al hoopte dat het etentje je door de zaak werd aangeboden.

Na mijn avontuur met Pigeyes was er die ochtend weinig bijzonders meer gebeurd. Zo nu en dan dacht ik na over het lijk dat uit Berts koelkast was verdwenen. Ik hoopte dat de verdwijning niets met mijn bezoekje aan het appartement te maken had, maar ik had grote twijfels.

Ten slotte zocht ik Lena op, in de bibliotheek. Ze lag met haar voeten op haar eikehouten lessenaar en was verdiept in een van de zware, goudgestempelde handboeken over federaal recht. Ze las het als een roman, met die aantrekkelijke afstandelijke houding van alle intelligente vrouwen. Ik vroeg of ze een paspoort en een vrij weekend had, en of ze nog steeds geïnteresseerd was in dat gokcircuit waarvan ze de code voor Infomode had gekraakt. Ze was heel enthousiast. Ik delegeerde het werk, zoals dat gaat op een advocatenkantoor – de vervelende karweitjes schuif je af – en vroeg of ze het reisbureau van TN wilde bellen om voor ons twee tickets te regelen voor het vliegtuig naar Pico Luan op zondag, en twee kamers in een fatsoenlijk hotel, bij voorkeur aan het strand. Als er problemen waren, moest ze maar op haar strepen gaan staan. Ze maakte aantekeningen.

'Zo,' zei ik, toen Brush en ik naast elkaar in een nis achter in het restaurant zaten. De gérant had Brushy met haar naam begroet en ons meegenomen naar een verre hoek op een verhoogd gedeelte van de zaal, met een zuil en een plant die voor extra privacy zorgden. De tafel was versierd met grote linnen servetten en een prachtige anthurium als een soort opgetuigde fallus, met een enorm tafelkleed, zo stijf als een priesterboord, dat bijna tot op de grond hing. Ik keek met verbazing om me heen. Voor het centrum was The Matchbook echt een prachtige tent. Een paar jaar geleden zou ik met plezier voor de verleiding zijn bezweken en hier een drankje hebben genomen om lunchtijd – toen nog het einde van mijn werkdag. Ik vroeg Brushy wanneer ze hier voor het laatst was geweest.

'Gisteren,' zei ze. 'Met Pagnucci.'

Dat was ik vergeten. 'Hoe was dat?'

'Vreemd.'

'Wat wilde hij? Ging het over Grote Verdeeldag?'

'Ja, maar daar waren we snel over uitgepraat. Volgens mij probeerde hij erachter te komen waarom ik nog steeds met Krzysinski lunch.'

'Jezus. Ik hoop dat je hem hebt afgepoeierd.'

Ze kneep me zo hard in mijn knie dat het pijn deed.

'Daar ging het hem niet om. Het was zakelijk.'

'Pagnucci zakelijk? Wat een verrassing. Wat wilde hij weten?'

'Nou, hij zei dat het een stormachtige periode was voor het kantoor. Hij vroeg zich af hoe ik de dingen zag. Mijn praktijk en zo. Het leek een soort evaluatie.'

'Om vast te stellen of je niet in een mid-life crisis zat?'

'Ja, zoiets. Ik dacht dat hij de weg wilde effenen. Voor Grote Verdeeldag. Je weet wel, onze punten en zo. Maar ten slotte vroeg hij me of ik zo'n hechte band met Tad had dat TN altijd een cliënt van me zou blijven, wat er ook gebeurde.'

'Wat er ook gebeurde?'

'Dat zei hij letterlijk.'

Ik dacht even na. Pagnucci en Brushy zouden een goed team vormen, een financieel expert en een strafpleiter, twee ambitieuze Italianen.

'Zei hij dat met zoveel woorden? Dat hij overwoog bij het kantoor weg te gaan en jou met zich mee te nemen?'

'Mac, we hebben het over Pagnucci. Die zegt nooit veel. Het klonk als een soort... afstandelijke nieuwsgierigheid.'

'Een gezelschapsspel. Wie Zou Je Zijn Als Je Iemand Anders Was?'

'Precies. Maar ik gaf hem de kans niet. Ik zei meteen dat ik goed met mijn collega's kon opschieten, dat ik trots was op het werk dat we hier doen en dat ik mijn tijd niet aan dat soort vragen verspilde.'
'Goed zo. Leotis had het je niet kunnen verbeteren. Hoe reageerde hij? Uit het veld geslagen?'
'Hij was het volledig met me eens. Hij bond meteen in. Natuurlijk, natuurlijk, zei hij maar steeds. Alsof het hem niets uitmaakte.'
'Carl denkt blijkbaar dat ik Bert niet zal vinden, dat het geld niet terugkomt, dat we TN kwijtraken en dat het kantoor naar de bliksem gaat. Ja toch?'
'Zou kunnen. Waarschijnlijk is hij gewoon voorzichtig en wil hij alle opties openhouden. Je kent Carl.'
'Misschien wéét hij dat ik Bert niet zal vinden.'
'Hoe kan hij dat weten?'
Dat kon ik ook niet zo snel bedenken. Zeker niet omdat Carl mijn reis naar Pico had goedgekeurd.
De ober kwam en we bestelden ijsthee. Brushy bedacht zich en vroeg om witte wijn. We bekeken het menu, minstens een halve meter hoog, heel ouderwets, met perkamenten bladen die met een koord waren ingebonden. Ik begreep nog steeds niet welk spelletje Pagnucci speelde, maar Brushy onderbrak me toen ik weer op het onderwerp terugkwam.
'Mack, je dacht toch niet dat ik met je wilde lunchen om over Pagnucci te praten?'
'Als ik dat had gedacht,' zei ik, 'was ik waarschijnlijk niet gekomen.'
'Ik wil eens serieus met je praten,' zei ze. 'Gisteren heb je mijn gevoelens gekwetst.'
Inwendig deinsde ik terug. Een oeroude vluchtreactie. Weer zo'n tirade van een vrouw die vond dat ik haar had teleurgesteld. Ik zette me schrap voor een feministische reconstructie van mijn brutale opmerkingen over haar zwervende lendenen.
'Hé, Brush, dat hebben we toch al gehad? We zijn maatjes, jij en ik. Vrienden voor altijd.'
'Daar gaat het juist om.' Ze zat ontspannen tegenover me, met haar rug tegen de muur. Onze knieën raakten elkaar zowat. Ze steunde haar elleboog op de leuning van de bank en legde haar wang en haar speelse kapsel op een charmante manier tegen haar hand. Ze maakte een oprechte, vriendelijke indruk, als een tiener in de schoolkantine.
'De volgende keer dat je de hokey-pokey danst, Malloy, doe je dat maar met mij.'
Het duurde even voordat het tot me doordrong.

'O ja?' Dit was blijkbaar een van die intuïtieve contacten tussen man en vrouw die mij zo vaak ontgingen.
'Ja.' Ze trok een pruilmondje. Heel lief.
'Ik dacht dat ik mijn kans gemist had, Brush – dat het al voorbij was.'
'Volgens mij zijn we net begonnen.' Haar kleine oogjes straalden levendig, vol van de jacht. Net als een belangrijke instelling, zoals een universiteit of de president van de Verenigde Staten, werd Brushy zelden formeel afgewezen. Volgens mijn alwetende collega's van de wervingscommissie, bemoeizieke viswijven die alle roddels kenden, had Brushy in de loop der jaren de perfecte binnenkomer bedacht: 'Ik vraag me af of ik het goedvind dat je met mij naar bed wilt gaan.' Wie stomverbaasd was of echt geen belangstelling had, kon zich met goed fatsoen terugtrekken, zonder veel schade voor beide partijen. Ik was geroerd dat ze de gok wilde nemen, maar met echte emoties wist ik niet goed raad. Terwijl ik naar woorden zocht, nam zij de leiding, zoals gewoonlijk.
'Tenzij de vonk niet overslaat,' zei ze. En daarmee legde ze haar vingers zachtjes tegen de binnenkant van mijn dijbeen, keek me strak aan en ging toen recht op haar doel af. Ze gaf mijn kleine ding een kneepje dat het best kon worden omschreven als liefdevol. Ik wist nu waarom ze een restaurant met tafelkleden had uitgekozen.
Hoe moest ik reageren? De adrenaline en de shock veroorzaakten een uitgelaten stemming, een soort krankzinnigheid die ik achteraf toeschrijf aan het zeldzame, duizeligmakende gevoel dat er iets belangrijks op het spel stond. Ze was een geweldige meid, dat had ik altijd al geweten. En ik was vaag geamuseerd door de gedachte dat ik me ongeveer op deze manier haar ontmoetingen met Krzysinski had voorgesteld. Maar Brushy had het talent van alle verleidsters om de fantasieën van een man te herkennen en daarin mee te gaan zonder zich besmeurd te voelen.
'Volgens mij slaat de vonk wel over,' zei ik tegen haar, nog steeds gevangen in die strakke blik, die groene ogen met hun slimme glinstering. 'En ik denk dat je een geweldige padvinder zou zijn.'
'Een padvinder?'
'Jawel, mevrouw, want als u nog langer over die stok blijft wrijven, slaat er heel wat meer over dan een vonk.'
'Daar hoopte ik al op.'
We zaten met onze gezichten vlak bij elkaar, neus tegen neus, maar in de deftige atmosfeer van The Matchbook was een omhelzing uitgesloten. In plaats daarvan draaide ik me wat opzij op de bank, liet mijn vingers over haar knie glijden, boog me naar haar toe alsof ik

haar iets grappigs wilde vertellen en bewoog mijn hand toen langs de dunne stof van haar panty in de richting van haar vrouwelijkheid. Ik keek haar recht aan, nam de stof tussen mijn vingers en gaf een scherpe ruk, zodat Brushy even schrok. Maar ze bleef me aankijken, heel geamuseerd, toen ik het gat vond dat ik zelf had gemaakt en zo teder mogelijk twee vingertoppen tegen haar labia legde.
'Is dit nou wat je gelijke kansen noemt?' vroeg ze.
'Misschien. Maar ik ben verder gekomen dan jij, Brushy. Het is nog steeds een mannenwereld.'
'O,' zei Brushy. Ze liet zich een beetje achterover zakken, pakte het tafelkleed en legde het in een soort tent over mijn hand, die al onder haar servet was verdwenen. Ze sloeg het menu open en legde het tussen haar heupen en de rand van de tafel, zodat er een afdakje ontstond, met een geheime ruimte eronder. Daarna duwde ze haar heupen naar voren en deed haar knieën uiteen. Ze stak een sigaret op en pakte haar wijnglas. Toen keek ze me weer aan, met een wilde en doordringende blik – een vrouw die van het leven hield als het tot zulke fundamentele zaken werd teruggebracht.
'Ik weet niet of ik dat wel met je eens ben,' zei ze.

B Zou je dit een succes noemen?

In de hotelkamer van het Dulcimer House ging alles redelijk goed, totdat ik mijn onderbroek uittrok. Toen slaakte Brushy een gil en sloeg haar handen voor haar mond.
'Wat is dat?' Ze wees naar me, en niet omdat ze zo onder de indruk was.
'Wat is wat?'
'Die uitslag.' Ze duwde me naar de spiegel. En daar stond ik, met een halve stijve en een felgekleurde band, als een soort continent, over mijn heup. Een schiereiland liep vanaf mijn bilnaad om mijn flank, verbreedde zich daar en verdween onder mijn schaamhaar. Ik staarde somber in de spiegel, alsof het een samenzwering was. Toen wist ik het opeens.
'Dat vervloekte Russische Bad.'
'Aha,' zei ze.
Ze deinsde terug toen ik naar haar toekwam.
'Dermatitis,' zei ik. 'Het stelt niets voor. Ik wist niet eens dat ik het had.'
'Ja, dat zeggen ze allemaal.'
'Brushy...'

'Ga maar naar de dokter, Malloy.'
'Brushy, wees even menselijk.'
'Dit zijn de jaren negentig, Mack.' Ze beende naakt de kamer door en pakte haar kleren. Ik was al bang dat ze zich weer zou aankleden, maar ze zocht alleen een sigaret. Ze ging tegenover me zitten op een stoel met een overdreven gecapitonneerde brokaatbekleding, en stak haar sigaret op, poedelnaakt, met haar hiel op de stoel, terwijl ze vrouwelijk vocht op de bekleding lekte. Die magere mannequins zijn heel geschikt als kapstok, maar een vrouw met Brushy's Rubensiaanse vormen ziet er naakt toch prachtig uit. Ik was nog steeds in een rozige stemming, klaar voor actie, maar haar houding maakte duidelijk dat ik mijn seksuele hoogtepunt al tijdens de lunch had bereikt.

Ik ging op het bed liggen en begon te kreunen. Daar had ik alle recht toe, vond ik.

'Mack,' zei ze, 'doe dat nou niet. Dan voel ik me schuldig.'
'Jezus, dat mag ik wel hopen.'
'Binnen een paar dagen is het wel over,' zei ze. Ze gaf me de naam van een dokter en zei dat hij zelfs telefonisch een recept kon voorschrijven. Ze klonk heel gedecideerd, en ik slikte de vragen in die ze liever niet wilde horen.

Ten slotte kalmeerde ik wat, en al gauw was ik weer mezelf. Treurig staarde ik naar het mooie plafond van het Dulcimer House, waar het sierstucwerk om de lampen het licht in verschillende witte patronen weerkaatste. We waren hier één keer eerder geweest, met even weinig succes. Ik vond het al geen goed idee om weer naar hetzelfde hotel te gaan. Dezelfde rustige wandeling er naartoe, een beetje verkrampt door de spanning en de noodzaak om zo dicht bij het kantoor vooral niet de indruk te wekken van twee mensen die gingen neuken; dezelfde slijmerige receptionist; hetzelfde type kamer, iets te zwaar ingericht, te ouderwets om smaakvol te zijn. Weer een mislukt contact. Ik voelde me de gevangene van de vaste patronen in mijn leven.

'Twee avonden geleden heb ik me bezopen, Brush,' zei ik opeens. 'Wat vind je daarvan?'
'Niet veel,' zei ze. Ik geloof niet dat ze bedoelde dat ze geen mening had. Ik draaide mijn hoofd naar haar om. Ze zat nog steeds op haar stoel, naakt, met een sigaret. Ik zag aan haar gezicht dat mijn ontboezeming haar niet verraste. 'Je zag er gisteren belazerd uit,' zei ze, en ze vroeg of ik ervan had genoten.

'Niet echt,' antwoordde ik. 'Maar ik kan de smaak niet uit mijn mond krijgen.'
'Denk je dat je het nog eens doet?'

'Nee,' zei ik. Heel even voelde ik me bijna zo stoer als zij. 'Nou, misschien,' verbeterde ik mezelf.
Ik lag daar, neergedrukt door het gewicht van mijn grote dikke lijf, met een buik als een voetbal en vetkussentjes op mijn heupen.
'Is het niet om moe van te worden?' vroeg ik. 'De zoveelste Ierse advocaat. De zoveelste zuiplap. Ik ben het zo zat om mezelf te zijn – om altijd alles te verzieken. Die vermoeidheid raak je zelfs niet kwijt als je slaapt, maar als je wakker bent is het nog erger. Ik denk maar steeds hoe geweldig het zou zijn om helemaal opnieuw te kunnen beginnen. Met een schone lei. Dat is het enige waar ik nog warm voor kan lopen.'
'Het maakt me verdrietig als je dat soort dingen zegt,' zei ze. 'Het past niet bij je. Je wilt gewoon van iemand horen dat je best oké bent.'
'Nee, dat wil ik niet. Want ik zou het niet geloven.'
'Je bent een goeie vent, Malloy. En een goede advocaat.'
'Nee,' zei ik. 'Geen van beide. Eerlijk gezegd, Brush, geloof ik niet meer dat ik geschikt ben voor de advocatuur. Al die wetboeken, juridische stukken, rekeningen... Het is een zwart-wit bestaan, en ik hou juist van kleuren.'
'Toe nou, Mack, je bent een van de beste advocaten daar. Als je echt wilt.'
Ik bromde wat.
'Vroeger was je altijd bezig. Dat vond je toch leuk? Sommige dingen, tenminste?'
Toen ik nog dronk, werkte ik als een duivel, schreef tweeëntwintig- of vierentwintighonderd uur per jaar, zat tot acht uur op kantoor, tot middernacht in de kroeg en stapte de volgende morgen om acht uur weer de Needle binnen. Lucinda gaf me steevast aspirientjes bij de koffie. Toen ik bij de AA ging, veranderde mijn leven ook in dat opzicht. Ik ging om zes uur naar huis – naar vrouw en kind – en was binnen een jaar gescheiden. Er is geen psychiater voor nodig om me te vertellen wat dat bewijst.
'Wil je het echt weten?' vroeg ik. 'Ik zou het je niet kunnen zeggen. Ik kan me niet meer herinneren hoe het was om het druk te hebben. Ik weet niet meer wat mijn positie was op kantoor, voordat Jake besloot dat ik een waardeloze drol was.'
'Waar heb je het over? Heb je de pest in omdat hij je op dit moment geen werk toeschuift? Geloof me, Mack, je hebt een grote toekomst bij die cliënt. Je staat goed aangeschreven bij Krzysinski. Je moet geduld hebben. Het komt wel goed.'
Weer Krzysinski. Ik dacht erover na en protesteerde toen.

'Hoor eens, Brush, ik hèb helemaal geen toekomst. Jake geeft me geen werk meer omdat hij weet dat hij ervoor opdraait als iemand bij G&G een blunder maakt. En volgens hem ben ik niet eens meer in staat een vlieg dood te slaan.'
'Dat is niet waar.'
'O jawel,' zei ik. 'En waarschijnlijk heeft hij gelijk. Ik bedoel, vroeger genoot ik van een rechtszaak. Ik vond het leuk om voor een jury op te treden. Brede armgebaren. Proberen hun sympathie te winnen. Maar niemand weet meer zeker of ik de spanning aankan en of ik wel nuchter blijf. Ik weet het zelf niet eens. En zonder de rechtszaal vind ik er geen zak meer aan. Ik ben gewoon verslaafd aan het geld.'
Ik voelde me bezeerd, zoals ik daar lag, terwijl ik mezelf met de waarheid geselde. Maar ik wist dat ik gelijk had. Geld was nog erger dan drank of cocaïne. God, je was het zo weer kwijt als je het uitgaf in zo'n heerlijke roes. Eerst naar de kleermaker, dan kocht je een BMW en een leuk huisje buiten, en zocht je een paar clubs die niet te kieskeurig waren om je te boycotten. Voordat je het wist verdiende je 268.000 dollar bruto en moest je in je nachtkastje naar muntjes zoeken voor de tolbrug. Om maar te zwijgen over het feit dat ik iedere avond dronken thuiskwam en bij het licht naast de voordeur mijn zakken omkeerde en me afvroeg waar al die briefjes van twintig waren gebleven (en mijn huissleutels, die ik ooit eens in het blikken bakje van een of andere bedelaar had gegooid). Nu had ik een ex met een mooie Duitse auto en een huisje buiten, en mocht ik God danken dat ik alimentatie betaalde en nog iets tastbaars overhield van al het geld dat ik verdiende.
'Dat zijn we allemaal,' zei ze. 'Verslaafd. Tot op zekere hoogte. Dat hoort bij het leven.'
'Nee,' zei ik. 'Je meende het wat je tegen Pagnucci zei. Jij geniet ervan. Jij houdt van G&G. Je zou er zelfs gratis werken.'
Ze trok een gezicht, maar ik had de spijker op de kop geslagen en dat wist ze.
'Wat is het precies?' vroeg ik. 'Serieus. Ik heb het nooit begrepen. Al die processen, wat stelt het voor? Mijn roofridder is beter dan de jouwe, zo zie ik het. Wat is de kick voor jou? De wet?'
'De wet, ja.' Ze knikte, haast bij zichzelf. 'Ik bedoel, de tegenstelling tussen goed en kwaad. Dat vind ik wel sjiek.'
'Sjiek?'
Ze liep naar het bed en kwam naast me liggen, op haar buik. Ze had kromme benen en een slechte huid, maar in mijn ogen zag ze er goed uit, met haar brutale kleine kontje. Ik klopte haar op haar billen en ze glimlachte. De vlaggestok kwam weer in beweging, maar ik wist

dat het geen zin had. Bovendien lag ze nu aan de wet te denken – de echte liefde van haar leven, zoals ik haar zelf had verteld.
'Het is het hele systeem,' zei ze. 'Alles. Het geld, het werk, de wéreld. Je weet hoe het gaat als je nog een kind bent. Dan wil je in een sprookje leven, vadertje en moedertje spelen met Sneeuwwitje. En nu werk ik hier, nu ga ik uit eten met al die mensen over wie ik in de *Journal* en het zakenkatern van de *Tribune* lees.' Brushy, Wash, Martin, het hele stel, volgden het zakenleven in Amerika – financieringen, acquisities, promoties – zo gretig alsof het een soap-opera was. Iedere morgen grepen ze naar de *Journal* en de plaatselijke financiële kranten met een enthousiasme dat ik alleen voor de sportpagina kon opbrengen.
'Net als Krzysinski.'
Ze wierp me een waarschuwende blik toe, maar gaf toch antwoord.
'Net als Krzysinski. En ze mógen me, die mensen. En ik mag hen. Ik bedoel, ik weet nog hoe ik hier binnenkwam. God, wat een ellende. Ik was de enige vrouwelijke advocaat bij strafrecht en ik was doodsbang. Herinner je je dat nog?'
'Hoe zou ik dat kunnen vergeten?' Ze had zichzelf ontstoken met het zelfvernietigende vuur van de zon. Brushy wist dat ze een vrouw was in een mannenwereld – ze was de stroom van vrouwelijke goudzoekers aan de rechtenfaculteit nog juist vóór geweest – en ze stortte zich op haar werk met een licht ontvlambare emotionele mengeling van blinde vastberadenheid en verterende angst. Ze was de enige dochter uit een gezin met vijf kinderen, de middelste van het stel, en haar positie op kantoor vertoonde overeenkomsten met haar situatie thuis: een soort ja-nee spelletje dat ze altijd met zichzelf speelde. Ze deed iets briljants, kwam dan naar een van haar vertrouwelingen (ik of iemand anders) toe en vertelde volkomen oprecht dat het allemaal toeval was geweest en dat het haar nooit een tweede keer zou lukken. Haar succes schiep verwachtingen die ze als een loden last onderging. Het was vermoeiend en pijnlijk om haar aan te horen, maar zelfs toen voelde ik me al tot haar aangetrokken, zoals sommige vrije moleculen op elkaar reageren. Ik veronderstel dat ik al die wisselende stemmingen met haar deelde: de stoerheid, de angst, de neiging om jezelf de schuld te geven.
'En nu hebben al die mensen me nódig. Een paar jaar terug heb ik Nautical Paper vertegenwoordigd, toen er een overname dreigde. Mijn vader heeft daar nog gewerkt, tientallen jaren geleden. Toen we de zaak gewonnen hadden, kreeg ik een briefje van Dwayne Gandolph, de president-directeur, die me bedankte voor mijn inspanningen. Daar kreeg ik echt een kick van. Alsof je benzedrine inhaleert.

Ik heb het thuis aan mijn ouders laten zien en iedereen las het, onder het eten. De hele familie had respect voor me – ik had zelfs respect voor mezèlf.

Ik begreep wat ze bedoelde, misschien nog beter dan ze het zelf begreep. Ze had zo hard moeten vechten voor haar positie in dit wereldje, dat ze daar grote waarde aan hechtte, vooral als symbool. Maar nu glimlachte ze even. God, wat was ze toch geweldig. Dat vonden we allebei. Ik had grote bewondering voor haar, voor de lange weg die ze met al haar bagage had afgelegd. Ik gaf haar een kus en we lagen een minuut of tien te vrijen, twee volwassenen, naakt in een hotelkamer, midden op de dag, die elkaar kusten en elkaars hand vasthielden. Ik hield haar een tijdje tegen me aan, totdat ze zei dat we moesten gaan. De plicht riep. G&G, het kantoor, het werk.

We moesten allebei lachen toen ze haar vuist door het gat in haar panty stak. Ze trok hem toch aan en vroeg hoe het ging met mijn speurtocht naar Bert.

'Ik denk niet dat ik hem nog vind,' zei ik. Ze keek me vragend aan en ik vertelde haar wat ik nog tegen niemand anders had gezegd – dat ik dacht dat hij dood was.

'Dat biedt interessante mogelijkheden, vind je niet?'

Ze was weer op de stoel gaan zitten, half aangekleed, met het dure brokaat als omlijsting. Ik vond het heerlijk om naar haar te kijken.

'Als bepaalde personen zouden weten dat hij dood is, zouden ze alle schuld op Bert kunnen afschuiven,' zei ze. 'Dat bedoel je toch?'

'Precies.' Ik kwam van het bed af en trok mijn broek aan. 'Maar dan moeten ze het wel wéten,' zei ik. 'Een vermoeden is niet genoeg. Als Bert dan weer opdook, zouden ze voor schut staan.'

'Maar hoe kunnen ze daar zeker van zijn?'

Ik keek haar strak aan.

'Je bedoelt dat iemand hem heeft vermoord? Iemand van het kantoor? Dat geloof je zelf niet.'

Nee, dat was waar. Het leek wel logisch, maar het sloeg nergens op. Dat zei ik haar ook.

'Het zijn theorieën, meer niet. Dat Bert dood is. En de rest.' Ze wilde meer dan mijn geruststelling. Dit was haar ware aard. Onvermoeibaar. Ze probeerde het idee dood te slaan alsof het een slang was.

'Het zijn maar theorieën,' zei ik, 'maar luister hier eens naar.' Ik vertelde haar over mijn gesprekken van gisteren, eerst met Jake en toen met de Commissie. Deze keer stond ze volkomen perplex. Ze boog zich naar voren en vormde haar mond tot een kleine, volmaakte *o*. Ze was te ontdaan om zich flinker voor te doen dan ze was.

'Dat bestaat niet,' zei ze ten slotte. 'Alles in de doofpot? Daar zou-

den ze nooit mee instemmen. Daar hebben ze te veel ruggegraat voor.'
'Wash?' vroeg ik. 'Pagnucci?'
'Martin?' reageerde ze. Brushy had Martin nog hoger zitten dan ik.
'Je zult het zien,' zei ze. 'Ze zullen zich heus wel correct gedragen.'
Ik haalde mijn schouders op. Misschien had ze gelijk, en zelfs als dat niet zo was, vond ik het een punt in haar voordeel dat ze zo positief over haar collega's dacht. Maar ze zag dat ze me niet echt had overtuigd.
'En Jake,' zei ze. 'Mijn god, wat smerig. Wat mankeert hem?'
'Je kent Jake niet. Als je met hem was opgegroeid, zou je zijn andere kant wel zien.'
'Hoezo?'
'O, daar kan ik je verhalen over vertellen.' Ik zocht in haar tasje naar een sigaret. Bijna vertelde ik haar over Jakes examen, maar nog net op tijd bedacht ik dat ze mij dan nog onbetrouwbaarder zou vinden dan Jake.
'Je vertrouwt hem gewoon niet, bedoel je dat? Omdat hij de verkeerde opvoeding heeft gehad?'
'Ik ken hem. Dat is alles.'
Ze zat nog steeds op haar groene stoel, verstijfd van bezorgdheid.
'Je mag Jake dus niet. Ik bedoel, jullie zogenaamde vriendschap stelt niets voor?'
'Wie mag Jake nou niet? Rijk, knap, charmant. Iedereen mag Jake.'
'Je hebt een vooroordeel tegen Jake. Dat is duidelijk.'
'Oké. Ik heb een vooroordeel tegen een heleboel dingen.'
'Ik zal het heus niet ontkennen.'
'Ik ben verbitterd en kleinzielig, goed?' Ze wist wat ik dacht. Ik had het liedje al eerder gehoord, gezongen door een andere chanteuse.
'Niet kleinzielig, Mack. Dat niet. Moet je horen, hij heeft geluk gehad. Sommige mensen hebben geluk in het leven. Daar kun je iemand niet op aankijken.'
'Jake is een lafaard. Hij heeft nooit het lef gehad zijn eigen fouten onder ogen te zien. En ik heb me door hem ook een lafaard laten maken. Dat vind ik nog het ergste.'
'Waar heb je het over?'
'Jake.' Ik keek haar scherp aan. Ik voelde dat ik gemeen begon te worden. Bess Malloys zoon. Brushy zag het ook. Ze trok haar pumps aan en deed haar tasje dicht. De waarschuwing was duidelijk.
'Dit is zeker vertrouwelijk? Beroepsgeheim?' vroeg ze ten slotte.
'Dat Jake de zaak in de doofpot wil stoppen?' Ze bedoelde het niet geestig maar serieus – dat ze er met niemand over mocht praten, niet

met TN of wie dan ook. Dan zou het Tuchtcollege haar later niet op het matje kunnen roepen omdat ze geen alarm had geslagen, zoals wij ethisch gesproken allebei verplicht waren.
'Dat klopt Brushy. Je bent gedekt. Je hebt geen stront aan je schoenen.'
'Dat bedoelde ik niet.'
'O jawel,' zei ik, en ze nam niet de moeite iets terug te zeggen. Een vertrouwd gevoel van melancholie raakte me in het middenrif. Het verspreidde zich vanuit het hart. Is het leven niet geweldig? Iedereen voor zichzelf. Ik liet me op de dikke, geborduurde sprei vallen, die we niet van het bed hadden gehaald. Ik had moeite om haar aan te kijken.
Ten slotte kwam ze naast me zitten.
'Ik wil niet dat je me nog meer over die zaak vertelt. Het geeft me een vreemd gevoel. Heel verwarrend. Veel te dichtbij. Ik weet gewoon niet wat ik moet doen, hoe ik moet reageren.' Ze raakte mijn hand aan. 'Ik ben ook niet volmaakt, als je het nog niet wist.'
'Dat weet ik.'
Ze wachtte.
'Ik vind het heel beangstigend. Dit is behoorlijk uit de hand gelopen. En ik maak me zorgen om jou.'
'Dat hoeft niet. Ik kanker wel veel, Brush, maar ik kan heel goed voor mezelf zorgen als het erop aankomt.' Ik keek haar aan. 'Ik ben net als jij.'
Ik wist niet hoe ze dat opvatte, en ze wist het zelf ook niet goed. Ze liep naar de stoel om haar tasje te pakken, maar bedacht zich toen en kuste me. Ze had besloten me te vergeven. Het zou allemaal wel goed komen. Ik hield haar hand even vast en toen liet ze me alleen, op dat bed in die hotelkamer.

XVI HET ONDERZOEK NADERT ZIJN CLIMAX.
UW SPEURDER GAAT DOOR

Mijn middag met Brushy had een onverwacht effect. Opeens werd ik bestormd door allerlei verlangens – echte verlangens. Ik voelde me als een dolverliefde puber, zwijmelend bij de herinnering aan Brushy's niet geringe kwaliteiten, de heerlijke geur van haar lichte parfum en bodymilk, en de zuivere overdracht van een nog onbenoemde vorm van menselijk elektromagnetisme dat zich meester had gemaakt van mijn hart en lendenen. Toen ik 's avonds thuiskwam, belde ik haar, maar ik kreeg het antwoordapparaat. Ze moest nog op kantoor zijn, hield ik mezelf voor, maar dat nummer durfde ik niet te bellen.
Ik had haar dokter gebeld, die me een zalfje had voorgeschreven, en ik liep naar de wc om me nog eens in te smeren. In mijn sensuele stemming was ik al gauw met iets heel anders bezig. Verfoeilijke handelingen. Ik stond te zweten in mijn badkamer, meegesleept door hartstochtelijke fantasieën over een vrouw die een paar uur geleden nog naakt in mijn armen had gelegen, en ik verbaasde me over mijn eigen leven.
Ik had mijn wapen juist weer in de holster gestoken toen ik buiten het geluid van een stationair draaiende motor hoorde. Meteen viel ik ten prooi aan het soort schuldgevoel dat mijn moeder zou hebben toegejuicht – de plotselinge angst dat Lyle en zijn vrienden mijn silhouet tegen het fantasieglas van het badkamerraam hadden gezien. Dat zou me een aanblik zijn geweest zoals ik daar stond, van achteren verlicht, half gebogen en zwaaiend op mijn benen, terwijl ik de klanken uit mijn eigen saxofoon perste. Ik hoorde de voordeur dichtslaan en overwoog om in de badkamer te blijven, met de deur op slot. Maar zo ging ik niet met Lyle om. Ik voelde me nu eenmaal verplicht hem te confronteren, in alle omstandigheden.
Ik liep hem tegen het lijf toen hij de trap op stormde. Ondanks al zijn

losse, slungelige onderdelen zag hij er wat ordentelijker uit dan anders. Ik veronderstelde dat hij een meisje bij zich had. Zijn spuuglok was gekamd en hij droeg een leren jack van de politie van Kindle County. Het was niet van mij. Hij had het gekocht bij de politie-shop in Murphy Street en hij droeg het als een stilzwijgende verwijzing naar de tijd dat ik in zijn ogen nog een echt leven had geleid. Hij stampte langs me heen en mompelde iets wat ik eerst niet verstond.
'Ma is beneden,' herhaalde hij.
'Ma?'
'Ja, weet je nog? Nora. We gaan de hort op.' Ik vroeg me af of het een positief teken was dat hij de zwakheden van zijn ouders met humor in plaats van diepe minachting benaderde. We waren in de schemerige hal tussen de slaapkamers op de eerste verdieping. Na een paar stappen draaide hij zich om en zei met een veelbetekenende grijns: 'Hé, man, wat was je aan het doen op de plee? We hadden al een weddenschap afgesloten.'
'Jij en je moeder?' vroeg ik. Met al mijn waardigheid als advocaat zei ik hem dat ik mijn neus stond te snuiten. Eerlijk gezegd zou het hem een rotzorg zijn, maar toen hij door de donkere gang verdween, voelde ik me zo slap van schaamte dat ik bijna struikelde. Zo vaak vernederd en zo zelden gered. Is het zuiver een katholieke gedachte dat seks je altijd in de problemen brengt? God, dacht ik. God. Stel je de situatie voor. Een zoon en zijn moeder die met elkaar wedden of die ouwe bok zich daarboven staat af te rukken. Ik liep de trap af, in de juiste stemming om mijn ex onder ogen te komen.
Nora stond in het heldere licht van het halletje, tegen de achtergrond van de witte kozijnen en de tochtdeur. Ze hield haar tasje in haar hand geklemd en waagde zich niet verder. Ik kuste haar op de wang, een geste die ze onaangedaan onderging.
'Hoe gaat het?' vroeg ze.
'Geweldig,' zei ik. 'En met jou?'
'Geweldig.'
Game, set en match. Daar stonden we dan, als twee vreemden na eenentwintig jaar. Na allerlei krullen, slagen en andere stijlen droeg Nora haar haar nu sluik – dun, recht en bijna zwart, zoals bij die Japanse meisjes die een gelakte lijst om hun gezicht lijken te hebben. Ze gebruikte ook geen make-up meer. Ik zag Nora nu zo onregelmatig dat ze er in mijn ogen anders begon uit te zien. De invloed van de tijd was niet langer onzichtbaar door het dagelijks contact. Haar kin werd voller en haar ogen kwamen steeds dieper in de schaduw te liggen. Verder zag ze er prima uit, al was ze duidelijk gespannen door dit bezoekje.

Nora leidde nu een ander leven, dat ze beter en zinvoller vond dan al die jaren die ze met mij had doorgebracht. Nieuwe vrienden en vriendinnen. Nieuwe interessen. Een grote-stadsleven. Voornamelijk vrouwelijke kringen, nam ik aan, met bijeenkomsten, lezingen en feesten. Ik weet zeker dat er dagen voorbijgingen zonder dat ze aan mij dacht, of aan Lyle. Maar één voet in dit huis en een angstig gevoel greep haar bij de keel – geen nostalgie, maar de angst weer te worden ingesloten, als een gevangene, afgesneden van haar ware ik.
'Ga maar zitten.' Ik wees voorbij de zwarte tegels van de foyer naar het versleten geelwitte tapijt van de huiskamer.
'Ik blijf maar even. Hij wilde geld halen. Hij neemt me mee uit.'
'Geld?' Meteen hoorde ik voetstappen boven mijn hoofd. Hij was in mijn kamer, op zoek naar geld. Nora hoorde het ook en wierp me een soort tevreden, vergoeilijkende glimlach toe die ze waarschijnlijk op de televisie had gezien.
'Het gaat niet veel beter met hem,' zei ik. 'Geen steek.'
Die simpele opmerking bracht ons allebei van ons stuk. Opeens werden we overvallen door een gevoel van tragiek, zo hevig dat ik vreesde dat we allebei als kegels zouden neergaan. Als je over Lyle sprak, kon je nooit de gedachte aan de toekomst verdringen. Zijn gedrag had iets onheilspellends, alsof hij niet alleen ongelukkig was, maar een van die kinderen – iedereen kent er wel een paar – die volkomen gehandicapt in het leven komen te staan, niet in staat een baantje te houden of een relatie aan te gaan, de dingen die de smalle basis vormen van ons dagelijks geluk. Op dat moment van inzicht konden we geen van beiden – Nora noch ik – het trieste bewijs negeren van het feit dat onze levens ooit één waren geweest, niet slechts een mislukt experiment van twee onverenigbare karakters, maar een samenspel van oorzaak en gevolg waarvan wil noch wet de ongelukkige nasleep zou kunnen voorkomen. Die zou zich nog wel een generatie of twee voortzetten.
'En wiens schuld is dat, Mack?' vroeg ze. Die vraag was niet zo simpel te beantwoorden, als we heel eerlijk waren, en dat waren we niet. We zouden kunnen beginnen met opa en oma, en dan verder. Maar ik kende Nora. Dit werd een spelletje huwelijksgeografie, waarin Nora zou aantonen dat alle wegen op de kaart uiteindelijk naar mijn schuld toe leidden.
'Stop,' zei ik. 'Hou op. Laten we maar ruziemaken over een minder voorspelbaar onderwerp. Niet over Lyle, geld of mij.'
'Kijk eens naar jouw leven, Mack. Jij bent de lamlendigheid zelf. Wat kun je dan van hem verwachten?' Ze had blijkbaar moed geschept na wat ze door het badkamerraam had gezien, hoewel ze meestal geen steuntje nodig had.

Lamlendigheid, dacht ik. Met dat argument waren hele werelden voor zelfverwijt gespaard gebleven. Jezus, die vrouw wist wel het bloed onder mijn nagels weg te halen.
'Hij is dertig jaar jonger dan ik en hij heeft niet dezelfde versleten excuses.' Ik lachte bitter, maar ze trok een gezicht om aan te geven dat ze zich niet klein liet krijgen. We staarden elkaar in broeierig stilzwijgen aan totdat Lyle naar beneden kwam, langs me heen stormde en zijn moeder met zich meetrok.
Toen ze waren vertrokken liet ik me in de huiskamer voor de televisie vallen. De Hands speelden tegen UW-Milwaukee. De eerste helft ging goed, zoals gewoonlijk, maar de bank en hun zelfvertrouwen zouden wel weer uitgeput raken in de laatste twintig minuten, als ze terugvielen in hun vertrouwde rol als voetveeg van de competitie. Inwendig zat ik nog steeds te schuimbekken. Nora Goggins, dat kreng! Lamlendigheid! Hoe lang had ze die al in gedachten gehouden? Ze had altijd wel een raket met een gevechtskop van honderd megaton in haar silo staan.
Toen ik stopte met drinken, zei Nora vaak dat ik helemaal niet leuk meer was, een opmerking waarmee ze me tegelijkertijd de grond in boorde en zichzelf een excuus verschafte – een handig wapen in de huwelijkse strijd. Want als ik niet leuk meer was, moest ze haar eigen pleziertjes zoeken. Er volgde een periode van zeven weken waarin ze drie keer een heel weekend naar een conventie ging, en ten slotte ook een doordeweekse nacht waarin mijn bruid van negentien jaren niet meer thuiskwam.
Toen ik de volgende avond verontwaardigd binnenstapte, was het huis aan kant, rook ik de geuren van een warme maaltijd – een betrekkelijke zeldzaamheid – en ik begreep meteen wat de bedoeling was: alles weer normaal. Ik mocht geen vragen stellen. We hadden bij elkaar nog niet genoeg vingers en tenen om de keren te tellen dat ik de afgelopen negentien jaar min of meer dezelfde stunt had uitgehaald, nachten dat ik zo dronken was geweest dat ik soms het gevoel had dat ik me aan het gras moest vastgrijpen om niet van de aarde te tuimelen, hoewel de barkeepers me meestal kenden en Nora belden. Toch schraapte ik omstreeks half tien voldoende moed bijeen.
'Ik was bij Jill,' antwoordde ze. Jill Horwich, haar voormalige bedrijfsleider en kroegvriendin.
'Ik weet wel dat je naar Jill was. Maar wie waren er nog meer?'
'Verder niemand.'
'Nora, klets geen onzin.'
'Dat doe ik niet.' Toen ik haar aankeek met zo'n blik die ze mij vaak toewierp, zei ze: 'Ik geloof niet dat dit werkelijk gebeurt.' Ze kwam

overeind, draaide haar trouwring om haar vinger en liep naar een hoek van de kamer waar een prachtige koperen vaas met gladiolen stond. Op dat moment, moet ik toegeven, werd ik getroffen door het fenomeen van de eeuwige schoonheid. 'Mack, hou op. Ik weet dat ik het niet mag vragen, maar hou erover op.'
'Verzoek verworpen,' zei ik. 'Vooruit, vertel de akelige waarheid maar.'
'Je wilt het echt niet weten.'
'Daar heb je gelijk in. Dat wil ik ook niet. Maar ik vraag het toch.'
'Waarom?' Ze keek me verdrietig aan.
'Omdat ik het belangrijk vind, denk ik.'
Stilte.
'Wie is die vent?'
'Er is geen vent, Mack.'
'Nora, bij wie ben je geweest?'
'Ik zeg je toch, Mack, dat ik bij Jill was?'
Druk op de zoemer als u het juiste antwoord hoort. Ik begreep het pas de volgende middag, toen ik op kantoor zat, zoals gewoonlijk zonder veel nuttigs te doen. Als ik het me goed herinner zat ik te praten met Hans Ottobee, een interieurontwerper die iets aan mijn inrichting wilde doen. Negentien jaar lang denk je dat je alles van iemand weet, en dan zegt een of andere vent iets over een modulair wandmeubel en zie je opeens iets heel anders. Ik heb altijd van het kusbisme gehouden – die heerlijke illusie dat je alle kanten tegelijk kunt zien.
Toen ik die avond thuiskwam, wachtte ik niet lang. Nora had weer gekookt. Ik haalde mijn vleesschotel uit de oven en viel met de deur in huis: 'Hoe lang ben je al zo?'
'Wat bedoel je met "zo"?'
'Hou je niet van de domme. Hoe lang al?' Ik had eindelijk de moed haar recht aan te kijken, wat min of meer het einde betekende van het spel.
'Altijd.' Ze knipperde met haar ogen. 'Voor zover ik weet.'
'Altijd?'
'Herinner je je Sue Ellen Tomkins nog?'
'Van de jaarclub?'
Ze knikte zwijgend.
'Ik denk dat vrouwen anders zijn dan mannen,' zei ze. 'Ik verwacht niet van je dat je het begrijpt.'
'Jezus,' zei ik.
'Mack, hier is heel veel moed voor nodig.'
Ze vergat blijkbaar dat het voor mij ook niet echt gemakkelijk was.

Mensen die getrouwd blijven, die het willen volhouden, accepteren heel veel van elkaar: persoonlijke eigenaardigheden, nare gewoonten, een slechte gezondheid. Bij sommigen is dat tolerantie, bij anderen toewijding, maar vaak – zoals bij mij – is het de angst voor het onbekende. Korte tijd speelde ik met de gedachte dat ik dit ook moest doorstaan. Mensen kunnen getrouwd blijven zonder seks. Ik kende er genoeg. Ik ben ten slotte als katholiek opgegroeid. Trouwens, wie zei dat het zo zou moeten gaan? Maar het sneed gewoon te diep. Ik heb er nooit een moreel oordeel over gehad. Ik vond het geen afwijking, of iets waarvan mijn vrome moeder een flauwte zou hebben gekregen, en ik rekende het Nora ook niet aan dat het toevallig in de mode was. Het leek me alleen te veel om nooit te hebben geweten. Voor haar om nooit te hebben verteld. Voor mij om nooit te hebben beseft.

Hoe zou het voor haar zijn geweest, zoveel jaren met die dronken ouwe Mack, die zeldzame keren dat hij de wind in de zeilen kreeg, zich op haar stortte, haar golven bereed en zijn mast in haar haven stak? Wat ging er dan door haar heen? In hoeverre speelde ze toneel? Een onderzoekende geest wil zoiets weten. Zo zat ik daar vanavond in die ellendige duisternis, met de flikkerende beelden van de wedstrijd en de stem van de commentator die zo nu en dan hysterisch uitschoot. Ik probeerde het allemaal te doorgronden, en voor mijn doen kwam ik tot een bewonderenswaardig milde conclusie. Ik betwijfel of ze wist wat ze moest denken. Ze moet zich onzeker hebben gevoeld, niet echt zichzelf. Niet afkerig. Niet betrokken. Hoe ze zoiets niet kon weten, vragen jullie? Ach, de wet bepaalt zich tot de handeling, niet tot de kwade opzet, en blijkbaar hebben wij die les goed geleerd. Wat de katholieke leer ook mag beweren, in dit leven zijn we wat we doen. Zo nu en dan zal ze aan haar vriendin uit haar studententijd hebben gedacht en verbaasd zijn geweest dat die herinnering haar opwond. Ze zal het hebben afgedaan als een experiment uit haar jeugd, dezelfde ongebreidelde moed waarmee ze jongens bij het tweede afspraakje al pijpte. En al kwam die gedachte steeds weer terug, ze borg hem op in dat universum van lastige en onverkwikkelijke zaken die in het gemiddelde menselijke brein rondzwerven. Soms zal ze zich de naakte vraag hebben gesteld: Ben ik echt...? Maar dan troostte ze zich met de feiten: een echtgenoot, vriendjes uit het verleden, haar wortels in het heden, haar kind. Waarschijnlijk was het een verrassing voor haar dat ze het prettig vond toen Jill Horwich voor het eerst een hand op haar schouder legde en daarna toevallig langs haar borsten streek. Dat denk ik tenminste. Ik wist het niet, ongeacht het ongeloof waarmee die onwetendheid – of die genade - misschien wordt begroet. We zien mensen, we horen hun stem, we worden tot in ons diepste wezen tot hen aangetrokken, maar toch blijft er zoveel onbekend. Hoe oprecht we ook zoeken, de mysteries blijven. We hebben zelfs geen zekerheid als we in de spiegel kijken, zoals Nora je zou kunnen vertellen.

Bij het bedrijven van 's mans oudste zonde gaan mijn bandeloze gedachten soms ook naar hen tweeën en zie ik Jills gezicht tot aan haar wenkbrauwen in Nora's vrouwelijkheid begraven, terwijl mijn vrouw ligt te kronkelen in een extase die ze bij mij nooit kon bereiken. Dat beeld stel ik me voor tot in onbeschaamd detail, dat geef ik toe. Maar ik zie het ook door Nora's ogen - een van die taferelen die ik niet kan schilderen. Na afloop ben ik somber, verlamd van verdriet. Maar op het hoogtepunt van prikkeling en lust, in dat beeld van Nora die eindelijk vrij is en haar gevoelens ondergaat als de prachtigste muziek, voel ik mezelf ook los van de grond, alsof zoiets zelfs voor míj zou zijn weggelegd.

Dat dacht ik dus, terwijl ik roerloos naar de televisie zat te staren en me opeens herinnerde hoeveel ik van de drank hield en hoe ik mijn omgeving haatte. Ik zweer het je, niemand richt een huis zo lelijk in als de Ieren - donker en goedkoop, met al die vervloekte, stoffige prullaria waardoor je niet eens plaats hebt om je glas ergens neer te zetten. Al dat kant en die familiefoto's. Bij mijn moeder zag het er precies zo uit, eigenlijk wel ironisch, omdat Nora de pest had aan Bess, zowel aan haar zuinige, benepen oordeel als aan die andere stemming waarin ze haar mannen bijna kritiekloos adoreerde. Heel vreemd, want naarmate de tijd verstrijkt, heb ik het gevoel dat ze allebei dezelfde plaats innemen als ik mijn ogen sluit.

De televisie liet een grote close-up van de scheidsrechter zien. Een vreemd gevoel van herkenning maakte zich van me meester. Opeens was ik een en al aandacht. Verlost. Eindelijk vrij.

'Die vent!' schreeuwde ik in het lege huis. Ik kende hem, ik had zijn gezicht eerder gezien.

Op die tekening van Pigeyes.

Dat was Kam Roberts.

XVII IK HAD NIET VERBAASDER KUNNEN ZIJN ALS DE HANDS HADDEN GEWONNEN

A Het spook van het Fieldhouse

Tot de vele achtenswaardige instellingen die vele jaren geleden voor het eerst Leotis Griswells advies hadden ingewonnen, behoorde ook de universiteit. Voor ons als collega's was dit een waardevolle connectie, die ons de beste plaatsen bij het football en basketball opleverde, en privé-rondleidingen langs heilige plaatsen als de Bevatron en het Fieldhouse, waar de Hands hun wedstrijden speelden. Ik had op de gladgelakte wedstrijdvloer gestaan, met de tekeningen van die grote, knokige handen bij de middellijn, in een krans van vermiljoen. Ik was de tunnels doorgelopen en had de kleedkamers gezien. Maar het belangrijkste was dat ik ook in die kleine lelijke kleedkamer was geweest waar de scheidsrechters zich omkleedden voor de wedstrijd, waar ze in de rust wat dronken en waar ze na afloop meteen een douche namen, hun gewone kleren aantrokken, een zonnebril opzetten en zich onopvallend onder de menigte mengden om te ontsnappen aan de idioten die bepaalde scheidsrechterlijke beslissingen nog eens wilden doornemen, op hun eigen manier.

Ik greep mijn tweedjasje, stormde naar buiten en stak met roekeloze vaart de rivier over, terug naar de stad, loerend naar politiewagens terwijl ik aan de knop van de radio draaide om het wedstrijdverslag op te zoeken. Ik moest de raampjes opendraaien vanwege de stank die nog in de auto hing, en het was koud in de Chevy. Ik zat op mijn vingers te blazen als ik bij een stoplicht moest wachten. Het werd rust. De Hands stonden maar een paar punten achter. Als ik die Kam wilde spreken, moest ik er zijn voordat de scheidsrechters weer in het veld stonden.

Het zou niet zo eenvoudig zijn om die vent, hoe hij ook heette, te benaderen. Wat mij betrof mochten hij en de bookmakers de uitslagen manipuleren, maar hij zou het vermoedelijk niet waarderen als ik hem daarover aansprak. Ik wilde hem niet afschrikken. Natuurlijk was ik nieuwsgierig, maar er was niet veel fantasie voor nodig om te begrijpen hoe je een wedstrijd naar je hand kon zetten als je de scheidsrechter in je zak had: een persoonlijke fout hier en daar, een uitbal, hinderen of lopen met de bal. De scheidsrechter kon er voor fluiten of niet. Waarschijnlijk kon je twintig tot dertig punten per wedstrijd beïnvloeden zonder dat het opviel. Er wordt altijd wel op de leiding gekankerd; en in een sport als basketball, met veel getrek en geduw, kan een scheidsrechter nu eenmaal niet àlles zien. Archie had het goed voor elkaar gehad, met een scheidsrechter als medeplichtige, maar ik zat niet langer bij de politie. Ik was alleen op zoek naar Bert – dood of levend. En in dat laatste geval wilde ik graag contact met hem. Afgezien van mijn aangeboren nieuwsgierigheid hoefde ik niet eens te weten welke rol Bert in dit zaakje speelde.

Het Fieldhouse, beter bekend als 'The House of the Hands', was zo'n groot, oud universiteitsstadion van rode baksteen, zoals de meeste gebouwen van het complex. Het grimmige silhouet van het House werd verlevendigd door torentjes, kantelen en schietgaten in de stenen muren. Iemand moet me ooit eens uitleggen waarom de architectuur van zoveel staatsuniversiteiten aan Clausewitz lijkt ontleend. Wat was de achterliggende gedachte? Dat ze tot arsenalen konden worden omgebouwd als het Zuiden weer in opstand kwam? Op dit moment had ik zelf wel een militie kunnen gebruiken, want ik kon onmogelijk een parkeerplaats vinden. De parkeerwachter van het terrein aan de overkant liet zich niet vermurwen door de twee briefjes van twintig die ik hem voorhield, en dus reed ik een paar rondjes om het blok, zwetend, vloekend en opgefokt. De tijd begon te dringen.

Buiten het gebouw stonden de verkopers met hun vaantjes, bekers en spandoeken. Ze hadden even niets te doen en liepen wat heen en weer. Zwarte jochies in rafelige jasjes en sweatshirts met capuchons hingen in de buurt rond om de geur van de wedstrijd en de spelers op te snuiven. De rust was bijna voorbij. Nog vijf minuten. De ploegen waren zich alweer aan het warmlopen in het veld. Losjes en joviaal deden ze wat oefeningen, zonder tegenstand – *jamming*, *blocking* en andere technieken. De scheidsrechters konden nu ieder moment ook in het veld verschijnen. Ten slotte liet ik auto maar in een verboden zone achter. Als ik die vent snel te pakken kreeg, kon ik met wat geluk binnen tien minuten terug zijn.

Ik had geen kaartje. Dat besefte ik pas toen ik de suppoost zag. De ingangen werden de hele wedstrijd bewaakt, om de zwarte jochies

buiten te houden, die allerlei manieren wisten te verzinnen om binnen te komen. Ik rende terug naar de hokjes van de kaartverkoop, maar die waren gesloten. Ik greep een norse jongen in zijn kraag die een oud vrouwtje ging halen. Ze trok het luik half omhoog en zei met een serene blik: 'Sorry, alles uitverkocht.'
'Ik ga wel ergens staan.'
'Dat mag niet van de brandweer in het House.' Het luik viel weer dicht. Ik hoorde haar weglopen terwijl ik nog op het glas bonsde.
Buiten, voor de hal, zag ik een man met drie jonge kinderen, die juist vertrok om ze naar bed te brengen. Voor tien dollar wilde hij me het strookje van zijn kaartje wel verkopen. Ik rende terug naar een andere ingang. Er stonden twee studenten bij het hek, een jongen en een meisje in de bekende rode sportjasjes. Ze waren allebei te dik en allebei verliefd, helemaal in de ban van die eerste romance, het ongelooflijke nieuws dat ze op hun solovlucht door het leven misschien een co-piloot hadden ontmoet. Onwillekeurig dacht ik aan Brushy – een prettige gedachte, maar toch ook verward en pijnlijk. Ik wrong me langs hen heen door het hek, schudde glimlachend mijn hoofd en riep dat ik de lichten van mijn auto had laten branden. Toen ik haastig verder liep, hoorde ik de claxon en kwam het publiek weer in beweging. De tweede helft was begonnen. Ik liep al door de donkere tunnel en hoorde boven mijn hoofd het aanzwellende gebrul van de menigte. 'Verdomme,' mompelde ik. Ik zou natuurlijk het veld in kunnen rennen, maar dat zou me hooguit een reisje naar het politiebureau opleveren en misschien zelfs een pak slaag.
Daarom zocht ik langzaam mijn weg door het labyrint van stenen gangen en probeerde me te herinneren waar de scheidsrechterskamer was. De oude bakstenen binnenmuren van het gebouw waren glanzend rood geschilderd, in de felle kleur van de Hands, wat het spookachtige licht brak. Het rook er een beetje zilt, geen zweetlucht maar de geur van spanning, zoals de bliksem de doordringende geur van ozon achterlaat. Het gebrul op de tribunes verstomde weer. Het ging zeker niet goed met de Hands. Toen ik langs een uitgang kwam, ving ik een glimp op van het scorebord, dat aan strakke kabels tussen de balken hing, in de blauwe rook die vanuit de gangen omhoog kringelde. Milwaukee had in de eerste veertig seconden al zes punten gescoord. Misschien waren de Hands nog niet in het veld.
Ten slotte vond ik wat ik zocht, een eenvoudige houten deur in dezelfde rode kleur geschilderd als de stenen, met het opschrift: Geen toegang voor onbevoegden. Toen had ik voor het eerst geluk. De bewaker in zijn slechtzittende rode jasje liep vijftig meter verderop in de gang, met zijn radio tegen zijn oor gedrukt, waarschijnlijk op weg

naar de wc nu de rust voorbij was. Ik legde mijn hand op de deurkruk en stapte naar binnen alsof ik er iets te zoeken had. Ik zag een stalen trap, daarna een lange, lage dienstgang verlicht door kale lampen, die langs de ketelleidingen en de afvoerbuizen naar de kelder leidde waar de scheidsrechters zich verkleedden.

Het was vreemd om daar beneden te zijn terwijl er een wedstrijd werd gespeeld. Boven zag alles er prachtig uit. De essehouten vloer glom in het felle licht van de stadionlampen. De cheerleaders, adembenemende bloesem van de jeugd, sierlijk in hun eenvoud, zwaaiden met hun rokjes en sprongen op en neer. Op de tribunes heerste dat oergevoel dat nog teruggaat tot de tijd dat we in meutes jaagden. De spanning sloeg als een elektrische stroom door achttienduizend nuchtere burgers die opeens veranderden in gillende idioten. Mensen met problemen, met een gehandicapt kind of een te hoge hypotheek, brulden zo luid dat ze morgen geen stem meer over zouden hebben, maar op dit moment waren ze maar in één ding geïnteresseerd: of een paar lange sportjongens in korte broek een leren bal door een netje konden gooien.

En de scheidsrechters liepen daar nu ook, in stemmig zwart-wit tussen al die kleuren en vrolijkheid, als symbolen van de redelijkheid, de wetten, de regels. Zij zorgden ervoor dat het een spel bleef en niet in een vuistgevecht ontaardde. En hier beneden bereidden ze zich voor, schepten ze moed en zagen ze de realiteit weer onder ogen. En geloof me, dat stonk. Letterlijk. Ik kon het me nog herinneren van mijn vorige bezoek. De kleedkamer rook naar zweet. Het was een klein kamertje met een plafond van ruim twee meter hoog, een soort kast die op het laatste moment was uitgespaard in de onderhoudstunnel die naar de rioleringsbuizen liep. De wanden waren van hout, geschilderd in een akelige eigele kleur, die goedkoop glinsterde onder de kale peertjes. Er waren twee afgeschotte kleedhokjes, een douche en een wc, verborgen achter een blauw stuk zeildoek – ongeveer evenveel privacy als in een gevangeniscel.

Helemaal beneden sloot de gang aan op een tunnel die schuin omhoog liep naar het veld. Het geluid en het licht stroomden omlaag en toen ik bij de deur van de kleedkamer kwam en naar boven keek, zag ik de benen en de onderkant van de rode jasjes van twee bewakers die daar stonden om deze sector in het oog te houden. Het lawaai van het publiek, de energie van de wedstrijd, de stampende geluiden in het veld, het gefluit en de yells drongen als exotische muziek tot beneden door.

De kleedkamer had net zo'n deur als die aan het begin van de gang: oud, roodgeschilderd hout met drie verhoogde panelen. Als de bewakers verstandig waren, hadden ze hem op slot gedaan. Zo niet, dan zou ik me in de kleedkamer verbergen en daar blijven wachten. Ik rammelde aan de deurkruk, maar die gaf niet mee. Ik probeerde het nog een paar keer en vloekte toen. Dan zat er niets anders op dan me drie meter verderop in de gang verscholen te houden, in de hoop dat ik de man zou kunnen aanspreken als de scheidsrechters na de wedstrijd hier voorbij kwamen. De kans was groot dat ik door een bewaker in mijn kraag zou worden gegrepen en zou worden weggesleurd terwijl ik iets onnozels schreeuwde als: 'Kam! Kam Roberts!'

Ik had mijn hand nog op de deurkruk toen hij opeens bewoog. Mijn hart stond bijna stil. De grendel werd weggeschoven en de deur ging open.

Bert Kamin nam me van hoofd tot voeten op.

'Hé, Mack,' zei hij. 'Jezus, wat ben ik blij je te zien.' Hij wenkte me en deed meteen de deur weer op slot toen ik naar binnen stapte. Daarna vertelde hij me iets wat ik al wist.

'Ik zit zwaar in de problemen,' zei hij.

B Een gekwelde ziel

Bert is geen meester in vriendschappelijke gebaren. Toen ik nog bedenkelijke vermoedens over hem koesterde, dacht ik dat hij zijn hand niet op je schouder durfde leggen uit angst dat hij zijn ware aard zou blootgeven, maar dat is het niet. Bert is gewoon een vreemde vogel. Meestal heeft hij de houding van een toffe gozer, met een stuk kauwgom in zijn mond en cynische commentaren. Ik weet niet hoe hij zichzelf ziet. Hij komt over als iemand die de Sixties net heeft gemist, omdat hij wel graag wilde meedoen maar te hard of te ongevoelig was om de sfeer op te pakken. Soms doet hij me denken aan mijn allereerste arrestant, een charmante kleine rat die Stewie Spivak heette, aan de universiteit studeerde en liever drugs verkocht dan ze zelf gebruikte.

Bert bleef voor me staan, knikte een paar keer nadrukkelijk en zei dat ik er heel goed uitzag. Geweldig, man! Ik nam hem kritisch op. Zijn dichte zwarte haar was uitgegroeid en hij probeerde het steeds in model te duwen. Hij had zich niet geschoren en die waanzinnige glans in zijn ogen was opvallender dan ooit. Verder droeg hij een keurig zwartleren jasje en modieuze vrijetijdskleding: een Italiaanse sweater met een modern motief, een plooibroek en dure schoenen en sokken. Was dit de kleding van iemand op de vlucht? Dat klopte niet helemaal, maar bij Bert klopte er wel meer niet.

'Wie heeft je gestuurd?' vroeg hij.
'Wie heeft míj gestuurd?' Ik knipperde even met mijn ogen. 'Wat klets je nou, Bert? Waar heb je al die tijd gezeten? Wat spook je hier uit?'
Hij deed een stap achteruit, kneep zijn ogen halfdicht en probeerde mijn uitval te begrijpen met de vergevingsgezinde houding van een kind. Hij was blij met mijn vertrouwde gezelschap, dat was duidelijk.
'Ik wacht op Orleans,' zei hij ten slotte.
'Orleans? Wie is Orleans in godsnaam?'
Er kwam een vage blik in Berts ogen, alsof dat een ondoorgrondelijk mysterie was. Ik had hem even goed kunnen vragen naar het geheim van het universum of het leven. We begrepen elkaar totaal niet, alsof we vanuit verschillende dimensies spraken. In de stilte die volgde viel het me op dat de radio aanstond. Zelfs hier, opgesloten in deze kerker, luisterde Bert nog naar de wedstrijd. Het plafond was zo laag dat hij zich uit voorzichtigheid enigszins bukte, wat zijn meegaande houding nog accentueerde. Hij gaf nog steeds geen antwoord, maar ik had het zelf al bedacht.
'De scheidsrechter,' zei ik.
'Ja.' Hij knikte voldaan. 'Ja. Ik hoor hier helemaal niet te zijn. Jij ook niet.'
Kam Roberts was Orleans. Ik probeerde de stukjes van de puzzel aan elkaar te passen. Archie had Orleans omgekocht, en Orleans, de scheidsrechter, was een vriend van Bert. Archie was dood, zijn lijk had ooit in Berts koelkast gelegen, maar Bert leefde nog en hield zich voor iemand verborgen – misschien alleen voor de competitieleiders van de Mid-Ten. Nee, dat klopte niet. Ik probeerde het nog eens, in de hoop hem te kalmeren en meer informatie van hem los te krijgen.
'Bert, wat is hier aan de hand? De politie is al druk naar jullie op zoek. Vooral naar Orleans.'
Hij maakte een sprong van schrik. De radio stond op een oude leraarstafel, waarschijnlijk afkomstig uit een collegezaal. Bert stond tegen de tafel geleund totdat ik over de politie begon.
'Ho, stop eens even,' zei hij. 'Naar Orleans? Is de politie op zoek naar Orleans? Waarom dan? Weet je dat ook?' Nu pas besefte ik wat er anders aan hem was. Hij probeerde zijn emoties niet te verbergen. Hij had zich altijd gedragen als een soort grimmige puber. Nu leek hij bijna kinderlijk. Hij was nerveuzer dan ik me herinnerde, maar ook heel oprecht, en dat was prettig. Ik had het gevoel of ik met een jonger broertje sprak.
'Bert, het is de verkeerspolitie niet. Ze geven geen uitleg. Maar ik heb

wel wat aanwijzingen, en ik vermoed dat ze jouw vriend Orleans ervan verdenken dat hij wedstrijden heeft gemanipuleerd. Voor de bookmakers.'

Dat kwam hard aan. Hij legde zijn lange vingers tegen zijn mond en dacht na. De scheidsrechterskamer was inderdaad een armoedige bedoening, zoals ik me nog herinnerde. Aan de andere kant van het veld, waar de kleedkamer van de Hands zich bevond, hadden de sponsors voor vast tapijt, whirlpools en fitness-ruimten gezorgd. Het leek daar wel een country-club. Maar hier was het heel anders. In het midden van de kamer stond een oude, geverniste eikehouten bank zonder rugleuning, waarvan de hoek half versplinterd was. Langs de muur tegenover de deur hingen drie scheve, verveloze kastjes. Er zaten roestplekken op, en een ervan was stevig ingedeukt door de voet of de vuist van een scheidsrechter die de opmerkingen uit het publiek over zijn moeder, zijn ogen en de afmetingen van zijn penis wat duidelijker had gehoord dan hij in het veld had laten blijken.

'Bert, er gebeuren de vreemdste dingen. Er ligt een lijk in de koelkast van je appartement. Tenminste, dat làg er. Volgens mij ook een vriendje van je. Weet je daar iets van?'

Hij keek nauwelijks op, verdiept in zijn grimmige gedachten, en knikte toen.

'Dat wordt de gevangenis, zeker?' vroeg hij.

Hij had het niet over moord.

'Basketballwedstrijden manipuleren? Ja, daarvoor draai je de bak in.'

Hij vloekte, deed een stap in de richting van de deur en bleef toen staan.

'Ik moet hem hier vandaan zien te krijgen.'

'Bert, wacht nou eens even. Waarom lag die vent in jouw koelkast?'

'Hoe hebben ze het ontdekt, denk je? De politie? Over Orleans?'

Zo gaat het altijd, als je met Bert praat. Zijn onderwerp is belangrijker dan het jouwe. Je moet hem achterna lopen als een puppy of een kleuter van drie jaar.

'Ik heb geen idee, Bert. Eerlijk gezegd schenen ze Orleans al op het spoor te zijn voordat ze jouw naam kenden. Ze zoeken trouwens naar iemand die Kam Roberts heet. Is dat hem?'

Deze keer gaf hij antwoord. 'Het is nogal ingewikkeld.' Daarna sloeg hij met een vuist tegen zijn dijbeen. 'Verdomme,' zei hij. 'Ik begrijp het niet. Hoe hebben ze Archie gevonden? Niemand wist dat hij daar lag.'

Niemand wist dat hij daar lag, en dat kwam Bert heel goed uit. Opeens kreeg ik een vreemd, spookachtig gevoel, alsof er een nachtvlin-

dertje langs mijn gezicht streek. Ik lette scherp op Berts vage houding, speurend naar aanwijzingen terwijl ik hem vertelde dat ik het lijk wel gezien had, maar de politie niet.
'Tegen de tijd dat zij kwamen, had iemand het lijk al weggehaald. Enig idee wie?'
Hij had het lef een stap achteruit te doen en me aan te kijken alsof ik het was kwijtgeraakt, maar toen verdiepte hij zich weer in zijn eigen overpeinzingen. Als de politie Archie niet gevonden had, vroeg hij, hoe waren ze dan bij Orleans uitgekomen?
'Bert, hoe moet ik dat weten? Ze zijn naar het Russisch Bad geweest om vragen te stellen. Hebben ze daar misschien de naam Kam Roberts gehoord?'
'O, juist,' zei Bert. 'Juist ja. Natuurlijk.' Hij knipte een paar keer met zijn vingers en deed een paar stappen. 'God, ik en mijn grote mond, man. Die grote bek van mij.' Hij bleef staan, duidelijk geschokt. Toen hij zijn ogen weer opende, keek hij me strak aan.
'Als mij iets overkomt, Mack, kun je er dan voor zorgen dat hij een advocaat krijgt? Wil je me dat beloven, man?'
'Dat beloof ik je, Bert, maar geef me eens een hint. Wat zou jou kunnen overkomen? Waar ben je bang voor?'
Eindelijk zag ik weer iets van de oude Bert, die zich soms zo krankzinnig kon gedragen, altijd op het punt om in zijn eigen vulkaan te vallen. Blinde woede stond op zijn gezicht te lezen.
'Jezus, Mack! Je hebt toch gezien wat ze met Archie hebben gedaan?'
'Over wie hebben we het? De maffia?'
Hij knikte even.
'En wat willen ze? Geld?' Dat was mijn eerste gedachte – dat ze compensatie wilden voor de verliezen die Archie hun had bezorgd.
Hij keek me aan.
'Orleans,' zei Bert.
'Wat?'
'Ze willen Orleans. Je begrijpt me toch wel, man? Hoe ze hem kunnen vinden. Wie hij is. Dat wilden ze ook van Archie weten.'
'En heeft hij het hun verteld?'
'Hoe? Hij had geen idee waar ik mijn informatie vandaan had. Ik werkte samen met een vent die Kam heette. Meer wist hij niet.' Bert rende nerveus door de kleine scheidsrechterskamer, als een hamster in een kooitje. Maar ik dacht dat ik hem nu begreep. Bert gaf Archie tips over de uitslagen van de wedstrijden. *'Kam's Special'*. Dat was het enige dat Archie wist.
'En heeft Archie wel jouw naam genoemd?'

'Dat zou hij nooit doen, zei hij. In het begin. Maar de laatste keer dat ik hem sprak, zei hij... Hij was vreselijk emotioneel. Ze zouden hem vermoorden als hij hun niet zou vertellen waar de informatie vandaan kwam. Ze wilden Kam. Ze hadden hem vierentwintig uur gegeven om Kam te vinden. Hij smeekte me.' Bert wierp me een snelle blik toe, om te zien hoe ik daarop reageerde – een vent die je smeekte hem een geheim te vertellen om zijn leven te redden. Maar Bert had niets gezegd. Daarom keek hij zo schielijk mijn kant uit.
'Ja, ik wist al dat hij me zou verraden. Ik moest vluchten. Ik was doodsbang. Ik sloop naar huis. Toen ik thuiskwam, deed ik de koelkast open. Ik dacht dat ik gek werd. Jezus, wat ze met hem hadden gedaan...' Zijn stem brak. Die grote, stoere Bert Kamin. Hij drukte zijn handen tegen zijn ogen. Die aanblik was zo tegenstrijdig met wat ik van Bert kende en verwachtte dat de achterdocht opeens weer zijn lelijke kop opstak. Misschien was het allemaal show. Bert was immers een gewiekste strafpleiter, en dus een goed acteur, hoewel hij in de rechtszaal maar één rol kende: bliksemsnel in de aanval, ziedend van woede. Maar Berts lange, donkere gezicht stond nu echt angstig en gekweld. 'Wat ze met hem gedaan hebben, verdomme! En ik ben de volgende. Dat wist ik al. Ze maken geen grapjes, deze lui.'
Mijn ervaringen bij de politie hadden me ieder respect voor de maffia ontnomen. O, er zijn smerissen die contacten met hen onderhouden – vooral om te kunnen gokken – en zich met huid en haar aan hen verkopen totdat de maffia hen volledig in haar macht heeft. En ik ken zelfs een paar Italiaanse zonen die volgens de verhalen alleen bij de politie waren gegaan omdat hun oom een vooraanstaande gangster was die een paar infiltranten nodig had. Maar wat voor mensen zijn het nu eigenlijk? Een stel donkere zuidelijke types die niet eens de middelbare school hebben afgemaakt. Als je een fruitkoopman op de markt hebt gezien, weet je hoe het gemiddelde bendelid er uitziet – van die patsers met veel sieraden die niets beters kunnen verzinnen. Als we ervan uitgaan dat mensen niet deugen, is het begrijpelijk dat een vent die zich minderwaardig voelt een kick krijgt door iedereen in zijn broek te laten schijten. Bovendien is er in de hele geschiedenis nog nooit een groep geweest die zo overdreven veel publiciteit heeft gekregen. In een stad van deze grootte zijn er misschien vijftig, hooguit vijfenzeventig echte bendeleden, plus een stelletje meelopers die hopen dat ze wat kruimels krijgen toegeworpen. Dat is de hele maffia. Ze wonen in bungalowtjes in het South End, omdat ze de belastingdienst niet op hun nek willen krijgen met lastige vragen over een te duur huis. Ze drinken koffie en Amaretto en vertellen elkaar hoe meedogenloos ze zijn, terwijl ze zich bezorgd

afvragen wie van hen elektronisch ondergoed draagt, van het merk FBI. Gevaarlijke types, dat zeker, geen mensen die je tot vijand moet maken of te eten moet vragen, maar hun zaken lopen terug. De straatbendes beheersen de drugsmarkt. De seksindustrie draait voornamelijk nog op afwijkingen: plasseks, Grieks, niet langer een gewone wip. Hetzelfde geldt voor de pornografie. Het enige waarmee de maffia nog iets kan verdienen is met gokken.

'En wat willen ze met Orleans? Hem koud maken?'
'Misschien. Ik bedoel, wie zal het zeggen? Weet jij het? Ze beweren van niet,' zei Archie. 'Ze wilden hem niet te grazen nemen.'
'Maar wat willen ze dan wel?' vroeg ik, maar opeens wist ik het. Orleans was de kip met de gouden eieren, en zo'n kip slacht je niet. Ze wilden gewoon dat hij voor hen zou gaan werken. Wedstrijden manipuleren. Dat zei ik ook tegen Bert. 'Ze willen hem overnemen, veronderstel ik.'
'Dat doet hij nooit. Dat is niets voor hem. Zelfs als hij het zou willen, zou het ergens misgaan. Ze zouden hem toch vermoorden. Vroeg of laat.'
'En dat is de reden waarom jíj op de vlucht bent? Dat begrijp ik nog steeds niet, Bert. Wat heb jij er uiteindelijk mee te maken?'
Hij gaf geen antwoord, maar opeens zag ik het – die verdrietige blik, dat donkere gezicht vertrokken van emotie. Ik ben traag, Elaine, veel te log, zoals mijn coach op school al zei, maar ten slotte kom ik er wel. Bert was verliefd op hem. Op Orleans. Er bestaat nog steeds geen etiquette voor zo'n situatie. Je hoort niet tegen je homofiele vriend te zeggen dat je het altijd al hebt geweten. En dus zeiden we niets.
'Je wilt hem beschermen,' zei ik ten slotte.
'Ja. Dat moet ik doen.'
'Natuurlijk,' zei ik.
Hij stond weer bij het bureau, opgejaagd, gevangen in dit netwerk van problemen. Hij zei het een paar keer hardop: 'God, wat moet ik doen?' En zonder enige waarschuwing of aanleiding keerde hij zich opeens tegen mij:
'En jij?' vroeg hij. 'Wat doe jij hier eigenlijk, man? wie heeft jou gestuurd?'
'Het kantoor, Bert.'
Hij deinsde weer terug en deed één oog dicht. 'Waarom?'
'Ze willen het geld terug, Bert. Dan praten we er niet meer over.'
Ik had hem verrast, dat was duidelijk. Hij staarde me aan, met zijn mond halfopen, alsof hij de juiste woorden zocht. Ik deed een stap naar hem toe, verbaasd over mijn eigen impuls. Bijna maakte ik een

geestige opmerking, een grap over het delen van de poet. Het was alsof ik een hand in mezelf had gestoken om te onderzoeken wat ik daar vond. Maar het was dezelfde chaos als altijd, dus hield ik mijn mond.

Op dat moment klonk er buiten een geweldig tumult. Voetstappen, gedreun, stemmen. Mijn eerste gedachte was dat de bal de tunnel in was gerold en dat ze de wedstrijd daar nu voortzetten. Iemand begon op de deur te bonzen, zo hard dat hij uit de deurpost dreigde te springen. Maar voordat het zo ver was, keek Bert me recht aan, knipperde met zijn ogen en slikte een paar keer, zodat zijn grote adamsappel op en neer bewoog in zijn lange hals, onder de ruige stoppels van zijn baard. Zijn gezicht stond volkomen eerlijk.

'Welk geld?' vroeg hij.

XVIII MAN OP DE VLUCHT

'Oké, schijtebak, openmaken!' Ik herkende de stem van Pigeyes. 'Schiet op, Malloy. Geef het maar op. Open die deur!' riep hij nog eens. Hij had me weer verlakt. Ze hadden me geschaduwd. Ik wist dat ze een surveillancebusje gebruikten, en ik had nergens erg in. Ik was een gevaarlijke gek.

Bert wilde iets zeggen, maar ik stak waarschuwend een vinger omhoog. Geluidloos vormde ik het woord 'Politie'. Berts mond viel open en hij kreeg bijna een flauwte.

Pigeyes stond nog steeds op de deur te rammen. Ze konden me niet van heel nabij hebben gevolgd, anders zou ik iemand in de gang hebben gehoord toen ik naar de kleedkamer liep. Ze hadden het goed geraden, maar ze wisten het niet zeker. En dus was er een kans dat ze weer zouden vertrekken.

Ik haalde mijn agenda uit mijn zak en schreef Bert een briefje: 'Als ik die lui kan wegwerken, vang je vriend dan op en ga er na de wedstrijd meteen vandoor.' We renden allebei het kamertje rond om een plaats te vinden waar hij zich kon verstoppen, terwijl Pigeyes nog steeds op de deur bonsde en me voor rotte vis uitschold. Ten slotte viel onze keus op de douche. Ik hielp Bert omhoog te klimmen, met zijn voeten evenwijdig en zijn rug tegen de tegelwand gedrukt. Daarna trok ik voorzichtig het blauwe gordijn dicht, zodat de roestige haken niet rinkelden. Het resultaat zag er redelijk uit.

Inmiddels was iemand aan de scharnieren van de deur begonnen. Ik hoorde het tikken van een hamer en een schroevedraaier.

'Wie is daar?' vroeg ik vriendelijk.

'De kerstman. Pakjesavond. Doe die deur open.'

Pigeyes droeg nog dezelfde kleren als gisteren. Zijn glibberige makker Dewey had de hamer en de schroevedraaier in zijn hand. Achter hen stonden de twee bewakers die ik boven aan de tunnel naar het speelveld had gezien.

'Kijk eens aan,' zei Gino. Hij stak zijn vinger naar me uit en zei: 'Achteruit.' Hij was heel tevreden met zichzelf. Hij had me nu al twee keer te pakken gehad, de U Inn meegerekend. In dat opzicht zou hij nooit veranderen. Hij hield van de jacht, van het avontuur. Veel agenten hebben dat soort ideeën als ze pas bij de politie komen: avontuur, wilde achtervolgingen, straatgevechten, deuren intrappen, meisjes in de politiekroegen die nauwelijks kunnen wachten tot ze hem stijf hebben. Maar het enige avontuur is meestal de kantoorpolitiek – wie nu weer het mes in zijn rug krijgt bij de laatste reorganisatie van het hoofdbureau. O, in theorie is er spanning genoeg. Iedere dag als je naar je werk gaat, is er een kleine kans dat je niet meer terug zult komen. Maar meestal komt iedereen weer thuis. Er zijn uren dat je alleen maar rapporten schrijft, dagen dat er op straat niets bijzonders gebeurt, nachten dat je alleen flauwe grappen vertelt en je tong brandt aan smerige koffie. Een heleboel mensen, zoals ik, krijgen daar genoeg van en gaan iets anders doen, omdat ze weten dat het leven nu eenmaal het leven is, en lang niet altijd spannend. Met de kerels die blijven voor het avontuur, zoals Pigeyes, lijkt het altijd verkeerd af te lopen. De stoere bink, de slimme jongen, de halve crimineel uithangen – dat is ook een avontuur. Dat denken ze tenminste. Dat is een van de redenen waarom Pigeyes is zoals hij is.

De twee bewakers stapten met Pigeyes mee naar binnen en keken nijdig om zich heen. Dit was verboden terrein, zoals Bert al had gezegd. Dewey bleef bij de deur. Ik richtte me tot de bewakers, een zwarte en een blanke man, allebei met een buikje, een polyester broek, goedkope schoenen en dezelfde rode sportjasjes met het wapen van de universiteit op het borstzakje. Dit was zo'n mooi baantje – gratis alle wedstrijden zien, met geld toe – dat ik niet één keer hoefde te raden wat ze overdag voor werk deden. Smerissen, of mijn moeder heette geen Bess.

'Jullie hebben hem toch niet doorgelaten met die ouwe smoes dat hij iemand zocht?' vroeg ik. 'Ik heb gezien hoe hij zich bij een concert van Sinatra naar binnen drong. Hij is bereid alles te zeggen om gratis binnen te komen.'

Pigeyes wierp me een vuile blik toe en slenterde de kleedkamer door. Hij opende de deuren van de drie gedeukte kastjes aan de achtermuur, zonder dat hij echt verwachtte iets te vinden.

'Wat stelt dit voor, Malloy?'

'Ik probeer me te verstoppen.'

'Vreemde plaats.'

Ik vertelde hem over onze contacten met de universiteit en over de rondleiding door het hele gebouw. Daarom kende ik alle hoeken en gaten. 'Billy Birken van Alumni Relations heeft me rondgeleid.' Door het noemen van die naam steeg ik wat in de achting van de bewakers, zag ik.

Pigeyes merkte het ook en zei: 'Hij lult maar wat.' Als om dat te bewijzen stak hij een van zijn worstvingers naar me uit: 'Voor wie probeer je je te verbergen?'

Ik liep naar de deur en greep de oude kruk, die al zoveel jaren dienst deed dat het koper bijna was versleten. Ik boog me langs Dewey, die losjes een hand op mijn borst legde toen ik naar buiten keek. De gang en de tunnel naar het speelveld waren verlaten. Ik keek weer naar Pigeyes.

'Voor jou,' zei ik, en met die woorden gaf ik Dewey een zetje, zodat hij de deur niet in zijn gezicht zou krijgen toen ik hem dichtgooide en ervandoor ging. Nog één keer keek ik om, om te zien of ze wel achter me aan kwamen.

Ik hield het veel langer vol dan je zou denken. Ik werd achtervolgd door vier stoere smerissen, maar ze rookten allemaal nog meer dan ik en na de eerste zes meter liep hun tempo al terug. Mack de Mammoet met zijn slechte been beschreef een haarspeldbocht toen hij het speelveld bereikte en rende langs de eerste rij stoelen de tribune op, met drie treden tegelijk. De geuren, de kleuren en het gebrul van de enorme menigte sloegen in een golf over me heen, als de hete adem van een reusachtig beest. Pigeyes riep dingen als: 'Hou hem tegen!' maar niemand voelde daar iets voor. De mensen keken wel, voorzover ze de westrijd niet volgden, maar met dezelfde geamuseerde nieuwsgierigheid alsof ze een optocht voorbij zagen komen. Het betekende niets voor hen. Een deel van het schouwspel, dat was alles. Hoewel het ten koste van mijn snelheid ging, moest ik er toch om lachen, vooral bij de gedachte dat Bert nu kon ontsnappen. Een vent in een Milwaukee-sweatshirt riep: 'Ga toch zitten, eikels!'

Toen ik het volgende niveau bereikte, voelde ik een hevige pijn in mijn knie door al dat galopperen, maar toch bleef ik mijn achtervolgers vóór. Hijgend en puffend rende ik door de uitgang naar buiten, langs een grote kraam met een coca-colaklok en een lange roestvrijstalen bar. Snel sloeg ik rechtsaf, de betonnen trap op naar de hoogste rijen. Ik hoorde hun stemmen achter me door het trappehuis galmen. Boven gekomen dook ik de herentoiletten binnen, sloot me in een hokje op en wachtte af. Over een minuut of vijf zou de wedstrijd afgelopen zijn en had ik misschien een kans om ongezien tussen de menigte te verdwijnen. Maar dat betekende dat Pigeyes bij me op de stoep zou staan. En als ze me kwijtraakten, zouden ze misschien teruggaan naar de kleedkamer, waar Bert nog ergens rondhing in afwachting van Orleans. Dus hield ik me nog een minuut of twee ver-

borgen, trok toen mijn jasje recht en zocht een plekje op het tweede balkon.
De grote wedstrijdklok gaf nog ongeveer veertig minuten speeltijd aan toen Pigeyes zich naast me liet vallen. De Hands stonden achttien punten achter en misten alle kansen, terwijl de Meisters de lange rebounds benutten. Gino hapte naar adem. Zijn voorhoofd glom van het zweet.
'Je staat onder arrest, godverdomme,' zei hij.
'Waarvoor? Is het soms verboden hard te lopen in een openbaar gebouw?'
'Poging tot verzet.'
'Verzet? Ik zit hier rustig met je te praten, bijna alsof we vrienden waren.' Dewey kwam ook naar boven. Hij legde even zijn handen op zijn knieën om uit te blazen en ging toen aan de andere kant naast me zitten. De tribunes liepen leeg, maar er waren nog genoeg mensen om me te beschermen. 'Ik wilde het eind van de wedstrijd zien.'
'M'n rug op,' zei Pigeyes.
'Je zei dat ik onder arrest stond, Gino. Heb je een aanhoudingsbevel?'
Pigeyes keek me strak aan. 'Ja,' zei hij.
'Goed,' zei ik. 'Laat dan maar zien. Hé, juffrouw,' riep ik naar een dikke studente, twee stoelen verder, en pakte haar bij de mouw. 'Wilt u even getuige zijn?'
Het meisje staarde me aan.
'Doe niet zo slim, Malloy.'
'Geweldpleging tegen een politie-ambtenaar,' zei Dewey.
'Als ik het me goed herinner, werd jij het eerst handtastelijk.'
Ze wisselden een primitieve blik. Ik herinnerde me hoe ik zelf de pest aan advocaten had gehad toen ik nog een smeris was. De claxon ging. Einde van de wedstrijd. Allerlei mensen kwamen het veld in – cheerleaders, fotografen, tv-ploegen, nog meer bewakers, jeugdige suppoosten en de spelers van de twee banken. Bert Kamin stond aan de rand van het veld, tussen zo'n honderd starende fans. Ik zag hem van drie verdiepingen hoger, op een afstand van zestig meter. Hij maakte een gebaar naar Orleans en rende de tunnel in, achter hem aan.
'Ik denk dat ze het in deze competitie wel zouden redden,' zei ik, 'als ze een grote vent in hun ploeg hadden.'
'Luister, droplul. Dit is niet het moment voor geintjes.'
'Ben ik wat vergeten, Gino? Hebben we samen gedoucht?'
'Doe maar flink, Malloy.' Hij keek me aan over zijn wijzende vinger. 'We zitten al sinds zes uur vanavond achter je aan. Je rijdt als een gek bij je huis vandaan en rent het stadion rond als een loopse straathond. Volgens mij had je hier een afspraak. Iemand heeft je gebeld en je kwam meteen opdraven.'

'Een afspraak? Met wie dan?'
'Hou op met die spelletjes, Malloy. Je weet wie we zoeken.'
Hij had nog steeds niet het flauwste vermoeden wie Kam Roberts was. Natuurlijk was hij achterdochtig, omdat dit een basketballstadion was en omdat Archie basketballwedstrijden had gemanipuleerd. Maar hij wist niet hoe. Uiteindelijk zou de betekenis van mijn aanwezigheid in de scheidsrechterskamer wel tot hem doordringen, maar hij had het zo druk gehad met achter me aan rennen dat het muntje nog niet gevallen was.
'Ik zal het je nog eens zeggen, Pigeyes. En als ik lieg, mag ik dood neervallen, dat zweer ik je. Ik heb die Kam Roberts nog nooit ontmoet of een woord met hem gewisseld.'
'Dan is het die andere vent, hoe heet-ie, Bert.'
'Ik ben een basketballsupporter.'
'Ik ben het zat, Malloy. Meer dan zat. Ik wil weten wat je hier te zoeken had.'
'Vergeet het maar, Gino.' Ik klemde mijn lippen op elkaar en maakte een gebaar als van een sleutel in een slot.
Hij meende het toen hij zei dat hij het zat was. Meer dan zat. Als je Gino's ogen zag, zou je onmiddellijk geloven dat mensen carnivoren zijn.
'Ga staan.' Ik bleef zitten, maar toen hij het nog eens zei, durfde ik zijn geduld niet langer op de proef te stellen. Hij begon me te fouilleren. Hij rukte mijn broekzakken naar buiten en smeet mijn sleutels en papiergeld op de grond. Toen stak hij zijn handen in mijn sportjasje en vond mijn agenda, die hij zorgvuldig doorbladerde totdat hij het briefje vond dat ik aan Bert had geschreven. Hij liet het aan Dewey lezen, schuimbekkend van woede. Zijn lippen bewogen zich alsof ze een eigen leven leidden. Ten slotte, bij gebrek aan iets beters, spuwde hij een grote fluim op de grond.
'Onwettig fouilleren,' zei ik tegen hem. 'Met maar twee- tot driehonderd getuigen, die allemaal een seizoenskaart hebben. Ik hoef niet eens hun namen te noteren.'
Hij rukte Dewey de agenda uit zijn hand en smeet hem zo hard als hij kon naar het scorebord boven het veld. Het boekje fladderde door de lucht boven de stoeltjes, scheurde toen langs de rug kapot en dook als een zwaluw omlaag voordat het tussen de lichten verdween. Pigeyes boog zich naar me toe en liet zijn stem dalen.
'Ik kom terug met een dagvaarding.'
'Je doet maar. Als je een advocaat dagvaardt, Pigeyes, met al die privileges en noem maar op, is een of andere zielige hulpofficier nog met de zaak bezig als jij allang met pensioen bent.'
'Malloy, ik heb je al twee keer gespaard. Ik had je al kunnen pakken

op die credit card. Maar ik weet dat je een strontvlieg bent en dat je geen greintje dankbaarheid in je donder hebt.'
'Dank je, Pigeyes.'
Ik was nog niet zo dicht bij een pak slaag geweest. Hij vloog me bijna naar de strot. In het openbaar, met tientallen getuigen, maar dat kon hem niet schelen. Hij kon altijd nog beweren dat ik hem had uitgedaagd – zijn mannelijkheid, zijn moeder en de politie had beledigd. Ik vertrok geen spier. Ik was doodsbenauwd, maar op alles voorbereid. Dat kon ook niet anders. We hadden een verleden, Pigeyes en ik. Ik kon nu geen stap terug doen of hem een uitweg bieden. Wij kwamen nooit meer van elkaar af. Als ik mijn laatste adem uitblies, zou ik met één hand nog aan zijn ketting rammelen.
Pigeyes wist dat hij zich moest beheersen. Hij had de ruimte niet. Dat kwam ook door het verleden, neem ik aan. Ik kon me tegenover hem nu eenmaal meer vrijheden permitteren dan de gemiddelde crimineel. Na een paar seconden had Pigeyes zichzelf weer in de hand. Daarna deed hij wat hij het liefste deed: dreigen.
'Ik vertrouw je nog steeds niet. Ik rook het angstzweet toen ik je gisteren ondervroeg. En ik zal erachter komen waarom. Ik blijf achter je kont hangen als een scheet. Eén stap verkeerd en je bent erbij. En als ik je te grazen neem, Malloy' – hij legde zijn vingertoppen tegen mijn revers – 'dan zul je het weten ook.'
Hij vertrok, samen met Dewey. Ongeveer een halve rij lager draaide Gino zich nog eens om.
'O ja, we hebben een bijzondere videoband van je badkamerraam. Heel bijzonder. Ik zal hem morgen voor de jongens op het bureau vertonen. Als je soms langs wilt komen?' zei hij met een valse, vettige grijns, genietend van andermans ellende.
Toen ze verdwenen waren, pakte ik mijn spullen. Waarschijnlijk zou het allemaal anders lopen dan ik het had gewild. Er kwam een schoonmaker langs die een grote vuilniszak vulde en me duistere blikken toewierp in de hoop dat ik zou opkrassen, maar dat deed ik niet. Ik dacht na over Bert. Had hij nu het geld, of niet? En als hij het niet had, wie dan wel? In het grote lege stadion sloeg de eeuwige twijfel weer toe. Zo gaat het altijd. Niets is nu eenmaal zeker in dit leven.
Ten slotte drong het tot me door dat ik een manier zou moeten vinden om thuis te komen. Ik had nog een vage hoop, maar eigenlijk wist ik het al voordat ik buiten kwam. Mijn auto was weggesleept.

zaterdag 28 januari

XIX ZATERDAG

A Mogelijke connecties

Op zaterdagmorgen ging ik naar kantoor. Ik had niet veel anders te doen dan een lunch met de subcommissie personeelswerving en het beantwoorden van reclamedrukwerk, maar ik had nu eenmaal de gewoonte om zaterdag ook te komen. Dat hield me bij Lyle vandaan en maakte indruk op mijn collega's, die de presentielijst lazen. Ik vond het eigenlijk wel prettig in de stille straten van de binnenstad, waar andere advocaten ook rustig op weg waren naar hun werk, met hun koffertjes in de hand en een spijkerbroek onder hun overjas. De zaterdag was traag en dromerig, alsof alles zich onder water afspeelde. Eindelijk verlost van die vervloekte telefoon. Geen secretaressen die voortdurend naar de klok keken. Geen drukte, geen agenda's. Niet die gestresste sfeer van al die ambitieuze jonge mensen die heen en weer draafden. Ik was er al vroeg, controleerde mijn antwoordapparaat en elektronische post, in de hoop iets van Bert te horen, maar de enige boodschap was van Lena, die me vroeg haar te bellen als ik er was.
Ze kwam naar boven uit de bibliotheek, gekleed in een button-down shirt met brede groene strepen. Ze had de vliegtickets gereserveerd en twee kamers geboekt in een strandhotel in Pico.
'Wat gaan we daar eigenlijk doen?' wilde ze weten.
'Op onderzoek uit. We hebben een afspraak met een advocaat, een zekere Pindling. We moeten zoveel mogelijk te weten komen over een rekening bij de International Bank of Finance.'
'Geweldig.' Ze leek blij met het reisje, en met mij.
Toen ze was vertrokken, pakte ik het dossier over de zaak Toots en nam nog een paar stukken door die we nodig hadden om de verdediging af te ronden als Woodhull eindelijk klaar was met zijn kruisver-

hoor. Maar mijn gedachten gingen steeds naar Bert. Gino zou inmiddels wel begrijpen hoe de vork in de steel zat. Hij had me aangetroffen in de scheidsrechterskamer en hij had het briefje in mijn agenda gelezen. Als hij Orleans te pakken zou krijgen, had hij zijn zaak rond. Ik wilde Bert waarschuwen – en ons gesprek voortzetten.
In een hokje op de toiletten vond ik een *Tribune* van die ochtend, maar in het wedstrijdverslag werden de namen van de scheidsrechters niet genoemd. Na enig nadenken belde ik de afdeling Voorlichting van de universiteit. Ik vroeg me af of er zaterdag wel iemand aanwezig zou zijn, maar ik kreeg een behulpzame jongedame aan de lijn. Ik stelde me voor als rechercheur Dimonte van de politie van Kindle County. Ik verwachtte een veelbetekenend antwoord als: 'Bent u daar nu weer?', maar ze leek geen argwaan te koesteren.
Ze vond de namen van de scheidsrechters in het persbericht van de vorige avond. 'Brierly, Gleason en Pole.'
'En hun voornamen en adressen?'
'Die moet u bij de Mid-Ten opvragen, in Detroit.'
'Ik hoef u toch niet te dagvaarden?'
Ze lachte. 'U doet maar. Ik kan het u echt niet vertellen. De competitieleiding vindt het zelfs niet prettig de achternamen bekend te maken. Een paar jaar geleden was er een advocaat die een van de scheidsrechters wilde aanklagen omdat hij iemands auto op het parkeerterrein had geramd, maar hij moest de rechter inschakelen om zijn naam te krijgen. Ik meen het. Ik denk dat u inderdaad een dagvaarding nodig hebt. U kunt maandag met Detroit bellen, maar meestal geven ze niet thuis.'
Dat was ook logisch. Ze wilden de scheidsrechters beschermen tegen scheldbrieven en pogingen tot omkoping. Dus pakte ik het plaatselijke telefoonboek. Ik vond een Orlando Gleason, maar verder niets dat erop leek. Bert had Orleans blijkbaar in een andere stad ontmoet. Pigeyes zou het toch nog moeilijker krijgen dan ik had gedacht.
Niet lang daarna kwam Brushy binnen, gekleed voor het weekend: spijkerbroek en sportschoenen. Ze zag er leuk uit met haar grote bruine hoed, haar koffertje – zo groot als een zadeltas – en een bundeltje kleren van de wasserij in helderblauw papier. Ze deed twee stappen mijn kantoor in.
'Dat was leuk, gisteren,' zei ze.
'Zeg dat wel.'
'Ben je kwaad? Vanwege je uitslag?'
'Nee,' zei ik vrolijk. Ik had haar al gezegd dat ik haar dokter had gebeld.

'Hoe gaat het nu?'
'Wil je het zien?'
'Ik hou het in gedachten.' Daar stond ze dan, klein en keurig, stralend van plezier. Het maakte me een beetje triest toen ik bedacht hoe vaak Brush al mijn kamer was binnengekomen en daar had gestaan, genietend van haar heimelijke avontuurtjes – de herinnering aan een sensueel moment op dit kantoor, waar alleen plaats was voor grimmige logica en eeuwige banaliteiten. Iedereen die hier binnenkwam dacht alleen aan contracten en strafzaken, maar zij nam de lift in de wetenschap dat ze met iemand dezelfde rozige glimlach zou delen die ze mij nu toewierp, vol verwachting – het voorspel tot andere genoegens, zaken die je niet kon bespreken zolang de deur nog openstond.
'Ik heb je gisteravond gebeld,' zei ik.
'Ik zat nog laat te werken. Toen ik thuiskwam heb ik jou ook gebeld, maar je was er niet.'
'Drie keer raden wie ik tegen het lijf ben gelopen.'
Ze liet haar wasgoed vallen en klapte in haar handen toen ik zachtjes Berts naam noemde.
'Dus hij leeft nog?'
Ik gebaarde dat ze de deur dicht moest doen.
'Waar is hij?' vroeg ze. 'En wat spookt hij uit?'
Ik herinnerde haar aan haar opmerking van gisteren, dat ze liever niet te veel wilde weten.
'Vanaf morgen,' zei ze.
Ik vertelde haar de grote lijnen – dat Bert op de vlucht was voor de maffia.
'Maar wat zei hij over het geld?'
'Dat is me nog niet duidelijk,' zei ik. 'Zo ver zijn we niet gekomen.'
Ik legde uit dat we waren gestoord door rechercheur Dimonte.
'Die vent heeft het wel op je voorzien, zo te horen,' zei ze.
Ik bromde wat. Jezus, zeg dat wel.
'Wanneer hoor je weer iets van Bert?'
'Ik zit bij de telefoon.' Het toestel stond naast me. Ik legde mijn hand erop. Het was het nieuwste model, zwart en gestroomlijnd, als iets uit het Skylab. 'Maar ondertussen ga ik morgen naar Pico Luan om eens rond te neuzen.'
'Morgen? Toots' volgende hoorzitting is op dinsdag.'
'De Commissie heeft me maar twee weken tijd gegeven. Ik blijf twee dagen. Maandagavond ben ik weer terug. We zijn toch klaar met Toots?' Ik pakte de bruine dossiermap om haar te laten zien dat ik eraan gewerkt had. 'Ik neem Lena mee,' vervolgde ik.
'Wie is Lena?'

'Een van de nieuwelingen, van de universiteit.'
'Die leuke rooie?'
'Stijlvol, zou ik eerder zeggen.'
Brushy fronste. 'Waar heb je haar voor nodig?'
'Als getuige.' Voor het geval het tot een rechtszaak zou komen. 'Die advocaat met wie ik een afspraak heb schijnt een glibberige figuur te zijn.'
Brushy zwaaide met haar vinger en zei op een spottend toontje: 'Vergeet niet wie je meisje is, Malloy.'
'Brush, je vleit me.'
'Hm,' antwoordde ze. Ik wist niet zeker of Brushy de hele wereld doorhad, of alleen mij, maar op de een of andere manier waren we het stadium van de luchtige humor voorbij. Er hing een soort blues tussen ons, zo'n stemming van weinig illusies. Opeens voelde ik de behoefte de zaken bij de naam te noemen.
'Denk je dat je al aan een monogaam bestaan toe bent, Brush?' Dit was de voorzichtigste manier om naar Krzysinski te verwijzen.
'Ik heb altijd maar één man tegelijk gehad, Mack. Alleen duurde het soms niet lang.' Ze lachte even, maar ik besefte intuïtief dat ze het meende. Zelf bij avontuurtjes van één nacht voelde ze zich Assepoester en hoopte ze dat dit muiltje haar zou passen. Fantasieën van mensen, hoe morbide of banaal ook, zijn altijd roerend. Het is de kwetsbaarheid ervan, neem ik aan, het feit dat een mensenleven, net als een kartonnen doos, zich zo voorspelbaar langs bepaalde lijnen laat vouwen.
'Weet je,' zei ik, 'als er weer een meid mijn hart zou breken, denk ik niet dat iemand de scherven nog zou vinden.'
'Malloy, zo dom ben ik nu ook weer niet. Ik ken je, oké? Ik begrijp het wel.' Ze keek of de deur echt dicht was, kwam toen naar het bureau en zette haar hoed af voordat ze me een zoen gaf. Maar zo snel liet ik me niet verzoenen.
'Hoe oud ben je nu, Brush?'
'Achtendertig,' zei ze. Toen dacht ze nog eens na en keek me nijdig aan. Jezus, die vrouw kon hard zijn. Ze vroeg wat dat uitmaakte, alsof ze dat zelf niet wist. Het bekende refrein van een zelfstandig individu: ik heb niemand nodig. Sommige oude smerissen beweren dat ook. Maar God heeft nog nooit een ziel geschapen waarvoor dat honderd procent waar is. Eigenlijk had ik medelijden met Brush. Ze zag me heus niet als bijzonder sexy, en ze maakte zich geen illusies over mijn betrouwbaarheid of mijn karakter. Ze dacht gewoon dat ik de beste was die ze kon krijgen – of die ze verdiende, misschien. Maar we wisten allebei dat ik ook mijn goede punten had. Ik zou

doen wat ze me zei. Ik had haar leiding nodig. Ze was intelligenter dan ik, ik vond haar leuk en ze wond me behoorlijk op. Dat wist ze.
'Ik zat juist aan je te denken,' zei ik.
'Wat?'
'Nou, hoe het gaat,' antwoordde ik. 'Je weet wel. Het felle vuur van de jeugd, dat langzaam dooft. Het lichaam dat eenzaam wordt.'
'Heel literair.'
'Ach ja, de Ieren.' Ik tikte op de binnenkant van mijn pols. 'De poëzie zit ons in het bloed.'
'Je hebt een onaangenaam kantje, Mack.'
'Dat heb ik wel vaker gehoord.'
'Je hebt niet het recht iemand te minachten alleen omdat je zijn motieven doorziet. Zelf ben je ook niet zo'n mysterie, hoor.'
'Juist.'
'Je bent een zielig geval, als je soms dacht dat niemand dat nog wist.'
Ik zei dat ze zich niet zo druk moest maken, en kwam toen overeind. Ik pakte haar stevig bij haar volle schouders en drukte haar tegen mijn borst. Ze nestelde zich bereidwillig tegen me aan, een kop kleiner dan ik.
'Lunch?' vroeg ze.
'Personeelswerving,' zei ik.
Ze maakte meelevende geluiden bij het vooruitzicht van een commissievergadering.
'Vanavond?' vroeg ik.
'Het is de trouwdag van mijn ouders.' Haar gezicht klaarde op. 'Waarom kom je ook niet? Een hartelijke Italiaanse familie.'
'Nee, dank je.'
'Je zult wel gelijk hebben.'
We keken elkaar aan.
'Dinsdag,' zei ik. 'Toots.'
'Toots.' Ik bleef bij mijn bureau staan. Vanuit de deuropening wierp ze me een sombere blik toe. Misschien is het na de puberteit onmogelijk om nog volledig één te worden. Misschien hadden die stammenvolkeren, de Indianen en de joden, gelijk om kinderen al op dertienjarige leeftijd uit te huwelijken. Daarna is het een toevalstreffer. De geest is nog wel willig, maar zit vast in al die patronen, gevangen achter de diepe greppel van wat we zijn gaan kennen – zo niet koesteren – als ons eigen ik.
'Open of dicht?' vroeg ze toen ze vertrok.
Ik maakte een handgebaar.
'Maakt niet uit,' zei ik. 'Ik ben er toch.'

B Puntenverdeling

Als concessie aan de democratie, en om de werkdruk te verlichten, heeft de Commissie in de loop der jaren meer subcommissies in het leven geroepen dan het Huis van Afgevaardigden of het Congres. Alle aspecten van het werk vallen onder het gezag van een of ander comité. Er zijn commissies voor ethische kwesties, personeelsbeleid, computergebruik, pro deo zaken en papier-recycling. Binnen dit systeem heeft de subcommissie personeelswerving duidelijke voor- en nadelen. We hebben wel degelijk gezag. We rekruteren administratieve krachten voor de zomer, en afgestudeerde juristen die in de herfst, na hun examen, bij G&G in dienst komen. Maar het is heel wat werk, dat je niet naast je gewone bezigheden kunt doen. Daarom hadden we lang geleden al afgesproken om zaterdags met elkaar te gaan lunchen als dat nodig was. In deze tijd van het jaar, als het niet zo druk is, kunnen we het beperken tot eens per maand. Nadat we de definitieve namenlijst voor de zomer hadden doorgenomen en de sollicitatiegesprekken voor de volgende herfst hadden vastgesteld, wisselden we de laatste roddels uit, zoals gewoonlijk.

'Zal ik je eens wat zeggen?' vroeg Stephanie. De subcommissie bestaat uit vijf leden: Henry Sommers, Madge Dorf, Blake Whitson, Stephanie Plotzky en ikzelf. 'Ik heb Martin vanochtend nog gezien. "God, wat een toestand," zei hij. Verder niets. Hij zag er belazerd uit, en het was pas negen uur.'

We zaten twee straten van de Needle bij Max Heimer's, een broodjeszaak met tweederangs vreten en derde-wereld hygiëne. Stephanie leunde over de tafel toen ze dit nieuwtje vertelde, met haar ronde gezicht – zwaar opgemaakt, zelfs op zaterdag – vlak bij de pot augurken, waarvan de zijkant vol met vuile spetters zat.

'Het bedrijfsleven krijgt klappen,' zei Henry. 'De jaren tachtig zijn voorbij.' Zelf was hij gespecialiseerd in faillissementen en hij kon het werk niet aan. Madge, die nog volop in de contracten zat, was het daar niet mee eens, en dus begonnen we onderling te bakkeleien, alsof dat enig verschil maakte.

De leden van de Commissie zaten vandaag in een fraaie vergaderzaal van de Club Belvedere, likkend aan hun potloden om de punten toe te kennen. Op donderdag was het Grote Verdeeldag. Mijn collega's reageerden even nerveus als de brave leerlingen op de dag van de rapportvergadering, als de nonnetjes ons naar huis stuurden om de cijfers te bespreken. Ik maakte me nooit zorgen. Ik wist toch wel wat het werd: ruime voldoendes, maar met de aantekening dat ik mijn houding moest verbeteren.

Maar ik wist niet hoe het dit jaar op kantoor met me zou gaan. Ik dacht dat de Commissie had beloofd mijn salaris ongemoeid te laten als ik naar Bert op zoek zou gaan, maar dat hadden ze niet met zoveel woorden gezegd. Mijn vier collega's van de subcommissie waren een stelletje strebers, en het was duidelijk dat Pagnucci al met hen had gesproken – een paar geruststellende woorden, een bemoedigend schouderklopje hier en daar. Ze zouden er alle vier op vooruitgaan. Maar aan hun schuinse blikken merkte ik duidelijk dat ze aanvoelden, zogenaamd discreet, dat er op mijn salaris weer gekort zou worden. O, het was niet de botte bijl. Gewoon een korting van vijf procent, ieder jaar. Na de lunch liep ik eenzaam en somber terug naar het kantoor.

Ik geef het toe, die kortingen waren niet prettig voor mijn ego. Geld is het belangrijkste criterium in dit wereldje. En op dat punt scoorde ik niet hoog. Het viel me altijd op dat er over ons salaris in 'punten' werd gesproken. Zo vertelden de vennoten je ieder jaar hoeveel je in hun ogen waard bent. Inmiddels kan ik wel leven met wat minder geld, maar mijn zelfrespect is een andere zaak.

Ik zat een tijdje in mijn kamer. Achter de dunne wolken scheen de kille winterzon. Het licht speelde over de rivier en wierp kerststerretjes over de groenachtige weerspiegeling van de grote gebouwen langs de oevers. Ik probeerde mijn eigen zorgen opzij te zetten en aan Bert te denken, maar dat lukte niet. Hoeveel, vroeg ik me af. Hoeveel zouden ze me dit jaar weer afnemen? Het gore lef! Ik was op de vlucht voor de politie en zij kortten me op mijn salaris. Ik dacht daar nog een tijdje over na, totdat ik goed kwaad was. En agressief. Bess Malloys zoon, die vond dat hij tekort werd gedaan. Ik nam de lift naar boven, zonder mezelf nog toe te geven waar ik naartoe ging. Even later liep ik tussen de boekenkasten de gang door, keek snel naar links en rechts, en glipte Martins kantoor binnen. Ik veronderstelde dat hij ergens een overzicht van de salarissen had liggen, in dezelfde la waar ik drie jaar eerder had gekeken. Het kon me op dat moment niet schelen of iemand me zou betrappen. Ze konden voor mij doodvallen. Ik had ze wel een paar dingen te zeggen. Achttien jaar, verdomme, en Pagnucci werd over míjn rug betaald!

Martin bewaarde zijn belangrijkste papieren in de kast achter zijn duizendjarige eik. Ik had hem honderd keer die la zien openen. Hij had een klok in de vorm van een hoela-danseres. De kleine gouden sleutel lag in de rubberbuik van het danseresje, naast de batterijen. Ik voelde de gebruikelijke opwinding toen ik in mijn eentje door het kantoor sloop. De grote hoekkamer met zijn bizarre voorwerpen – de schilderijen, de sculpturen en de vreemde meubels – was vrij don-

ker en ik aarzelde of ik het licht zou aandoen. Wat schoot ik hiermee op, vroeg ik me af. Zou ik in de la schijten, als een inbreker die een presentje achterlaat? Zou ik mijn beklag doen? Misschien. Er waren genoeg mensen die zich jammerend in het stof wierpen als Grote Verdeeldag naderde, of die van kantoor naar kantoor slopen, op zoek naar informatie. Het maakte ook niet uit. Ik was gewoon stout. Ik voelde me als een kleine jongen, maar zo had ik me wel vaker gevoeld en dit soort impulsieve acties hadden een louterend effect.
In Martins la is het een grote rotzooi. Dat was nogal een schok toen ik dat de vorige keer ontdekte. Ik had verwacht dat hij heel ordelijk zou zijn. Martin is zo imponerend, zo welbespraakt en zo sterk aanwezig, dat je schrikt als je merkt hoeveel van zijn ware aard hij eigenlijk verbergt. Ik neem aan dat hij zijn papieren zelf opbergt, omdat ze vertrouwelijk zijn, maar zonder de hulp van zijn secretaresse is hij blijkbaar heel chaotisch. De la was voorzien van een rij hangmappen, maar een groot deel van de papieren was slordig op de kale lattenbodem van de la gesmeten. Heel wat van de diepste geheimen van ons kantoor waren hier te vinden. Brieven van een psychiater die zei dat een van onze jonge advocaten zijn keel zou doorsnijden als we hem zouden ontslaan (dat hadden we niet gedaan). Financiële prognoses voor het eind van het jaar, die er niet best uitzagen. En een dossier met schriftelijke beoordelingen van het functioneren van alle vennoten. Ik kwam in de verleiding mijn eigen negatieve rapport te lezen, maar liet die zelfkwelling toch aan me voorbijgaan. Ten slotte vond ik het dossier met het opschrift 'Punten'.
Er zat een fotokopie in van een eerste voorstel voor de verdeling van dit jaar, met de hand geschreven door Carl Pagnucci. Ik keek er maar vluchtig naar, omdat ik in dezelfde map een memo vond. Het was in vieren gevouwen, maar de handgeschreven initialen bovenaan herkende ik meteen. J.A.K.E. John Andrew Kenneth Eiger. Jake was dol op zijn eigen initialen. Ze stonden overal op – op zijn manchetten, zijn bierglazen, zijn golftas. Ik kon zijn handschrift zo goed imiteren dat ik zijn paraaf niet eens meer nodig had als ik uit zijn naam brieven schreef, maar niemand anders op kantoor was daar zo goed in. Daarom wist ik zeker dat dit door hemzelf geschreven was.

VERTROUWELIJK EN GEHEIM

18 november

AAN: Robert Kamin, Gage & Griswell
VAN: John A.K. Eiger, juridisch adviseur TransNational Air
BETREFT: Eerste schadeloosstellingen zaak-397

Ik wil je op de hoogte stellen van een probleem met de schadeloosstellingen voor 397 dat zich heeft voorgedaan toen jij je bezighield met de aanspraken van Grainge. Zoals gewoonlijk maken de advocaten van de eisers ruzie over de proceskosten. Kennelijk heeft Peter Neucriss een firma in Cambridge, Massachusetts, in de arm genomen. Litiplex. Zij hebben gezorgd voor technische adviseurs, getuigen-deskundigen, computerreconstructies van het ongeluk, analyses van het onderzoek door de luchtvaartdienst, en administratieve ondersteuning. Daarvoor heeft Litiplex rekeningen ingediend voor een totaalbedrag van ongeveer 5,6 miljoen dollar. Neucriss zegt dat hij het bedrijf heeft ingehuurd met toestemming van alle advocaten van de eisers, en beweert dat ik zou hebben toegezegd dat Litiplex uit het 397-fonds mocht worden betaald. De andere advocaten ontkennen dat — niet zo verwonderlijk, omdat die betaling aan Litiplex de inkomsten van de andere advocaten met ongeveer een half miljoen dollar zou verminderen. Beide partijen dreigen de zaak aan rechter Bromwich voor te leggen. Ik ben heel bang dat Bromwich om een accountantsonderzoek zal vragen, waarbij ongetwijfeld aan het licht zal komen dat het fonds een overschot vertoont. Dat risico wil ik niet lopen. Dan ga ik liever akkoord met Neucriss' eis en geef ik toestemming om de rekeningen van Litiplex uit het fonds te betalen als onkosten die tegen het overschot kunnen worden weggestreept. Stuur de volgende cheques maar naar mij.

Er was een lijstje bijgevoegd met de notanummers van Litiplex en de bedragen die verschuldigd zouden zijn.
Ik hoefde niet langer te zoeken naar de brief die Bert met een begeleidend memo aan Glyndora had gestuurd. 'Verzoek overeenkomstig de afspraak met Peter Neucriss, brief bijgevoegd...'
Dit moest hem zijn. Ik las hem nog drie of vier keer door, in Martins lege kantoor, met het gevoel of iemand een koude hand om mijn hart had gelegd. Steeds opnieuw stelde ik me dezelfde vraag, als met een wanhopig kinderstemmetje: wat moet ik nu?

XX DE LEDEN VAN DE SOCIËTEIT

De Club Belvedere is de oudste sociëteit van Kindle County, opgericht in de gouden jaren. De echte elite, zakenlieden en heren van stand, komt hier al meer dan een eeuw om te eten en te squashen. Hier vind je niet de gebruikelijke groezelige politici met hun vergankelijke en – nog erger – geleende macht, maar mensen met geld, eigenaren van banken en bedrijven, families waarvan je de namen op oude gebouwen ziet en die over drie generaties nog een vooraanstaande rol zullen spelen, families waarvan de kinderen meestal met elkaar trouwen. Dit zijn de mensen die in het algemeen tevreden zijn met de wereld zoals die is. Bijna alle maatschappelijke vernieuwingen die ik me kan herinneren hebben tot grote consternatie onder de leden geleid. Onvermijdelijk ontstond er verzet tegen de toelating van de eerste katholieken, joden, zwarten, vrouwen en zelfs de incidentele Armeniër. Je zou verwachten dat zo'n sfeer een verstandig mens tegen de borst zou stuiten, maar het cachet van de Club Belvedere lijkt alle scrupules te overwinnen. Toen Martin Gold ruim tien jaar geleden werd toegelaten, sprak hij buiten zijn werk een maand lang over niets anders dan 'de club' – hoe goed het eten was en hoe mooi de kleedkamers waren ingericht.

De club is gehuisvest in een gebouw van acht verdiepingen in pseudohistorische stijl; het beslaat een halve straat in de binnenstad, niet ver van de Needle. Ik liep er haastig naartoe, met Jakes memo in mijn zak, en stormde langs de portier. De inrichting is prachtig. De hele benedenverdieping is betimmerd met Amerikaans notehout, fraai gepolitoerd in een donkere tint die de gloed van de zachte verlichting lijkt vast te houden en me onvermijdelijk deed denken aan de donkergekleurde mannen die deze bomen hebben gekapt en hun afstammelingen in livrei, die het hout zo glanzend hebben gepoetst als schoenen. Aan het eind van de lobby verhief zich een indrukwekkende dubbele trap van wit marmer, versierd met het wapen van de club en gevleugelde cherubijnen, symbolen uit de tijd dat Amerikanen het gevoel hadden dat hun overeind gekrabbelde republiek opnieuw was voorbestemd de grootheid van het oude Griekenland te evenaren.

Ik had nog niet eens de tijd gehad om mijn jas op te hangen toen Wash al voor me opdook. Verdomme, dat zou je altijd zien. Tot mijn verbazing had hij een houten golfclub in zijn hand, die hij als een dode gans bij de nek vasthield, vlak onder de glimmende kop van dadelpalmhout. Ik had geen idee wat hij van plan was. Buiten was het ijzig koud, en de grond was stijfbevroren. Hij was net zo verbaasd om mij te zien en keek me aan met die vaag afkeurende blik van een clublid tegenover een buitenstaander. Hij droeg een prachtig sportjasje met zwarte en herfstgouden ruiten, en glimmende instappers met kwastjes. Onder de open kraag van zijn button-down shirt, half verborgen alsof zelfs Wash besefte dat dit een belachelijke affectatie was, kwam een sjaaltje tevoorschijn, met een paisley-motief. Ik wist zo gauw niet wat ik moest zeggen toen hij me begroette, maar ik werd gered door mijn instinct.

'Vergadering voorbij?' vroeg ik. Wash is veel te laf om de besluiten van de Commissie over de puntenverdeling met iemand te bespreken, zeker niet met mij. Die taak viel ieder jaar aan Martin toe, die na de formaliteiten van Grote Verdeeldag trouw een bezoekje aan mijn kantoor bracht, me hartelijk op de schouder sloeg en de indruk wekte dat hij tenminste nog van mijn kwaliteiten overtuigd was. Wash kreeg meteen een bezwerende uitdrukking op zijn gezicht. Van dichtbij kun je zien dat zijn vriendelijke maniertjes zijn aangeleerd. Onder druk heeft hij weinig persoonlijkheid. Hij imiteert de positieve, innemende gebaren van anderen, om vooral geen aanstoot te geven.

'Niet helemaal,' antwoordde hij. 'Martin en Carl wilden een pauze om wat telefoontjes af te handelen. Om vier uur gaan we weer verder. Ik maak gebruik van de gelegenheid om me even te ontspannen.' Wash tilde de golfclub op. Ik wilde hem niet langer ophouden, anders had ik wel gezegd dat ik blij was dat ik eindelijk begreep wat hij met die golfclub deed. Wash ontsnapte opgelucht aan mijn gezelschap en liep naar de vergulde deuren van de liften.

Ik bleef in de lobby. Ik hing mijn jas op en ging op een rechte stoel zitten, in een kleine betimmerde nis bij de garderobe en de telefoons. Ik wist nog steeds niet wat ik hier deed. Ik was hierheen gerend om Martin te confronteren, maar nu bewoog ik me alsof ik drie keer zo zwaar was, en gingen mijn gedachten al even traag. Wat zou ik daarmee opschieten? Eerst goed nadenken, hield ik mezelf voor. Ik legde mijn hand op mijn knie, die tot mijn grote verbazing begon te trillen.

Een paar jaar geleden was Martins vriend Buck Buchan, de directeur van First Kindle, in problemen geraakt door het S&L fiasco. Buck pleegde een paar telefoontjes, waarna Martin werd ingehuurd als speciale juridische adviseur van de raad van bestuur. Buck en Martin kenden elkaar nog uit hun onbezonnen dagen, de tijd van Korea en de universiteit, toen ze allebei in de broekjes van dezelfde studentes probeerden te komen. Er is nog ergens een foto van hen allebei met witte sokken en vlinderdasjes. Ik was bij Martin op de ochtend dat hij Buck moest gaan vertellen dat hij zijn baan kwijt was. Het was het einde voor Buck – het einde van een glanzende carrière, van het dagelijks balanceren op het slappe koord, met de ogen van de buitenwereld op zich gericht, genietend van de erotische uitstraling van de macht. Dat was nu allemaal voorbij. Buck zou zijn wonden moeten likken in het etterende duister van schaamte en schandalen. Buck had een fatale fout gemaakt en Martin zou hem dat vertellen, recht in zijn gezicht, van man tot man, en daarbij zou hij Buck herinneren aan wat hij ongetwijfeld altijd al had geweten. Ondanks hun intellectuele band en lotsverbondenheid kon niemand van Martin Gold verwachten dat hij zich zou verlagen, dat hij de nobele tradities van zijn professie zou verloochenen om zijn vriend te redden. Martin vertrok naar de bespreking met een ernstig gezicht, droevig en betrokken. Iedereen op kantoor had bewondering voor zijn moed, evenals de raad van bestuur van First Kindle, die Martin daarna steeds vaker als adviseur inhuurde. Maar wat blijft er over van die mooie principes als jij en je kantoor er zelf de dupe van worden? Het antwoord – het memo dat Martin had weggeborgen – zat in het borstzakje van mijn overhemd.

Ik had natuurlijk beter moeten weten dan achter Wash aan te gaan. Hij is een zwakke figuur, aan wie je in een crisis nooit iets hebt. Maar toen puntje bij paaltje kwam, durfde ik Martin nog niet ter verantwoording te roepen. Ik had tot mijn zevenentwintigste bij mijn vader in huis gewoond en hem nooit gezegd dat ik wist dat hij een dief was. En ik had ook geen zin in Pagnucci's kille berekeningen. Ik moest er eerst nog eens over nadenken, totdat ik wat steviger in mijn schoenen stond. Daarom liep ik naar een medewerker, zo'n type dat je in dit soort gelegenheden verwacht: een vent met een marineblauwe blazer en witte handschoenen, vermoedelijk een ex-militair, en vroeg hem of hij enig idee had waar meneer Thale naartoe was met een golfclub. Hij verwees me naar het tweede souterrain, een grote, weergalmende ruimte die waarschijnlijk ooit als sportzaal had dienstgedaan voordat er onder een koepel op het dak een nieuwe trimbaan was aangelegd. Nu lag er kunstgras over het beton en stond een groepje mensen tegen golfballetjes te meppen. De meesten droegen een sweatshirt. Hier beneden was het niet echt warm, een graadje of achttien. Het groene kunstgras rondom de tee strekte zich zo'n zes meter uit, tot aan een netgordijn dat in plooien vanaf het plafond hing. Daarachter was een donkere ruimte, zwarter dan de onderwereld. Blijkbaar liepen er kabels, want aan de betonnen balken boven het hoofd van iedere golfer hing iets wat op een groen elektrisch scorebord leek. De man die het dichtst bij me stond sloeg een bal. Ik keek naar het bord, waarop een rij witte puntjes oplichtte die – zoals ik na een tijdje begreep – de geprojecteerde baan van de slag aangaf. Toen het laatste puntje was opgelicht, gaf het bord in digitale cijfers de veronderstelde afstand aan.

Ten slotte ontdekte ik Wash, verderop in de rij, druk in de weer. Hij had een emmer ballen naast zich staan en zijn dure jasje ernaast gelegd. Hij sloeg nogal onhandig. Waarschijnlijk speelde hij al zijn hele leven, zonder dat hij de techniek ooit goed onder de knie had gekregen.

Toen hij me zag aankomen, verstrakte zijn gezicht. Hij dacht natuurlijk dat ik met hem over mijn punten wilde praten en hij stond al klaar om me – op zijn gebruikelijke minzame toon tegenover ondergeschikten – te zeggen dat ik mijn plaats moest weten. Om hem op het verkeerde been te zetten haalde ik het memo uit mijn borstzakje en wachtte tot hij het had opengevouwen. Hij bleef op het kunstgras staan en las het snel door. Van nature had hij al de uitpuilende ogen van een schildklierlijder, met kleine kloppende adertjes. Om ons heen hoorden we het regelmatige, ritmische getik van de ballen. Toen Wash het memo had gelezen, keek hij me vol onbegrip aan.

'Het is Jake,' zei ik.

Hij deinsde even terug en keek over zijn schouder naar de andere golfers. Toen duwde hij me in de richting van de stalen deur waardoor ik was binnengekomen en waar het licht werd opgezogen door de ondergrondse duisternis die je tegemoet zweefde met de spookachtige onderaardse geluiden van het gebouw.

'Dat zijn gissingen,' zei Wash. 'Waar heb je dit vandaan?'

Ik vertelde het hem. Ik wist niet hoe ik dat moest rechtvaardigen, en dat probeerde ik ook niet. Maar zelfs Wash wist dat ik soms mijn eigen normen aanlegde. En aan het resultaat te oordelen had ik een goede reden gehad voor mijn speurtocht.

'Dat memo is verzonnen, Wash. Litiplex bestaat niet, dat weet je toch? Bij TN is geen documentatie te vinden. Jake heeft dit zelf bedacht. Misschien is Bert er ook bij betrokken. Er zijn nog miljoenen vragen. Maar Jake zit erachter, dat staat vast.'

Wash fronste en keek nog eens over zijn schouder. Ondanks zijn verwijtende blikken was hij te keurig opgevoed om me te vragen wat zachter te praten.
'Ik blijf erbij dat het gissingen zijn.'
'O ja? Heb jij hier dan een andere verklaring voor?'
Mijn uitdagende toon bracht hem van zijn stuk. Ik wilde een uitspraak van hem horen. Maar opeens zag ik zijn bleke, weke gezicht verharden. Hij had een idee.
'Misschien is het Neucriss,' zei Wash. 'Neucriss die een spelletje speelt. Misschien heeft hij dit allemaal bedacht.'
God wist dat Peter overal toe in staat was. Maar toen ik nog op Martins kantoor zat, had ik al begrepen waarom hij contact had opgenomen met Peter. Martin had het memo in handen gekregen en willen weten wat er aan de hand was. Was die brief authentiek of een verzinsel? Hij had gehoopt dat Neucriss hem had kunnen helpen. Maar het was niet Neucriss geweest die ons had belazerd, maar Jake.
'Ja hoor,' zei ik tegen Wash. 'Natuurlijk. We laten Jake bij Martin op kantoor komen en zeggen hem dat Litiplex helemaal niet bestaat. Wat denk je dat Jake zal zeggen? "O, mijn god, Neucriss zei van wel"? Vergeet het maar. Hij zal geschokt reageren: "Die vervloekte Bert! Hoe durft hij! Maar als je hem vindt, laten we de zaak dan maar begraven." Er is maar één verklaring mogelijk. Jake heeft dat verdomde memo aan Bert geschreven. Bert heeft hem het geld gegeven, dus Jake heeft het nu. Hij probeert zich in te dekken, Wash. En Martin helpt hem daarbij.'
'Doe niet zo absurd,' zei hij meteen. Hij dacht na over de suggestie dat Martin corrupt zou kunnen zijn. Hij bewoog zijn mond, alsof hij de smerige smaak kon proeven.
'Absurd? Denk eens goed na, Wash. Wie zei dat hij die bank in Pico had gebeld? Wie heeft ons verteld dat de directeur – Pietje Puk of hoe hij ook mag heten – liet doorschemeren dat Bert de rekeninghouder was? Van wie heb je al die onzin gehoord?'
Wash is veel kleiner dan ik. Vreemd genoeg leek het of mijn lengte me op dat moment, zoals wel vaker, in een voordelige positie plaatste, alsof ik boven ieder protest stond.
'Denk eens aan Martins gedrag, een paar dagen geleden,' zei ik. 'Toen hij Jake naar zijn kantoor sleepte en hem het hele verhaal vertelde, terwijl Carl en jij hadden besloten om het stil te houden. Hoe kwam dat op jou over?' vroeg ik.
'Ik schrok ervan,' zei Wash. 'Dat heb ik Martin ook gezegd. Maar dat is geen bewijs van een duister komplot. Hij vond gewoon dat hij de waarheid moest vertellen.'

'Toe nou, Wash. Je weet heus wel waarom Martin hem erbij heeft gehaald. Hij wilde het Jake laten mèrken. Hij wilde Jake duidelijk maken dat hij hem doorzag maar zijn mond dichthield.'
Het bleef even stil. Wash dacht daarover na. Hij was niet zo snel.
'Je stelt het verkeerd voor. Ik weet zeker dat Martin op de een of andere manier die brief in handen heeft gekregen en besefte dat het verstandiger was om het voorlopig stil te houden. Maar jij maakt er een duistere samenzwering van.'
'Dat is het ook, Wash.'
Hij fronste, draaide zich schielijk om en keek nog eens in de richting van de andere golfers. Eindelijk had ik hem beledigd met mijn bruuskheid en mijn slechte manieren.
'Luister, man,' zei hij. Dat 'man' was heel hautain bedoeld. 'Hij heeft gewoon een logische keus gedaan. Je moet iemand niet zo gauw veroordelen of verwerpen. Denk eerst eens na. Dit kantoor kan niet verder zonder Jake. Niet op de korte termijn. Vertel me eens, Mack. Je bent toch zo'n slimme jongen? Als je nu iets stoms doet met je dolle kop, wat zijn dan je verdere plannen?' Zijn oude, lichte ogen, weggezonken in al dat gebruikte vlees, keken me voor de verandering eens recht aan. De plannen waarnaar hij vroeg sloegen niet op dit onderzoek. Hij wilde weten hoe ik aan de kost dacht te komen zonder Jake. Ik moest er even over nadenken, dat geef ik toe. Niemand zou me dankbaar zijn als ik Jake het mes in zijn hart stak. Dat wist ik ook wel. Om die reden had ik jarenlang als een hondje achter hem aan gelopen. En eigenlijk was er niets veranderd. Alleen werd de prijs me nu te hoog, in termen van mijn eigen zelfrespect.
'Dus dat is het? Ik moet braaf zijn? Dat is Martins oplossing. Laat Jake maar rustig stelen, zolang hij ons werk bezorgt. "Hé, Jake, je weet dat ik het weet. Ik wil dus niets meer horen over een kantoor in Columbus. Stuur het werk en de centen maar naar ons." Alsjeblieft, Wash, hier word ik misselijk van.'
Er klonk een luid gedonder boven ons hoofd en we maakten allebei een sprong van schrik. Een van de golfers had een bal tegen de verwarmingsbuizen aan het plafond geslagen. Ze waren met schuimrubber geïsoleerd, maar het maakte toch een hels lawaai. De schrik inspireerde Wash kennelijk tot een poging tot openhartigheid:
'Luister, Mack, ik kan Golds gedachten niet lezen. Blijkbaar wil hij zijn plannen – wat ze ook zijn – voor zichzelf houden. Maar je kent de man al jaren. Verdomme, je wilt me toch niet zeggen dat Martin Gold niet te vertrouwen is?' Daar stonden we, Wash en ik, in dit souterrain, snauwend op fluistertoon, naar elkaar toe gebogen als gelieven, allebei geschrokken van die vraag.

Wash deed wat hij altijd doet – wat hij ook een paar dagen geleden had gedaan, toen de Commissie Jakes voorstel besprak om de zaak stil te houden als Bert niet terugkwam. Wash nam een houding aan, hij leverde schaduwgevechten, hij koos de gemakkelijkste weg. Hij wist precies wat er aan de hand was. Niet tot in alle details, maar dat wist ik ook niet. Ik kon nog steeds niet bedenken hoe Bert in de situatie paste en hoe Martin hem de schuld had kunnen geven in het volste vertrouwen dat hij niet meer zou opduiken. Maar Wash begreep wel degelijk waar het om ging: een smerig, verdorven zaakje. Dat wist hij intuïtief, omdat het precies was wat Wash zonder aarzelen ook zou hebben gedaan: Jake het geld laten houden, om de firma te redden. Maar die trieste waarheid probeerde hij te omzeilen door te beweren dat Martin misschien andere, betere motieven had gehad.
'Je bent niet goed snik, Wash,' zei ik opeens. En ondanks alles, de hoog oplaaiende emoties en de sombere sfeer van het souterrain, voelde ik me heel voldaan toen ik me omdraaide en wegliep. Een zuiver primitief plezier. Dit had ik al jaren willen zeggen.
Ik had Wash het memo uit zijn handen gegrist zonder dat hij protesteerde. Ik vouwde het weer in vieren en propte het in mijn zak toen ik de grijze stalen trap beklom. Het was me nu allemaal duidelijk. Tegen de tijd dat ik weer op de begane grond kwam, in de luxe ontvangsthal, tussen de betimmerde muren en de kristallen wandlampen, voelde ik me gemotiveerd – sterk, agressief en volledig mezelf. Niet langer een teleurgesteld jongetje, maar een man onder de mannen. Toen ik door de draaideuren de winterkou tegemoet liep, begon zich al een plan te vormen.

Zondag 29 januari

XXI HET ONDERZOEK KRIJGT EEN
INTERNATIONAAL TINTJE

A De vliegreis

De eersteklas lounge van TN, waar ik zondagochtend op Lena zat te wachten, vormde een oase in een verwarrende wereld. Het was een prachtige omgeving. De interieurontwerper had een ultra-modern, smaakvol effect bereikt dat ik ook in mijn eigen kantoor had willen verwezenlijken als ik er ooit aan toe gekomen was: veel ronde houten oppervlakken, grote ramen, gestroomlijnde leren stoelen en granieten tafeltjes met van die speciale credit card telefoons, voorzien van aansluitingen voor een modem en een draagbare fax. De charmante dames bij de ingang controleerden de toegangspasjes van de reizigers, die allemaal zo'n houding hadden van: 'Hé, kijk mij eens. Ik zit op rozen. Ik heb het gemaakt.' Japanners die een reis van dertig uur achter de rug hadden, zaten te dommelen in de mooie stoelen. Onberispelijk geklede zakenlui werkten op hun laptop-computers. Rijke echtparen, van wie de ene helft meestal wat zenuwachtig keek bij het vooruitzicht van een vliegreis, praatten nog wat met elkaar. Een ober in een wit jasje liep met een dienblad rond om te zien of iemand iets wilde drinken, en uit de bar klonk de stem van een tv-nieuwslezer.

Hier komen de leden van de Vliegende Klasse bijeen, een groep die steeds groter wordt – mensen die hun werkdagen doorbrengen in de lucht, met een stoel aan het gangpad van een DC-10 als hun kantoor, wereldreizigers die zoveel bonuskilometers maken dat ze gratis naar Jupiter zouden kunnen vliegen. Dit zijn de weeskinderen van het kapitaal, die de invloed van hun bedrijf steeds verder proberen uit te breiden in naam van de economische schaalvergroting, de mannen en vrouwen die hun leven hebben geofferd aan de multinationals, zoals de Indianen dat ooit deden aan hun Manifest Destiny. Ik had een oom Michael die handelsreiziger was, een treurig type met een lelijk bruin valies, zo'n glimmende, hoekige tas die aan zijn hand leek vastgegoten. Iedereen beklaagde hem om zijn zwerversbestaan. Tegenwoordig is het een statussymbool om vier nachten per week van huis te zijn. Maar is er op Gods groene planeet iets triesters te bedenken dan een lege hotelkamer om tien uur 's avonds en de gedachte dat je werk, je privileges en de economische realiteit niet alleen je dagen opeisen maar je ook veroordelen tot deze akelige, eenzame momenten waarin je totaal bent afgesneden van de mensen en de vertrouwde, dierbare dingetjes die de ware inhoud van het leven vormen?

Moet je míj horen! Het enige dat ik miste was mijn leunstoel, de televisie en mijn weinig verheffende contacten met Lyle. In plaats daarvan zou ik nu kunnen genieten van Lena's jeugdige gezelschap. Mijn koffertje en mijn weekendtas stonden tussen mijn benen. Ik had niet veel bij me – ondergoed, een net pak, een zwembroek en nog een paar andere onmisbare zaken: mijn paspoort, mijn dictafoon, wat TN-briefpapier van kantoor, een oude brief ondertekend door Jake Eiger, drie exemplaren van het jaarverslag van TN, plus het memo dat ik in Martins la had gevonden en dat ik geen moment uit het oog verloor. Net als Kam had ik ook 2500 dollar voorschot genomen op mijn nieuwe credit card, die op vrijdag per koerier op kantoor was bezorgd. Het grootste deel van de nacht was ik bezig geweest met plannen maken, maar nu sloot ik mijn ogen en stelde me het klimaat van Pico Luan voor – een zachte bries die de geur van zee en zonnebrandolie met zich meevoerde als hij door de palmen streek.

'Joe-hoe.' Het was een prettig vertrouwde stem, maar toch schrok ik even toen ik mijn ogen opende.

'Brushy Bruccia, of ik mag doodvallen.'

'Zo is het,' zei ze, jolig en jeugdig. Ze leek blij en zelfvoldaan. Ze had een tas over haar schouder geslingerd en haar jas over haar arm gevouwen. Ze droeg een spijkerbroek.

'Waar ga jij heen?' vroeg ik.

'Met jou mee.'

'Meen je dat nou? Wat is er met Lena?'

'Een spoedopdracht. Die zit tot vanavond laat in de bibliotheek.'

Ik begreep het. Ik hoefde niet te vragen van wie die opdracht afkomstig was.

'Dat meisje ziet er veel te hongerig uit.'

'Ze ziet er fantastisch uit, zul je bedoelen,' gaf ik terug.

Brushy kneep me stevig in mijn arm, maar ik voelde me een beetje gegeneerd tegenover al die mannen in de lounge. Daarom nam ik haar mee naar de leren stoelen. Het bleef even stil.

'Je hoort dit leuk te vinden,' zei ze ten slotte.
'Natuurlijk.' Ik voelde me in het nauw gebracht. Mijn plannen voor Pico Luan waren gebaseerd op een geloofwaardiger reisgezel dan Brushy Bruccia.
'Goed, dan beginnen we overnieuw.'
Ze liep weg en kwam weer terug langs de andere kant van een mooie rozehouten scheidingswand waarop de aankomst- en vertrektijden stonden aangegeven.
'Mack! Hallo! Raad eens waar ik naartoe ga.'
'Met mij mee, hoop ik.'
'In één keer goed.'
Ik zei dat ze geschift was.
'Tussen haakjes,' zei ze, 'wat gaan we daar eigenlijk doen?'
'Niks "tussen haakjes",' zei ik, 'en niks "wij". Ben je onze afspraak soms vergeten? Jij vraagt niets en ik vertel je niets. Je hoort niet bij het team.'
Een juffrouw met een radiostem riep onze vlucht om. Brushy liet zich door mijn afwijzing niet uit het veld slaan. Ze hield haar hoofd schuin en knipperde met haar wimpers.
'O jee,' zei ze, 'wat ga je nu met me doen?'

B Welkom thuis

Het hoogseizoen was niet mijn favoriete tijd in Pico Luan. De laatste keer, jaren geleden, was ik er in de zomer geweest, toen de hoofdstad Ciudad Luan op een spookstad leek. Maar in dit seizoen dromden de thuisreizigers – volwassenen en kinderen in felgekleurde kleren – op het vliegveld samen als een kudde dagjesmensen. Verbaasd staarde ik naar die zee van zongebruinde gezichten toen we de trap van het TN-toestel afdaalden, prettig verrast door de warmte die ons tegemoet sloeg. Zelfs in het lange licht was de tropische zon zo overheersend en vitaal dat de winter meteen een sombere herinnering werd.
'God,' zei Brushy, wapperend met haar handen in de zachte lucht.
Er stond een huurauto te wachten. Zoals gewoonlijk had TN een uitstekende accommodatie geregeld aan Regent's Beach, een stuk strand van vijftien kilometer lang, met wit en schoon zand dat de teennagels van de Maya Bergen schuurt. De groene uitlopers van het gebergte verheffen zich indrukwekkend langs de kust. In dit jaargetijde, als de hele jet-set hier is neergestreken, zijn de smalle wegen tjokvol, daarom verliet ik het vliegveld via de achterkant. Brushy draaide de raampjes open, zette haar hoed af en liet de wind door

haar korte donkere haren spelen. Snel reden we langs de kleine hutjes met hun golfplaatdaken, de handgeschilderde borden van de schaarse winkels, en de kraampjes met het plaatselijke voedsel. Grote planten met bladeren als olifantsoren groeiden in bosjes langs de weg. De onvermijdelijke Luanders wandelden onaantastbaar over de smalle wegen, stapten even opzij om ons te laten passeren en slenterden dan weer verder over de middenstreep, de meesten op blote voeten.

De Luanders zijn een prettig volk. Ze weten dat ze het goed voor elkaar hebben: dat ze de blanke man via zijn eigen hebzucht hebben onderworpen. Ze zijn al bankiers sinds de tijd dat de piraten van de Baratariabaai hun goud in de grotten boven Ciudad Luan (C. Luan voor de inwoners) verborgen, en nog altijd zijn ze niet erg kieskeurig waar het hun klanten betreft. Bankdirecteuren, internationale narcotica-baronnen en belastingontduikers uit talloze landen onderhouden hartelijke contacten in dit tolerante klimaat. Ze delen het kleine landje met een meertalige bevolking, die het genetische materiaal vertegenwoordigt van Amerikaanse Indianen, Afrikaanse slaven en allerlei Europese avonturiers: Portugezen, Engelsen, Hollanders, Spanjaarden en Fransen. Pico heeft alles overleefd – despoten, Indiaanse veroveraars en twee eeuwen van Spaans gezag, waaraan een eind kwam in 1821, toen Luan liever als Brits protectoraat verderging dan zich te laten opslokken door het aangrenzende Guatemala. In 1961, toen Pico onafhankelijk werd, voerde het parlement hetzelfde strikte bankgeheim in als in Zwitserland en sommige van de Benedenwindse eilanden.

Door de snelle groei van de offshore-economie en de grote rijkdommen van de moderne piraten in de naburige Latijnsamerikaanse landen, die niet langer in zilverstukken maar in wit poeder handelden, had Pico de afgelopen dertig jaar een enorme ontwikkeling doorgemaakt. Het geld dat daar op rekeningen staat wordt niet belast, en zal dus niet zo gauw naar elders verdwijnen. Er is een vliegveldbelasting van 100 dollar, een heffing van tien dollar op alle telefonische overboekingen, en nog eens 10 procent BTW op alles wat wordt verhandeld. Een rondje hamburgers voor de hele familie in een restaurant in C. Luan kost al gauw honderd dollar, maar de grote financiële privacy en het ontbreken van inkomstenbelasting zorgen voor een gestage handel en voldoende banen. De Luanders blijven afstandelijk, vriendelijk en zelfs – met hun Britse traditie – heel correct, maar ze willen nooit méér. Heel anders dan die onbeschaafde, haastige blanken, die door de Luanders goedmoedig als een stel idioten worden beschouwd.

Ons hotel, aan het eind van het strand, vijf of zes kilometer buiten C.

Luan, was uitstekend. We hadden twee aangrenzende kleine *cabana's* met rieten daken. Het waren complete appartementen met een eigen keuken, een bar en een slaapkamer met uitzicht over het water. Brushy moest haar secretaresse nog bellen om haar afspraken voor de volgende dag om te zetten. Ik stapte naar buiten op het kleine terras van mijn *cabana* en hoorde op de achtergrond haar irritatie over de moeizame telefoonverbinding met Amerika.

De zon ging onder als een grote rozerode bal, brandend aan de heldere hemel. De reis was heel gezellig geweest. In het vliegtuig hadden we kruiswoordpuzzels gedaan, hand in hand gezeten, over onze collega's geroddeld en het nieuws uit de *Times* van zondag besproken. Op het strand hoorde ik moeders, vermoeid aan het eind van de dag, met toenemende ergernis hun kinderen roepen. Pico Luan, dat in het begin alleen een toevluchtsoord was voor snelle zakenjongens met hun dure zonnebrillen en onafscheidelijke koffertjes – en voor een handjevol archeologen dat onderzoek deed naar de enorme heiligdommen die de Maya's in de bergen hadden gebouwd, hoog boven de zee – begint zich na een jarenlange campagne door TransNational tot een echte familiebestemming te ontwikkelen. Met het vliegtuig is het één uur verder dan de eilanden, maar het is er minder druk en er valt meer te zien. Ik zag kinderen in zee tussen de benen van hun ouders spartelen. De kleintjes flirtten met de golven en renden dan gillend het strand weer op. Een jochie speelde met kokosnoten, nog in hun gladde bruine schil, zodat het leek of hij een berg schedels opstapelde. Er waren nog wat zeilboten op zee, maar het water begon zijn kleur te verliezen. In de felle zon was het glinsterend blauw, misschien als gevolg van het koperresidu op de koraalbodem, een tint die alleen in advertenties voor kleurenfilms leek te bestaan.

'Alles geregeld.' Brushy was klaar met telefoneren en had een soort zonnejurk aangetrokken. We liepen naar het hotel en aten op de veranda, terwijl roze vingers bezit namen van de hemel en het water langs het strand likte. Met mijn toestemming dronk ze een paar borrels. Zelf hield ik het op ijsthee. Ze maakte een gelukkige en ontspannen indruk. Halverwege het eten begon een plaatselijke band te spelen in de bar, een eindje verderop. De klanken van muziek en vrolijkheid zweefden door de open glazen deuren naar buiten. Pakkende thema's en een aansprekend ritme, in die typisch Middenamerikaanse stijl, met verschillende blaasinstrumenten en lieflijke melodieën als een echo uit de bergen.

'Wat een plek.' Brushy keek verlangend naar de zee.
'Ik vind het wel leuk dat je bent meegegaan,' zei ik.
'Iemand moest toch iets doen,' vond ze.

Ik gedroeg me weer lomp, zoals altijd, en deed alsof ik niet begreep wat ze bedoelde.
'Ik heb heel lang over dat gesprek nagedacht,' zei ze. 'Gisteren, in jouw kantoor. Mensen hebben het recht te veranderen, vind ik.'
Toen ze me aankeek, had ze weer die blik in haar ogen, stoer en uitdagend.
'Natuurlijk.'
'En je had gelijk wat mij betreft. Maar ik hoef me niet te verontschuldigen. Het is heel natuurlijk. Hoe ouder je wordt, des te meer je gaat nadenken over...' Ze aarzelde.
'Wat?'
'Over duurzame zaken.'
Ik trok een gezicht. Ze zag het.
Ze bracht een hand naar haar ogen.
'Waar ben ik mee bezig?' vroeg ze. Zelfs bij het flakkerende licht van de kaars op het tafeltje zag ik dat ze opeens begon te blozen, misschien door de drank of door de hitte en de emoties. 'God, wat zie ik eigenlijk in jou?'
'Ik ben eerlijk,' zei ik.
'Nee, dat ben je niet. Je boort jezelf de grond in,' zei ze. 'Dat is iets anders.'
Ik gaf het toe. 'Je verdient wat beters,' zei ik.
'Je meent het.'
'Ja, echt,' zei ik met zoveel mogelijk overtuiging. En dat viel me niet gemakkelijk, ik zweer het je. Maar ik had een van die heldere momenten waarop ik precies wist hoe het zou gaan. Brushy zou mij blijven verwijten dat ik tekort schoot en zichzelf dat ze haar eisen niet wat hoger had gesteld.
'Vertel me nu niet wat goed voor me is, oké? Daar heb ik de pest aan, net alsof je Lazarus bent die uit zijn hol is gekropen om een weekje de rubriek van Lieve Lita te schrijven.'
'Jezus Christus,' zei ik. 'Lieve Lita?'
'Je probeert mensen tegen je in het harnas te jagen, Mack,' zei ze tegen me. 'Je lokt ze naar je toe en dan stoot je ze weer af. Als dat die hartverwarmende Ierse melancholie moet voorstellen, vind ik er weinig aan. Het is ziek,' zei ze. 'Het is geschift.' Ze smeet haar servet op haar bord en staarde naar de zee om weer tot zichzelf te komen.
Na een tijdje vroeg ze of het te laat was om nog te gaan zwemmen.
'Het is eb. De eerste vierhonderd meter is het heel ondiep. En het water is hier het hele jaar 28 graden.' Ik forceerde een glimlach.
Ze mompelde wat en vroeg of ik een zwembroek had meegebracht.
Ze stak haar hand uit toen ze opstond.

Door het hoge gras en het ruige onkruid was een pad naar het strand uitgehakt, verlicht door kleine lampen aan palen bij het eind van iedere trap. Op zondagavond was het rustig, zelfs in Pico. Er waren wel wat mensen op het strand, maar veel dichter naar C. Luan toe, waar de grote hotels stonden. Hier waren voornamelijk appartementen. Het was er zomers en stil, afgezien van de band in de hotelbar die zo nu en dan een nummer speelde, een paar honderd meter achter ons. We zwommen wat, kusten wat en bleven een tijdje zitten terwijl het water om ons heen spoelde. Twee mensen van middelbare leeftijd die zich gedroegen alsof ze achttien waren. Steeds als ik erover nadacht, kreunde ik inwendig.

'Kom, dan gaan we nog eens zwemmen,' zei Brushy. Ze plonsde naar een dieper gedeelte. Dicht onder de kust voelde je harde schelpen onder je voeten, maar vijftig meter van het strand stond je op het zachte zand. Ze vlijde zich tegen me aan. De maan was al een tijdje op, maar hij werd steeds feller en verspreidde een blauwe neongloed die als een schort over de schaarse afgemeerde boten viel.

'Er zwemmen vissen in dit water,' zei ik. 'Schitterende soorten. Papegaaivissen, sergeant-majoors met gele strepen, en hele scholen blauwe juffertjes met fellere kleuren dan je in je wildste dromen ooit hebt gezien.' De gedachte aan al die onzichtbare schoonheid beneden me vond ik heel ontroerend.

Ze gaf me een kus, legde haar gezicht tegen mijn borst en bewoog zich op het ritme van de band, die weer begon te spelen. De lichte deining golfde om ons heen.

'Wil je dansen?' vroeg ze. 'Ik geloof dat ze ons liedje spelen.'
'O ja, wat dan?'
'De hokey-pokey.'
'Meen je dat?'
'Natuurlijk,' zei ze. 'Hoor je dat dan niet?'
Ze hield het bovenstuk van haar bikini aan, maar trok haar broekje uit, en daarna het mijne. Ze hield ze in haar ene hand, terwijl ze met de andere mijn hoorn des overvloeds pakte.
'Hielp die zalf?' vroeg ze.
'Een wondermiddel,' zei ik.
'Hoe gaat de hokey-pokey ook alweer?' vroeg ze. 'Ik ben het vergeten.'
'Eerst je rechtervoet vooruit.'
'Goed.'
'Dan je rechtervoet weer terug.'
'Oké.'
'Dan je rechtervoet vooruit en *shake it all about*.'

'Geweldig. En dan?' vroeg ze, terwijl ze me innig kuste. 'Na die voet?' Ze zette zich af tegen mijn schouders, en met de beheerste gratie van een turnster spreidde ze haar benen in het donkere water. Langzaam liet ze zich op me zakken. Op de een of andere manier moest ik denken aan een bloem.
'Dit lukt vast niet.'
'O jawel,' zei Brushy, heel zelfverzekerd als het om seksuele zaken ging.
En zo deden we de hokey-pokey, Brushy Bruccia en ik, in het tropische water tussen de prachtige vissen, terwijl het zilver van de maan als een aureool om ons heen viel. *In and out, and shaking it all about.*
Man, dat viel niet tegen!

BAND 5

Gedicteerd op 1 februari, 01.00 uur 's nachts

Maandag 30 januari

XXII BANKGEHEIM

A Alleen op pad

Met een vrouw naast me had ik eigenlijk goed moeten slapen, maar ik was ver van huis, dicht bij het hart der duisternis, en ik kon de poort naar mijn woelige dromen niet passeren. Er sloeg een soort hoogspanning door me heen, als een elektrisch rooster waar de vonken van afsprongen. In het donker ging ik op de rand van het bed zitten, met een verwrongen gezicht, en smeekte mezelf niet toe te geven aan mijn opwelling om naar de bar te lopen, waar de band nog steeds speelde, om voor vijf dollar een glas whisky te bestellen. Het is geen illusie dat drank je moedig maakt. Het is waar, omdat je zoveel minder pijn voelt als je gedronken hebt. Ik heb een hele lijst van serieuze verwondingen die ik heb opgelopen toen ik dronken was – tweedegraads verbrandingen door sigarettepeuken en kokende vloeistoffen; verstuikte enkels, ontwrichte knieën; en een reeks keiharde beledigingen uit de mond van een woedende echtgenote, toegebracht met de kracht van een kanonskogel. Ik heb ze allemaal doorstaan met de hulp van wat mercurochroom en soms een bezoekje aan de eerste hulp. Ik had dus alle recht naar een borrel te verlangen.
Ik stond op. Bij wijze van troost, als een kind dat zich vastklampt aan een dekentje of een teddybeer, liep ik over de veranda naar mijn eigen *cabana* en pakte mijn dictafoon. Het kostte me een uur om mijn verhaal aan mezelf te vertellen. Ik praatte zo zacht mogelijk, maar toch leek mijn stem door de zachte avondbries te worden meegevoerd en was ik bang dat Brushy me zou horen.
Ik dacht aan mijn vader – mijn vader en mijn moeder, eigenlijk. Ik vroeg me af hoe zij het had gevonden dat hij een dief was. Veel van de kleine schatten die hij in zijn zakken meenam bood hij eerst aan haar aan. Misschien doe ik haar nagedachtenis te veel eer aan als ik

zeg dat ze nooit erg op haar gemak leek. 'We hebben die spullen niet nodig, Tim.' Het leek een poging om hem tot een beter leven aan te sporen. Eén keer speldde ze een broche op die hij erg mooi vond: een grote robijnkleurige steen in een vatting van antiek filigreinwerk, maar meestal wilde ze er niets van hebben, wat natuurlijk aanleiding gaf tot flinke ruzies als hij gedronken had.

Ik heb er een keer met mijn moeder over gesproken. Ik was toen zestien en had overal een mening over.

'Hij is niet erger dan iemand anders,' zei ze tegen me.

'Het zijn dieven.'

'Iedereen is een beetje een dief, Mack. Iedereen wil wel iets stelen. Maar omdat de wereld toekijkt, durven de meeste mensen niet.'

Ze probeerde hem niet echt te verdedigen, dacht ik. Ze trok gewoon één lijn, zoals ouders doen. Maar ik verzette me. Ik was nog op een leeftijd waarop ik een betere man wilde worden dan mijn vader. Dat was een onlesbare dorst in mij. Een van die vele behoeften die ik later probeerde te verdoven met de vurige smaak van alcohol. Ik wilde niet dat een vrouw ooit zo hopeloos in mij teleurgesteld zou raken als mijn moeder in mijn vader. Maar het leven is lang, en ik hield van mijn oude heer, met al zijn sentimentele Ierse liedjes en zijn onschuldige affectie voor mij. Híj heeft me nooit gezegd dat ik beter moest zijn dan hij. Hij wist hoe het leven in elkaar zat.

Ik viel zittend op de bank in slaap, met mijn koffertje op mijn schoot. Ik schrok wakker toen Brushy me kwam zoeken. Hoe slaperig ik ook was, toch zag ik aan de sombere manier waarop ze naar me keek dat dit een vrouw was die al eerder teleurgesteld en in haar eentje wakker was geworden. Snel probeerde ik haar te troosten. Ik had zelf ook mijn eenzame ochtenden gekend. We hadden het goed met elkaar, in bed en op het terras, waar we ten slotte zaten te ontbijten, zwetend en met half dichtgeknepen ogen in de meedogenloze zon. Om een uur of elf kwam ik overeind.

'Ik ga naar die advocaat,' zei ik.

Brushy, die haar ochtendjas nog aan had, vroeg of ik op haar wilde wachten.

'Blijf jij maar hier,' zei ik. 'Vraag een duikmasker en een snorkel aan de strandwacht, dan kun je de vissen bekijken. Die zijn echt prachtig.'

'Nee, serieus,' zei ze. 'Ik wist dat er ook gewerkt moest worden.'

'Hé, daar wilde je toch niets over weten, zei je?'

'Ik heb gelogen.'

'Hoor eens.' Ik ging naast haar zitten. 'Deze zaak begint knap gevaarlijk te worden. Bemoei je er maar niet mee.'

'Gevaarlijk, in welk opzicht?' vroeg ze. Opeens stond haar gezicht weer zakelijk – op en top de kritische advocaat. Ze wilde nog meer vragen, maar ik gaf haar de kans niet. Na een haastige kus draaide ik me om en vertrok met mijn koffertje naar de stad.

B Buitenlandse banken

De International Bank of Finance, die de achttien Litiplex-cheques uit het 397-fonds had afgestempeld, is een kleine bank, nauwelijks meer dan een winkel, afgezien van het dure mahoniehouten interieur. Uit mijn tijd bij de afdeling Fraude wist ik dat de bank een betrouwbare reputatie had. Wie de eigenaars zijn blijft een mysterie, zoals gebruikelijk, maar er bestaan indrukwekkende contacten met enkele van de grootste Engelse en Amerikaanse banken, en volgens de geruchten zou het een van de Amerikaanse koninklijke families zijn – de Rockefellers of de Kennedy's of een van die andere geslachten met een traditioneel besef van de relatie tussen rijkdom en corruptie – die achter de hele operatie steekt. Ik weet het niet.
Ik zei dat ik een rekening wilde openen, en even later werd ik op hartelijke Luaanse wijze begroet door de manager, meneer George, een hoekige zwarte man in een blauwe blazer. Hij was een charmante vent met dat typisch Luaanse accent, de zachte tongval van de eilanden, waarin het patois van de kustbevolking nog te herkennen is. Georges kantoor was klein maar weelderig betimmerd en ingericht met houten zuilen en boekenkasten. Ik zei dat het om een bedrag van zeven cijfers ging, in Amerikaans geld. George vertrok geen spier. Voor hem was dat routine. Ik had hem mijn naam nog niet genoemd en dat verwachtte hij ook niet. Van een legitimatie hebben ze hier nog nooit gehoord. Als ik mezelf Pietje Puk of Marlon Brando wilde noemen, vond hij het best. In je bankboekje wordt alleen je foto opgenomen, niet je naam.
'Na de storting van het geld wil ik het laten overmaken als ik weer terug ben in Amerika,' zei ik. 'Hoe gaat dat?'
'Per telefoon,' zei hij. 'Of per fax.' Meneer George droeg een bril met ronde glazen. Hij had een klein snorretje en lange vingers, die hij met de toppen tegen elkaar legde als hij sprak. Bij een telefonische overboeking moest de cliënt het rekeningnummer en een codewoord opgeven. Voorafgaande aan de transactie zou de bank hèm terugbellen voor een bevestiging. Het leek me onwaarschijnlijk dat Jake in zijn kantoor boven in de TN-Needle met bankiers uit Pico Luan telefoneerde. Hoe ging het per fax, vroeg ik hem.

'Dan hebben we een schriftelijke opdracht nodig, met een voorbeeld van uw handschrift of een andere autorisatie,' zei hij. Heel handig, dacht ik. Een andere autorisatie. Als je je naam liever geheim hield.
'En hoe lang duurt het voordat de opdracht is uitgevoerd?'
'Binnen twee uur kunnen we het bedrag telefonisch overmaken naar banken die in Luan zijn geregistreerd. Als we voor twaalf uur 's middags een opdracht krijgen, kan het bedrag om drie uur plaatselijke tijd in Amerika zijn.'
Ik dacht hier even over na en vroeg hem toen wat ik moest doen om een rekening te openen, en of dat ook per post kon. George antwoordde met zo'n raadselachtig Luaans gebaar: de blanke man kan doen wat hij wil. Hij opende een la om me de formulieren te geven.
'De rekeninghouder wordt verzocht twee kleine foto's in te leveren, één voor het bankboekje en één voor ons archief. En hier, in deze ruimte, hebben we een voorbeeld van uw handschrift of een andere autorisatie nodig voor het opnemen van bedragen.' Hij sprak bewust over de 'rekeninghouder' omdat hij dacht dat ik een stroman was van iemand die te belangrijk was om zelf in Pico Luan te verschijnen. En natuurlijk gebruikte hij nooit de woorden 'handtekening' of 'naam'. Nu pas bedacht ik dat dit inderdaad de man moest zijn met wie Martin had gesproken. De beschrijving klopte precies: 'Geen vat op te krijgen.'
Het kantoor had een klein raam, discreet overschaduwd door een zonnescherm, waardoor het verkeer op straat te zien was. Het stond open en er zat geen hor voor, omdat er aan deze kant van de bergen geen lastige insekten zijn. Op dat moment landde er een vogel op de vensterbank, een soort roodborstje van een onbekend merk. Hij, zij of het hipte even rond en keek me toen recht aan. Opeens moest ik lachen bij de gedachte dat je niet eens een zoogdier hoefde te zijn om je te verbazen over die rare Malloy. George wapperde met zijn hand en joeg de vogel weg.
Met de papieren in mijn koffertje stapte ik weer naar buiten. De zon stond hoog aan de hemel – heet en heerlijk na al die weken binnen zitten, thuis in de Middle West. Hier in Pico kon ik begrijpen waarom mensen de zon als godheid aanbidden. De zakenwijk beslaat maar enkele straten met dicht opeen geplaatste gebouwen van drie of vier verdiepingen hoog, met stucwerk in Caribische pasteltinten en Spaanse pannendaken. De toeristen mengden zich hier onder de zakenlui: Knappe meiden in strohoeden en strandpakjes, hun bruine benen geheel ontbloot, liepen tussen de pakken en de koffertjes door.
Ik zocht naar andere banken, waarvan de namen onopvallend op de

gebouwen stonden, in het Engels en het Spaans, de twee officiële talen van het land. Ik zag veel grote namen uit de internationale geldwereld. De plaatselijke filialen waren meestal gevestigd in een bescheiden onderkomen, net als de International Bank. Op deze discrete wijze draait hier een economie van zo'n 100 miljard dollar, met in Pico Luan gevestigde bedrijven en trusts, gefinancierd met vluchtkapitaal – kantoren die overal ter wereld lenen, kopen en investeren. Geld zonder vaderland, zou je kunnen zeggen. En iedereen wil het graag zo houden.

Ik zag een naam die ik kende: de Fortune Trust, een filiaal van een van de grote banken uit Chicago. Ik stapte naar binnen en zei dat ik een privé-rekening wilde openen. Dezelfde procedure als aan de overkant van de straat. Deze keer vroeg ik echter niet alleen om informatie, maar opende ik daadwerkelijk een rekening. Ik stortte 1000 dollar en liet twee foto's maken in zo'n hokje. Toen ze droog waren, werd er één in mijn bankboekje geplakt en de andere op hun handtekeningkaart. Ik besloot alle stortingen in dollars te houden – ze boden me de keus uit veertien verschillende valuta's – en zei dat ik geen afschriften wilde, zodat ik geen adres hoefde op te geven. De rente zou worden bijgeschreven als ik me met mijn bankboekje kwam melden. Ik kruiste een hokje aan op een formulier om hun toestemming te geven 50 dollar in rekening te brengen voor iedere telefonische overboeking.

'En hoe wilt u zich identificeren?' vroeg de oogverblindende jongedame die me hielp. Aan haar accent te horen was ze een Australische, waarschijnlijk hierheen gekomen voor het diepzeeduiken en om vrij te zijn – vrij van haar ouders, van een vriendje of van haar eigen wurgende ambities. Het hele land ademde vrijheid, met die prachtige vissen, het warme water, de zon, de rum en het gevoel dat de wetten en regels van de wereld hier veel minder golden. Eindelijk drong het tot me door dat ze mijn codewoord wilde weten.

'Tim's Boy,' antwoordde ik. Ze vroeg of ik het wilde opschrijven, en dat deed ik. Ik kon nu geld storten en overboeken, en telefonisch de stand van mijn rekening opvragen.

Volgens mijn plan had ik nog een rekening nodig. Daarvoor hoefde ik niet eens het gebouw te verlaten. Op de eerste verdieping was het kantoor van een Zwitserse bank gevestigd, de Züricher Kreditbank. Ik luisterde naar de uitleg van hun procedure, waaronder de mogelijkheid om fondsen heen en weer van Zwitserland naar Pico te transporteren, met alle voordelen van het bankgeheim van beide landen. Ik stortte nog eens duizend dollar. Ik had nu twee nieuwe bankboekjes in mijn koffertje.

Buiten gekomen hield ik een voorbijganger aan en vroeg hem of hij een typebureau kende waar ik een brief kon laten faxen. Hij verwees me naar een van de grote hotels aan het strand. Ik slenterde er naartoe, met mijn koffertje in mijn hand en mijn jasje onder mijn arm gevouwen. Ik bekeek de etalages alsof ik liep te winkelen, maar ik dacht alleen maar aan mezelf – wie ik was en wat ik zou worden. Iemand die op het punt staat zijn vrouw te bedriegen moet zich ook zo voelen, starend naar de souvenirs en de mooie stoffen, de felgekleurde duikapparatuur, zonder echt iets te zien, verdiept in zijn geheimste gedachten, terwijl hij zich afvraagt waarom dit nodig is, waar die honger vandaan komt die hij moet stillen, en hoe hij zich daarna zal voelen. Altijd dat schuldgevoel als hij de woorden 'trouw' of 'overspel' hoort.

Jij tot wie ik me richt, ik weet wat je nu denkt: de bekende katholieke opvoeding, met seks als enige onvergeeflijke zonde. Maar ik zie nu een groter geheel. Toegegeven, de meeste mensen hebben geheimen op seksueel gebied; dat is nog altijd het terrein waarop de ziel zich het meest verbergt. Vraag het Nora maar, of Bert. We maken onszelf wijs dat niemand wordt gekwetst als we die verlangens bevredigen. We zijn toch volwassen, dus wie zal zich er druk om maken? Maar vertel dat niet tegen Lyle of tegen mij. Er worden wel degelijk mensen gekwetst. Maar we houden onze verlangens. Dat is het punt. Wat het ook is – seks, drugs of diefstal – iedereen jaagt een of andere verboden obsessie na. Nora, Bert, en ikzelf ook, over een paar minuten... wij waren allemaal leden van een heel kleine minderheidsgroep die onze geniepige, abominabele verlangens hadden botgevierd. Bij de meeste mensen gaat dat anders. Die blijven balanceren omdat ze niet weten waarin de grootste wanhoop ligt: in de bevrediging of de beperking. Maar zelf had ik genoeg van die evenwichtskunsten.

Ik kwam bij het Regency aan en liep het hotel door. De atmosfeer in de met planten ingerichte lobby was koud als droog ijs. Ik ging op een rieten stoel zitten om na te denken, maar ik voelde me bevroren, bijna zonder emoties. Ik vroeg de portier waar ik het typebureau kon vinden en hij verwees me naar het Business Centrum. Ik werd te woord gestaan door Raimondo, een kleine, zongebruinde, keurig verzorgde man. Ik zei hem dat ik een schrijfmachine en een fax nodig had en gaf hem vijftig Luan. Hij bracht me naar een ruimte achterin, naast het kantoor van het hotel. Daar installeerde hij me in een hokje dat me aan de nissen in de bibliotheek op ons eigen kantoor deed denken. Een oude IBM-machine zat als een broedende kip op een tafeltje. Hij vroeg of ik een typiste nodig had, maar ik bedankte hem en hij vertrok weer nadat hij me de twee telefoons en de wc om de hoek had gewezen.

Ik liep naar de plee en bekeek mezelf nog één keer in de spiegel. Ik was het nog altijd zelf: een grote gorilla met een verlopen kop en grijzend haar, een pak met gekreukte knieën als olifantspoten, en een te dikke nek om mijn boordeknoopje te kunnen dichtmaken. Ik wist dat ik zou doorzetten.
'Nou, nou,' zei ik. 'Meneer Malloy.' Daarna keek ik snel rond, om te zien of er niemand anders op het toilet was die me kon horen.
Terug in het hokje haalde ik een vel TN-briefpapier uit mijn koffertje en typte:

AAN: International Bank of Finance, Pico Luan
Verzoek onmiddellijk het volledige bedrag van rekening 476642 telefonisch over te maken naar Fortune Trust of Chicago, kantoor Pico Luan, op rekeningnummer 896-908.

John A.K. Eiger

In mijn koffertje zocht ik de brief van Jake die ik had meegenomen. Ik haalde hem er niet uit, maar liet hem in het open koffertje liggen om de handtekening nog eens goed te bekijken. Mijn ogen bestuurden mijn hand toen ik Jakes naam onder mijn eigen brief zette, zoals ik dat wel vaker doe. Een perfecte vervalsing. Ik voelde iets van trots toen ik het resultaat bekeek. Ik ben echt heel goed. Wat een oog voor detail! Ooit moest ik me nog eens aan George Washington wagen, op het dollarbiljet, gewoon voor de lol. Dan kreeg Wash een ingelijst exemplaar. Ik glimlachte bij de gedachte en schreef toen 'J.A.K.E' onder de handtekening. Het was natuurlijk een gok. Jake had als codewoord ook de meisjesnaam van zijn moeder kunnen gebruiken, of de tekst in de schoudertatoeage van zijn laatste vriendinnetje, maar ik kende hem nu al vijfendertig jaar en ik was redelijk zeker van mijn zaak. Als hij een codewoord moest opgeven, zou hij maar één ding kunnen bedenken: J.A.K.E.
Ik gaf de brief aan Raimondo, die hem in het apparaat invoerde. Opeens schrok ik.
'De verzendcode,' zei ik.
Hij begreep het niet. Ik lachte geforceerd. Mijn mond was droog. De fax stuurde een verzendcode mee, legde ik uit, waaraan je kon zien door welk apparaat het bericht was verstuurd. Mijn contactpersonen dachten dat ik nog in Amerika zat. Was het mogelijk die verzendcode uit te schakelen, vroeg ik hem.
Raimondo's mond viel open en hij keek me wat schaapachtig aan. Dit was C. Luan. Niemand had hier een naam of een vast adres. Hij

schudde zwijgend zijn hoofd. Ik kon gerust zijn. De verzendcode van het apparaat stond niet ingesteld. De ontvanger zou geen idee hebben of het bericht uit Bombay kwam of van twee straten verderop.
Ik wachtte tot de brief was gefaxt. Daarna had ik grote behoefte aan een borrel. Ik slenterde de tuin in, ging bij het zwembad zitten en legde mijn jasje op mijn schoot. Een dienster verscheen, gekleed in een soort safaripakje, met een tropenhelm en een kaki-short. Ik bestelde een rum punch zonder rum. Ik vroeg me af of ik hier mijn hele leven zou kunnen wonen, in dit land van boshonden, archeologen, inlandse stammen en zonnende buitenlanders.
Op dit uur van de dag was het vrij rustig bij het zwembad: een paar diepzeeduikers-weduwen en een stel meiden die door de dure jongens werden gemainteneerd en klaar moesten zitten als hun rijke vrienden weer een bezoekje brachten aan hun zwarte geld. Het waren zeer aantrekkelijke dames, die natuurlijk mijn interesse hadden, maar op een wat abstracte manier. Ze liggen de hele dag in de zon te lezen of naar hun walkman te luisteren, en ze smeren hun volmaakte lijf regelmatig met olie in. Als het te warm wordt, lopen ze heupwiegend naar de douche om af te koelen, waarbij hun tepels zich verharden in de beha's van hun kleine string-bikini's. Ze trekken even de aandacht van de mannen in de omgeving – de handdoekenjongens en een paar ouwe bokken zoals ik – en strekken zich dan weer uit in de zon, ervan overtuigd dat hun magie nog volop werkt. Ik ben nog nooit ergens geweest waar zoveel lekkernijen als koekjes op een bakplaat liggen. Je vraagt je af wat er eigenlijk omgaat in die meiden. Ze zijn vijfentwintig, zesentwintig jaar. Wie zijn ze, waar komen ze vandaan? Hoe kun je je verzoenen met een leven als speeltje? Wat zeg je tegen jezelf? Dit is geweldig, die ouwe vent komt me om de twee weken betasten en verder ben ik rijk en vrij? Hebben ze behoefte aan een pappa? Of hadden ze liever de kans gehad om rechten te studeren? Denken ze aan de tijd dat ze drieënveertig zullen zijn? Hopen ze dat die vent bij zijn vrouw vandaan zal gaan, zoals hij steeds beweert, en dat ze dan ook een huis en kinderen zullen krijgen in New Jersey? Zien ze zichzelf als atletes, in geweldige vorm zolang het lichaam meewerkt? Of denken ze, net als ik, dat het leven niet logisch en eerlijk is, dat dit het beste is dat ze op dit moment kunnen verwachten en dat ze er daarom van moeten genieten? Goed, misschien loopt het akelig af, maar dan is er nog tijd genoeg om te gaan zitten kniezen.
Ik bleef een halfuurtje zitten, zolang als ik het uithield, en liep toen terug naar het Business Centrum om het kantoor van de Fortune Trust te bellen waar ik 's ochtends was geweest.
'Tim's Boy. Ik wilde een telefonische overboeking naar rekening

896-908 controleren.' Ik dacht dat de stem aan de andere kant van de lijn toebehoorde aan mijn vriendin, de mooie jonge Australische. Haar beeld – slank, zongebruind, met lang haar en zulke lichte ogen dat ze bijna geel leken – bleef even hangen, maar ze deed of ze me niet herkende. Ik werd in de wacht gezet, het elektronische niemandsland, net zo leeg als de ruimte tussen de sterren. Tot dat moment had ik alles onder controle gehad. Een gewone, doordeweekse dag. Maar nu ik daar stond, zonder enig contact, kon ik alleen maar hopen. Mijn bloed veranderde in ijswater en ik wist zeker dat ik mijn verstand verloren had. Dit kòn niet goed gaan. Alsjeblieft, alsjeblieft, *alsjeblieft*, dacht ik. Ik wilde nog maar één ding – niet gepakt worden. Met een soort helderziendheid besefte ik dat ik dit alles uitsluitend had gedaan om mezelf een moment van pure, naakte angst te bezorgen. De man die om middernacht nog wakker is en zijn kwelgeesten troost: jullie hoeven me niet te martelen, dat doe ik zelf wel.

Ik zag al hoe het zou gaan. Jake had natuurlijk een ander codewoord opgegeven of het geld allang naar een andere rekening overgemaakt. Misschien had ik me vergist en had niet Jake het geld, maar Bert. Of Martin. In elk geval was meneer George van de International Bank de straat op gerend om de eerste de beste politieman aan te houden. Dit was niet zomaar een vergrijp. Ze zouden het hele land doorzoeken. Het bankgeheim was de pijler van de nationale economie, de sleutel tot de leefwijze van een heel volk. Ik herinnerde me de waarschuwing van Lagodis nog heel duidelijk, alsof iemand een brandmerk op mijn hart had gedrukt: wees voorzichtig, man.

Toen ik zaterdagnacht mijn plannen had uitgebroed, had ik natuurlijk ook bedacht wat ik moest doen als het mis zou gaan. Die gedachte gaf me weer wat hoop. Ik zou zeggen dat ik bezig was met een onderzoek, dat ik het bankgeheim alleen had willen omzeilen om een diefstal te kunnen bewijzen. Natuurlijk zou ik het geld weer terugstorten. Ik zou Brushy vragen de ambassade en haar vriendje Tad K. te bellen. Die zou me een held vinden als hij hoorde hoe ik mijn best deed om het geld van TN terug te krijgen. Hij zou meteen zijn contacten bij de regering bellen, en zijn lobbyisten, die de helft van alle politici in dit landje kenden. Zij zouden me binnen een uur weer vrij hebben. Trouwens, hoe zouden ze me te pakken moeten krijgen? Er bestond hier een bankgeheim, bedoeld om dieven te beschermen, en niemand kende mijn naam. En ik zou me heus niet naar een van hun kantoren laten lokken, wat voor smoes ze ook zouden verzinnen. Dat er problemen waren met de overboeking. Of dat het Australische meisje iets met me wilde drinken. Nee, mij zouden ze daar nooit meer zien. Ik had het allemaal goed overdacht. Het was een slimme streek, een gok, een lot uit de loterij.

Maar toen ik daar stond, wist ik dat ik mezelf niet langer voor de gek kon houden. Al die intriges en fantasieën – ik had me er kostelijk mee geamuseerd, maar nu werd het tijd om de realiteit onder ogen te zien. Het was niet Martin, of Wash, of wie dan ook die me hiertoe had aangezet. Leotis had gelijk gehad: een groot deel van het leven is de eigen wil. Ik had een keus gedaan, zonder te weten wat de gevolgen zouden zijn. Het leek wel zo'n griezelig science-fiction verhaal over een astronaut die bij een ruimtewandeling van het moederschip losraakt en in het oneindige heelal in zweeft. Als Raimondo op dat moment voorbij was gekomen, had ik hem nog zo'n vreemde munt van vijftig Luan gegeven, alleen om zijn hand te kunnen aanraken.

'Ik heb hier de bevestiging van uw overboeking, Tim's Boy. Vijf miljoen zeshonderdduizend en tweeënnegentig Amerikaanse dollars.' Zomaar. Boem. Ze had niet eens hallo gezegd toen ze zich weer meldde. Door een in ruitjes verdeeld raam had ik uitzicht op een forse palm en een paar bloeiende struiken met bladeren als speren. Een vrouw in badpak gaf haar kind een uitbrander. De portier zeulde met een koffer, en een kleine inheemse vogel, misschien wel – hoe onwaarschijnlijk ook – dezelfde die ik in Georges kantoor had gezien, hipte over de stoep en fladderde snel verder, alsof hij bang was dat iemand hem zou inhalen. Al die beelden... de dingen, de mensen en dat domme vogeltje... leken in de tijd geëtst, net zo scherp omlijnd als de facetten van een diamant. Mijn leven, wat het ook mocht voorstellen, was plotseling veranderd.

Ik wilde iets zeggen, maar mijn stem weigerde dienst. Ik probeerde het nog een keer.

'Kan ik u nog een overboeking doorgeven, als ik die later per fax bevestig?'

Geen probleem. Ik pakte mijn bankboekje. Het geld moest worden overgemaakt naar het filiaal van de Züricher Kreditbank in Pico Luan. Ik noemde het rekeningnummer.

'Hoeveel?' vroeg ze.

'Vijf miljoen Amerikaanse dollars.' Het leek me veiliger wat geld op deze rekening te laten staan. Dan bleef ik een serieuze cliënt van de Fortune Trust – belangrijk genoeg om me tegen de onvermijdelijke vragen te beschermen. Niet dat ze er twee seconden over zouden nadenken. Dit was voor hen niets bijzonders, geld dat voortdurend van plaats wisselde. Niemand vroeg ooit waarom. Dat wisten ze al. Om het voor iemand verborgen te houden. Voor de belastingen, de schuldeisers of een inhalige eega. Maar ik wilde een tweede overboeking, zodat het spoor nog lastiger te volgen zou zijn. Jake zou een geweldige scène trappen bij de International Bank. Ze zouden hem natuurlijk laten zien dat ze het geld volgens zijn eigen instructies naar de Fortune Trust hadden overgemaakt. Maar geheim is geheim en Fortune zou hem niet vertellen waarheen zij het geld hadden overgeboekt of op welke rekening het in eerste instantie was gestort.

Ik wachtte meer dan een uur voordat ik de Züricher Kreditbank belde voor een bevestiging van de tweede overboeking. Alles was in orde. Mijn geld was veilig in Zwitserse handen. Ik kon weer terug naar Brushy. Jammer dat ik geen wijn met haar kon drinken. Ik wilde me uitleveren aan haar sterke, vaardige handen. Volgens mijn horloge was er nog tijd om met haar naar bed te gaan voordat ons vliegtuig vertrok. Ze zou natuurlijk vragen waar ik was geweest en wat ik had gedaan. Ze zou alle geheimen willen weten. Maar ik zou haar niets vertellen. Ze zou benieuwd zijn naar Pindling en allerlei intriges vermoeden. Waarschijnlijk stelde ze zich een soort figuur voor als Long John Silver, met een papegaai op zijn schouder en een haak in plaats van een hand. Ze mocht fantaseren wat ze wilde. Als je me niets vraagt, zal ik je ook geen leugens vertellen. Ik voelde me gevaarlijk en ongrijpbaar. Lichthoofdig, lichtvoetig, geamuseerd. Voordat ik het hotel verliet, stapte ik nog even de toiletten binnen voor een snelle blik in de spiegel – even kijken wie ik daar zag.

Dinsdag 31 januari

XXIII TUCHTRECHTSPRAAK

A Toots geeft een voorstelling

Dinsdagmiddag om twee uur, toen Toots' hoorzitting voor het Tuchtcollege zou worden voortgezet, waren alleen Brushy en ik aanwezig voor de gedaagde partij. De leden van de onderzoekscommissie vertrokken geen spier, maar uit hun strakke, vermoeide houding leidde ik af dat ze al meer dan genoeg hadden gehoord. Als ze hem zouden schorsen, konden wij nog beroep aantekenen bij de Gerechtelijke Commissie. Maar binnen een jaar zou Toots' bul niets anders meer zijn dan een relikwie, een van de vele herinneringen die hij ingelijst aan de muur kon hangen.
De oude school waarin het Tuchtcollege is gehuisvest is zo'n gebouw dat nauwelijks opvalt, totdat je de kleuren en de kinderen weghaalt. We zaten in een grimmig oud lokaal, met houten vloeren en muren met van die glimmende functionele tegels die bestand zijn tegen krassen en inkt. Als je met je stoel schoof of je keel schraapte weergalmde dat door de hele ruimte.
Om tien over twee wist ik al dat we grote problemen hadden. Tom Woodhull, die tegenover ons zat aan de lange vergadertafel, vroeg ons naar de reden voor de afwezigheid van onze cliënt. Woodhull, de gedistingeerde overheidsdienaar, de handhaver van de wet, de man met de koele blanke huid zonder wratten of insektebeten, had nooit veel met me op gehad – mijn drankmisbruik, mijn slechte humeur en mijn regelmatig geventileerde mening dat het geen halsmisdaad was om het geld van de cliënten niet gescheiden te houden. Ik vermoedde allang dat hij dit dossier speciaal had aangehouden om mij een hak te kunnen zetten.
Brushy zocht in haar tasje en gaf me een kwartje.
'Probeer hem maar te vinden.'

Jezus Christus, dacht ik. Weer één.
Maar toen ik op weg was naar de deur, stak mijn cliënt zijn hoofd naar binnen. Hij hapte naar adem en wenkte me de gang in.
'Ik heb...' begon hij, en herhaalde het nog een paar keer. 'Ik heb... iemand die je moet spreken.'
Bij de stoffige trap, leunend op een vierkante staander van de stalen trapleuning, stond een rond kereltje, net zo buiten adem als Toots, hevig transpirerend en rood aangelopen van de inspanning. Brushy was achter ons aan gekomen.
'Dit geloof je niet,' zei Toots. 'Vertel het ze maar.' Hij gebaarde met zijn wandelstok en vroeg de man opnieuw om het ons te vertellen.
De onbekende liet zich op een kale houten bank in de gang vallen en trok zijn jas uit. Toen pas zag ik het priesterboordje. De man was klein en bijna kaal, afgezien van een witte krans haar en een paar stijve pieken die recht omhoog stonden.
Hij stak zijn hand uit. 'Pater Michael Shea.'
Pater Michael was de jongere broer van rechter Dan Shea. Hij was pastoor geweest in Cleveland en had zich daar na zijn emeritaat in een klooster teruggetrokken. De vorige week was hij naar de stad gekomen om zijn familie te bezoeken – Dan Sheas zoon Brian, zijn neef – en toevallig had hij gehoord dat meneer Nuccio hier nog steeds problemen had met die oude kwestie.
'Ik heb meneer Nuccio meteen gebeld. Ik had het er vaak met Daniel over gehad en hij zei altijd dat hij nooit iets had geweten van meneer Nuccio's vrijgevigheid. Hij was het lidmaatschap van die country club gewoon vergeten. Ik vond het een raar verhaal, dat geef ik toe. Daniel was bepaald geen heilige en hij heeft mij, als priester en als broer, heel wat bedenkelijke zaken opgebiecht. Maar hij zwoer op Bridgets nagedachtenis dat hij en de Kolonel zich nooit aan dubieuze praktijken hadden schuldig gemaakt. Nooit.' Met een verstrooid gebaar raakte pater Shea het crucifix om zijn hals even aan.
Mijn collega en de liefde van mijn leven, mevrouw Bruccia, hoorde dit met belangstelling aan. Onze heerlijke tropische romance was voorbij. Er zat zand in onze schoenen en in de zoete sensaties waaraan we ons de hele nacht in haar appartement hadden overgegeven. Nu waren we weer in het kille Midden-Westen, het land waar het gedempte winterlicht, dof als tin, sommige mensen tot waanzin drijft en waar de problemen zich opstapelen. Ze had van alles aan haar hoofd. Ons. Alles wat ik haar niet wilde vertellen. De nadering van Grote Verdeeldag... Maar op dit moment was Brushy weer de strafpleiter, klaar voor het proces. In haar eigen theater waren alle stoelen verkocht aan Toots. Zelfs de staanplaatsen. Ze kon zich ongelooflijk

goed concentreren. Grote artiesten en atleten hebben dezelfde gave. Iedere behoedzaamheid was haar vreemd. Ze genoot met volle teugen, ze vierde een feestje. Ze keek eerst naar Toots, toen naar pater Shea en ten slotte naar mij, ervan overtuigd dat ze een zaak zou gaan winnen die ze volgens iedereen had moeten verliezen. Ze kon nauwelijks wachten om de wereld te tonen wat iedere strafpleiter heimelijk wil bewijzen: dat ze niet zomaar een advocaat of een spreekbuis was, maar een tovenaar van de eerste rang.

Toots was eindelijk weer op adem gekomen en keek nog vrolijker dan Brushy, als dat mogelijk was. Zijn oude, verkreukelde gezicht leek op te lichten.

Ik rechtte mijn schouders en nam hen even apart in de gang van de oude school. Er stonden nog altijd van die halfhoge metalen kastjes aan weerskanten, waarop ondernemende jongelui hun initialen hadden gekrast, of een hartje, of een paar schuttingwoorden. Symbolen vereeuwigd in roest.

'Dit geloof je toch niet?' vroeg Brushy. 'Onvoorstelbaar!'
'Zeg dat wel,' antwoordde ik. 'Onvoorstelbaar. Op het allerlaatste moment. Nee, later nog. Zo laat dat niemand die vent nog iets kan vragen.'
Brushy wierp me een vreemde blik toe.
'Vertel het haar maar, Toots,' zei ik.
De oude man keek me onnozel aan en streek met de muis van zijn hand over zijn mond.
'Het moet een moeilijke beslissing zijn geweest, Toots, om niet iemand in te huren die meer op Barry Fitzgerald of Bing Crosby leek.'
'Mack...' zei Brushy.
Toots speelde niet eens de vermoorde onschuld.
'Het gaat niet om mij, en het gaat niet om jou,' zei ik, 'maar zíj zou geschorst kunnen worden voor zo'n stunt. En zíj heeft een carrière.'
Hij keek me aan met dat zure, verfrommelde gezicht dat hij altijd trok als ik hem de les las. Hij liet zich op een andere bank vallen en staarde met een lege blik de gang door, rammelend met zijn stok, terwijl hij zijn best deed mij te negeren. Ergens sputterde een radiator. Ik had nog steeds de winterkou niet van me af kunnen schudden sinds we uit het vliegtuig waren gestapt.
Brushy verbleekte toen het tot haar doodrong.
'Maar hij is toch wel priester, mag ik hopen?'
'Priester? Ik durf er wat onder te verwedden dat hij Markowitz heet. Hij komt zo van het figurantenbureau.'
'Ik geloofde het echt,' zei Brushy. Ze legde haar kleine handen met haar felgelakte nagels tegen haar hoofd, ging naast Toots zitten en wierp hem een korte, nijdige blik toe. 'Ik gelóófde het!'

'Natuurlijk,' zei ik. 'En die sukkel van een Woodhull had het waarschijnlijk ook geloofd. Maar uiteindelijk zou iemand het hebben ontdekt. Hier, of bij de Gerechtelijke Commisie. Als iemand om de vingerafdrukken van die vent zou hebben gevraagd, had ik meteen een plaats in de volgende postkoets kunnen boeken.'
De oude man zei nog steeds niets. Hij had de beste leermeesters gehad. Als je gesnapt wordt, mondje dicht. Met een bekentenis was niemand ooit iets opgeschoten. Ik dacht aan zijn stralende gezicht toen hij zag dat Brushy erin was getuind. Het moest een soort hemelse muziek voor hem zijn, iedere keer dat hij iets kon regelen. De ontrafeling van de maatschappij, dat was zijn symfonie. Hij was de geheime dirigent, de enige die wist hoe het werkelijk zat. Je moest het hem nageven: dit was een meesterzet. De zaak besjoemelen terwijl je wegens onethische praktijken terechtstaat. Dàt was pas een verhaal. Dan hadden ze hem maar niet moeten dwingen. Hij had tenslotte om uitstel gevraagd.
Woodhull verscheen in de gang, naast de deur van de rechtszaal.
'Wat is er aan de hand?' vroeg hij. Zijn sluike dikke haar, vuilblond van kleur, viel over zijn ene oog. Hij had zo bij de Hitler-jeugd gekund. 'Wat voer je nu weer in je schild, Malloy? Wie is die vent?' vroeg hij, en hij kwam een paar stappen dichterbij. Hij doelde op pater Markowitz, die nog altijd op een bankje in de gang zat.
'Wie is dat?' herhaalde Tom. 'Een getuige?'
Brushy en ik keken elkaar aan, maar zeiden niets.
'Hebben jullie een nieuwe getuige? Nou?' Ik hoefde niet eens wat te doen om Tom op de kast te jagen. Hij had een notitieblok bij zich waarmee hij in de lucht zwaaide terwijl hij zich steeds meer opwond. 'Op het laatste nippertje komen we nog met een getuige voor de dag? Over wie we nog niets hebben gehoord? Nou? Die we niet eens hebben kunnen ondervragen?'
'Je kunt nu met hem praten,' zei Brushy abrupt. Ik pakte haar arm, en dat waarschuwende gebaar was voor Tom genoeg aansporing.
'Dat zal ik zeker doen,' zei hij, en hij liep langs ons heen.
Ik trok Brushy mee de hoek om en vroeg of ze gek geworden was.
'Het is niet ethisch om hem te laten getuigen,' zei ze. 'Dat weet ik ook wel.'
'Niet ethisch? Dat lijkt me voorzichtig uitgedrukt, Brush. Voor zoiets kun je de bak in draaien.'
'Oké,' zei ze, 'maar je zei zelf dat Woodhull hem zou geloven.'
'Nou en? Denk maar niet dat hij de zaak laat vallen. Woodhull is nog nooit van zijn leven van mening veranderd. Die getuigeverklaring – zelfs als hij wordt toegelaten – is een verhaal uit de tweede hand.

Woodhull zal het nooit accepteren als bewijs. Hij zal zeggen dat de rechter zich zo schaamde dat hij zijn broer de waarheid niet durfde zeggen. Vul het zelf maar in.'
'Maar hij zal het wel geloven. Dat zei je toch?'
'Ik denk het wel. Waarschijnlijk schrikt hij zich een ongeluk als hij het hoort.'
'En dus zal hij bang zijn om de zaak te verliezen. Op het laatste moment. Een zaak waarvan iedereen dacht dat hij hem zou winnen.' Ze redeneerde nu tegen haar eigen logica in. Dat bedoelde ik toen ik zei dat ze slim en handig was. 'Volgens mij is hij bereid tot een schikking en laat hij de eis tot schorsing vallen. Dat is toch wat wij willen? Waar of niet?'
Ik begreep eindelijk wat ze bedoelde. Maar zo eenvoudig was het niet.
'Brush, denk eens na. Je hebt zojuist de substituut-hoofdofficier van het Tuchtcollege voorgesteld aan een zogenaamde getuige die volgens je eigen cliënt een bedrieger is.'
'Mijn cliënt heeft me helemaal niets verteld, en ik heb geen vingerafdrukken genomen. Ik ben advocaat. En ik stel geen mensen aan elkaar voor. Tom heeft het allemaal zelf bedacht. Ik kan hem moeilijk tegen zichzelf beschermen.' Ze keek me strak aan. 'Ik geloofde die vent ook. Als iemand anders hem niet gelooft, mij best. Hij zal toch niet getuigen. Wat ik bedoel, Mack,' zei ze zacht, 'is dat ons weinig kan gebeuren.'
Toots hinkte onze kant op. Hij amuseerde zich kostelijk. De priester deed het goed. Het had geen zin de Kolonel voor de gevolgen te waarschuwen. Zijn leven lang had hij al aan de rand van de afgrond gebalanceerd en grote risico's genomen. Om de hoek hoorde ik Woodhulls stem steeds luider worden.
De schikking die we bereikten was uniek. Volgens de staatswet konden advocaten voor vijf jaar worden geschorst. Daarna mochten ze zich weer aanmelden. Tot wanhoop van het Tuchtcollege werden ze door de Gerechtelijke Commissie meestal weer toegelaten, met het argument dat de meesten van deze mannen en vrouwen geen ander vak kenden, zoals schoenmakers alleen schoenen kunnen repareren. Wij konden namens Toots een veel beter aanbod doen: hij zou beloven dat hij zijn beroep nooit meer zou uitoefenen (dat was nauwelijks een concessie, omdat hij dat toch al zelden deed). Hij zou zijn naam van de deur van zijn firma verwijderen, zijn kantoor ontruimen en geen inkomsten van zijn firma meer ontvangen. Als hij die afspraak ooit zou schenden, zou hij alsnog worden geschorst. In ruil voor dat aanbod zou de aanklacht worden ingetrokken. Geen uit-

spraak, geen straf, geen dossier. Zijn naam zou gewoon op de rol blijven staan en de publieke schande van een schorsing zou hem worden bespaard.
Toots was ontevreden – in de aloude traditie van cliënten overal ter wereld. Toen de schikking aan de commissie werd voorgesteld, hulde hij zich in een nukkig stilzwijgen.
'Waar moet ik nou van leven?' vroeg hij toen we weer op de gang stonden en onze jassen hadden aangetrokken.
We keken hem allebei veelbetekenend aan. Zelfs als hij honderd werd, zou Toots nog niet al het geld kunnen uitgeven dat hij in zijn matras had opgespaard.
'Toots, dit is toch wat je wilde?' zei ik.
'Ik hou van dat kantoor,' zei hij, en dat was ook zo. De telefoontjes, de politici die op bezoek kwamen, de secretaressen die hem Kolonel noemden.
'Dan neem je een kantoor iets verderop. Je moet je uit de firma terugtrekken, dat is alles. Je bent drieëntachtig, Kolonel. Het is een logische oplossing.'
'Goed.' Maar hij bleef somber. Een terneergeslagen oude man. Hij had een ongezonde kleur en zijn huid was rimpelig als een sinaasappelschil. De vernedering van de sterken is altijd een triest gezicht.
'Toots,' zei ik, 'dit hebben ze nog nooit voor iemand anders gedaan. Het is een unieke schikking. We moesten bij God en de gouverneur zweren dat we hier nooit met iemand over zouden praten. Ze kunnen onmogelijk toegeven dat ze bakzeil hebben gehaald in een schorsingszaak.'
'O ja?' Dat beviel hem beter. Hij was graag uniek. 'En wat maakt mij dan zo bijzonder?'
'Dat je de juiste advocaten hebt genomen,' zei ik. En daar moest hij eindelijk om lachen.

B Afrekening

Terug op kantoor maakten Brushy en ik een ereronde, zoals dat heet. We gingen de kamers van onze collega's langs, maakten hier en daar een praatje en vertelden hoe het was gegaan. De bewondering was unaniem, en tegen de tijd dat we bij het bureau van onze secretaresse Lucinda kwamen, voelden we ons alom gewaardeerd. Dat was al zo lang geleden dat ik er tot mijn verbazing bijna sentimenteel van werd.
Brush en ik bleven bij Lucinda's bureau staan om onze post en bood-

schappen door te nemen. Vandaag eindigde het fiscale jaar en Martin had alle vennoten een plechtig memo gestuurd waarin hij meedeelde dat de omzet waarschijnlijk met 10 procent was gedaald, zelfs als we vóór middernacht nog een paar vette nota's konden binnenhalen. Dat betekende dat de toewijzing van de punten op Grote Verdeeldag, overmorgen, een ware slachting zou worden voor mindere goden zoals ik, omdat Pagnucci nooit zou toestaan dat de bovenlaag er iets bij inschoot. Toen wij nog vrolijk onze ronde langs de kantoren deden, was de stemming al te snijden. Brushy verdween haastig met haar telefonische berichten – één triomf achter de rug, en een wereld van mogelijke successen voor de boeg. Ik bleef nog even bij Lucinda rondhangen. Zoals gewoonlijk had ik niet veel te doen.
'Diezelfde vent heeft weer voor je gebeld,' zei ze tegen me. 'Hij wilde weten wanneer je terug was.' Ze had me die ochtend al over de telefoontjes verteld. Ze waren gisteren begonnen.
'Noemde hij zijn naam?'
'Nee. Hij hing meteen weer op.'
Brushy, Lena en Carl waren de enigen die wisten dat ik naar Pico Luan was vertrokken. Zelfs tegen Lyle had ik niet veel meer gezegd dan dat ik een paar nachten van huis zou zijn. Als ze het zich goed herinnerde, zei Lucinda, klonk hij als dezelfde man die het kantoor op vrijdagochtend had gebeld, voordat ik door Pigeyes in mijn kraag was gegrepen. Dat kon kloppen. Gino of een van zijn mensen had vermoedelijk mijn huis in de gaten gehouden en was me misschien naar het vliegtuig gevolgd. En nu wilde Pigeyes weten waar ik was. Als hij zijn belofte nakwam, had hij nu een dagvaarding voor me klaarliggen.
Maar het zou ook Bert kunnen zijn. Als hij met Lyle had gesproken, dacht hij misschien dat ik ervandoor was. Maar Lucinda zou zijn stem wel hebben herkend. Of hij had Orleans laten opbellen.
Lucinda keek me zoals gewoonlijk stralend aan. Ze is een flinke, knappe, donkere vrouw die haar gedachten meestal voor zich houdt, maar ze vindt het niet leuk om voor zo'n menselijk wrak te werken. Ze is zeer professioneel – mijn redding, even trouw aan mij als aan Brushy, hoewel iedereen weet dat ik de tweede viool speel en Brush de grote ster is. Maar Lucinda geeft niet op. Op de hoek van haar bureau staat een foto van haar man, Lester, en hun drie kinderen, op het eindexamenfeest van Reggie, de jongste van de drie.
'O, mijn God!' riep ik opeens, toen het tot me doordrong. 'O, mijn God. Orleans!' Ik begon al te rennen voordat ik over mijn schouder tegen Lucinda riep dat ik naar de boekhouding was.
Beneden was het een chaos. Het leek wel het hoofdkwartier van een

politieke partij op de avond van de verkiezingen. Computer-terminals stonden te knipperen, telmachines spuwden stroken papier uit en allerlei mensen leken wanhopig en doelloos in het rond te rennen. Vanwege de belastingen moesten alle betaalde nota's vandaag nog worden geboekt. Secretaressen en koeriers stonden in de rij om de buit te verwerken die met zoveel moeite aan de cliënten was ontfutseld. De hele atmosfeer was doordrongen van geld – het inzamelen, het tellen en het verdienen ervan – zoals de lucht boven een slagveld is vergeven van kruitdamp en de geur van bloed.

Zodra ze me zag, schoot Glyndora achter haar witte, keurig opgeruimde bureau vandaan om een nieuw intiem samenzijn te ontlopen. Ik versperde haar de weg. 'Glyn,' zei ik, 'waar is de foto van je zoon? Die stond toch hier?' De foto had jarenlang op haar bureau gestaan, en op de kast bij haar thuis: een knappe jongeman in de toga en de baret van zijn universiteit. 'Hoe heet hij ook alweer?' vroeg ik. 'Orleans, is het niet? Maar niet Gaines. Zijn vader heette Carries, als ik me niet vergis.' Eindelijk wist ik waar ik Kam Roberts had gezien.

Glyndora keek me zwijgend aan, als een statige godin, een prachtige totem, haar donkere gezicht vertrokken van woede. Maar het was als een kast die je niet helemaal kon sluiten omdat hij uitpuilde. Ik zag een glimp van iets ongewilds, iets smekends, dat haar gezichtsuitdrukking ondermijnde en haar nog meer van streek maakte dan wat ik had gezegd.

'Ik wil niemand kwetsen,' zei ik zacht, en ze verzette zich niet toen ik haar meenam naar de gang, bij de chaos van het kantoor vandaan.

'Vraag Orleans of hij een boodschap aan Bert wil doorgeven,' zei ik. 'Ik moet hem spreken. Persoonlijk. In Kindle. Zo snel mogelijk. Bert hoeft alleen de tijd en de plaats te noemen. Ik wil het met hem uitpraten. Vraag of hij me morgen hier wil bellen.'

Ze gaf geen antwoord. Ze staarde me aan met die duivelse zwarte ogen van haar, terwijl ze koortsachtig nadacht. Er was niet veel fantasie voor nodig om te begrijpen wat de oorzaak was geweest van al die scènes tussen Bert en Glyndora, de scheldpartijen en het smijten met de deuren. Blijf bij mijn jongen vandaan! Dat had ze nooit gewild, haar baas en haar zoon die de Griekse principes beoefenen. Waarschijnlijk was ze blij dat Bert had moeten vluchten.

'Glyndora, ik weet al een heleboel. Over je zoon. En ik heb het memo dat je aan Martin hebt doorgespeeld – en waar ik je niet eens iets over vraag, als je dat soms was ontgaan. Ik probeer iedereen te sparen. Maar je moet Bert die boodschap overbrengen. Je moet me vertrouwen.'

Ik had haar net zo goed om een pot met goud kunnen vragen. Ze haatte de positie waarin ze zich bevond – de zwakke, de behoeftige, die alsjeblieft moest zeggen. Bovendien was ze ten prooi aan een gevoel dat ik zelf zo goed kende, dat me zo vertrouwd was als de duisternis en het licht, maar dat Glyndora met zuivere wilskracht altijd uit haar leven had gebannen: ze was bang. Ze beet op haar lip om zich te beheersen en keek de gang door, waar niets te zien was.
'Alsjeblieft.' Nu had ik het zelf gezegd. Het was het minste dat ik kon doen. Ze schudde haar hoofd, met haar dikke zwarte haar. Het was niet zozeer een antwoord als een gebaar van ellende. Nog steeds zonder iets te zeggen ging ze terug, om geld te tellen.

C Gesprek met Hem daarboven

Om een uur of vijf belde ik naar huis en wekte Lyle uit een diepe slaap. Hij zei dat hij dezelfde vreemde telefoontjes had gekregen als Lucinda: 'Is Mack er ook? Wanneer is hij terug?' Hij had de stem niet herkend.
'Heb je iets gezegd?'
'Nee, pa. Ik weet wel beter, verdomme.' Zijn trots, zijn hele houding en zijn toon ontroerden me op die wanhopige manier waartoe alleen Lyle in staat is. Het was zo duidelijk waar hij was blijven steken – het sleutelkind van dertien dat door zijn moeder tegen vreemde mannen is gewaarschuwd. Mijn zoon. Toen ik naar hem luisterde, had ik heel even het gevoel dat ik van pijn zou sterven. Het ging wat beter toen hij over de Chevy begon, die hij met twee lekke banden bij het bureau had opgehaald. Het had hem 185 dollar gekost, plus de boete, en hij wilde het geld van me terug. Dat herhaalde hij een paar keer.
Ik was vanavond weer met Brushy mee naar huis gegaan. We hadden eten gehaald bij een Italiaan – duur spul, rigatoni met geitekaas en vreemde antipasti, die we tussen het neuken door naar binnen werkten. Ik zal maar niet zeggen hoe ik mijn tiramisu at. Een uurtje geleden lagen we half te slapen, Brushy met haar rug naar me toe om niet in mijn armen te verdrinken, toen ze zei: 'Als ik het je vraag, vertel je het me dan?'
'Wat?'
'Je weet wel. Wat er aan de hand is. Met het geld. Met Bert. Die hele zaak. Oké? Vertrouwelijk, natuurlijk. Beroepsgeheim. Maar je vertelt het me wel.'
'Je kunt het maar beter niet weten. Niemand wordt beter van dit soort verhalen.'

'Dat begrijp ik wel,' zei ze. 'Heus. Ik weet dat je gelijk hebt. Ik vertrouw je. Maar als ik het ècht wil weten, om welke reden dan ook, dan vertel je het me toch?'
In het donker sperde ik mijn ogen open. 'Goed.'
Zo gaat het dus. Mijn verwrongen dromen, die ik zo lang voor mezelf heb gehouden, slingeren zich nu met vulkaankracht door mijn leven. Dat ik zo heftig en zo lang met Brushy heb gevreeën, komt misschien juist door het gevaar. Ze ligt nu te slapen, bijna onbeweeglijk, net als de vorige nachten, in de troostende greep van haar eigen onwaarschijnlijke fantasieën. Maar ik ben nog wakker. Triest ben ik naar de huiskamer gelopen, waar ik nu in mijn dictafoon zit te mompelen om de geesten en de spoken te verjagen.
En Jij... jij tot wie ik me richt... vraagt je af wat hij in zijn schild voert, die vent, Mack Malloy. Geloof me, ik weet het zelf niet. Het appartement wordt omgeven door de vreemde stilte van de winter. De ramen zijn stijf gesloten, de verwarming fluistert en de kou houdt de dolende zielen van de straat. Sinds ik deze stunt heb uitgehaald – TN heb bestolen en iemand anders de schuld in de schoenen probeer te schuiven – lijkt het wel of ik overal de verwijtende, beschuldigende stem van mijn moeder hoor. Ze beschouwde zichzelf als een vrome katholiek, een echt kind van de paus. Haar leven was als een draaitol met de kerk als middelpunt, maar haar religieuze bewustzijn draaide voornamelijk om de duivel, die ze regelmatig aanriep, vooral als ze mij berispte.
Maar het is niet de duivel die me hiertoe heeft aangezet. Ik denk dat ik gewoon genoeg had van mijn bestaan. Het leek zo'n geweldig idee. Maar het was míjn fantasie, mijn dwaasheid, mijn vrolijke avontuur. Daar kwam niemand anders aan te pas. De hel blijkt niets anders te zijn dan de vloek om voortdurend naar je eigen grappen te moeten luisteren.
Waarom zeg ik dit allemaal? Wat is het nut? Elaine had altijd dezelfde hoop. 'Mack, je zult niet sterven zonder een priester aan je zij.' Waarschijnlijk had ze gelijk. Ik ben geen gokker. Maar misschien is dit mijn eerste daad van berouw, een deel van het proces dat de kerk tegenwoordig de 'verzoening' noemt, waarbij je hart van alle lasten wordt bevrijd om naar God op te stijgen. Weet ik veel.
Als je luistert, Jij Daarboven, Opperwezen, Grote Entiteit, zul je het jouwe er wel van denken. Maar vergeef me, alsjeblieft. Dat heb ik nodig, vannacht. Ik heb gedaan wat ik wilde, maar nu heb ik er verdomd veel spijt van. We kennen allebei de waarheid. Ik heb gezondigd, en niet zo'n beetje ook. Morgen ben ik weer mezelf. Dan ben ik weer bitter en probeer ik de hele wereld te grazen te nemen. Dan ben

ik weer de afvallige, de agnosticus, en denk ik geen seconde meer aan jou. Maar probeer vannacht één moment van me te houden en me te accepteren, voordat ik je verwerp, zoals ik iedereen verwerp. Als je in staat bent tot oneindige vergiffenis, vergeef mij dit dan ook, en heb heel even medelijden met dat haveloze schepsel van je, Bess Malloys trieste zoon.

BAND 6

Gedicteerd op 2 februari, 19.00 uur 's avonds

Woensdag 1 februari

XXIV UW SPEURDER VERBERGT ZICH

A Wachten op Bert

Brushy had een vroege bespreking en vertrok al om zeven uur. Ze greep haar koffertje en hees zich haastig in haar jas, met een heel broodje jam nog in haar mond gepropt. Ik lag in bed te soezen, tussen de bezittingen van mijn geliefde. Brushy's appartement ademde een overvolle, mondaine sfeer. Het lag op de begane grond van een bakstenen gebouw met sjieke Victoriaanse accenten – sierlijsten en fraai stucwerk, met van die kleine ronde kapjes tegen het plafond waar de gasaansluitingen waren weggehaald. Er zaten hoge vurehouten luiken voor de ramen aan de straatkant, vanaf de vloer tot aan het plafond, en het appartement was volgestouwd met planten, boekenkasten en allerlei andere zaken. Er was geen echte kunst bij: een paar smaakvolle affiches, maar zuiver bedoeld als decoratie, net zo avontuurlijk als een schaal met fruit. In de slaapkamer, waar ik een spiegel of misschien wel een trapeze had verwacht, stond maar heel weinig: een groot bed en een kast met stapels wasgoed ernaast, de kleren voor de wasserij aan de ene kant, de spullen voor de stomerij aan de andere. Hier woonde iemand met een druk bestaan, dat was duidelijk.

Tegen tien over half negen, toen ik op het punt stond te vertrekken, ging de telefoon. Ik kon maar beter niet opnemen, dacht ik. Stel dat het een van Brushy's bewonderaars was – iemand uit haar legioen van mannelijke pin-ups? Of Tad Krzysinski, die wilde weten of ze tussen de middag nog een wip konden maken? Ik wachtte op het antwoordapparaat en hoorde Brushy, die me dringend vroeg om op te nemen.

'Blijf waar je bent,' zei ze.
'Kom je naar huis voor een vluggertje?'

'Ik heb zojuist met rechercheur Dimonte gesproken.'
'O, Jezus.'
'Hij is naar je op zoek. Ik zei hem dat ik je advocaat was.'
'Heeft hij een dagvaarding?'
'Ja, daar kwam hij mee.'
'En heb je hem geaccepteerd?'
'Ik zei dat ik daar niet toe bevoegd was.'
'Handig. Wat wilde hij verder nog weten?'
'Waar je was.'
Ik vroeg wat ze had gezegd, maar op hetzelfde moment wist ik het antwoord al. We zeiden het in koor: 'Vertrouwelijk. Beroepsgeheim.'
'Hij was in een prettig humeur, neem ik aan?'
'Zeg dat wel. Ik zei hem dat ik je zou vragen contact met hem op te nemen.'
'Als de tijd rijp is.'
'Hij komt achter je aan.'
'Natuurlijk. Misschien laat hij jou ook schaduwen. En deze telefoon is ook niet meer te vertrouwen.'
'Kan hij zo snel toestemming krijgen om de lijn af te luisteren?'
'Pigeyes trekt zich niets van de rechter aan. Hij heeft een mannetje bij de telefoonmaatschappij die hij heeft betrapt met cocaïne of met zijn pik in een verboden gat. Die tapt wel een lijntje af als Pigeyes het hem vraagt.'
'O,' zei Brushy.
'Leuke jongen, niet?'
'Nou...' zei Brushy. 'Heel mannelijk, zou ik zeggen.'
'Alsjeblieft, Brush, doe me dit niet aan. Dat zeg je alleen omdat hij misschien meeluistert.'
Ze lachte. Ik dacht even na.
'Hoor eens, ik kan beter vertrekken voordat hij in actie komt. Ik zou vandaag iets moeten horen van die lange collega van ons die wordt vermist. Vraag of Lucinda hem met jou doorverbindt. Voer geen lange gesprekken meer via deze telefoon. Vraag hem de informatie die ik van hem wilde door te geven op 7384. Duidelijk?' Ja, antwoordde ze. Dat was het faxnummer van G&G. Leuk voor Gino, als hij die lijn zou afluisteren. De paringsroep van twee elektronische apparaten. Daar kon hij weinig mee beginnen.
Ik pakte mijn koffertje, met al mijn spullen uit Pico Luan er nog in, en liep drie straten verder, waar ik een filiaal van het fitness-centrum wist. Ik zou Gino niet eeuwig kunnen ontlopen, maar ik wilde eerst met Bert praten om te weten wat ik moest zeggen. Ik had duizenden plannen, maar ik zou er één moeten kiezen.

De rest van de dag bracht ik in de club door. Ik oefende wat met de apparaten en loerde door mijn oogharen naar de meiden. Dat doe ik wel vaker. Na al die jaren in de kroeg heb ik soms de behoefte om bij mensen te zijn die ik niet ken. In een grijs jogging-pak en met een handdoek om mijn schouders stap ik op de trimmer, toets een paar cijfers in en spring er weer af als het ding een paar minuten in beweging is. Daarna oefen ik wat met de gewichten. Ten slotte zoek ik iemand om een praatje mee te maken, een van die domme zwetsers waar je als zuiplap op gesteld raakt en bij wie ik me kan gedragen als iemand die niet echt op mij lijkt.

Vandaag bleef ik grotendeels in mijn eentje. Zo nu en dan ging ik alle mogelijkheden nog eens na – als ik dit, of als ik dat... – maar het werd me al gauw te veel. Vreemd genoeg dwaalden mijn gedachten steeds naar mijn moeder. Net als de vorige avond had ik het gevoel dat ik gestraft werd en dat er niet veel hoop meer voor me was. Ik had mijn grote slag geslagen, waarom was ik dan niet gelukkig? Soms verloor ik me bijna in dezelfde klaagzang als zij – dat het leven hard en bitter was, en dat je voortdurend moeilijke keuzes moest doen die altijd verkeerd uitpakten.

Regelmatig belde ik met kantoor, maar Brushy had nog steeds niets van Bert gehoord. Daarom vertelde ze me maar over de stijgende spanning onder de collega's. Morgen was het immers Grote Verdeeldag, en de omzet van het kantoor was ten opzichte van vorig jaar met 12 procent gedaald. Toen ik om vier uur belde, nam Lucinda op. Brush was in bespreking. Bert had nog niet gebeld, maar er lagen wel twee andere boodschappen voor me. Van Martin en van Toots.

Eerst belde ik de oude man. Ik wist al wat er komen zou. Hij had er een nachtje over geslapen en hij wilde de schikking niet accepteren. Hij liet zich liever schorsen. Hij was te oud om nog te veranderen. Ik maakte me al kwaad.

'Ik ben heel blij met die schikking,' zei hij.
'O ja?'
'Gisteren leek ik misschien niet erg dankbaar, maar ik wilde je nog eens zeggen dat ik heel tevreden ben. Echt waar. Ik heb het aan een paar mensen verteld, en die dachten dat ik Houdini als advocaat had ingehuurd. Niemand heeft dit nog ooit meegemaakt.'
Ik mompelde, één keer maar, dat Brushy ook enige dank verdiende.
'Je hebt me goed geholpen, Mack.'
'We hebben ons best gedaan.'
'Ik wil alleen maar zeggen: als ik nog iets voor je kan doen, dan bel je maar.'
De Kolonel was niet iemand die loze beloften deed. Het was eigenlijk

een heel voorrecht. Alsof een goede fee je zei dat je drie wensen mocht doen. Ik kon iemand zijn benen laten breken, of bepaalde zangers laten optreden op Lyles bruiloft, als hij ooit zou trouwen. Dat was het aspect van dit beroep waar Brushy zo aan verslingerd was. Iemand die je bedankte voor je hulp. Omdat jij iets voor elkaar had gekregen dat niet iedereen zou zijn gelukt. Ik antwoordde uitvoerig dat het een plezier was geweest om Toots te vertegenwoordigen. Ik meende het zelfs, op dat moment.
'Waar zit je?' vroeg Martin toen hij aan de lijn kwam.
'Overal en nergens.'
'Waar is dat ongeveer?' Ik herkende een nieuwe toon, een scherpe, dwingende klank. Zo had ik Martin ook met zijn tegenstanders horen praten – de man die een harde leerschool had gehad.
'Ongeveer hier. Wat is er aan de hand?'
'We moeten praten.'
'Ga je gang.'
'Onder vier ogen. Kom maar naar kantoor.'
Opeens begreep ik het. Martin probeerde me te belazeren. Pigeyes zat op me te wachten, met zijn zelfvoldane grijns, genietend van het feit dat mijn eigen mentor me erin luisde. Maar even snel verwierp ik die gedachte weer. Na alles wat er was gebeurd wilde ik nog steeds in Martin blijven geloven. Slachtoffers bestaan niet.
'Waar gaat het over?' vroeg ik.
'Jouw onderzoek. Het schijnt dat je een document gevonden hebt.'
Het memo. Hij had met Glyndora gepraat. Hij wilde me manipuleren. Martin met zijn magie, overtuigend en charmant. Op een of andere sluwe manier wilde hij het memo weer in handen krijgen. Ik haalde diep adem.
'Het spijt me. Dat gaat niet.' Sentiment was één ding, maar ik was niet van plan om naar de Needle te komen, met Pigeyes en zijn cohorten in de buurt.
'Laten we de situatie houden zoals hij is, oké?' zei Martin. 'Wil je me dat beloven?'
Zonder iets te zeggen hing ik op.
Om half zes belde ik opnieuw. Brushy nam zelf op.
'Hij is bereid je te ontmoeten,' zei ze.
'Zeg verder maar niets.'
'Goed. Hoe geef ik die boodschap dan aan je door?'
Ik dacht even na. 'Kom maar naar me toe.'
'En als ze me volgen?'
'We hebben vorige week samen geluncht.'
'Ja.'

'En daarna zijn we nog ergens naartoe gegaan.'
'Oké.' Het hotel. Ze wist het.
'Voordat we naar boven gingen, ben je in je eentje nog ergens geweest. Weet je nog?'
Ze lachte even toen ze het begreep.
'En daar zie ik jou? Waar ik toen was?'
'Middelste hokje. Over een uur.'
'Oké,' zei ze zangerig. Ik had het voor het zeggen.

B 'Looking for Love in All the Wrong Places', deel 2

De bar van het Dulcimer House Hotel is zo'n plek waar jonge meiden – secretaressen, bankmedewerksters en andere werkende vrouwen die niet zeker weten of ze op zoek zijn naar een pleziertje of een levensvervulling – zich na vijven verzamelen voor het happy hour en zich laten begluren door vrijgezellen en getrouwde kerels die drie rijen dik aan de bar staan, in de hoop op een dronken nummertje om de volgende dag op het werk nog iets te hebben om aan terug te denken. Toen ik door de voorname lobby liep, met zijn bruidstaartplafond met gouden linten, hoorde ik de geluiden vanuit de bar, als vreemde radiosignalen uit de ruimte – de dreunende bassen van de dansmuziek en de schorre stemmen vol gefrustreerde emoties en vage lustgevoelens, meegevoerd op de knoflookgeuren van de verschillende warme hors d'oeuvres.

De toiletten bevonden zich aan het eind van een korte, met tapijt belegde zijgang van de lobby. Ik wachtte buiten de Dames, waaraan Brushy de vorige week een bezoekje had gebracht voordat we een kamer hadden genomen in het hotel. Pigeyes zou nooit met een vrouwelijke smeris samenwerken, en hij was te ouderwets en te preuts om haar naar binnen te volgen. Hij zou als Lassie voor de deur blijven staan. Ik wachtte een minuut of vijf, terwijl ik in de gaten hield wie er naar binnen en naar buiten kwamen. Ten slotte hield ik een jongedame aan die naar binnen wilde stappen.

'Moet u horen, mijn vrouw is al een tijdje binnen. Zou u me kunnen zeggen of alles in orde is als u weer naar buiten komt?'
Ze was snel terug.
'Er is niemand.'
'Wat?' zei ik. Ze stond bij de deur, die was voorzien van een silhouet van een welgeschapen dame. Ik hield hem met één hand vast, deed een stap het halletje in en duwde voorzichtig tegen de binnendeur.
'Shirley?' riep ik, met afgewend gezicht, om maar niet te kijken. Ik

draaide me nog wat verder om en riep nog een keer. Mijn stem weergalmde tegen de roze tegels. Het meisje trok haar schouders recht en liep terug naar het feestje.

Zodra ze verdwenen was, stapte ik het toilet binnen en sloot me op in het middelste hokje. Ik zette mijn koffertje op de wc-papierautomaat en ging gehurkt op de toiletpot zitten, uit angst dat iemand mijn mannenschoenen zou zien en alarm zou slaan. Ik hoopte dat Brushy zou voortmaken. Op mijn hoge leeftijd waren mijn dijbeenspieren niet meer zo sterk.

Op ooghoogte zag ik twee schroefgaten waar oorspronkelijk een kledinghaak of iets anders had gezeten. Nu ze niet langer werden gebruikt, konden ze vanuit mijn ongewone positie als kijkgaatjes dienen. Niet dat een gentleman zoiets zou doen, maar heb ik ooit beweerd dat ik Sir Galahad was? Een minuut later stapte een knappe meid in een zwarte jurk met kwastjes het hokje naast me binnen. Zoals gewoonlijk kreeg ik wat ik verdiende. Ze trok haar rits niet los, ze hees haar rok niet omhoog, maar ze deed haar ringen af en stak toen de middelste drie vingers van haar rechterhand zo diep mogelijk in haar keel. Toen ze ze weer terugtrok, legde ze haar handen tegen de twee metalen wanden van het hokje, schokte een paar keer dronken met haar hoofd en keerde haar maag om. Vroemm. Ontbijt, lunch en avondeten. Door de kracht van de explosie werd ze op haar knieën geworpen. Ze schudde even met haar mooie zwarte krullen en schraapte toen haar keel met een krachtig gerochel. Even later wierp ik een blik over de bovenrand van het hokje en zag haar bij het fonteintje staan, waar ze met een spray haar adem verfriste. Met haar lange rode nagels bracht ze haar kapsel in model, schoof met twee handen haar tieten weer terug in haar push-up beha, en bekeek zichzelf nog eens uitvoerig in de spiegel. Woensdagavond, klaar voor het feest.

Ik dacht nog steeds over die juffrouw na toen ik Brushy mijn naam hoorde zeggen. Ze rammelde aan de deur. Toen ik ons allebei in het hokje had opgesloten, gaf ze me een stevige pakkerd, zomaar, naast de wc.

'Ik vind het allemaal vreselijk spannend,' fluisterde ze. Dat was typisch Brushy – niet alleen de reden voor haar penis-wereldtoernee, maar ook voor haar interesse in mij: zuivere nieuwsgierigheid, de behoefte om alle aspecten van het leven te verkennen en de meest bizarre ervaringen te ondergaan. Zoals gezegd, ik heb vrouwelijke moed altijd heel opmerkelijk en aantrekkelijk gevonden.

'Waar is hij?' vroeg ik.

'Hé, wacht even. Wil je niet weten hoe ik de bloedhonden heb afgeschud?' Ze hield van dat jargon, van diefje met verlos. Brushy dacht dat ze in een film acteerde waarin ik iets slims zou bedenken om ons allemaal te redden, in plaats van er met de poet vandoor te gaan. Ze beschreef haar ingewikkelde route door verschillende gebouwen in het centrum en een bezoekje aan een cliënt, voordat ze hier via de achterdeur was binnengekomen. Geen mens had haar kunnen schaduwen.

Ze zocht juist iets in haar zwarte tasje toen we de deur van de toiletten hoorden opengaan.

Ik sprong weer terug op de toiletpot, zodat ik mijn gulp bijna tegen Brushy's neus drukte. Natuurlijk vond ze dat heel grappig. Zo is ze nu eenmaal. Ik legde mijn wijsvinger tegen mijn lippen. Om te laten blijken dat het haar allemaal niet koud liet, gaf Brushy een klopje op mijn piemel en maakte van de gelegenheid gebruik om mijn gulp open te ritsen. Ik gaf haar een tik op haar hand.

Ik hoorde het water van de wastafel stromen. Iemand was bezig haar make-up bij te werken. Brushy trok aan de rits van mijn gulp. Ik keek haar verwijtend aan en schold haar geluidloos uit, maar ze vond het een spannende situatie – zoals ik gevangen zat op die plaats, gedwongen mijn mond te houden. Even later was ze druk met me bezig, en kreeg ze een reactie. Ze haalde mijn jongeheer tevoorschijn, streelde, kuste en verorberde hem, en bewerkte hem met haar vingertoppen. Ze zou me tot een hoogtepunt hebben gebracht als er niet iemand in het hokje naast ons was gestapt. De nabijheid van publiek leidde mijn aandacht af, maar het gefluister, het gegiechel en gefoezel waren blijkbaar toch te horen, want onze buurvrouw leek geschrokken overeind te springen. Op weg naar buiten drukte ze haar oog tegen de kier van de deur en zei: 'Heel vreemd.'

'Dat ben je ook,' zei ik, toen we weer alleen waren. 'Heel vreemd.'
'Wordt vervolgd,' antwoordde Brushy. Ik dook weg in mijn ruwe tweed sportjasje. Toen ze mijn zure blik zag, greep ze me stevig vast.
'Vooruit, Mack, dit is spannend! Laat je gaan. Geniet ervan.'
Ik schudde mijn hoofd en vroeg haar naar Bert. Ze gaf me het briefje dat hij had gefaxt. 'Achter Salguro 462. Tien uur vanavond.' Ik herkende het adres en lachte.
'Dat is het Russisch Bad.'
'Is dat dan niet gesloten?'
'Dat is juist het punt.'
'Kom je daarna naar mij toe?'
'Ze houden je huis in de gaten, Brush. Dat zit er dik in.'
'Is dit dan vaarwel? Voor eeuwig?' vroeg ze grappig en melodramatisch.

Ik geloof niet dat ze mijn strenge, serieuze reactie op prijs stelde. Ze wilde het verliefde, luchtige tienertje spelen, daar op die wc, alsof ze alle problemen kon oplossen door een coupletje van *I Got You, Babe* te zingen.

'Ik wil je graag zien,' zei ze. 'Om te weten dat je niets mankeert.'

'Ik bel je wel.'

Ze keek me dreigend aan. Tenslotte was ze me naar Midden-Amerika gevolgd. Dus stelden we een plan op. Ze zou niet naar huis gaan, omdat Gino dan haar spoor zou kunnen oppikken. In plaats daarvan zou ze een taxi nemen en twee keer om het blok heen rijden om te zien of ze werd gevolgd. In films kan de politie iemand misschien dagenlang onopvallend schaduwen, maar in het werkelijke leven zijn daar minstens vier auto's voor nodig – voor elke richting één – en als het slachtoffer weet dat je achter hem aan zit of je in zijn spiegeltje in de gaten krijgt, zul je hem negen van de tien keer kwijtraken. Je stapt achter hem aan een kroeg binnen en hij verdwijnt gewoon door de achterdeur.

Als ze zeker wist dat ze niet werd geschaduwd, zou Brushy haar intrek nemen in een onopvallend hotel, drie straten verderop. Een kamer voor één nacht. Ze zou de sleutel bij de receptie achterlaten en een tandenborstel voor me kopen.

Ik zei tegen haar dat zij het eerst moest vertrekken. Ik wachtte in het gangetje tussen de deuren totdat ze op de buitendeur klopte om me te laten weten dat de kust veilig was. Daarna gaf ik haar een paar minuten voorsprong om eventuele achtervolgers mee te lokken. Natuurlijk kwam er op dat moment een oud wijfje binnen, met zo'n opgetoeft kapsel uit de schoonheidssalon. Ze schrok en keek me hooghartig aan. Ik maakte een snelle pirouette alsof ik dacht dat deze betegelde roze ruimte werkelijk het herentoilet kon zijn, en verdween naar buiten.

Pigeyes of zijn kameraden waren nergens te zien. Ik zette een hoed op, trok mijn sjaal voor mijn mond en probeerde een taxi te vinden die me 's avonds laat naar het West End durfde te brengen. Ik dacht aan Brushy. Ze had me in de toiletten een afscheidskus gegeven, een lange, innige omhelzing, vurig en vol liefde. 'Zorg dat je geen uitslag oploopt,' had ze me nog gewaarschuwd.

XXV HET GEHEIME LEVEN VAN KAM ROBERTS, DEEL TWEE

Ik kwam anderhalf uur te vroeg in het West End aan en bracht de resterende tijd door in een kleine Latino-bar op de hoek bij het Russisch Bad, waar bijna geen Engels werd gesproken. Ik dronk limonade, ervan overtuigd dat ik ieder moment zwak kon worden en een borrel zou bestellen. Ik dacht aan Brushy, maar het was geen prettige gedachte. Ik vroeg me af waar het allemaal toe zou leiden, of ik wilde wat ze me gaf en of ik haar kon geven wat ze wilde. En dus was ik in een bijzonder onaangenaam humeur: ik weigerde mijn ellebogen te verplaatsen en wachtte tot iemand een poging zou doen mijn vervloekte Angelsaksische kont opzij te drukken.

De mensen hier waren echter redelijk vriendelijk. Ze keken naar een opname van een bokswedstrijd in Mexico City op de televisie boven de bar, leverden commentaar *en español* en wierpen zo nu en dan een tersluikse blik op ondergetekende, maar blijkbaar vonden ze me toch te forsgebouwd om geintjes mee uit te halen. Ten slotte kwam ik ook in de stemming, sloot me bij hen aan, gooide mijn vier of vijf woorden Spaans erin en herinnerde me dat ik jaren geleden al tot de conclusie was gekomen dat een buurtcafé zoals dit misschien wel de meeste klasse had van alle kroegen op aarde. Ik was min of meer grootgebracht in The Black Rose – misschien geen aanbeveling, als je nagaat wat er van mij geworden is – maar in een buurt van huurkazernes en kleine huisjes verlangden de mensen naar een plek waar ze de ruimte hadden en hun armen konden bewegen zonder de kopjes van de tafel te stoten. Je kon rustig je vrouw meenemen naar de Rose. Er liepen kinderen rond de tafeltjes die hun moeders aan de mouw trokken. Er werden liedjes gezongen en grappen verteld. De mensen verwarmden elkaar met hun gezelschap. Maar ik, als kind, wist niet hoe snel ik daar weg moest komen. Zo ver mogelijk weg. Ik dacht daar met verdriet aan terug, maar toch had ik het vermoeden –

waarom, dat weet ik niet – dat ik precies hetzelfde zou reageren als ik weer in die situatie zou zijn.

Om klokslag tien uur stapte ik naar buiten en liep het steegje door. Dit was een grotestadswijk waar de politie en het gemeentebestuur lang geleden van die felle oranje natriumlampen hadden geïnstalleerd die de wereld in zwart-wit leken te veranderen. Overal zag ik dreigende schaduwen: vuilnisbakken, containers, duistere nissen en deuren met ijzeren tralies. Ideale schuilplaatsen voor de Anonieme Beul om grijnzend zijn kans af te wachten met zijn mes al in de aanslag. Toch liep ik verder, met een droge keel en waterige knieën, zoals gewoonlijk. Opeens hoorde ik een metaalachtig geluid en bleef stokstijf staan. Iemand stond me op te wachten. Dat was ook de bedoeling, stelde ik mezelf gerust. Ik had immers een afspraak.

Toen ik dichterbij kwam, zag ik een gestalte die me wenkte. Het was de Mexicaan, Jorge, de man met de derde-wereldwoede, die me had ondervraagd toen ik naar het Russisch Bad was gekomen. Hij stond in het steegje met badkamerslippers aan zijn voeten en een oplichtende blauwzijden badjas om zich heen geslagen. Hij had zijn handen diep in zijn zakken gestoken en je zag zijn adem in de streep licht die door de deuropening achter hem viel. Hij knikte naar me en zij: 'Eh.'

Bert stond binnen, verscholen achter de deur. We bevonden ons in een soort voorraadruimte achter de kleedkamer. Hij begroette me net zo enthousiast als de vorige keer. Jorge schoof de grendel weer voor de deur en verdween. Terug naar bed, vermoedelijk. Nog even stak hij zijn hoofd om de hoek. 'Als jullie weggaan, doe de deur dan op slot. En zorg dat niemand je ziet. Ik wil geen gedonder hier. Ik heb je al lang geleden gezegd, *hombre*, dat je geschift was. Totaal geschift.' Hij zei het tegen Bert, maar hij wees naar mij. 'En jij ook.'

Bert vertelde dat Jorge al om vier uur zijn bed uit moest om de stenen in de hete oven te controleren, die werden verhit tot een temperatuur van bijna duizend graden. Daarna maakte hij alles gereed voor de komst van de eerste gasten, die al om half zes arriveerden. Ik vroeg me af wat Jorges verhouding met de onderwereld was. Er kwamen hier heel wat types om de stank van corruptie en duistere praktijken uit hun lijf te zweten. Jorge bewaarde vermoedelijk al hun geheimen. Maar als er nu een vent met een geweer of een kleerhangertje op de voordeur klopte, zou Jorge hem subiet wijzen waar hij ons kon vinden en weer zijn bed in duiken. Het was een hard bestaan.

Ik zei tegen Bert dat we moesten praten.

'Wat dacht je van de sauna?' vroeg hij. 'De oven staat aan. Het is daar nu godsgruwelijk heet. Heerlijk. Dan kunnen we alle kwade stoffen eruit zweten. Goed?'

Ik had wat preutse bedenkingen om naakt naast Bert te gaan zitten, zelfs met een laken om me heen. Ik voelde me nogal onnozel en schaapachtig. Als ik nee had gezegd, zou hij vast de reden hebben vermoed. Dus hingen we onze kleren in de kastjes en liep ik achter Bert aan naar beneden. We droegen allebei een okerkleurig laken als een rok om onze buik geknoopt. Bert durfde geen licht aan te doen in de buurt van de ramen. De douches bij de sauna waren donker en het bad zelf werd maar verlicht door één enkele lamp, die een somber schijnsel verspreidde met de kleur van thee. De stenen lagen allemaal weer in de oven. Het vuur brandde fel en de lucht was droog. Toch hing er een vreemde lenteachtige geur. Bert zette de deur van de oven op een kier, ging op de hoogste rij banken van het oplopende zaaltje zitten en maakte tevreden geluiden in de verzengende hitte.

Je zou denken dat er geen vuiltje aan de lucht was, zo zorgeloos als hij over de Super Bowl zat te praten, maar ten slotte vroeg ik hem om me eerlijk te vertellen hoe de afgelopen dagen waren geweest. Hij staarde omlaag tussen zijn benen en zei niets. Angstig, nam ik aan. Hier zat een man die gevechtspiloot in Vietnam was geweest, die wist hoe het voelde als de angst je bij de strot greep. Maar de tijd verstrijkt en de verbeelding neemt de plaats in van echte herinneringen. De hevigheid van de angst had hem duidelijk verrast.

'Ik eet alleen nog dingen uit de frituur, en ik drink water dat ik niet vertrouw. Ik vraag me af waar ik het eerst aan dood zal gaan. Begrijp je?' Hij lachte even. Die slungelige ouwe Bert. Hij dacht dat hij grappig was. Lood uit de kraan of lood uit een geweer – het kwam op hetzelfde neer.

'En waar heb je je al die tijd verborgen?' vroeg ik.

Hij moest lachen om die vraag.

'Ach, man,' zei hij. 'Hier, daar en overal. De bezienswaardigheden bekeken. In beweging gebleven.'

'Vandaag, bijvoorbeeld. Waar was je vanochtend?'

'Vanochtend? In Detroit.'

'Wat deed je daar?'

Hij schoof wat heen en weer in de drukkende hitte, zoekend naar woorden.

'Orleans had daar gisteravond een wedstrijd,' zei hij ten slotte. Hij keek de andere kant op toen hij het zei, en zweeg toen weer. Ik begreep het al. Bert reisde al die steden af, Detroit, La Salle-Peru, in het kielzog van Orleans. Voor wat romantiek op de wedstrijdavonden, in goedkope hotels als de U Inn.

'En hoe zat het met geld? Waar leefde je van?'

'Ik had een credit card op een andere naam.'

'Kam Roberts?'
Daar schrok hij even van. Hij was vergeten wat ik wist.
'Ja. Dat leek me beter dan mijn eigen card te gebruiken. Die zouden ze moeilijker kunnen opsporen. Maar ze hebben me toch gevonden.'
'Ik dacht dat Orleans die card gebruikte.'
'We hadden er allebei een. Ten slotte hebben we ze vernietigd. Ze waren toch bijna verlopen. Maar we hadden wat geld opzij gelegd. Dat is geen probleem. Wat heb ik nou helemaal nodig? Een motel met kabeltelevisie en ik ben tevreden. Nee, het probleem waren die kerels. Die zaten ons op de hielen. Ze deden navraag bij winkels waar Orleans die card had gebruikt. Dat soort dingen. We waren allebei doodsbang, man.' Hij keek me aan. 'Dus het was de politie, volgens jou?'
'Ja, die zit achter jullie aan.' Ik was blijven staan. Als ik dat laken om me heen hield en niet met mijn billen op het hout ging zitten, hoopte ik dat ik zonder besmettingen weer thuis zou komen en Brushy tevreden zou kunnen houden. 'Dat is ons probleem, Bert. De politie. Ze weten dat ik naar je op zoek ben, en daarom houden ze mij nu ook in de gaten, zeker na dat avontuur in het Hands-stadion, afgelopen vrijdag. Ik heb al vier nachten niet thuis geslapen. We moeten overleggen wat we tegen ze zullen zeggen, Bert. "Ik weet van niets" is niet voldoende, vrees ik. Die hele zaak met Orleans... Je moet me vertellen hoe dat is gegaan, dan kan ik mijn houding bepalen.' Ik keek hem niet aan, dat had geen zin. Maar ik had het gevoel of hij zweefde, zoals hij daar zat in die hete houten kist.
'Ach, je weet wel,' zei hij achter me.
'Ja,' zei ik. We deden het rustig aan. 'Je hebt hem ontmoet toen hij zijn moeder een keer van haar werk kwam halen. Zoiets.'
'Ja.'
Het gesprek vlotte moeizaam. Bert vertelde me over zijn verhouding met Orleans, op zijn eigen vreemde manier. We hadden het bloedheet en we keken elkaar nog steeds niet aan – twee stemmen in die ongelooflijke hitte en dat sombere theekleurige licht. Bert was geen groot verteller. Hij mompelde veel, op verongelijkte toon, en onderbrak zijn verhaal voortdurend met 'Je weet wel'. En misschien wist ik het ook wel. Orleans had Berts leven veranderd zoals dat meestal alleen gebeurt door menselijk geweld of natuurrampen: vulkaanuitbarstingen, orkanen, wervelstormen. Je kent die foto's wel, van zo'n arme klootzak in lieslaarzen die vol verbijstering en ongeloof naar de restanten van zijn huis staart, die nog half boven het donkere water uit steken. Dat was er met Bert gebeurd toen hij Orleans ontmoette. Ik had de man alleen op grote afstand in een basketballstadion ge-

zien, dus ik kan je weinig over hem vertellen, alleen dat hij een knappe jonge vent was. Maar uit Berts verhaal leidde ik af dat hij ook nerveus en grillig moest zijn. Blijkbaar was hij op school een footballster geweest maar had hij een zware knieblessure opgelopen, waar hij grote problemen mee had gehad. Hij had de actieve sport vaarwel gezegd en was verdergegaan als scheidsrechter bij verschillende sporten aan de universiteit. Tegenwoordig gaf hij lichamelijke oefening aan een lagere school en verdiende hij er wat bij als scheidsrechter, maar het grootste deel van de tijd scheen hij ruzie te maken met zijn moeder. Hij was een man van twaalf ambachten en dertien ongelukken. Hij verdween regelmatig de stad uit, maar hij kwam steeds weer terug. De helft van de tijd woonde hij thuis. Ik veronderstelde dat Glyndora hem probeerde te veranderen en dat hij nog steeds verwikkeld was in het bekende conflict tussen ouders en kinderen – altijd kwaad op haar, maar hopend dat ze hem zou accepteren, zoals we allemaal hopen dat onze familie ons accepteert, op de een of andere manier.

De vonk was overgeslagen. Voor Bert was het alsof de bliksem insloeg. Ik begreep dat Orleans zijn eerste echte liefde was, en hij hield van hem zoals je van de geest houdt als je de toverlamp gevonden hebt. Bert zag in hem zijn vrijheid. Zijn bestemming. En afgezien van zijn verlangens en zijn liefde was Bert hem ook eeuwig dankbaar. Het is moeilijk voorstelbaar dat zoiets nog bestaat in deze moderne tijd – mensen die zich zo voor hun ware gevoelens hebben afgesloten – maar de oude smeris in me zegt dat het niets bijzonders is. Kijk maar naar Nora. Kijk maar naar mij. Opeens ben je op een leeftijd waarop je moe wordt van je eigen stoute gedachten. Maar hoe je ze ook probeert te negeren, ze gaan niet weg. Het lelijke stempel dat ze op je ziel hebben gedrukt is niet meer weg te wissen. En dus kun je maar beter zijn wat ze zeggen dat je bent. Want dat ben je al.

Dus dansten ze samen de rumba, Bert en Orleans. Glyndora ging door het lint toen ze het merkte, maar ik had de indruk dat Orleans het wel leuk vond om zijn moeder zo te stangen.

Bert liep nu te ijsberen op de rij boven me, stampend met zijn grote voeten met de lange nagels en de eeltknobbels van zijn instappers en zijn sportschoenen. Zijn zwarte haar was nat van het zweet en zijn ongeschoren wangen leken nog donkerder in de hitte.

'En hoe is dat gokken begonnen? Wie z'n idee was dat?'

'O, je weet wel,' zei hij voor de honderdste keer. 'Het was niet echt een idee. We zaten gewoon over de westrijden te praten. Over de spelers, noem maar op. Je weet hoe dat is. Als je met iemand omgaat, weet je na een tijdje wat hij denkt. Ik bedoel, dan zei hij bijvoorbeeld

vóór de wedstrijd tegen Michigan zoiets als "Ik zal Ayres kort houden, dat is een schoffelaar. Je mag hem geen ruimte geven." Of Erickson van Indiana. Die werkt alleen maar met zijn ellebogen.'
'En dan zette je geld op de uitslag? Als Ayres kort werd gehouden, wedde je dus tegen Michigan?'
'Ja,' zei hij langzaam. Hij schaamde zich. 'Ik dacht dat het niet veel kwaad kon. Je wist gewoon wat meer dan iemand anders. Ik heb er niet echt over nagedacht.'
'Wist Orleans het?'
'In het begin?'
'Uiteindelijk.'
'Wist jíj dat ik op de uitslagen wed?'
'Ja,' zei ik. Dus wist Orleans het ook, bedoelde hij. Ik probeerde Bert als gokker te zien. Wat was zijn drijfveer? Wilde hij zich koesteren in het geluk, of een straf over zich afroepen? Wat trok hem er zo in aan? De mannen of de sport? De gratie? Het feit dat er alleen maar winnaars en verliezers waren, zonder compromis? Zoiets. Hij speelde verstoppertje met zichzelf, en dit hoorde er allemaal bij.
'Vroeg hij je of je speciaal op zijn wedstrijden inzette?'
'Niet rechtstreeks. Hij vroeg wel welke wedstrijden erbij zaten. En dat vertelde ik hem. Hij wist ook pas een dag van tevoren, om half vijf, welke wedstrijd hij moest leiden.' En heel langzaam: 'Hij heeft nooit gezegd dat hij iets voor me zou regelen. Zo ging het niet.'
'Maar merkte je dat hij de wedstrijden manipuleerde?'
Eindelijk waagde ik een blik in Berts richting. Hij stond nu op de bovenste rij, met zijn hoofd tussen de balken, zijn zwarte ogen angstig en doodstil.
'Zal ik je eens wat vertellen? Toen ik wist waar hij mee bezig was, toen het eindelijk tot me doordrong, was ik heel blij. Gelukkig, zelfs. God.' Opeens boog hij zich naar voren, sloeg een arm om de balk en leunde naar voren, zodat de spieren van zijn lange arm zich spanden. Zijn gezicht vertrok. Met zijn andere hand hield hij het laken op zijn plaats. Hij had gedacht dat Orleans verliefd op hem was. Daarom was hij zo gelukkig geweest. Niet vanwege het geld. Niet vanwege de stoere verhalen die hij hier in de sauna kon vertellen. Nee, het was een teken van liefde geweest. En nu had hij verdriet.
'Wat een zieke, stompzinnige toestand,' zei hij.
Opeens besefte ik dat ik mijn eigen redenen had om de zaak met Bert uit te praten. Daar stonden we dan, twee kerels van middelbare leeftijd, zakelijk geslaagd – min of meer – en allebei crimineel. Misschien bestaat er geen eer onder dieven, maar wel een soort saamhorigheid in de wetenschap dat je niet zwakker bent dan een ander. En door

Bert te dwingen rekenschap af te leggen, zou ik misschien een paar antwoorden vinden op al die verwijten van mijn moeder. Maar het was een teleurstelling. Bert had een *crime passionel* gepleegd. Niet dat het doel van zijn bedrog er niet toe deed – misschien gold dat voor mij ook wel – maar omdat Bert en Orleans het nooit als bedrog hadden beschouwd. Voor hen was het gewoon een opstapje geweest naar een plek waar ze naartoe wilden. Vooral Bert. Een plek waar 'fout' niet eens bestond.

'En hoe kwam Archie erachter?' vroeg ik hem.

'Ja, Jezus, hij nam de weddenschappen aan. Opeens zette ik drie keer per week een groot bedrag op bepaalde wedstrijden in. En ik won steeds. Ik wilde niet dat hij in moeilijkheden zou komen, daarom gaf ik hem van tevoren een hint. Iedereen hier sloot weddenschappen af bij Archie.' Bert legde me uit hoe het Infomode-systeem werkte. Iedereen kon meedoen, met een credit card en een schuilnaam. Eén vent noemde zich 'Moochie'. Hal Diamond heette 'Slick'. En Bert was 'Kam'.

'We zaten hier uren over de wedstrijden te praten. En we volgden elkaars resultaten. Heel nauwkeurig. Je weet hoe het is. We hebben geen geheimen voor elkaar.'

Dus binnen de kortste keren was iedereen hier op de hoogte geweest. Ze plaagden Bert. 'Wat doet Kam Roberts vandaag?' Bert had begrepen dat hij een fout had gemaakt. Achteraf. Maar op dat moment was de verleiding te groot geweest. Zo was hij nu eenmaal: stoere verhalen. Een echte macho. Wie zegt dat mensen ooit veranderen?

'Archie had geen idee waar je die informatie vandaan had?'

'Ik heb het hem nooit verteld. Ik weet niet wat ze dachten. Een connectie met de spelers, vermoed ik.'

Ik paste de stukjes van de puzzel in elkaar. 'En Orleans kreeg ook een credit card?'

Dat had ik niet moeten zeggen. Berts ogen puilden uit. Snel als een kat kwam hij een rij naar beneden en bracht zijn gezicht vlak bij het mijne. Mijn favoriete krankzinnige.

'Sodemieter op, Mack. Zo lag het helemaal niet. Jezus, voor hem is het een part-time baantje, scheidsrechteren. Hij is leraar. Als je geld hebt, schuif je een vriend ook wat toe. Denk even na. Ik had die credit card, en genoeg geld. Zo was het, man, en niet anders. Klets toch niet.' Orleans had de wedstrijden niet gemanipuleerd, Bert had de winsten niet gedeeld. Het was geen corruptie. Niet zoals zij het zagen. Het was liefde. En daar had hij natuurlijk gelijk in.

Achter me hoorde ik water stromen. Hij had een van de kranen tussen de planken opengedraaid en vulde een emmer om die over zijn hoofd uit te storten.

Ik merkte dat ik was gaan zitten. Ik sprong overeind, deed vloekend een logge versie van de hootchy-kootchy en sloeg naar mijn grote Ierse kont alsof dat iets hielp. Bert keek verbaasd toe, maar ik legde het niet uit. Ik wilde de rest van het verhaal horen.

'Ga verder,' zei ik. 'Een of ander type met een boksbeugel probeerde Archie de naam van de scheidsrechter te ontfutselen. Archie gaf hem jouw naam, omdat hij verder niets wist. Jij vond Archie in je koelkast en bent op wereldreis gegaan. Ging het zo?'

'Zo ongeveer. Ik wist toch al dat ik moest vertrekken. Daar had Martin me wel van overtuigd.'

Bingo. Ik staarde naar het zweet tussen mijn grijze borsthaar. Het liep in stroompjes over de kromming van mijn buik en maakte vochtige plekken in het laken.

'Martin?' vroeg ik. 'Waar heb je het over, Bert? Wat heeft Martin hiermee te maken?'

Berts reactie was totaal onverwacht. Hij begon bulderend te lachen. 'Wat een vraag!'

'Wat hij ermee te maken heeft? Martin?'

'Martin en Glyndora. Nee, Martin in Glyndora,' zei Bert met een puberale grijns, terwijl hij een rondje met zijn duim en wijsvinger maakte en de middelvinger van zijn andere hand daar een paar keer doorheen stak. Het was zo'n onnozel maar veelzeggend gebaar dat we allebei in de lach schoten. Wat een leven! Daar zaten we, Bert en ik nota bene, giechelend om de seksuele escapades van een ander.

'Martin?'

'Reken maar,' antwoordde hij.

'Dat bestaat niet.'

'Het is een oude affaire, van jaren geleden. Allang voorbij. Orleans zat nog op de lagere school. Maar ze hebben nog altijd zo'n verhouding... Je weet wel.' Bert maakte een handgebaar. 'Als ze problemen heeft – niet alleen problemen op het werk, maar ook in haar privé-leven – gaat ze eerst naar hem toe.'

'Martin en Glyndora,' zei ik, nog steeds stomverbaasd. Al jarenlang praat ik op feestjes met Martins vrouw Nila, maar ik weet nog steeds niets meer van haar dan wat ik zie: een charmante verschijning en goede manieren. Ik had altijd gedacht dat Martin gelukkig getrouwd was met zijn eigen pretenties. Het idee dat hij een vriendin had leek niet te kloppen met zijn onafhankelijke imago.

'Maar met welk probleem is Glyndora dan naar hem toe gegaan?' vroeg ik hem. 'Ik begrijp nog steeds niet wat hij ermee te maken heeft.'

Bert gaf geen antwoord. Ik wist inmiddels wat dat betekende. Rustig aan. Gevoelig onderwerp.
'Ze maakte zich zorgen over jouw verhouding met Orleans?'
'Ja,' zei Bert. Hij nam er de tijd voor. 'Eerst stond hij er tussenin. Als bemiddelaar, hoe noem je dat. Glyndora was over de rooie. Je kent haar. Ze is volkomen geschift op dat punt.' Hij keek somber op, heel even maar, met één oog. Maar door die opmerking kreeg ik een aardig beeld van de dynamiek in dat gezin. Orleans had eindelijk de aandacht van zijn moeder. Niet alleen 'zo ben ik,' maar 'zo doe ik met je eigen baas, in je eigen wereld'. Ik wist dat Bert die achtergrond nooit zou beseffen. Op dat punt had hij een blinde vlek. Hij werd zo beheerst door zijn eigen emoties dat hij weinig zicht had op de gevoelens van anderen.
'Toen ontdekte Martin het van die weddenschappen. Man, het huis was te klein. Hij was nog woester dan Glyndora. Hij zei meteen dat dit niet kon. Hij kende dat soort types nog van vroeger, vergeet dat niet. Hij vond dat ik meteen moest opkrassen. Wegwezen. En eigenlijk vond ik dat wel best,' zei Bert. 'Een nieuw leven, begrijp je? Gewoon onderduiken. Voor een tijdje, tenminste. Weg bij het kantoor. Heb je ooit gehoord van Pigeon Point?'
'Nee.'
'Dat ligt in het noorden van Californië. Aan de kust. Ik zag een advertentie voor een artisjokkenkwekerij. Ik ben er wezen kijken. Het is daar altijd mistig. Onvoorstelbaar, man. De mist trekt twee keer per dag over de artisjokken heen. Je hoeft ze nauwelijks te besproeien. Een geweldige oogst. En ze smaken heerlijk.' Hij ratelde een hele lijst van vitamines af – meer informatie binnen vijf seconden dan op een heel etiket. Maar ik liet hem gaan. Ik dacht weer aan wat hij had gezegd. Een nieuw leven. Een nieuwe wereld. God, bij de gedachte alleen al begon mijn hart te zingen. Maar plotseling bedacht ik dat ik bijna zes miljoen dollar op twee buitenlandse bankrekeningen had staan en stelde hem een dringende vraag die ik net zo goed aan mezelf had kunnen stellen:
'Wat doe je hier dan nog?'
'Hij wil niet weg.' Bert spreidde zijn grote handen, zijn vingers kreupel van wanhoop. 'Die klootzak wil niet mee. Ik heb het hem gesmeekt. Ik vraag het hem drie keer per week.' Hij keek me verward aan en wendde zich toen af in een vergeefse poging om de waarheid voor me te verbergen – dat hij zijn leven had opgegeven om Orleans te beschermen, maar dat Orleans, als puntje bij paaltje kwam, niet bereid was hetzelfde voor hem te doen. Misschien kon hij zijn moeder niet genoeg dwarszitten op drieduizend kilometer afstand. Mis-

schien hield hij gewoon niet genoeg van Bert. Hoe het ook zij, Berts kruistocht was een solo-onderneming. En ik besefte nog iets anders – dat de affaire tussen Bert en Orleans niet die romantische idylle was waar de dichters over schrijven. Er deugde iets niet aan. Het was met pijn verbonden. Er was een reden waarom het Bert zoveel tijd kostte om zichzelf de waarheid te bekennen die hij niet wilde weten.

En toch was ik heel even jaloers op hem. Had ik ooit zoveel van iemand gehouden? Mijn gevoelens voor Brushy leken oppervlakkig in de verstikkende hitte. Of was het nog te vroeg? Misschien had ik meer tijd nodig. Het lijkt wel of het leven twee polen heeft. Je gaat de ene of de andere kant uit. We maken steeds de keus: hartstocht of wanhoop.

'Ik heb hem over de politie verteld,' zei Bert. 'Maar hij gelooft het niet.'

'Dat zal wel veranderen als ze hem in zijn kraag grijpen.'

'Kun jij niet met ze praten?' vroeg hij ten slotte. 'Met de smerissen? Het zijn toch vrienden van je?'

'Nauwelijks,' antwoordde ik, maar toch moest ik glimlachen. Het was niet mooi van me, zoals ik genoot van de kans om Pigeyes een hak te zetten. Ik had al een paar ideetjes.

De hitte en het late uur maakten me slaperig. Ik tapte ook een emmer water vol, maar had niet de kracht of de moed om hem over mijn hoofd te gieten. Ik bleef tegenover Bert staan, plensde wat water tegen mijn gezicht en mijn borst, en probeerde vast te stellen wat dit allemaal voor mij betekende. De oven fluisterde en de stenen sisten zacht.

'Je weet dus niets over wat er op kantoor is gebeurd? Het geld en zo?'

Het zweet druppelde in zijn wimpers. Hij knipperde met zijn ogen. Bert en zijn ondoorgrondelijke, donkere blik. Hij begrijpt je niet en hij zal je nooit begrijpen.

Ik vroeg of de naam Litiplex hem iets zei.

'Jake?' vroeg hij.

Ik knikte.

'Heeft Jake me niet een memo gestuurd? Ik geloof dat ik hem een serie cheques heb uitgeschreven op rekening van het 397-fonds. Ja, dat was het.' Bert maakte een huppeltje met zijn lange lichaam. Hij herinnerde het zich nu. 'Het lag nogal gevoelig. Gedonder met de eisers. Jake was bang dat Krzysinski hem de oren zou wassen als hij hoorde dat Jake die kosten moest betalen. Daarom moest het geheim blijven. Niemand mocht het weten. Jake deed er heel zenuwachtig over.'

Bert dacht even na. 'Dus er is iets misgegaan?' zei hij.

'Dat kun je wel zeggen.'
'Ja,' zei hij. 'Weet je, nu ik er goed over nadenk, heeft Martin me een maand geleden al naar die zaak gevraagd. Naar Litiplex. Maar hij deed alsof er niets aan de hand was.'
Dat was het moment geweest waarop Martin het memo en de cheques onder ogen had gekregen. Glyndora was natuurlijk meteen naar hem toe gekomen.
'Wat is er gebeurd?' vroeg Bert.
Ik vertelde het hem in het kort. Geen Litiplex, maar wel een geheime rekening in Pico Luan. Bert leek het nogal amusant te vinden, totdat ik hem vertelde dat Martin en Glyndora beweerden dat híj het geld had gestolen.
'Ik? Die vuile etters! Ik? Dat is toch niet te geloven?' Hij was overeind gesprongen. Meteen dacht ik terug aan de rechtszaken waarin ik hem aan het werk had gezien – zijn plotselinge woede-uitbarstingen in de rechtszaal, zijn protesten tegen insinuerende vragen alsof het de landing van buitenlandse troepen op Amerikaans grondgebied betrof. Ik wachtte tot hij wat tot bedaren was gekomen.
'Geef eens eerlijk antwoord, Bert. Heb jij niet met Martin afgesproken dat jij de schuld op je zou nemen? Voor de diefstal?'
'Ben je gek? Geen sprake van.'
'Echt niet? Ook niet stilzwijgend?'
'Vergeet het maar! Wat een gore streek.' Hier sprak Bert, die miljoenen Amerikanen had belazerd door met de uitslagen van wedstrijden te knoeien, die achter zijn pik was aangelopen en daar een aardig zakcentje aan had overgehouden. Die Bert voelde zich nu in zijn eer aangetast. Hij had dezelfde krankzinnige blik in zijn ogen als wanneer hij tekeerging over de verborgen vergiften die 'zij' in zijn eten stopten. Hij sprong weer op zo'n donkere, door vocht verkleurde bank en goot een emmer water over zijn hoofd. Woedend kwam hij onder de douche vandaan. Vreemd genoeg deed hij me op dat moment sterk aan Glyndora denken.
We gingen naar boven om ons aan te kleden, zwijgend en in een norse stemming. In zijn kastje had Bert een tas met deodorant en andere spullen, die ik ook mocht gebruiken.
'Wie is het?' vroeg hij opeens. 'Wie heeft het geld?'
'Dat doet er niet toe.'
'Nee, maar...' Hij haalde zijn schouders op.
Ik had me de laatste dagen in de spelonken van Martins brein verdiept. Alsof je afdaalde in een eindeloze rotsgang. Als hij Bert deze zaak in de schoenen zou schuiven, zo moest Martin vanaf het eerste begin hebben gedacht, zou niemand hem ooit tegenspreken. Niet

Jake, natuurlijk niet. Niet Bert, die met permanent verlof was gestuurd en zich tussen de artisjokken voor de maffia verborgen hield. Niet ikzelf, want ik had geen idee. En ook niet de directie van TN, die – zelfs als ze erachter kwamen – niets te winnen hadden bij een publiek schandaal dat alleen de aandacht zou vestigen op het overschot in het 397-fonds. Door Bert de schuld te geven, kon Martin de zaak netjes afwikkelen.
En ik had me daar wel bij kunnen neerleggen, bij Martins plannetje om de wereld te redden zoals ik die kende. Tenzij Pigeyes hem te pakken zou krijgen, zou Bert niet meer boven water komen. Jake kon ieder moment ontdekken dat hij in Pico Luan een gat in zijn portemonnee had gekregen. Maar wat dan nog? Hij zou het wel uit zijn hoofd laten een internationale scène te trappen. Hij kon moeilijk roepen: 'Waar is al dat geld dat ik gestolen heb?' Vermoedelijk zou hij denken dat Bert hem had afgetroefd. Ja, voor mij zou het heel voordelig zijn als Martins plannetje slaagde. Over een paar maanden kon ik me uit de firma terugtrekken en zo nu en dan een reisje maken naar Pico Luan.
Maar toen ik op zaterdag door de gelakte deuren van de Club Belvedere naar buiten was gestormd en de hele nacht was opgebleven om mijn plannen uit te broeden, had ik me vast voorgenomen om Martins misselijk makende intriges te dwarsbomen. Sindsdien had ik zo nu en dan, tegen beter weten in, gedacht dat het me nog zou lukken ook. Ik had gehoopt dat Bert me zou vertellen dat het allemaal met de beste bedoelingen was gebeurd – dat er een goede of in elk geval begrijpelijke reden achter stak die ik steeds over het hoofd had gezien. Maar zo was het niet. En daarom voelde ik me weer gedreven door dezelfde motieven als vanouds. Misschien was ik nog steeds een smeris die geloofde in zijn eigen primitieve vorm van gerechtigheid. God weet dat ik nooit een teamspeler ben geweest. Ik zou het wel op mijn eigen manier opknappen. En dan was er nog Brushy, die er opeens van alles mee te maken had, hoewel haar rol onzeker bleef. Maar er was eigenlijk geen reden waarom dat niet goed zou aflopen, hield ik mezelf voortdurend voor.
'Jake,' antwoordde ik ten slotte. 'Jake heeft het geld.' Die kant ging het dus uit. Ik wilde de kluit belazeren. Maar dat zou niet eenvoudig zijn.
'Jake! Allemachtig!' Bert bracht zijn lange hand naar zijn kaak en wreef zich over zijn wang alsof hij een klap had gekregen. Hij zat daar op de bank in de schemerige kleedkamer, met zijn sokken in zijn hand. Het enige licht was afkomstig van een lampje in de wc.
'En Martin dekt hem, om de firma te beschermen.'

'Jake,' zei Bert nog eens.
Als ik dit wilde doorzetten, als ik Martin te grazen wilde nemen en ervoor wilde zorgen dat iedereen zijn gerechte straf kreeg, zou ik ook een manier moeten verzinnen om Bert te laten terugkeren. Dat was nog niet eerder bij me opgekomen. Zonder Bert had ik geen bewijs. Dan zouden Martin en Jake nog steeds de schuld op hem kunnen afschuiven. Waarom was hij anders op de vlucht? De Mysterieuze Dief die nog Vrij Rondloopt. Nee, om mijn plan te verwezenlijken moest Bert erbij zijn om zijn verhaal te kunnen vertellen: dat hij het memo van Jake gekregen had, de cheques aan Jake had overgedragen en braaf zijn mond had gehouden toen Jake hem zei dat de zaak geheim moest blijven.
Maar ik wist niet hoe ik dat voor elkaar kon krijgen. De muffe atmosfeer van de kleedkamer vermengde zich met de vage stank van schimmel. Zwijgend zaten we naast elkaar. Een van de stoomleidingen liet een luide metaalachtige klik horen.
'Hoor eens, Bert, ik zal proberen je te helpen. Er moet een manier zijn om je hieruit te redden, maar daar moet ik nog eens goed over nadenken. Hou contact. Bel me elke dag.'
Hij begreep het meteen. Niet wàt er mis was, maar wel dat er iets niet klopte. Dat ik zelf ook belangen had. Maar dat zou hem een zorg zijn.
'Alsjeblieft,' zei hij zacht, en hij keek me aan. Zijn gezicht lag in de schaduw, maar toch zag ik zijn gretige, hoopvolle blik.
Toen we ons hadden aangekleed, nam hij me mee naar de achterdeur, schoof de grendel terug en maakte het hek los.
'Waar ga je heen?' vroeg ik.
'O, je weet wel.' Hij ontweek mijn blik. 'Orleans is in de stad.'
God, de man was verloren. Zelfs in het duister zag ik hoe hij, donker en mager, volledig werd beheerst door zijn trieste, hopeloze liefde. Gekweld en uitgedaagd. Als een nachtvlinder naar het licht gelokt. Hoe is dit mogelijk, vroeg ik mezelf opnieuw. Iemand als Bert, je zou haast denken dat hij ze niet meer op een rijtje heeft. Maar het hoofd, het hart... wat klets ik nou? Wat de één redelijk noemt, vindt de ander waanzin. Kloppen doet het nooit. Of de uitgangspunten zijn verkeerd, of de redenering deugt niet. We zijn allemaal speldenkussens, doorstoken met emoties, vol verwondingen en pijn. Het verstand is een leugen, een doekje voor het bloeden – alsof we ons verdriet zouden kunnen verklaren als we maar slim genoeg waren.
Ik had mijn neus al de kou in gestoken toen ik me herinnerde dat er nog één vraag overbleef. Ik hield de deur tegen met de mouw van mijn jas.

'Wie heeft dat lijk weggehaald, Bert? Wie heeft Archie meegenomen? Orleans?'
'Uitgesloten,' zei Bert. 'Hij zou een toeval krijgen.' Hij schudde heftig zijn hoofd bij die gedachte en herhaalde dat Orleans daar nooit toe in staat zou zijn.
'Wie dan wel?'
We stonden op de drempel en keken elkaar aan, in de felle winterkou en het diepe duister van de steeg, verlamd door de onbenoemde onzekerheden van onze toekomst – alles wat we nog niet wisten.

Donderdag 2 februari

XXVI MACK MALLOYS VIJFTIENDE RESERVEPLAN

A Eerste stap

Goed. Het was middernacht. Ik was de enige blanke binnen een cirkel van anderhalve kilometer, een vent in een overjas met een koffertje en de dringende noodzaak om een plan te maken. Ik liep haastig door de ongure oude buurt, op weg naar het centrum, een oefening in middelbare overmoed, van de ene veilige straatlantaarn naar de andere. Eindelijk kwam er een bus langs. Dankbaar stapte ik in en hobbelde door de straten met de zuiplappen en de mensen die laat van hun werk kwamen. Op enige afstand van de Needle stapte ik uit. Kindle County is niet erg levendig bij nacht. De lichten branden, maar de straten zijn verlaten. De stad heeft zijn eigen spookachtige sfeer, als van een leeg gebouw, een plaats die zelfs de geesten zijn ontvlucht.

Ik ging de lobby binnen van de Travel Tepee, waar ik met Brushy had afgesproken. Het was stil in de grote foyer. Zelfs de muzak was verstomd. Ik ging in een lelijke leunstoel met een afgrijselijke bekleding zitten en dacht na over mijn toekomst. Ten slotte informeerde de eenzame receptionist of hij me kon helpen. Aan zijn toon te horen hield hij me voor een goed geklede zwerver die door de beveiligingsdienst moest worden verwijderd. Ik liep naar de balie om vrede te sluiten, zei dat er een mevrouw Bruccia in het hotel logeerde, nam mijn sleutel in ontvangst en ging weer zitten om alle stappen van mijn plan door te nemen. Misschien kon ik er beter de volgende dag nog eens over nadenken, maar ik voelde me nerveus, opgejaagd, noem het zoals je wilt. Bovendien was ik klaarwakker en had ik nog geen zin om naar Brushy toe te gaan, nu ik eindelijk wist wat me te doen stond.

Twee straten verderop was een nachtwinkel, ook een Brown Wall's, vlak bij de oprit naar de snelweg. Er heerste de sfeer van een busstation. Een stel leipo's uit de binnenstad hing bij de ingang rond en er stond een politiewagen langs de stoep geparkeerd. Ik kocht twee pennen – een balpen en een viltstift – een tube lijm en een schaar. Ik vroeg bij de toonbank of ze ook een kopieerapparaat hadden waar je muntjes in kon gooien. Dat hadden ze niet, dus liep ik terug naar het hotel, wuifde naar de receptionist en stapte een telefooncel binnen met een plastic plankje dat ik als schrijftafel kon gebruiken.

De rest van wat ik nodig had zat in mijn koffertje: het handtekeningformulier dat ik van de International Bank of Finance had gekregen, de brief van Jake die ik als voorbeeld had gebruikt bij het vervalsen van zijn handtekening op de fax die ik vanuit het Regency had verstuurd, en de exemplaren van het jaarverslag van TN die ik naar Pico Luan had meegenomen. Het verslag bevatte foto's van alle belangrijke mensen, onder wie Jake Eiger. Ik had het bij me omdat Jakes foto van pas zou kunnen komen bij de trucs om het geld over te boeken – zoals het vervalsen van een pasje of een ander Amerikaans legitimatiebewijs.

Het handtekeningformulier was gedrukt op doorschijnend papier met een kitscherig briefhoofd en de tekst 'International Bank of Finance, Pico Luan, N.A.' Er werden maar vier of vijf regels informatie gevraagd, in de belangrijkste Westeuropese talen. Met de viltstift vulde ik het rekeningnummer in dat achter op de Litiplex-cheques stond: 476642. Als rekeninghouder noemde ik Litiplex. Ltd., met Jake Eiger als directeur. Voor alle zekerheid wierp ik nog een bllik op Jakes oude brief voordat ik met balpen zijn handtekening op het formulier zette. Het was opnieuw een sublieme vervalsing, als een carbonkopie. Daarna knipte ik Jakes grijnzende smoel uit het jaarverslag en lijmde de foto op de plaats die meneer George me had gewezen: in de rechter bovenhoek van het formulier. In het hokje 'Verificatie' – codewoord, bedoelden ze – noteerde ik ten slotte de letters 'J.A.K.E', in een perfecte imitatie van Jakes handschrift.

Ik liep weer terug naar de balie. De receptionist begon aan me te wennen. Ik zuchtte vermoeid en streek met mijn handen over mijn rode gezicht.

'Ik heb morgen een presentatie, maar ik ben vergeten nog iets te kopiëren. Ik heb maar twee kopieën nodig, van één pagina. U hebt wel een apparaat in het kantoortje staan, denk ik?' Ik had een briefje van twintig tussen mijn vingers, maar de jongeman – een student, iemand die nog aan het leven moest beginnen – weigerde het aan te nemen. Hij schaamde zich nog omdat hij me voor een zwerver had aangezien. Hij maakte twee kopieën van het handtekeningformulier en we

praatten even over het weer en hoe rustig het 's nachts kon zijn in de stad.
Ik liep weer naar de telefooncel, verscheurde het origineel van het handtekeningformulier en gooide de snippers in de opening van de lange, met zand afgedekte vuilnisemmer op de grond. De twee kopieën borg ik in mijn koffertje. Daarna vroeg ik inlichtingen om een nummer in Washington. De nieuwste mevrouw Pagnucci, een blondine van een meter tachtig, nam op. Ze zei niets tegen me toen ik haar vertelde wie ik was. In plaats daarvan riep ze op de vervelde toon die ik me nog uit mijn eigen huiskamer herinnerde: 'Een collega van je.'

B Tweede stap

Brushy sliep toen ik de kamer binnenkwam. Het was een uur of drie. Ze lag als een kind, helemaal opgerold, met haar hand zo dicht bij haar mond dat het me niet zou hebben verbaasd als ze op haar duim had gezogen. Zo kwetsbaar als ze daar lag, met haar scherpe verstand op nul, vond ik haar heel lief – nee, dierbaar is misschien een beter woord. Ik voelde me vreselijk schuldig, alsof mijn hart als een vaatdoek werd uitgewrongen. Ik gooide mijn kleren op de grond en kroop in bed. Toen mijn ogen aan het donker gewend waren, zag ik dat het niet bepaald de bruidssuite was. Het hoofdeinde van het bed was afgebladderd, waardoor het geelwitte spaanplaat zichtbaar was, en recht boven het bed had het oude reliëfbehang langs de naad losgelaten. Het hing als een uitgestoken tong aan het stucwerk omlaag. Ik streelde Brushy's stevige flank om mezelf te troosten.
'Hoe was het met Bert?' Ze had zich niet bewogen.
'Goed hoor,' antwoordde ik. 'In elk geval is hij veilig.' Het speet me dat ik haar wakker had gemaakt, zei ik.
'Ik lag op je te wachten.' Ze deed het licht aan en sloeg als een kind haar handen voor haar ogen. Op het moment dat ze verblind werd, greep ik mijn kans, trok plagerig haar laken weg en drukte mijn koude wangen tegen haar borsten. Ze hield mijn hoofd vast en we kwamen al snel op temperatuur. Iedere keer dat we neukten was het weer anders. Soms deden we ondeugende spelletjes, zoals op het damestoilet van het hotel. Brushy was ondernemend en wist wat ze deed. Ze gebruikte haar handen op een brutale, doelgerichte manier, die duidelijk maakte dat we dit voor ons plezier deden en onszelf niet voor de gek moesten houden. Hier, in deze goedkope hotelkamer, net zo uitgeleefd als de binnenstad er omheen, hadden we opeens een

wanhopige haast om al het andere te overwinnen. De vonken sloegen eraf. Daarna, toen we als lepeltjes lagen, merkte ik dat ze het fijn vond. We lagen heel stil, luisterend naar de holle geluiden van het hotel en de straat – sirenes in de verte, het geschreeuw van zuiplappen en kinderen als mijn zoon, die allang thuis hadden moeten zijn. Ik vroeg of ze sigaretten bij zich had, ging naast haar op het bed zitten en onderhandelde met haar in het donker.
'Heeft hij het geld?' vroeg ze.
'Toe nou, Brush.'
'Dat is alles wat ik wil weten. Heeft Bert het geld?'
'Brush, zijn we niet wat te oud voor Twintig Vragen?'
'Strikt vertrouwelijk. Beroepsgeheim,' zei ze. 'Heeft hij het? Ja of nee?'
'Nee.'
'Echt niet? Heeft hij het wel gehad?'
'Hij heeft het niet. En ga nou maar slapen.' Ik ging naar de plee, vond de tandenborstel die ze voor me had gekocht en bleef een tijdje weg, in de hoop dat ze zou inslapen.
Toen ik weer naast haar kroop, viel ik in een droomloze slaap, een fluwelen put. Tegen zeven uur schrok ik wakker met een onderdrukte kreet – een plotselinge ingeving. Snel kleedde ik me aan en schreef Brushy een briefje dat ik weer terug zou komen. Ik liep ongeveer zes straten en jogde nog een eindje door de onaangename buurt rond de binnenstad. In het centrum begon het leven weer op gang te komen. Vrachtwagens stonden dubbel geparkeerd en hielden het verkeer op. Het leger van noeste werkers marcheerde zwijgend door de straten. Het was behoorlijk koud, bijna 10 graden onder nul, en ik dook zo diep mogelijk in mijn jas.
Toots ontbeet iedere ochtend met dezelfde figuren – oude politici, ambtenaren en advocaten – aan een hoektafel bij Paddywacks, een Griekse tent recht tegenover zijn kantoor. Het is een vast ritueel. Toots begroet de helft van de gasten persoonlijk en wuift naar de anderen met zijn stok. Aan een hoektafel spreken Toots en zijn vrienden over allerlei duistere zaakjes uit de gemeenteraad, de onderwereld of de rechterlijke macht. Een paar jaar geleden had de FBI een microfoontje in een van de zoutvaatjes verborgen, maar Toots en zijn makkers waren op de een of andere manier gewaarschuwd. Een van hen had luid over de kwaliteit van de eieren geklaagd en het zoutvaatje met zo'n klap tegen de tafel geslagen dat de FBI-agent die hen afluisterde nog dagenlang doof was geweest.
Paddywacks heeft een protserige inrichting met veel koper, banken met kwastjes, en vloeren die eens per week worden gedweild. Ik was

al bang dat ik Toots was misgelopen toen hij tegen kwart over acht binnenkwam, leunend op zijn wandelstok, met twee makkers aan zijn zij. Een van hen, Sally Polizzo, had zes maanden geleden nog vastgezeten. Toots begroette me als een vorst op staatsbezoek. Ik schudde handen met zijn vrienden en nam hem toen mee naar een tafeltje apart. Hij ging zitten, ik bleef staan.

'Meende je het, toen je zei dat ik een beroep op je kon doen?' vroeg ik hem. De Kolonel leek heel nietig, zoals hij daar zat op de kleine fluwelen bank, verschrompeld door de jaren. Maar toen ik vroeg of hij meende wat hij had gezegd, trok hij zijn schouders naar achteren en keek me aan met de gevaarlijke blik van iemand die niet voor moord terugdeinsde. Haastig corrigeerde ik mezelf.

'Misschien vraag ik te veel van je. Als dat zo is, zeg je het maar. Weet je nog dat we het over mijn collega hadden?' Ik gaf hem een beknopte versie, maar wel de waarheid. Dat zijn makkers het op Bert hadden voorzien, en dat Bert zich verborgen hield. Er zouden nog meer slachtoffers vallen, en dat was nergens voor nodig. De bookmaker had al met zijn leven betaald en Bert en zijn vriend waren bang. Er was recht geschied – Toots' vorm van gerechtigheid – en dat moest genoeg zijn. Daarom moest hij zijn vrienden vragen om Bert en Orleans met rust te laten. Als een gunst aan mij.

Toots bleef zwijgend zitten, met zijn oude, rubberachtige lippen opeengeperst. Hij staarde strak voor zich uit en dacht diep na. Als hij die en die zou bellen om hem aan zijn verplichtingen te herinneren, en die belde weer iemand anders... Voor hem was het gewoon rekenkunde. En macht. Hij wilde mijn geloof in hem rechtvaardigen.

'Misschien,' zei hij. 'Het hangt ervan af. Ik denk dat het wel lukt. Ik laat het je vanmiddag weten. Heeft die vent ook geld?'

'Een beetje,' zei ik. Toen dacht ik aan Pico. 'Ja, genoeg. Hoezo?'

'Zaken zijn zaken. Iemand wil iets bewijzen. Als hij geld krijgt, heeft hij dat bewezen. Duidelijk?'

'Ja, dat zal wel.'

Toots beloofde dat hij mijn kantoor zou bellen. Daarna hielp ik hem overeind en strompelde hij naar de hoektafel met zijn hofhouding. Er zaten al twee ouwe kereltjes met rubberen gezichten op hem te wachten.

C Oppassen

'Ik heb met Toots gesproken,' zei ik tegen Brushy toen ik terugkwam op de hotelkamer.

'Toots?' Ze zat bij het raam aan een rieten tafeltje waarop een licht ontbijt stond uitgestald dat ze via room service had besteld – koffie en broodjes, een halve cantaloupe. Ze keek me onderzoekend aan. Ze had het zware gordijn opengetrokken en in het ochtendlicht leek er een glans over haar te liggen. Ze droeg haar ochtendjas als een mantel, en ze had zich al opgemaakt. Toen ik binnenkwam, zat ze de krant te lezen.
'Mack,' zei ze, 'ik wil het weten.'
Zwijgend gooide ik mijn jas op het bed. Ik had honger en ze keek toe terwijl ik at, aarzelend hoe ze mijn gebrek aan reactie moest interpreteren.
'Ik heb de zaak gebeld,' zei ze, 'om te zeggen dat we wat later komen. Rechercheur Dimonte was er al geweest.'
Ik bromde wat. Dat verbaasde me niets.
'En Lucinda zei dat Martin je zoekt. Hij heeft al twee boodschappen achtergelaten.' Ze keek naar de telefoon, bij wijze van hint, maar ik bleef zitten.
'Luister, Mack,' zei ze. 'Ik kan het heus wel aan. Wat het ook is. Ik ben een volwassen vrouw. Alleen...'
'Ik dacht dat je mijn raad zou opvolgen.'
'Het gaat ook om míjn leven.'
Ik vond het een vreselijk moment. Maar ik had steeds geweten dat het zou komen. Een van de problemen als je voor Meneer-Net-Niet-Goed-Genoeg kiest, is dat je zijn adviezen niet durft op te volgen. Ik sloot mijn ogen en dacht even na. Toen pakte ik mijn koffertje, maakte het open en tuurde in de duistere wanorde. Verfrommelde bewijsstrookjes van afgehandelde zaken lagen nog onderin, tussen losse papiertjes en paperclips. Zelfklevende memo's zaten tegen de zijkanten geplakt. Ik nam een van de fotokopieën die ik de vorige avond van het handtekeningformulier had gemaakt en legde het op het rieten tafeltje. Litiplex Ltd., Jake Eiger, op regel 1.
'Vraag niet hoe Pindling dat te pakken heeft gekregen. Dat willen we niet weten.'
Ze bestudeerde het document met een hand tegen haar voorhoofd, alsof ze de bewijslast probeerde te torsen. Ik pakte haar sigaretten en we deelden er een. De rook vulde de kleine kamer. Ik zette het schuifraam op een kier en de gordijnen wapperden als geesten om haar heen.
'Jake?' vroeg ze.
'Dat staat er.'
'Je hebt dit steeds geweten, of niet? Daarom was je zo negatief over Jake.' Ik geloof dat mijn gezicht vertrok toen ze dat zei. Ondanks de alarmklokken probeerde ze nog iets positiefs in me te ontdekken.

'Ik weet een heleboel,' zei ik.
'Zoals?'
Dit was improvisatie, geen uitgestippelde koers. Ik had niet de wil me tegen haar te verzetten, maar de leugens maakten me bijna aan het huilen, als een kind. Ik gaf haar het memo uit Martins la. Ze plukte een draadje tabak van haar tong terwijl ze het las. Haar gezicht stond uitdrukkingsloos, gespannen. De advocaat.
'Ik begrijp het niet,' zei ze. 'Dit memo komt niet van Pindling.'
'Nee. Het komt van Martin.'
'Van Martin?'
Ik vertelde haar het verhaal, een deel ervan tenminste – hoe ik het memo had ontdekt en ermee naar de Club Belvedere was gegaan. Haar verdriet was roerend. Zoals ze me zo vaak had verteld, hield Brushy oprecht van die mensen: Martin, Wash, haar vennoten. De zaak. Dit waren haar collega's, die waardering hadden voor haar werk, die haar al jarenlang allerlei zaken toevertrouwden die belangrijk voor hen waren, die haar prezen om al haar successen en die soms heel dankbaar waren voor haar hulp. Brushy wist dat ze het wel zou redden. Ze had cliënten en een groeiende reputatie. Dat was het probleem niet. Het ging om betrokkenheid, loyaliteit, gedeelde verantwoordelijkheid. Ze was totaal onttakeld.
'Dus ze hebben Bert erin geluisd. Ja toch? Ze hebben hem opgeofferd terwille van Jake. Zo lijkt het, tenminste.'
'Ja, zo lijkt het.'
'God,' zei ze, en ze streek met haar vingers door haar haar. Ik opende de schuifdeur om mijn peuk uit te drukken op de betonnen vloer van het kleine balkon, en de kou drong even de kamer binnen. De zon scheen, maar gaf niet veel warmte, alsof hij zuiver als versiering aan de heldere hemel stond. Brushy vroeg me welke rol Bert eigenlijk speelde. Ik vertelde haar zijn verhaal en de reden waarom ik met Toots had gesproken. Maar haar aandacht ging voornamelijk naar de Commissie.
'Het is zo stom,' zei ze. 'Zo stòm! Zijn ze er allemaal bij betrokken?'
'Dat weet ik niet. Martin duidelijk wel. Pagnucci niet, geloof ik. En Wash... nou ja, ik heb je verteld hoe hij reageerde.'
'Martin,' zei ze weer. De Grote Oz. Ze was op het bed gaan zitten, met haar armen om zich heen geslagen. Ik durfde te wedden dat ze naakt was onder haar ochtendjas. Niet dat het er iets toe deed, in deze stemming.
'Wat ben je nu van plan, Mack?'
Ik haalde mijn schouders op en stak nog een sigaret op. 'De juiste beslissing nemen, vermoed ik.'

Ze keek me onderzoekend aan en vroeg zich af wat ik daarmee bedoelde. Daarna schudde ze haar hoofd, ongelovig en eenzaam.
'Nou ja,' zei ze. 'En Jake? Waarom? Het slaat nergens op. Hij verdient genoeg. Zijn vader is rijk. Waarom zou hij zoiets doen?'
Ik boog me over het bed en tuurde in haar ogen.
'Omdat hij zo in elkaar zit.' Ik voelde hoe agressief ik me gedroeg, maar Brushy keek toe alsof het een voorstelling was. Het maakte haar niet uit dat ik het haar al eerder had gezegd. En ze was niet bang. Ze was verbaasd en ze hield me op afstand.
'Volgens mij wil je hem chanteren.'
Krankzinnig. Ik had het gevoel of ik een trap in mijn maag had gekregen. Mijn mond viel open en mijn hart verkrampte als een vuist, met een heftige, lichamelijke pijn. De vernedering stroomde als een bijtend zuur naar mijn ogen toe.
'Grapje,' zei ze.
'Klets niet.'
Ik liep om het bed heen en pakte mijn jas.
'Mack.' Ze stak haar hand uit. 'Het kan me niet schelen wat je doet.'
'Dat meen je niet. Vraag me niet om dat te geloven. Ik ken je, en je kent jezelf.' Ik keek in mijn koffertje en zag dat de papieren nog op het tafeltje lagen. Ik griste ze bij elkaar en zwaaide ermee in haar richting. Ik had de pest aan mezelf dat ik haar iets had verteld.
'Beroepsgeheim,' zei ik, om haar er nog eens aan te herinneren dat dit vertrouwelijk was – dat ik de enige was die iets kon doen, de enige die het recht had om handelend op te treden. Ik liep de armoedige gang door naar de lift, drukte op de knop en leunde tegen de muur om op de lift te wachten, leeg en wanhopig, ervan overtuigd dat ik mezelf nooit zou begrijpen.

XXVII DE UITVOERING VAN HET PLAN

A Tot aan zijn nek in het drijfzand

'Dit is heel verontrustend,' zei Carl. Het waren zijn eerste woorden in enkele lange minuten. Hij had het memo gelezen en de fotokopie van het handtekeningformulier van de International Bank of Finance bekeken. Toen hij me naar Pindling vroeg, vertelde ik hem hetzelfde als ik van Lagodis had gehoord.
'Een echte slangenbezweerder,' zei ik. 'Toen ik hem belde, vroeg hij niet eens naar mijn naam. En ik moest contant betalen.' Ik zou hem de afrekening van mijn credit card laten zien als er ooit naar werd gevraagd.
We zaten op het vliegveld, in de eersteklas lounge van TransNational, in een kleine vergaderkamer waar met moeite een kleine tafel van zwart graniet in paste, met vier stoelen eromheen. Tussen ons in stonden een telefoon en een thermoskan met koffie, die we geen van beiden nog hadden aangeraakt.
De vorige avond had ik Carl gezegd dat het dringend was. Hij leek niet eens verbaasd dat ik hem belde. Dat paste bij het beeld van wie hij was en wat hij deed. Het kwam waarschijnlijk wel vaker voor dat hij na middernacht nog dringende telefoontjes kreeg – een aanstormend talent dat op het laatste moment een voetangel in een circulaire had ontdekt, drie uur voordat het aandelenpakket op de markt zou worden gebracht. Zoals verwacht was er een aarzelende stilte gevallen toen ik Pagnucci had gevraagd een eerder vliegtuig te nemen, om nog genoeg tijd over te houden voor Grote Verdeeldag. Ik had beloofd dat ik op het vliegveld op hem zou wachten. Het was nu bijna één uur.
Carl bekeek de papieren nog een tweede en derde keer. Hij dacht bliksemsnel na en probeerde alles te begrijpen, maar ik zag dat hij er

moeite mee had. Vooral om te bedenken wat de volgende stap moest zijn. Hij vergeleek Jakes handschrift op het handtekeningformulier met de oude brief die ik hem als voorbeeld had gegeven. Hij schudde zijn hoofd, nauwelijks waarneembaar.

'En wat stel je nu voor?' vroeg hij ten slotte.

'Dat we een van die aardige dames van het Business Centrum vragen deze papieren te kopiëren. De originelen houd ik zelf.'

'En dan?' Hij keek me scherp aan.

'Daarna bel jij Krzysinski. Zeg dat je hem meteen wilt spreken. Dringend. Neem deze papieren mee en zeg dat je stappen zult ondernemen namens G&G. Toon de gepaste emoties. Afschuw en spijt. Maar helaas. Je ziet geen andere mogelijkheid dan de zaak openbaar te maken.'

'Zonder ruggespraak met Martin of Wash?'

'Precies.'

Pagnucci zag bleek. Hij had een felle blik in zijn kleine ogen en hij kauwde op zijn snorretje.

'Spelen ze onder één hoedje?'

Ik begreep hem niet.

'Wash, Martin en Eiger,' zei hij. 'Werken ze samen?'

Ik haalde mijn schouders op. 'Dat maakt niet uit. Ik werk al heel lang bij G&G. Een heleboel mensen hebben me goed behandeld.'

Dat was niet een gevoel dat hij zou herkennen. Ik rekende erop dat hij zo hard was als hij zich voordeed – een vent die, als hij tot aan zijn nek in het drijfzand zat, de moed zou hebben om tegen je te zeggen dat je door moest lopen. Ik kende zulke smerissen, kerels die dachten dat ze iets konden bewijzen door nooit aan hun gevoelens toe te geven. Daar geloofden ze heilig in.

Pagnucci zat kaarsrecht, in zijn smetteloze blauwe kostuum. 'Laten we dit nog eens doornemen,' zei Pagnucci. Onbewust wreef hij weer over de kale plek op zijn achterhoofd. 'Mijn collega's zeiden dat dit memo niet te vinden was.'

'Het is toevallig opgedoken.'

'En die bespreking dan, een paar dagen geleden, toen jij ons vertelde dat Eiger alles stil wilde houden? Wat zeggen we daarover?'

'Vertel het maar aan Tad. Het is een deel van de bewijslast. Jake wilde de zaak in de doofpot stoppen, maar wij zijn verder gegaan met het onderzoek en nu zit jij daar uit naam van de Commissie en het kantoor, om alles aan het daglicht te brengen. Hoor eens, niemand heeft jou ooit verweten dat je te veel kletst, Carl. Jij bent in staat de zaak te regelen. Het is nu aan jou om iets te doen.' Pagnucci op zijn verplichtingen wijzen was net zo zinloos als tegen hem te zeggen:

prettige dag verder. Aan de schokkerige bewegingen van zijn donkere ogen zag je dat hij zat te rekenen en de zaak van alle kanten analyseerde.
'Wie had dat memo eigenlijk?' vroeg hij. 'Wash?'
Ik gaf geen antwoord. Pagnucci had nog genoeg vragen, maar de situatie beviel hem wel. Carl Pagnucci, de man met lef en integriteit. Niet te benauwd om de waarheid te zeggen, ondanks de rampzalige gevolgen voor het kantoor. Pagnucci had al een reddingsplan bedacht met Brushy, en dit paste helemaal in zijn straatje. Tad Krzysinski zou zijn openhartigheid niet onbeloond laten als TN in de toekomst een nieuw advocatenkantoor nodig had. Hij zou een deel van de TN-portefeuille kunnen meenemen, ook als G&G ten onder ging. Ja, dit was een zeer aantrekkelijke cocktail voor een man als Carl, die toch al werd bedwelmd door zijn eigen gewichtigheid.
'En je vindt niet dat we eerst met Martin of Wash moeten overleggen?' Het verbaasde me dat zijn hebzucht toch nog werd beteugeld door voorzichtigheid.
'Achteraf kun je ze vertellen wat je hebt gedaan en gezegd. Dan moeten ze zich wel schikken. Als je het van tevoren zegt, zullen ze je proberen tegen te houden. Ze hebben geen keus, dat weet je ook wel.'
Carl dacht nog steeds zwijgend na. Wat hem het meest dwars zat, vermoedde ik, was dat hij op mij moest vertrouwen.
'Carl,' zei ik, 'er is geen andere mogelijkheid. We hebben een plicht tegenover de cliënt. Iemand van de Commissie moet met Krzysinski gaan praten, iemand die uit naam van het kantoor kan spreken.'
Hij keek me nuchter aan. We wisten allebei dat ik hem schaamteloos manipuleerde. Maar ik had hem gegeven wat hij nodig had – een goed excuus. Het klopte van alle kanten. Zeer principieel. Boven iedere kritiek verheven. En heel gunstig voor Pagnucci. Hij kon het vaandel groeten en tegelijkertijd de cliënt inpikken. Verder zou het hem een zorg zijn wat ik in mijn schild voerde.
Ik trok de telefoon naar me toe en toetste het nummer van TN in. Het duurde even voordat Krzysinski aan de lijn kwam, en hij had nog een paar minuutjes voor Carl, om twee uur 's middags.

B Sommige mensen zien me wel zitten, anderen niet

Ik wachtte tot drie uur voordat ik van het vliegveld vertrok en een taxi naar huis nam. Op dat moment werd er bij TN koortsachtig overlegd tussen Carl, Tad en Mike Mathigoris, het hoofd van de beveiligingsdienst van TN. Natuurlijk vroegen ze zich af wat ze met Jake

moesten doen – ondervragen, aan de schandpaal nagelen of gewoon de laan uitsturen. Over een uurtje zouden ze de FBI wel bellen.
Toen ik thuiskwam, bleef ik nog even op de lage betonnen stoep voor mijn voordeur staan, onder de klimop. Er scheen nog steeds een bleek zonnetje, maar het bleef koud, met een bijtende wind. Ik keek om me heen of ik een surveillancebusje zag, en stak mijn hand op, met mijn vingers in een V, zoals Nixon dat altijd deed. Een minuut lang bleef ik zo staan, wuivend naar alle kanten. Maar niemand reageerde. Binnengekomen kleedde ik me om. Ik trok mijn smoking aan voor de slotavond van Grote Verdeeldag, en reed de stad in. Lyle had zelfs de auto schoongemaakt.
Ik liep drie keer om het blok van de TN-Needle heen om te zien of ik werd geschaduwd, maar ik kon nog steeds niemand ontdekken. Ten slotte stapte ik naar binnen en nam de lift. Lucinda gaf me drie boodschappen. Allemaal van Martin. Hij wilde me onmiddellijk spreken. In mijn kantoor aangekomen pakte ik de telefoon.
'Afdeling Fraude,' zei ik tegen de telefoniste van het hoofdbureau. Pigeyes nam zelf op. Ik was opgelucht zijn stem te horen. Ik was al bang dat hij zijn troepen had teruggetrokken omdat hij Bert had gearresteerd, maar hij klonk sloom en onverschillig, alsof die hele papierwinkel van Fraude hem geen reet meer interesseerde.
'Heb je je onderzoek stopgezet? Ik dacht dat je me zocht?'
'Wie is dit, verdomme?' vroeg hij, maar toen hoorde hij het. 'Dacht je soms dat jij mijn enige probleem was?' vervolgde hij.
'Ik ben op kantoor. Ik ben bereid je alles te vertellen wat je weten wilt.'
Hij dacht na. Hij was van streek, God mocht weten waardoor.
'Ik ben er over tien minuten,' zei hij. 'En zorg dat je niet weer naar de achterkant van de maan verdwijnt.'
Ik zocht in mijn la naar een sigaret. Lucinda stak haar hoofd om de deur. Ze had Toots onder de knop.
'Het is geregeld,' zei hij tegen me. 'Geen probleem. Die vrienden van je kunnen weer rustig ademhalen. Ik heb een paar mensen eraan herinnerd dat er nog een rekening openstond.'
'Toots, je bent een genie.'
Zelfs via de telefoon hoorde ik dat hij straalde van trots.
'Nog één ding,' zei hij. 'Het geld. Daar moeten we nog even over praten. Ik denk aan een bedrag van 275.'
Dat was een klap. Het was niet mijn bedoeling geweest om Bert met zo'n bedrag te financieren, maar toen bedacht ik dat Bert heel nuttig voor me was. Onmisbaar zelfs. Bovendien wilde ik graag bewijzen dat ik niet zo slecht was als Brushy had laten doorschemeren.

'Het ging om een grote zaak, hoorde ik,' vervolgde Toots. 'Daarom komen we uit op 275.' Hij onderhandelde niet, hij stelde gewoon de prijs vast. Nu pas realiseerde ik me – waarom had ik dat niet meteen begrepen? – dat de Kolonel ook zijn deel zou krijgen. Dit was Toots' specialiteit, zijn beroep: dingen regelen, problemen oplossen. Wij hadden hem ook niet gratis verdedigd.

Ik gaf hem instructies. Ik had een rekeningnummer nodig bij een plaatselijke bank. Binnen een week zou daarop een bedrag worden overgemaakt via de Fortune Trust in Pico Luan.

'Wat is de situatie?' vroeg ik hem. 'Loopt mijn vriend gevaar zolang het geld nog niet binnen is?'

'Jij geeft me jouw woord, ik geef hun mijn woord. Daarmee is het geregeld. Alles vergeten en vergeven. Maar hij moet het niet nòg een keer proberen. Zeg hem dat maar.'

Ik liep naar het aangrenzende kantoor. Brushy zat te bellen. Ze keek op en wierp me een kus toe toen ze me zag, met een bewonderend handgebaar vanwege mijn smoking. Ik probeerde te glimlachen. Ze zette haar beller even onder de knop.

'Mag ik je mijn excuses aanbieden?' vroeg ze.

'Natuurlijk.' Ik sloot mijn ogen. Waar moest ik kwaad om zijn? Dat ze me verdacht van kwade bedoelingen tegenover Jake? 'Heb je al iets van Bert gehoord?'

'Hij heeft een uur geleden gebeld,' zei ze. Hij zou het zo snel mogelijk nog eens proberen.

'En Toots?' vroeg ze. 'Is het gelukt? Echt waar?' Ze grijnsde breed. Wat was ik toch een moordgozer. De deur stond open, dus ze pakte alleen mijn hand. We keken elkaar liefdevol aan. We hadden al een vast ritueel ontwikkeld: ruzie, gekwetste gevoelens en een liefdevolle verzoening. Om niet goed van te worden.

Brushy's blik ging naar de deuropening. Lucinda kwam zeggen dat de rechercheurs er waren. En meneer Gold verwachtte me over tien minuten op zijn kantoor.

'Hij klonk boos,' zei ze erbij.

'Zeg maar dat ik met de politie in gesprek ben.' Ik draaide me om naar Brushy, die juist de telefoon neerlegde. 'Dat zal hem wel aan het denken zetten,' zei ik.

C Ik probeer Pigeyes tevreden te stellen

'Oké, Gino, laat eens kijken of ik de bal goed heb gevolgd. Toen ze met mevrouw Archie hadden gesproken heeft Vermiste Personen een kijkje genomen in het Russisch Bad, waar iemand met een zwakke blaas over het geknoei met sportuitslagen begon. Vermiste Personen deed wat ze altijd doen en schoof het probleem door naar Fraude. Een zaak met grote mogelijkheden, zeiden ze tegen jou, en als je toevallig een actuaris of een lijk tegenkwam – aangenomen dat je het verschil zou zien – wilden ze het graag van je horen. Klopt dat allemaal?'

Hij zei geen woord. We vormden een vreemd groepje, ik, Brushy, Pigeyes en Dewey, verspreid door Brushy's high-tech kantoor en allemaal zichtbaar op onze hoede. Brushy zat zelf achter haar glazen bureau, geflankeerd door potten met oerwoudplanten. Ik was de enige die stond. Ik liep druk te gebaren en amuseerde me kostelijk. Ik was voor de gelegenheid gekleed, in een smoking, een cummerband en een piqué-overhemd dat al twintig jaar oud was en dat ik nog nooit had vervangen. Het was voorzien van rare jabots die met knopen zaten bevestigd en me deden denken aan de kam van een kaketoe. Gino had me van hoofd tot voeten opgenomen toen hij binnenkwam en daarna om een T-bone steak gevraagd – medium, graag.

'Dus daarom ga je op zoek naar die kerels, Archie, Bert en vooral Kam Roberts. Het lijkt een grote zaak en dus roep je de halve politiemacht te hulp, want volgens jou zit het als volgt in elkaar. A) Een stel figuren uit het Russisch Bad beweert dat ze geld winnen via Bert, die informatie krijgt van een zekere Kam Roberts. B) Bert heeft een credit card op naam van genoemde Kam. C) Genoemde Kam wordt hier en daar gesignaleerd. D) De bookmaker, Archie, is spoorloos verdwenen, en hij is niet de enige. Vraag één: Wie is Kam Roberts, verdomme? Vraag twee: Hoe kan een vennoot van een groot advocatenkantoor met sportuitslagen knoeien? Vraag drie: Wie speelt er verstoppertje door heel Noord-Amerika? En vraag vier: Waar is Archie gebleven? Zit ik nog steeds goed?'

Pigeyes reageerde vaag, met een licht schouderophalen en een beweging van zijn hand. Maar hij zei nog steeds geen woord. Je vertelt nooit wat je onderzoekt, totdat je iemand rechtstreeks beschuldigt en onder arrest plaatst. Pigeyes en Dewey zaten naast elkaar op Brushy's verchroomde sofa. Ze hadden allebei hun jas nog aan en ik zag dat Gino het zaakje niet vertrouwde omdat ik in zo'n stralend humeur was.

'Goed, dan volgen nu een paar antwoorden. Hypothetisch, natuurlijk, want als vooraanstaand advocaat moet je donders goed oppassen voor het Tuchtcollege en zijn ouwe moer, dus daarom doe ik het woord. Maar laat ik één ding duidelijk stellen. Niemand hier heeft met de uitslagen geknoeid. Niemand in deze kamer en niemand van onze kennissen.'

Eindelijk kwam er een reactie. 'O nee?' vroeg Pigeyes. Het klonk nogal sceptisch.

'Nee. Het zit als volgt in elkaar. Archie, de bookmaker, is van huis uit actuaris. Handig met computers. Hij neemt weddenschappen aan. Laten we zeggen dat er twee heren zijn, we noemen ze Valpolicella en Bardolino, V&B, die de uitslagen van bepaalde Mid-Ten wedstrijden toevallig altijd goed voorspellen. Laten we zeggen dat Archie dat in de gaten krijgt. Maar natuurlijk houdt hij zijn mond, want zo is de mens nu eenmaal. V&B belazeren de kluit en Archie krijgt een mooie korting op zijn straatbelasting.

Laten we nu eens aannemen dat Archie een vriend heeft – een hele goed vriend...' ik keek Pigeyes strak aan, om er zeker van te zijn dat hij de hint begreep, 'die door Archie wordt getipt. De vriend, een belangrijke vennoot van een zeker advocatenkantoor, begint op dezelfde uitslagen te wedden als V&B. En hij wint grof geld. Klopt het nog steeds?'

Pigeyes had ergens een foto van Bert op de kop getikt, die hij nu onder de lagen van zijn verschillende jassen tevoorschijn haalde.

'Deze knappe jongen? Is hij van het handje?'

'Niet van die rare uitdrukkingen, Gino. En niet persoonlijk worden, oké? Vergeet niet dat jij het was die me over Archie heeft verteld. Piksporen in de patrijspoort, zo zei je het toch?'

Hij en Dewey vonden dat wel leuk. Brushy sloeg haar hand voor haar ogen.

'Goed. Bert... zo zal ik onze advocaat hypothetisch noemen... probeert discreet te zijn, maar die jongens in het Russisch Bad hebben nu eenmaal geen geheimen voor elkaar, en het één leidt tot het ander. Al snel weet iedereen daar dat Bert, of Kam Roberts, zoals hij zichzelf noemt als hij gokt, veel geld wint met bepaalde wedstrijden. Maar hij wil niet zeggen hoe. Iedereen die daar komt zweten sluit weddenschappen af bij Archie. Het is niet verstandig om de ene klant boven de andere te bevoordelen. En zijn redenen zijn heel persoonlijk. Daarom doen Archie en Bert het voorkomen of Kam Roberts de tipgever is. Maar dat is hij niet. Dat is Archie.

Eerder dan Archie had gehoopt krijgen V&B lucht van wat zich in het Russisch Bad afspeelt, en zij weten drommels goed dat het niets met Kam Roberts te maken heeft. Het is hun eigen informatie, hun eigen geheimpje, en Archie is ermee aan de haal gegaan. Dat verkleint hun winstmarge, en dus maken ze bekend dat Archie de kans loopt dat zijn intieme delen binnenkort aan een straathond worden opgevoerd. Archie duikt onder en V&B gaan op jacht, zodat ze al snel bij Bert op de stoep staan. Ze stellen hem voor de keus: vieren-

twintig uur om Archie op te sporen, anders wordt híj verwerkt tot hondevoer. Dus Bert pakt ook zijn biezen. Totdat een van zijn collega's.. via, via, via... ervoor zorgt dat de bloedhonden worden teruggeroepen. Dat kost een paar centen, en het is hypothetisch mogelijk dat Bert zijn hele winst moet terugbetalen tegen een tarief dat de limiet op woekerrentes ver overschrijdt.'
Ik keek even naar Brush, die onderuitgezakt achter haar bureau zat en bezorgd mijn kant uit keek. Ze vond het niet prettig dat ik zo overtuigend kon liegen, neem ik aan.
'En?' vroeg Pigeyes.
'En wat?'
'En waar zit-ie nu, vriend Archie?'
'Kijk maar eens in het kanaal van de rioolzuivering. Wie weet wat daar nog langs komt drijven. Zoiets heb ik tenminste gehoord. V&B hebben hem gevonden. Hij heeft nog iets anders om zijn nek dan zijn stropdas. Maar als jouw mensen op straat half zo goed zijn als ze vroeger waren, Gino, dan weet je dat allang.'
Iemand om zeep helpen is niet iets waar je prat op gaat, maar toch doet het nieuws de ronde. Dat moet ook. Op die manier hou je de wind eronder.
Lucinda klopte. 'Meneer Gold,' zei ze.
'Nog vijf minuten.'
'Hij wil je spreken. Nu meteen.'
'Vijf minuten,' herhaalde ik.
Lucinda liep naar de telefoon, drukte een knop in en stak me de hoorn toe. Die arme vrouw moet me al jaren tegen mezelf beschermen.
'Ik vind dit niet grappig,' zei Martin toen ik de hoorn overnam.
'Ik heb het druk.'
'Dat heb ik gehoord, ja. En waar hebben jullie het over, jij en die vriendelijke agenten?'
'Rechercheur Dimonte had een paar vragen over Bert.' Ik grijnsde tegen Gino toen ik zijn naam noemde.
'Jullie hebben het niet over grote bedragen?'
'Nee, over Bert,' herhaalde ik.
'Heeft Bert nog andere stoute dingen gedaan?'
'Probeer me niet te slim af te zijn, Martin. Ik kom zo naar je toe. We zijn bijna klaar.' En ik hing op zonder zijn antwoord af te wachten.
Gino wachtte. 'Dus die Kam Roberts was niets anders dan een bedenksel?' vroeg hij.
'Precies.'
'Maar toch bestaat er een Kam Roberts,' snierde Pigeyes.

'Nee. Er is wel een jongeman die Berts credit card een paar keer heeft gebruikt, maar dat maakt hem nog niet tot Kam Roberts.'
'O nee? Wie is dat dan wel?'
'Een vriend van Bert.'
'Nog een? Knappe jongen, die flikker. Bedriegt hij die andere gozer?'
'Noem het zoals je wilt, Gino. Maar vergeet niet dat we ooit partners zijn geweest. Ik heb jou weleens zien verdwijnen met drie verschillende meiden tijdens één dienst.'
Hij voelde zich natuurlijk gevleid door die herinnering en wierp een snelle blik op Brushy in de hoop dat ze onder de indruk was. Ik zou Pigeyes nog weleens vertellen over *Nueve*.
'Er is dus nog een jongeman,' vervolgde ik. 'Bert verdiende veel geld met die credit card, dus kon hij het makkelijk delen. Hypothetisch is het mogelijk dat die jongeman connecties had met de universiteit. Misschien is hij het wel die een zekere advocaat van middelbare leeftijd op een avond in de scheidsrechterskamer heet toegelaten zodat Bert en genoemde advocaat een paar dingen konden rechtzetten zonder te worden bespied door het wakend oog van de wet.'
'Meen je dat nou?' vroeg Gino.
'Het is niet uitgesloten,' zei ik, en ik ging op een stoelleuning zitten om te zien hoe Pigeyes dit alles verwerkte. Beter dan ik had gehoopt. Ik deed mijn uiterste best, voor Bert en voor mezelf. Ik haalde alles uit de kast. Niets was me te dol om Gino erin te luizen. Maar ik was bang dat ik het had overdreven. Het was gewoon te veel, te vreemd, te zwak. Ik had geen idee wat ik moest zeggen als ze bijvoorbeeld die jongeman van de universiteit zouden willen verhoren. Of als Gino ooit de uitslagen van *Kam's Specials* – zoals de jongens van het Russisch Bad ze noemden – zou vergelijken met de wedstrijden die door de scheidsrechters van afgelopen vrijdag waren geleid.
Maar het voordeel van mensen is dat je nooit weet wat ze zullen doen. Nadat hij me twee weken op mijn huid had gezeten, me overal had gevolgd en zelfs in mijn dromen was opgedoken, leek Gino nu geen puf meer te hebben. Niet dat hij me echt geloofde. Hij wist wel beter. Maar hij was bang dat de officier hem de deur uit zou gooien omdat de zaak nog te veel onzekerheden bevatte. Geloofwaardig of niet, ik had alle vragen beantwoord. Het was een sluitende verdediging. En gezien mijn verleden met Gino zou een gewetensvolle substituut-officier zich wel twee maal bedenken voordat hij tot actie overging.
Pigeyes was niet blij met die conclusie. Hij wierp me een haatdragende blik toe waarin geen spoor van goede wil te bekennen was – zoals

zwart de afwezigheid van kleur betekent. Maar hij wist dat ik hem klem had, dat was duidelijk. Hij keek vragend naar Dewey, die zijn schouders ophaalde. Het zal wel.

Ze stonden allebei op.

'Leuk je weer eens gezien te hebben, Gino.'

'Ja. Vast,' antwoordde hij.

Lucinda stak haar hoofd naar binnen en wenkte me. Ik liep met haar mee en zwaaide vrolijk toen Brushy met Gino en Dewey naar de deur toe liep. Lucinda liet me een briefje zien: 'Bert is aan de telefoon.' Ik nam hem op het toestel op mijn kamer.

'Luister,' zei ik. 'Ik heb je probleem geregeld. Die lui zitten niet langer achter je aan.'

Ik hoorde een toenemend geruis. Te oordelen naar het lawaai op de achtergrond stond Bert in een cel bij een autoweg te bellen.

'Dat is een grapje zeker?' vroeg hij.

'Vraag me niet hoe, maar ik heb het geregeld. Ook met de politie. Het is voorbij. Voorbíj. Kom maar hier naartoe. Je zult nog wat vragen over Jake moeten beantwoorden.' Mathigoris van de beveiligingsdienst van TN zou alles nog wel een paar keer willen doornemen. Het memo, de cheques, Jake die Bert had opgedragen de zaak geheim te houden.

'En hoe zit het met...'

'Het geldt voor jullie allebei. Neem een taxi en kom hierheen. Het is de avond van Grote Verdeeldag.'

'God,' zei hij zacht. Ondanks de opluchting had de angst hem opeens weer te pakken. Hij was een tijdje gevechtspiloot geweest, maar nu was hij weer terug op de grond, gemangeld door zijn ervaringen, de geweldige explosies van licht en geluid die zijn toestel heen en weer hadden geslingerd en hem door de lucht hadden achtervolgd. 'God,' zei hij weer. 'Mack! Wat kan ik zeggen, man?'

'Kom nou maar terug,' herhaalde ik.

Het werd spannend. Alles viel op zijn plaats. Mijn telefoon ging weer.

'Ik zit te wachten,' zei Martin.

XVIII HOE MARTIN DE MISDAAD OPLOSTE

Martin was nog bezig zich te verkleden. Hij had de broek van zijn smoking al aan, met een satijnen streep langs de naad. Daarboven droeg hij een bijpassend hemd met een geplooide kraag waarin hij handig de boordeknoopjes bevestigde – kleine diamantjes die glinsterden in het paarlemoeren licht van de late wintermiddag. Over een uurtje zouden mijn collega's, allemaal net zo uitgedost, naar de Club Belvedere wandelen en een paar drankjes en hapjes met elkaar delen, voordat ze bij het diner het verslag over de financiële resultaten en hun eigen aandeel in de winst kregen uitgereikt. Het beloofde een vermoeiende avond te worden, in alle opzichten.

Martin zweeg een tijdje. Hij was nog bezig met zijn overhemd. Zo nu en dan stopte hij even om een blauw kaartje op zijn bureau te raadplegen, dat hij voor zichzelf las. Zijn toespraak voor die avond, vermoedde ik. Een hoop poeha van de oudste vennoot. Hij pakte een pen en verbeterde wat. Ik bleef zelf ook zwijgen. In de grote hoekkamer, volledig verlicht door de hoge ramen, was het zo stil dat je het zoemen kon horen van de gyroscoop die het mechaniek van een van zijn klokken aandreef. Ik kwam in de verleiding met een van zijn speeltjes te spelen, de sjamanenstaf of de koffietafelspelletjes, maar in plaats daarvan ging ik op een houten stoel zitten die in zuidwestelijke kleuren was geschilderd. Ik had mijn koffertje meegenomen.

'Ik ben gewoon te goed voor je geweest, verdomme,' zei Martin ten slotte. Hij vloekte zelden, en dit was bedoeld om me te shockeren. Hij wilde me laten merken dat hij kwaad was en dat onze vennootschap me geen toestemming gaf in zijn laden te snuffelen. Hij bleef aan zijn overhemd frunniken.

'Hoe zwaar zit Bert in de problemen?' vroeg hij even later.

'Ik heb met de politie gepraat. Volgens mij heeft hij geen problemen meer.'

Hij keek me even aan om te zien of ik het meende.
'Hoe heb je dat voor elkaar gekregen? Is die rechercheur een oude vriend van je?'
'Zo zou je het kunnen zeggen.'
'Heel indrukwekkend.' Hij knikte. Eerlijk gezegd vond ik het jammer dat hij er niet bij was geweest. Op een advocatenkantoor kwam je allerlei types tegen, en niemand kon zo overtuigend liegen als ik. Alsof je een werper op de heuvel had staan die luid applaus oogstte met slappe balletjes. Als Martin die voorstelling had gezien, was zijn vertrouwen in mij eindelijk beloond – die talloze keren dat hij zijn collega's had verzekerd dat het weer goed met me zou komen.
'Ik heb wel meer indrukwekkende dingen gedaan,' zei ik. 'Ik ben het weekend in Pico Luan geweest.'
Voor het eerst keek hij me strak aan. Zijn silhouet werd omlijst door de zwarte ijzeren cirkel van de enorme booglamp die de ruimte boven zijn bureau doorsneed.
'Proberen we nu allebei geestig te zijn?'
'Nee, ik bewijs mijn talent als speurder,' zei ik. 'Ik vraag je beleefd me niet langer te belazeren.'
Ik haalde een van de kopieën van het handtekeningformulier van de International Bank uit mijn koffertje en gooide het op zijn bureau. Martin bestudeerde het uitvoerig. Ten slotte liet hij zich in zijn hoge leren stoel vallen.
'En wat ben je nu van plan?'
'Niets meer. Tad Krzysinski is al op de hoogte gebracht.'
Het laatste boordeknoopje, dat Martin nog tussen zijn dikke vingers hield, trok opeens zijn aandacht. Hij keek er even naar en smeet het toen in de richting van het raam. Ik hoorde het terugkaatsen, maar zag niet waar het terechtkwam.
'Carl is naar hem toe met dat document en het memo dat jij verborgen hield. Tad en hij en de anderen proberen nu te bedenken waarom Jake Eiger zoiets zou doen.'
Heel even bedekte Martin zijn hele gezicht met zijn grote, zwartbehaarde hand. Uit de gang drongen door de dichte deur het gerinkel van de telefoons en de stemmen van de werkdag tot de kamer door.
'Nou, dat hoeft niet lang te duren, is het wel?' vroeg Martin ten slotte. 'Het motief is zonneklaar. Jake wilde zijn toekomst veilig stellen. Hij weet dat Tad hem niet mag en dat Krzysinski vroeg of laat, als hij wat meer steun krijgt bij de raad van bestuur, de luiken zal openen en Jake zonder parachute en zonder gouden handdruk uit het vliegtuig zal gooien. Dus heeft Jake zijn eigen gouden handdruk geregeld. Dat ligt toch voor de hand?'

'Misschien,' zei ik.
Martin keek me met één oog aan terwijl hij zijn stoel naar achteren kantelde.
'En wat zegt Carl nog meer?'
'Ik heb jou gedekt, als je dat bedoelt. En dat is meer dan je verdient. Je hebt me voor je karretje gespannen, Martin.'
Hij wilde het ontkennen, maar ik daagde hem uit.
'Ik kan je honderd voorbeelden geven. Ik hoef niet te vragen wie Glyndora vorige week om advies heeft gebeld toen ze mij de deur uit wilde werken?'
'Nee.' Opeens begon hij te lachen, en ik ook. Ik vatte het heel sportief op, maar er hing nu ook een sfeer van openhartigheid. Het was ook wel een mooi verhaal, de manier waarop ik als een kleine elf de trap af was gestormd terwijl ik de grootste moeite had niet over mijn je-weet-wel te struikelen.
'Je wilde niet dat iemand anders achter je meisje aanzat, zeker?'
Martin bewoog zijn kaken en keek me weer met één oog aan. Ik wist niet zeker hoe hij deze onthulling van zijn geheimen zou opvatten – of hij in paniek zou raken of me de kamer uit zou smijten. Maar ik denk dat hij zichzelf goed genoeg kende, want hij scheen het gelaten te aanvaarden.
'Laat ik je niet onderbreken,' zei ik. 'Je wilde me juist iets uitleggen.'
'Over mijn privé-leven? Dat dateert nog van voor de zondvloed.' Het was niet echt een terechtwijzing. Hij staarde door de brede ramen naar de stad en het bruisende leven. Zijn toon suggereerde werelden, hele universa van onderdrukte emoties. God, dacht ik, wat zou ik graag stiekem getuige zijn geweest van die romance, wat had ik graag willen zien hoe die twee mensen al die obstakels hadden overwonnen om eindelijk in elkaars broekje te komen. Glyndora moest al haar belangrijke onderdelen in de strijd hebben geworpen en hem hebben uitgedaagd haar aan te raken – om hem daarna af te poeieren. Die truc kende ik van haar. Dacht jij dat je me aankon? Ik ben heel wat harder dan jij. Ik ben de mooiste vrouw in de wijde omgeving. Ik zou je volkomen uitputten. Ik zou je vier keer per nacht voor me opeisen, ik zou je neuken tot je niet meer kon en je dan zeggen dat het niet genoeg was. Ten slotte zou je je dingetje het liefst willen losschroeven om het in mijn prijzenkast te hangen. Zelfs in je natste jongensdromen ben je geen vrouw tegengekomen die maar tien procent zo goed was als ik. Maar je mag er niet aankomen, want dat sta ik niet toe.
Waarschijnlijk had ze het er dik bovenop gelegd. En hij had de uitdaging aangenomen en was haar vriendelijk blijven behandelen. Het Wereldkampioenschap Zelfbeheersing. Glyndora had geschreeuwd

en gepruild, maar hij moest haar op honderden manieren hebben laten merken dat hij respect voor haar had en nooit van gedachten zou veranderen. Hij moest haar hebben uitgeput, totdat ze ten slotte alleen nog de illusie had dat alles wat zij uit zelfbescherming verwierp haar uiteindelijk toch in de schoot zou vallen. En Martin had zich in dat schaduwgebied gewaagd waar niets er meer toe deed, waar macht en pretenties – al zijn investeringen in de toekomst – moesten wijken voor de zuivere sensatie van het heden. Ik durf te wedden dat het tot het laatste moment, vlak voordat ze eindelijk het bed in doken, niets anders voor hen was geweest dan een dagelijks spelletje, een seksfilm waarvoor ze al die tijd hun ogen hadden gesloten.
'Wat is er eigenlijk gebeurd?' vroeg ik. 'Tussen jou en haar, bedoel ik. Mag ik dat vragen?'
'Het had geen toekomst,' zei hij. Hij maakte een handgebaar. 'We hielden onszelf voor de gek.' Die opmerking bleef hangen, in al zijn droefheid. De eeuwige Amerikaanse tragedie. Martin had vrouw en kinderen. En de Club Belvedere, en zijn cliënten, die hem achter zijn rug zouden bespotten omdat hij het met een gekleurde vrouw had aangelegd. En Glyndora had er waarschijnlijk vrede mee gehad. Het zou heel moeilijk voor haar zijn geweest om zichzelf te blijven in zijn wereld.
'Ik ben erg op Glyndora gesteld,' zei Martin, gevangen in de wereld van onuitgesproken gevoelens die in die opmerking besloten lag. Hij keek me aan. 'Geloof jij in reïncarnatie?'
'Nee,' antwoordde ik.
'Nee,' zei hij. 'Ik ook niet.' Toen zweeg hij weer. Martin Gold, de meest geslaagde advocaat die ik kende, wilde dus ook iemand anders zijn. Toch was het wel roerend. Dat is trouw altijd.
Het bleef een tijdje stil. Ten slotte vertelde Martin me hoe het was gegaan, op vermoeide, peinzende toon. Hij had me niet voor zijn karretje willen spannen, zei hij. Niet bewust. Ik hield hem voor veel te slim. Het waren gewoon de omstandigheden geweest. Zijn oprechtheid was fascinerend. Martin sprak zelden vanuit zijn hart.
'Glyndora is meteen met het memo en de cheques naar me toe gekomen, zodra ze waren uitgeschreven,' zei hij. 'Begin december, denk ik. Omstreeks die tijd. We vonden het allebei nogal vreemd, natuurlijk, omdat het een buitenlandse rekening was, maar ik maakte me nog geen zorgen totdat ik navraag deed. Ik sprak met Bert, met Neucriss en met die bankier in Pico. Niemand had ooit van Litiplex gehoord. En ook boven hadden ze geen dossier. Ik schrok toen ik me realiseerde wat dit betekende. Ik had zoiets nooit achter Jake gezocht. Uit ijdelheid zou hij zelfs tegen de paus hebben gelogen, maar

ik was verbijsterd dat hij geld had verduisterd. En de gevolgen konden rampzalig zijn.'
Zoals iedere leider van een groot bedrijf was Martin gewend aan problemen – ernstige problemen, situaties die hem en het hele kantoor aan de rand van de ondergang konden brengen. Bijvoorbeeld als TransNational het werk aan een ander kantoor zou uitbesteden, of als Pagnucci voor zichzelf zou beginnen. Daar was hij aan gewend. Hij had geleerd op het slappe koord te balanceren, met niets anders dan zijn lef en een parasol. Jake Eiger was zo'n probleem. Hij had Glyndora gevraagd om op te letten of er nog meer cheques kwamen, en daarna had hij rustig de tijd genomen om de belangen van het bedrijf af te wegen.
'Maar op dat moment,' zei hij, 'stortte Glyndora's leven in.'
'Bert en Orleans?'
Hij maakte een geluid, als de oude worstelaar die hij was – een kleine eruptie van verbazing, meteen weer onderdrukt, alsof iemand probeerde hem onderuit te halen. Hij staarde me onbeweeglijk aan, zijn vierkante kop getekend door de schaduwen van het afnemende licht.
'Weet je, Malloy, als je de afgelopen jaren je werk net zo goed had gedaan als dit onderzoek, zou je mijn leven heel wat eenvoudiger hebben gemaakt.'
'Dat zal ik maar opvatten als een compliment.'
'Doe dat,' antwoordde Martin.
'Wat is het voor iemand?' vroeg ik. 'Die zoon van haar?'
'Orleans? Een gecompliceerde figuur.'
'Hij is haar grote verdriet, neem ik aan.'
Martin maakte een paar peinzende gebaren. Blijkbaar had hij goed voor de jongen willen zijn, toen Orleans nog klein was.
'Heel intelligent. Maar wel een moedersjochie. Veel talent, maar niet erg stabiel. Humeurig. Niets aan te doen. Glyndora wilde voorkomen dat hij zó zou worden. Maar dat laat zich niet tegenhouden.'
'En ze vond Bert een vervelende ontwikkeling?'
'Niet omdat het Bert was. Het is een situatie die ze nooit rechtstreeks onder ogen wilde zien.' Hij trok een verdrietig gezicht.
'Ja,' zei ik. Ik begreep het. Maar toch had ik medelijden met Bert. Waarschijnlijk had hij zich vanaf het eerste begin in Orleans vergist.
'Heb je Bert gewaarschuwd?'
'Niemand luistert hier ooit naar mijn waarschuwingen. Niemand.' Heel even maakte hij een verloren indruk, zelfs toen zijn irritatie zichtbaar toenam. 'Jezus, wat een toestand. Wat een toestand! Dit is misschien wel het stomste...' hij zwaaide met zijn handen, '... dat krankzinnige idee met die basketballwedstrijden! Erger nog, ze heb-

ben geen van beiden ook maar één moment aan de gevolgen van hun gedrag gedacht... De gevangenis, lichamelijk geweld, mijn God... noem maar op... En nu zijn ze nog verbaasd ook! Geschokt, ongelovig, als kleine kinderen. De twee meest onvolwassen kerels die ik ooit ben tegengekomen, zonder enig besef van...' Hij zweeg. Hij begon de draad kwijt te raken.
'Je vertelde me waarom je had besloten Jake te dekken.'
'Dit hoort erbij,' zei hij. 'Dat zei ik je toch? Het is allemaal toeval. Omstandigheden. Dit is er een onderdeel van. Dit heeft Glyndora ertoe gebracht.'
'Om Bert de schuld te geven? Bedoel je dat Glyndora dat heeft bedacht? Waarom? Uit wraak?'
Hij wachtte. En glimlachte.
'Wat voor een moeder denk je dat Glyndora is, Mack?'
Een ruime keus in adjectieven. Betrokken. Beschermend. Ze zou haar kind door een oorlog hebben gesleept, in vuilnisbakken naar voedsel voor hem hebben gezocht, haar lichaam voor hem hebben verkocht. Misschien was ze dat die avond met mij ook wel van plan geweest. Toch begreep het ik het nog niet. Martin had zijn collega's en zijn carrière kunnen redden door Jake te dekken. Maar welk voordeel had het hoofd van de boekhouding daarbij?
'Luister, Mack. Berts besluit om onder te duiken was goed bedoeld. Hij dacht dat hij een held was. Maar Orleans schoot er niet veel mee op. Niet in de ogen van Glyndora. Zij wilde niet dat hij de rest van zijn leven op de vlucht moest blijven. Ze wilde hem veilig bij zich houden, en dat ging zo niet.'
Ik kon het nog altijd niet volgen.
'Je hebt het vorige week zelf gevraagd, Mack. "Waar is Bert gebleven?" Waar moeten wíj zeggen dat Bert gebleven is? We hebben het over een advocaat met zevenenzestig collega's. Plus zijn cliënten. Zijn familie laat ik even buiten beschouwing. Die heeft hij nauwelijks. En zijn zogenaamde vrienden waren allemaal bij dezelfde zaak betrokken en zouden hun mond wel houden. Maar welk verhaal moesten we op de zaak vertellen? Hoe moesten we voorkomen dat iemand de politie zou inlichten, met de grote kans dat zij dat geknoei met die basketballwedstrijden op het spoor zouden komen? Als we Orleans wilden isoleren... hem volledig wilden beschermen... zouden we een andere, geloofwaardiger verklaring moeten bedenken voor Berts verdwijning, zelfs als die verklaring alleen bekend was bij de paar mensen die hem moesten excuseren bij de buitenwereld.'
Ik knikte even met mijn hoofd. Dat klonk goed. Totdat de consequentie tot me doordrong.

'Dus daarom had je een onnozele sukkel nodig om naar hem op zoek te gaan.' Iemand die Bert toch nooit zou vinden, besefte ik. Iemand die nooit zou ontdekken wat er werkelijk aan de hand was. Iemand die alleen tot de conclusie zou komen dat hij spoorloos verdwenen was. Dat had Glyndora bedoeld in dat ene moment van oprechtheid. Martin ontkende het niet. Hij keek zwijgend toe hoe ik hun mening over mij verwerkte.

'En daarom hebben jullie het lijk weggehaald,' zei ik. Opeens begreep ik het. 'Zodra ik naar Bert op zoek ging.'

'Wàt?' Martins hele gewicht steunde opeens op de ene hand waarmee hij de leuning van zijn stoel vastgreep. Hij staarde me geschrokken en niet-begrijpend aan. Misschien speelde hij toneel, maar zo leek het niet. Ik had me toch vergist. Orleans en Bert – vernederd en verguisd, beschuldigd van de grootste stommiteiten – hadden het allerergste nooit verteld. Martin en Glyndora dachten nog dat Bert alleen voor dreigementen op de vlucht was geslagen. Toen de kranten over Archies verdwijning berichtten, moesten ze zich doodgeschrokken zijn.

'Bij wijze van spreken,' zei ik. 'Het memo, bedoel ik. Jij hebt het memo achterover gedrukt.'

'O,' zei Martin. Hij ontspande zich weer. 'Ja. We hebben het "lijk" verborgen.' Hij deed een poging tot een glimlach. Weer vroeg ik me af wie het lijk dan wèl had weggehaald. Eén ding was zeker: Archie was niet zelf vertrokken.

Martin ging weer verder met zijn uitleg waarom ze Bert van de diefstal van het geld hadden beschuldigd. De eerste paar keer dat hij er met Glyndora over had gesproken, was het nog een prachtige droom geweest, een volmaakte toekomst waarin alle problemen waren opgelost. Ze hadden het plan tientallen keren doorgenomen en berekend hoe de dominostenen zouden vallen. Natuurlijk zou het kantoor erbij gebaat zijn als ze Jake zouden kunnen redden. Het was een leuk idee geweest, een vrolijk spelletje – als een echtpaar dat roept dat ze een bank willen beroven om de hypotheek te kunnen betalen. Maar ten slotte was het tot Martin doorgedrongen dat Glyndora het serieus meende.

'Ik zei haar meteen dat het krankzinnig was. Erger nog: ontoelaatbaar. Bedrog. Maar weet je...' Hij ging rechtop zitten en keek me strak aan. 'Het ligt gewoon aan mij. Mijn morele waarden. Mijn wetten. Mijn regels. Als je die buiten beschouwing laat... Mijn goed en kwaad. Mijn dierbare abstracties...' Hij zweeg, halverwege de litanie die hij waarschijnlijk jarenlang van haar te horen had gekregen, en bleef hangen als een insekt, zwevend op de bries, overmand door verdriet. Toen ik hem zo zag, hoopte ik plotseling dat Brushy en ik die kloof wèl zouden kunnen overbruggen, totdat ik me realiseerde dat wij zogenaamd in dezelfde dingen geloofden.

'Al die mensen,' zei hij. 'Glyndora en Orleans. Mijn vennoten. Jake, Bert. Zelfs jij, Mack. Zelfs jij. Dit is een instituut. Het produkt van al die levens. Honderden levens. Goed, nu praat ik als Wash. Vergeef me de vrome toon. Maar moest ik dat alles opofferen? Ik heb wel slechtere compromissen gesloten.'

Hij spreidde zijn armen, met iets van priesterlijke waardigheid, alsof hij zijn ziel had blootgelegd.

'Maar jij werd er ook niet slechter van, Martin,' zei ik. 'We weten allemaal wie het grootste aandeel krijgt.' Ik genoot van mijn positie – de man met de hogere principes – ook al wisten we allebei dat het toeval was, en besefte ik heel goed dat ik een rol speelde. Ik geniet van al mijn rollen: de smeris, de macho, de slimmerik, de advocaat. Ik speel ze allemaal voortreffelijk, maar alleen part-time.

Martin reageerde met een trage, zure grijns.

'Nee, niet meer,' zei hij. Hij gaf een tik tegen het blauwe kaartje op zijn bureau, zodat het door de lucht dwarrelde en op het tapijt belandde. Ik raapte het op. Martin heeft een vreselijk handschrift. Zelfs na al die jaren kan ik zijn krullen en kronkels nauwelijks ontcijferen. Maar een paar woorden vielen me meteen op: 'Ontslag... burgemeester... Riverside Commission... oude liefde...' Vanavond, in zijn toespraak tot de verzamelde vennoten, zou Martin Gold zijn vertrek aankondigen.

'Denk je dat de ambtenarij me eronder krijgt?' vroeg hij.

'Dit meen je niet.' Ik kon het niet geloven. Het circus zonder Barnum. Hij groef zich in. Heel koppig. Vastberaden. Het werd hoog tijd, zei hij. Het was al geregeld. Vanaf 1 april zou hij voorzitter worden van de Riverside Commission. Hij sprak over dertig jaar privé-praktijk, over zijn schuld aan de gemeenschap, maar ik kende zijn werkelijke motieven. Als hij de dupe werd van Jake, als hij niet met opgeheven hoofd Krzysinski's kantoor kon binnenstappen om de toekomst van zijn kantoor veilig te stellen, dan zou hij zichzelf straffen. Zijn mensen zouden het misschien overleven, maar zelf zou hij het Beloofde Land niet meer bereiken. Het was al een oud idee, en die mengeling van sluwe realiteitszin en nobele principes paste helemaal bij Martin Gold. De advocaat in hart en nieren. Krankzinnig.

'Je had als katholiek geboren moeten worden,' zei ik tegen hem. 'Je hebt je kans gemist. Wij kennen allerlei obscure vastendagen en boetedoeningen. Wij werken al eeuwenlang aan een strategie voor zelfkastijding.'

Hij dacht natuurlijk dat ik het geestig bedoelde. Dat dacht hij altijd. Hij lachte hardop.

Al die jaren heb ik gedacht dat ik, als ik door Martins verdediging zou kunnen breken om een blik in zijn innerlijk te werpen, een prachtig visioen zou zien: een leeuwehart dat klopte met de snelheid van het geluid, een hart vol passie. In plaats daarvan zag ik een klein monstertje dat hem liet geloven dat er niets nobelers bestond dan zich af te snijden van wat hem het dierbaarst was. Glyndora, het kantoor. Hij was goedkoop met zichzelf en zijn eigen verlangens. Het was een verpletterende ontdekking. Hij was produktiever dan ik, maar niet gelukkiger. Zijn leven zou ik dus ook niet willen.

Hij was het nog steeds niet met me eens.

'Hierna...' hij knikte naar me, 'als hierboven het stof is opgetrokken, blijft er niet veel over om afscheid van te nemen. Of Tad zijn nieuwe juridisch adviseur nu opdracht geeft ons helemaal te laten vallen of een deel van het werk ergens anders onder te brengen, dit kantoor zal het niet overleven. Iemand als Carl...' Hij zweeg. Martin sprak nooit kwaad over zijn collega's. 'Niet iedereen zal met minder genoegen willen nemen. En uiteindelijk zal ik door sommige mensen als een opportunist worden afgeschilderd. De eerste die in de reddingsboot sprong.'

Er lag natuurlijk een subtiele beschuldiging in deze opmerkingen besloten. Martin had het kantoor een paar flinke klappen bezorgd, maar ik had het de genadeslag gegeven. En de katholieke jongen, die zich altijd schuldig voelde, probeerde zich te verdedigen. Het was eigenlijk heel komisch. Ik had bijna zes miljoen dollar gestolen en ik was geen moment van plan het geld terug te geven. Maar op een vreemde manier zien we onszelf zoals de buitenwereld ons ziet, en daarom trok ik me zoveel van Martins mening aan.

'Moet ik me soms verontschuldigen?' vroeg ik. 'Het was geen fraaie deal die je met Jake wilde sluiten: vijfenhalf miljoen dollar uit de kas van de cliënt, zolang hij ons maar werk bleef bezorgen.'

Martin verstijfde, net als toen ik over het lijk was begonnen, en schudde nadrukkelijk zijn hoofd.

'Is dàt wat je denkt?' Opeens begon hij stralend te lachen en verhief zich tot zijn volle lengte, steunend op de armleuningen van zijn stoel. Hij was blij met mijn opmerking, en ik wist ook waarom. Ik had een vergissing gemaakt waardoor hij weer in het voordeel was, zoals vanouds.

'Juist,' zei hij. 'Nu begrijp ik het. Ik heb dus een deal gesloten met Jake. De klandizie van TN, in ruil voor het geld. Bedoel je dat?' Het was nu een wedstrijd. We slopen voorzichtig om elkaar heen. Ik

hield mijn mond. Martin zocht de aanval. 'Ik bekende schuld, Mack. Ik heb geprobeerd het kantoor te redden. Ik wilde zelfs Jake voor zijn eigen fouten behoeden. En God weet dat ik Orleans wilde beschermen. Daarbij heb ik het niet zo nauw genomen met mijn geweten. Bepaald niet. Dat geef ik toe. Maar dacht je echt dat mijn motieven zo... zo laag-bij-de-gronds waren?'
Ik gaf geen antwoord.
'Ik kan me niet voorstellen hoe jij dit ziet. Waarom zou ik Jake vorige week met jou en Wash hebben geconfronteerd? Waarom heb ik hem niet gewoon in het oor gefluisterd dat ik wist dat hij een dief was en van hem geëist dat hij van nu af aan al het werk aan ons moest geven?'
Omdat het veiliger was Jake niet openlijk te confronteren. Maar ik wist dat hij die suggestie zou wegwuiven.
'Begrijp je het niet?' vroeg hij. 'In vredesnaam, bekijk het dan eens vanuit Jakes standpunt. We vertellen hem dat het geld is verdwenen, dat wij Bert ervan verdenken en dat we geen documentatie kunnen vinden over de cheques aan Litiplex. Maar we zeggen erbij dat we op zoek zijn naar Bert en dat we hem willen vragen – als we hem vinden – om het geld terug te geven en weer naar huis te komen. We vragen Jake zelfs om zijn zegen. Je zat er zelf bij. Je hebt het gehoord. Maar hoe kon Jake weten dat jij Bert niet zou vinden? Hoe kon hij daar zeker van zijn?'
Het leek wel of ik weer in de collegebanken zat. De Groot-Inquisiteur. Ik slikte en gaf toe dat hij die zekerheid niet had.
'Precies,' zei Martin. 'Zo is het. En als Bert zou worden gevonden of terugkeerde van zijn exotische expeditie naar God-mag-weten-waar, zou hij meteen de beschuldigende vinger naar Jake uitsteken. Dat wist Jake heel goed. Daarom was het geen geruststelling voor hem dat we naar Bert op zoek waren. Want hij wist dat we verkeerd zaten.
Maar laten we het eens anders bekijken. Jij bent op zoek naar Bert om hem te laten weten dat hij veilig kan terugkomen als hij het geld teruggeeft. En kijk eens aan, Jake Eiger, Glyndora of iemand anders weet te melden dat er, op onverklaarbare wijze, een telefonische overboeking uit Pico Luan is binnengekomen. God zegene Bert. God zegene ons. Zaak gesloten. En iedereen houdt zijn mond, zoals afgesproken. Mijn God, Mack? Die invalshoek is je toch niet ontgaan? Begreep je echt niet dat het de bedoeling was om Jake een discrete uitweg te bieden, een laatste kans om dat vervloekte geld terug te storten?'
Eindelijk drong het tot me door, als de mystieke aanwezigheid van

een nabije engel. Natuurlijk sprak Martin de waarheid. Het had alle karakteristieke elementen van zijn aanpak. Geen directe confrontatie met Jake, natuurlijk niet. Veel te goedkoop en agressief – en bovendien riskant, als Jake uit de school zou klappen. Op deze manier draaide de wereld gewoon door, met al haar valse gezichten. Vreemd genoeg zou het precies zo gaan als de Commissie mij vanaf het begin al had gezegd. Afgezien van de identiteit van de dief, was het plan exact hetzelfde: zorg dat je het geld terugkrijgt, veeg de zaak onder het tapijt, en alles is vergeten en vergeven.
'Hij had kunnen vluchten,' zei ik tegen Martin.
'Zeker. Maar dat heeft hij niet gedaan. Jake hecht aan dit bestaan. Hij wilde alleen een zekerheid waar hij geen recht op had. En ik heb hem duidelijk gemaakt dat het tijd werd voor een realistischer keuze.'
'En wat gebeurt er als hij het geld niet teruggeeft? Je wilt toch niet zeggen dat je serieus overweegt om hem aan te geven?'
Hij keek me aan of ik geschift was.
'Wat kan ik anders doen? Dat was de grens die ik duidelijk met Glyndora heb afgesproken.' Hij zag mijn verbazing. 'Luister, Mack, als ik van plan was geweest om niets te zeggen, wat Jake ook zou doen, dan zou ik dat memo hebben verbrand in plaats van het te bewaren.'
'Maar je hèbt niets gezegd.'
'Nee, waarom zou ik? Jij hebt ons vorige week zelf die boodschap van Jake doorgegeven: nog even geduld, Bert is de schuldige niet, het zit anders in elkaar dan jullie denken, en binnenkort zal de boekhouding wel uitwijzen dat er een fout is gemaakt. Dat was een duidelijke opening. Jake was van plan het geld terug te storten.'
Opeens was er die vreemde spanning tussen ons, het besef van de verschillende posities die we innamen. We keken elkaar verbijsterd aan. Martin sprong overeind.
'Mijn God,' zei hij. Eindelijk begreep hij het, niet de omvang van het misverstand – dat had hij wel vaker meegemaakt – maar de consequenties ervan. Hij dacht dat ik Carl naar Krzysinski had gestuurd uit minachting voor de smerige manier waarop Martin het kantoor en Jake wilde beschermen door zich te onttrekken aan zijn plicht om TN te waarschuwen voor de praktijken van hun juridische adviseur. Maar nu besefte hij dat ik was gedreven door het vermoeden van veel ernstiger malversaties. Hij vond zijn boordeknoopje op de grond en smeet het weer naar het raam, met volle kracht, zodat het diamantje met een muzikaal getinkel tegen het glas ketste. Hij stak een beschuldigende vinger naar me uit en begon te schelden.
'Vervloekte, stomme klootzak die je bent! Je wou niet eens aan de telefoon komen toen ik je belde!'

Hij stond te razen en te tieren. En ik? Ik voelde me nogal vreemd. Verward. Op een merkwaardige manier was ik zelfs opgelucht. Toen ik weer bij mijn positieven kwam, merkte ik dat ik zat te glimlachen. Ik had me dus toch vergist in Martin en zijn complexe persoonlijkheid. Hij had zich bepaald niet als een heilige gedragen, maar toch beter dan ik had gedacht. Heel wat beter dan ik, zoals God wist.
Er werd geklopt. Brushy. Ze had zich voor de gelegenheid gekleed in een mouwloze zwarte lovertjesjurk die tot op haar enkels viel. Daarbij droeg ze lange witte handschoenen, met een bergkristallen tiara in haar haar, als een glinsterende vogel. Haar blik ging naar het bureau, waar de kopie van het handtekeningformulier van de International Bank nog lag. Met de gebruikelijke snelheid van een computer had ze de situatie ingeschat. Ik floot naar haar en ze nam even de tijd om te glimlachen.
'Is Wash er al?' vroeg ze. 'Hij belde me om te vragen of ik ook kwam. Hij klonk nogal van streek.'
Even later verscheen Wash. In de toestand die Brushy had beschreven.
'Ik had net Krzysinski aan de lijn. Het is daarboven een gekkenhuis.' Hij was in smoking, met een blits rood vlinderdasje, maar zijn gezicht was doodsbleek en hij stond te zweten. 'Tad vroeg naar iedereen die voor TN werkt. "Mijn getrouwen", zei hij.' Wash sloot zijn ogen. 'Hij wil dat we allemaal boven komen. Jij, ik, Brushy, Mack. En Bert. Wat moeten we hem vertellen over Bert?'
Martin wuifde die vraag weg. Zoals gewoonlijk begreep Wash niet helemaal waar het om ging. Martin vroeg wat Tad letterlijk had gezegd, maar Wash kon de juiste woorden niet vinden. Het kon niet lang meer duren voordat hij de eerste verschijnselen van kindsheid ging vertonen. Zijn mond ging open en dicht en hij staarde vaag voor zich uit. Eindelijk vond hij zijn stem terug.
'Tad zei dat hij wilde bespreken wat we met Jake moeten doen.'

XXIX EN NU DE WAARHEID

A Het kantoor van de president-directeur

In Tad Krzysinski's grote kantoor hing de doelloze stemming van een grote, ongelukkige familie. Tads assistente, Ilene, kwam ons tegemoet en zei dat Pagnucci even weg was om zijn smoking aan te trekken, die zijn secretaresse naar boven had gebracht. Mike Mathigoris, het hoofd van de beveiligingsdienst, was ook weggeroepen, terwijl in een aangrenzende vergaderzaal de bespreking was begonnen waarbij Tad om vier uur aanwezig had moeten zijn. Alleen Tad en Jake waren er nog, en ze negeerden elkaar systematisch. Krzysinski was aan de telefoon. Jake zat terneergeslagen op het puntje van zijn stoel en staarde zonder veel begrip naar de talloze foto's van Krzysinski's kinderen die de voornaamste versiering vormden aan de tegenoverliggende muur, tussen de drie deuren die toegang gaven tot Jakes kantoor, het kantoor van de financieel directeur en de vergaderzaal. Aan Jakes vage blik en zijn bleke lachje was te zien dat hij niet helemaal begreep wat er niet klopte aan dit plaatje: Brush in haar lange jurk en de drie mannen in smoking. Martins vlinderdas hing nog los om zijn kraag en zijn overhemd werd voornamelijk bijeengehouden door de cummerband, omdat hij nog steeds het laatste knoopje niet had dichtgedaan.

'Ik vond dat jullie dit moesten horen.' Krzysinski was opgestaan om ons allemaal een hand te geven, met zijn gebruikelijke verpletterende kracht. Op de universiteit hadden ze hem 'Atoom' genoemd, en dat was een goede benaming voor zijn afmetingen, zijn bouw en zijn ingehouden kracht. Natuurlijk had Tad een grote hoekkamer. Op de parketvloer lag een enorm Perzisch kleed van minstens vijftigduizend dollar, en op een heldere dag kon hij tot aan het vliegveld kijken. Als het mooi weer was, stond hij graag voor de hoge ramen om

TN's eigen vliegtuigen te zien opstijgen. Hij kon je zelfs de vluchtnummers en de namen van de piloten noemen.

Toen hij ons had begroet, stak hij een gebiedende vinger uit naar Jake, met het verzoek om te beginnen. Jake vertelde het hele verhaal nogal mechanisch, zonder enige emotie. Je kon merken dat hij het al zes keer had verteld en dat het routine werd. Zoals altijd zag hij er onberispelijk uit, met een strakke scheiding in zijn haar en een grijs visgraatkostuum waarvan hij het jasje had dichtgeknoopt om het verzorgde effect te accentueren. Maar zijn gezicht stond vaag. Voor het eerst in zijn leven stond Jake onder grote druk en dreigde hij volledig in te storten. Ik voelde nauwelijks spijt. Als ik wat had moeten zeggen, zou het zoiets geweest zijn als: 'Tut tut.'

In november, vertelde Jake, toen we de laatste uitkeringen uit het 397-fonds wilden doen, hadden Peter Neucriss en hij met elkaar gesproken. Peter had Jake een avondje uitgenodigd, een bekende tactiek om de vijand gunstig te stemmen. Jake was vorstelijk onthaald. Een dineetje bij Batik, veel drank, en daarna een ijshockeywedstrijd. Toen ze na afloop een slaapmutsje namen bij Sergio's, kwam Peter eindelijk ter zake. Hij had een voorstel aan Jake. Aan TN, eigenlijk. Neucriss behartigde drie verschillende zaken in de 397-kwestie. Grote zaken, natuurlijk. Een ervan betrof een moeder en een kind. Het totaalbedrag beliep bijna dertig miljoen dollar. Peter kreeg dertig procent, zoals gebruikelijk. Hij had bijna tien miljoen dollar aan honorarium tegoed.

'Hij vertelde me een nogal vergezocht verhaal, dat hij een groot bedrag schuldig was aan Litiplex, een bedrijf dat hem bij de voorbereiding van de rechtszaak had geholpen. Hun werk was alle eisers ten goede gekomen, zei hij, maar de andere advocaten deden alsof ze nog nooit van Litiplex hadden gehoord. Peter zat nu met een probleem, omdat hij het bedrijf had ingehuurd en een paar onderhandse afspraken had gemaakt. Het klonk nogal verdacht. Je weet hoe Neucriss kan zijn. Alsof hij een vetvlek zal achterlaten als hij opstaat. Maar goed, hij voelde zich verplicht om Litiplex te betalen, hoewel ik op een gegeven moment had toegezegd dat het geld op het 397-fonds mocht worden verhaald. Ik protesteerde. Een paar keer. Ik bedoel, ik had wel wat gedronken, maar zoiets had ik nooit beloofd.

Ik had geen idee wat de bedoeling was, totdat hij me opeens een voorstel deed. Als wij in het buitenland een rekening zouden openen voor Litiplex... hij noemde een bedrag van 5,6 miljoen dollar... met Peter als gemachtigde, zou hij het bedrag dat zijn cliënten nog tegoed hadden verlagen tot 22,4 miljoen dollar. Dat betekende een voordeel voor TN van twee miljoen dollar. Hij verzekerde me dat zijn cliënten er netto hetzelfde aan zouden overhouden. Je weet hoe het gaat: wij betalen hem, hij trekt zijn honorarium ervan af en betaalt het restant aan zijn cliënten. Hij wilde de boeken manipuleren alsof hij maar tien procent zou krijgen in plaats van dertig. Maar wat kon mij dat schelen? Wij werden er twee miljoen dollar wijzer van. Daar ging het om.'

'Ik begrijp het niet,' zei Wash. 'Wat schoot Peter daar dan mee op?'
'Belastingontduiking.' Het was Brushy die antwoord gaf. Zoals gewoonlijk had ze het meteen begrepen. 'Litiplex bestaat helemaal niet. Litiplex is Neucriss, die zijn geld in het buitenland krijgt en dus geen inkomstenbelasting hoeft te betalen, niet dit jaar, en niet over de rente in de volgende jaren. Daarom ging hij akkoord met twee miljoen minder. Die zou hij op de lange termijn twee tot drie keer terugverdienen.'

Jake knikte heftig. Zelfs hij had dat doorzien.

'Tussen haakjes, Neucriss ontkent dat dit gesprek ooit heeft plaatsgevonden,' zei Pagnucci vanuit de deuropening. Hij droeg een smoking met een dubbele rij knopen, van blauwe *sharkskin* maar liefst. Hij rookte een sigaret en hij maakte een wat gespannen indruk. Hij keek de kamer rond en zei dat hij het verhaal al een paar keer had gehoord.

'Mathigoris en ik hebben zojuist met de heer Neucriss gebeld,' vervolgde hij. 'Hij verklaart nadrukkelijk dat hij nooit van Litiplex had gehoord voordat Mark en Martin erover begonnen.'

'Natuurlijk ontkent hij dat,' zei Jake. 'Dat heb ik je toch gezegd? Hij wil de belasting ontduiken. Daar zal hij heus niet mee te koop lopen. Maar dat was de afspraak, geloof me nou maar. Daarom heb ik die rekening geopend. Als hij me de getekende vrijschelding gaf, zou ik het restant van het smartegeld overmaken, met een machtigingsbrief. Dan kon hij zelf bepalen wie er geld van de rekening mocht opnemen. Begrijpen jullie het niet? Ik heb niets gestolen. Het was gewoon voor de zaak. Voor TN.'

Hij keek naar Krzysinski, maar die had zich omgedraaid naar Ilene, zijn assistente, die vanuit de deuropening naar hem gebaarde. Tad verdween naar de vergaderzaal om een bosbrand te blussen.

'En wat dacht je dat de belastingen over jou en het bedrijf te zeggen zou hebben, Jake?' vroeg Brushy. Wash keek hoopvol op. Hij had niet alles begrepen, maar Jakes laatste opmerking had hem nieuwe moed gegeven. Hij zag het al aankomen. Op het nippertje gered. Onverdiend, maar toch. Het verhaal van zijn leven.

'Ik? We hebben niet tegen ze gelogen. We hebben geen valse verklaringen overlegd. Ik heb Peters boeken nooit gezien. Ik heb wel mijn

vermoedens, maar wie kan in het brein van Peter Neucriss kijken? Als ze het me ooit zouden vragen, zou ik gewoon de waarheid hebben verteld. En ik heb zeker geen inkomsten verzwegen. Die willen we zelfs opgeven. Ze staan in alle stukken. Daar gaat het juist om. Laten we elkaar niet voor de gek houden. We kennen het verhaal. Tad maakt zich grote zorgen over de juridische kosten. Daarom was hij zo blij met het overschot uit het 397-fonds. Dit was twee miljoen extra. Dat is het punt. Dat hadden we nodig. Wij allemaal. Het bedrijf en iedereen in deze kamer.'
'Toch denk ik niet dat de belastingen je een lintje wegens goed gedrag hadden gegeven,' zei Martin tegen Jake.
'Of de beurscommissie,' zei Pagnucci.
'Of Tad,' merkte Brushy op.
'Toegegeven,' zei Jake. 'Dat weet ik ook wel. Krzysinski houdt niet van dit soort chicanes. Daar heeft hij de pest aan. Dat kun je wel zien. Het is zijn stijl niet.' Jake wierp een duistere blik naar de deur van de vergaderzaal en liet zijn stem dalen. 'Maar het resultaat zou hij prachtig vinden. Net als de rest van de directie. Luister nou eens, mensen. In het bos valt een boom. Is er wel een geluid als niemand het hoort? Als ik discreet ben, wie hoeft het dan te weten? Neucriss zal heus niets zeggen. De belastingdienst heeft geen reden om het 397-fonds te controleren. We hebben een overschot, nota bene! Daarom heb ik er met niemand over gesproken. Ik heb Bert een memo gestuurd en hem uitgelegd dat het een gevoelige zaak was. Ik heb hierboven geen sporen nagelaten. Maar daarmee heb ik mijn eigen graf gegraven. Ik ben de eerste om dat toe te geven. De allereerste. Toen jullie je opeens allemaal op de zaak stortten, mocht ik geen woord zeggen, behalve wat ik vorige week tegen Mack heb gezegd. Als we gewoon geduld hebben, komt het allemaal wel goed. Als het smartegeld is uitbetaald, zal blijken dat er helemaal geen geld is verdwenen. Sterker nog, er zal twee miljoen extra overblijven. Wie heeft dan nog iets te klagen? Begrijpen jullie het niet? Ik ben geen dief.' Hij keek ons beurtelings aan. Hij was pijnlijk oprecht, beschadigd en kwetsbaar, zoals ik hem waarschijnlijk voor het laatst had gezien toen hij jaren geleden over dat examen was begonnen.
Krzysinski was weer binnengekomen en had Jakes laatste woorden gehoord, maar hij liet zich er niet door beïnvloeden toen hij naar zijn bureau terugliep. Zonder enige rancune richtte hij zich tot Jake. Tad was gewoon zichzelf. Hij had de situatie volledig in de hand. Het was zijn taak om beslissingen te nemen. Dat kon hij beter dan de meeste mensen, zoals sommige kerels een halve meter hoger kunnen springen dan de rest. Hij zwierf door een verheven landschap waarin hij

met de trefzekerheid van een machine kon bepalen wat er ging gebeuren. Hij vroeg Jake waar hij wilde wachten terwijl wij de zaak verder bespraken.
'Thuis,' zei Jake, en Tad knikte. Een goed idee, vond hij. Ga maar naar huis. En blijf bij de telefoon voor het geval er nog vragen zijn. Jake vertrok, aarzelend hoe hij afscheid moest nemen. Ten slotte wuifde hij ons vriendelijk toe, als een politicus, een gebaar dat hij van zijn vader had overgenomen. In die omstandigheden was het hopeloos misplaatst. Na zijn trieste aftocht viel er een pijnlijke, gespannen stilte.
'Wat vinden jullie ervan?' vroeg Tad na enkele seconden. 'Ik wil graag jullie mening horen. Jullie kennen hem allemaal veel langer dan ik.' Hij draaide zijn grote stoel rond. Dit zou weleens Tads belangrijkste test kunnen zijn: of die advocaten van G&G nog objectief bleven als het Jake betrof. Misschien wilde hij onze reactie wel vergelijken met zijn eigen oordeel, voordat hij een beslissing nam. Maar volgens mij maakte hij gewoon handig gebruik van de beschikbare hulptroepen.
'Ik geloof hem,' zei Wash meteen. Hij legde een vastberaden klank in zijn stem en trok zijn gezicht weer in een aristocratische plooi.
Tad kneep zijn lippen samen. 'Volgens Mathigoris is dat verhaal een dekmantel. Zorgvuldig voorbereid. Carl is het met hem eens.'
Carl knikte. Zoals gewoonlijk zei hij niet veel. Maar zijn ego zou geen klappen oplopen en hij zag liever een sinister komplot dan toe te geven dat hij de situatie verkeerd had ingeschat. Zo nu en dan wierp hij een duistere blik naar mij, vermoedelijk in de veronderstelling dat ik hem in de val had gelokt. Maar ik gaf geen krimp en keek hem veelbetekenend aan. En dus zette hij door.
Martin was met zijn gedachten elders toen Tad het woord tot hem richtte – verloren in de mystieke diepten van zijn ziel. Hij had nog steeds zijn laatste knoopje niet bevestigd. Hij zat er verstrooid mee te spelen en gooide het een paar keer in de lucht. Het diamantje glinsterde. Hij zag dat ik naar hem keek en wierp me een zure blik toe.
Tad herhaalde zijn vraag om Martins aandacht te trekken. Wat vond hij ervan?
'O,' zei Martin. 'Of Neucriss het leuk zou vinden als jouw juridisch adviseur zich in alle bochten voor hem wrong, als een goedkope hoer? Natuurlijk. Neucriss wil graag bewijzen dat iedereen net zo verdorven is als hij. Maar zou Jake op eigen houtje tot zo'n bedrog in staat zijn geweest?' Martin lachte even in mijn richting, met zijn gebruikelijke gevoel voor ironie. 'Vast wel,' zei hij. 'Ongetwijfeld. Eerlijk gezegd, Tad, heb ik geen idee wat er hier aan de hand is.'

Martin stond op in zijn half dichtgeknoopte overhemd, hees zijn broek op en gooide het knoopje nog eens in de lucht. Hij was opvallend vrolijk. Je kon niet zeggen dat het hem geen zier kon schelen, maar hij had duidelijk afstand genomen van dit leven. Martin was op weg een ander mens te worden. Hij glimlachte nog eens toen hij Krzysinski aankeek.

'Het lijkt me echt iets voor Jake.' Dat kwam van Brushy. 'Ik zeg het niet graag, maar we weten allemaal dat Jake een passie heeft voor bedrijfspolitiek en alles zal doen om een succesje te behalen. Ik vraag me zelfs af, Tad, of hij wel besefte dat hij de wet overtrad. Ja, ik geloof hem.'

Ik wist niet of ik Brush ooit in dezelfde kamer als Krzysinski had gezien, en ik hield hen scherp in de gaten. Maar aan Tad was niets bijzonders te merken. Hij was geconcentreerd, zoals altijd. Ook nadat ze was uitgesproken keek hij haar nog even onderzoekend aan.

'Ik geloof het ook,' zei Tad ten slotte. 'Zie je,' zei hij tegen Wash, in aansluiting op een of andere discussie binnen de directie, 'daar heb ik nou zo'n hekel aan. Altijd de gemakkelijkste uitweg. Maar hij komt níet meer terug. Vandaag was zijn laatste dag. Daar valt niet aan te tornen. Ik zal de directie moeten adviseren. Wat doen we? Iedereen wil natuurlijk een schandaal vermijden. Ik draag de zaak liever niet aan de autoriteiten over. Het is een kwestie van intuïtie. Ik wou alleen dat ik wat meer ervaring had. Wat denk jij ervan, Mack? Dit was ooit jouw werk. Wat zeg jij? Is Jake een crimineel?'

We waren weer terug op hetzelfde punt als vorige week. Ik had hun aandacht. Ze keken me allemaal aan. De bal lag weer voor mijn voeten. Ik wist dat ik Jake zou kunnen redden. Ik zou een van mijn prachtige verhalen kunnen ophangen. Ik had er al zes in mijn hoofd. Bijvoorbeeld dat Jake was vergeten dat hij me een tijd geleden al iets over een dubieuze deal met Neucriss had verteld, waarvoor ik hem toen had gewaarschuwd. Dat was voldoende. Vijf minuten met een faxapparaat, een paar snelle berichten naar de Züricher Kreditbank en de Fortune Trust in Pico Luan, en ik zou zelfs de geheime rekening van Litiplex weer kunnen aanvullen. Ja, alles was mogelijk.

Maar ik had er geen zin in. Het is ons allemaal weleens overkomen, vooral als kinderen. Het scherm wordt zwart, de muziek zwijgt en de luidsprekers ruisen. Je wordt half verblind door de zaallichten. Hoe kan het nu al afgelopen zijn, denk je wanhopig, terwijl de film nog doorgaat in je hoofd?

Het maakte niet niet uit wat er in werkelijkheid was gebeurd. Ik had mijn route uitgestippeld – in een andere richting. Dat wist ik. Iets nieuws. Hier vandaan. Net als Martin. Ik had mijn besluit genomen. Een andere toekomst. Geen weg terug. En als ik niet op weg was naar

een beter leven, dan stonden er toch grote veranderingen op stapel in het leven dat ik nu leidde.
Achteraf gezien is het wel grappig dat we allemaal zo snel bereid waren geweest om Jake voor een dief aan te zien. Dat glibberige kantje van zijn persoonlijkheid was dus voor iedereen duidelijk geweest. Daarom twijfelden we nog. Is dat niet het leven zelf – dingen zien en horen? Maar wat begrijpen we nu eigenlijk? Weggedoken in ons eigen schuttersputje kunnen we nooit het hele slagveld overzien. Ik had willen geloven dat zij niet beter waren dan ik. Allemaal. Maar we hebben altijd een reden voor onze gedachten. Noem me een dwaas, of het slachtoffer van mijn eigen verwachtingen. De enige in wie ik me niet had vergist was ikzelf.
'Ik geloof hem,' zei ik. En dat was ook zo. Niet omdat Jake te eerlijk zou zijn om te stelen. Dat was hij zeker niet. Maar ik geloofde zijn verhaal. Over Neucriss. Dat had Jake nooit zelf kunnen bedenken. Nog in geen duizend jaar. Zelfs niet in zijn REM-slaap. Tad had gelijk. Jake koos altijd de gemakkelijkste uitweg. Als hij een dekmantel nodig had, zocht hij wel iemand om de schuld op af te schuiven. Een onnozel type. Iemand als ik.
'Ik geloof hem,' zei ik weer, en voegde eraan toe: 'Aangenomen dat het geen probleem is om het geld terug te krijgen.'
'Nee nee,' zei Krzysinski. 'Een uur geleden heeft hij samen met Mathigoris een fax naar die bank verstuurd. Mathigoris is bij het apparaat gebleven om op een bevestiging te wachten. O, daar is hij al.'
Mike Mathigoris, het hoofd van de beveiligingsdienst, was een voormalig plaatsvervangend commandant van de State Police, die na twintig jaar bij de politie naar TN was overgestapt. Een aardige, doodgewone kerel, die zich nu bezighield met het voorkomen en bestrijden van vliegtuigkapingen, ticketfraudes en corruptie onder reisagenten. Ik had al vaak met hem samengewerkt voordat Jake de kraan had dichtgedraaid. Zonder verdere plichtplegingen gaf hij Tad de papieren die hij bij zich had. Tad las ze door en liep rood aan.
'Allemachtig,' zei hij. 'Die klootzak.'
Brushy, die toch wat vertrouwelijker met hem omging, stond op en las over zijn schouder mee. Even later gaf Krzysinski de papieren aan ons door. Het eerste vel was een fax van de International Bank of Finance N.A. in Pico Luan, met het volgende bericht:

Rekening beëindigd op 30 januari j.l., volgens bijgevoegde opdrachtbrief.
Met vriendelijke groet,
Salem George.

De brief die ik op maandag vanuit het Regency Hotel had gefaxt zat erbij. Ik kon een glimlach niet onderdrukken toen ik naar de handtekening keek. Handschriftanalisten hebben niets aan een fotokopie. Bovendien was ik veel te goed. Ik zag dat Brushy naar me keek, met iets van begrip – misschien wel een fataal besef – in haar ogen. Ze bewoog haar lippen. 'Waarom heb je zo'n plezier?' las ik.
'Heel ironisch,' zei ik hardop, en draaide me om.
Pagnucci las de brief en keek zelfvoldaan. Hij maakte een paar gewichtige geluiden, maar hij had net zo goed kunnen zeggen: 'Zie je wel?'
'Wat voert Jake in godsnaam in zijn schild?' vroeg Tad. Dat had hij al een paar keer gevraagd, maar niemand had er antwoord op gegeven.
'Hij is ervandoor,' zei ik. 'Hij heeft dat verhaal over Neucriss verzonnen om tijd te winnen. En nu is hij op weg naar de zon. En naar het geld.'
'O, verdomme,' zei Krzysinski. 'En ik heb hem laten gaan! Jezus! Snel, laten we de politie waarschuwen.' Hij maakte een gebaar naar Mathigoris.
Wash stond als verstijfd. Als een dood stuk hout.
'Wie moeten we bellen?' vroeg Tad.
'Mack heeft vrienden bij de politie,' opperde Martin vanuit de andere hoek van de kamer. 'Hij had vandaag nog iemand bij zich op kantoor.'
'Die moet je niet hebben,' zei ik meteen. 'Voor dit soort zaken.'
'Wie?' vroeg Mike.
'Een rechercheur. Dimonte.'
'Gino?' vroeg Mike. 'Harde jongen. Hij zit bij Fraude. Precies de juiste man.'
Ik keek wanhopig naar Brushy, maar die ontweek mijn blik.
'Het is een internationale zaak,' zei ik tegen Mathigoris. 'Kunnen we niet beter de FBI inschakelen?' Hij keek neutraal. 'Dimonte heeft een ondervragingstechniek waar je beroerd van wordt,' zei ik tegen Tad.
'Dat is precies wat Jake verdient. Bel hem maar,' zei Tad tegen me. 'En snel. Jake mag niet ontsnappen. Dan zitten we pas goed in de problemen.'
Omdat de vergaderzaal in gebruik was, kwam ik terecht in een telefoonhokje bij de receptie van TN. Er hing een oude prent van een vrouw met een Hollands kraagje, een arme nicht van Rembrandt. Het was een soort ingebouwde telefooncel, bedoeld voor bezoekers die hier ongestoord een telefoontje van hun eigen kantoor konden aannemen. Er stond een schaaltje met potpourri dat de muffe lucht

een aangenamer geurtje gaf. Ik dacht snel na, maar ik wist niets te verzinnen. 'Ik kon hem niet bereiken' is geen geloofwaardig excuus als je de politie belt. 'Ik heb hem gebeld. Hij komt eraan' had ook geen zin, want als hij niet kwam opdagen, zou iemand anders hem wel bellen.

'Gino,' zei ik, zo energiek en vrolijk mogelijk. 'Als je dit hoort, zijn we meteen weer goede vrienden.'

'In een ander leven,' zei hij meteen.

Ik vertelde hem het verhaal. Als hij snel was, zou hij Jake nog thuis kunnen treffen. Ik gaf hem het adres. Natuurlijk zat Jake nog thuis, als een geslagen hond. Naast de telefoon, zoals hij had beloofd. Misschien had hij een advocaat gebeld. Of zijn vader. Maar in elk geval was hij thuis. Ik zou er heel wat voor over hebben gehad om zijn gezicht te kunnen zien als Pigeyes hem kwam arresteren. God, dacht ik. God, wat had ik de pest aan Jake.

'Na deze arrestatie kun je tot aan je pensioen op je lauweren blijven rusten,' besloot ik mijn verhaal.

'Ik zal je één ding zeggen,' zei Pigeyes toen ik uitgesproken was. 'Hier geloof ik dus geen reet van.'

Ik wist niet wat ik moest zeggen.

'Niet één woord. Denk maar niet dat je je vanavond kunt bescheuren bij een glas bier of wat je tegenwoordig ook mag drinken. Bamboekoffie. Vergeet het maar. Dat hele verhaal is van A tot Z verzonnen. Dat wist ik allang. Over die drie flikkers, bedoel ik.' Hij doelde op die keer dat hij naar kantoor was gekomen, over het verhaal dat ik hem had verteld over Bert, Archie en de anonieme 'Kam' van de universiteit. Dit was *mano a mano* – strikt onder ons. Hij wilde me laten weten dat hij zich geen oor liet aannaaien.

'Er klopt geen moer van,' zei Pigeyes.

'O nee?'

'Archie is geen flikker, om maar wat te noemen.'

'Dat heb je me anders zelf verteld, Pigeyes. Over Archie. Een raket in zijn reet, weet je nog?'

'Nee. Dat zei jij. Ik zei alleen maar àls. En jij ging erop in. Heeft die vent een elastieken aars? En ik zei weer àls. Archie, die klootzak? Ik ken zijn hele levensverhaal, en dat van zijn moeder erbij. Hij is hetero. Niks van achteren. Alleen maar aambeien, net als jij en ik. Er klopt dus niks van. Het is maar dat je het weet.'

Dus ik wist het nu. Die jonge hielenlikker, Dewey, was erin getuind, maar Gino niet.

'Ik kan je niet volgen.'

'Meen je dat nou?'

'Kunnen we er een streep onder zetten?' vroeg ik.
'Waar heb je het over? Jou en mij?'
'Nee, Bert.'
'De ballen.'
Ik zag alleen maar ruis op mijn scherm. Ik begreep er niets van. En dat was precies zijn bedoeling.
'Wat bedoel je? Voor wat, hoort wat?' Misschien vond hij dat we quitte stonden, nu ik hem Jake op een presenteerblaadje had aangeboden.
Hij lachte. Nee, hij bulderde. Ik hoorde een geweldige klap toen hij de telefoon ergens tegenaan sloeg. 'Je hebt me al genoeg geholpen. Hoe ellendig je je ook voelt, hoe zwaar je ook voor je zonden moet boeten, het kan altijd nog erger. Want als je achterom kijkt, zie je mij daar staan! We komen nooit meer van elkaar af, Mack. Ik zeg het je maar. Want ergens deug je niet. Dat heb ik altijd geweten. Je probeert je in te dekken, net als de vorige keer, met je vriendje Bert. Dus blijf maar afgestemd op dit station. Zelfde zender, zelfde tijd.'
Weer sloeg hij de hoorn ergens tegenaan en hing toen op. Of hij had het ding gemold.
Maar hij had zijn doel bereikt. Het koude zweet brak me uit in dat kleine hokje. Deze keer was ik echt bang.

B De cirkel gesloten

In de lift naar beneden kondigde Martin zijn vertrek aan. Ik denk dat hij Wash en Pagnucci wilde waarschuwen. Hij vond het zelf nogal een dramatische verklaring, maar er kwam weinig reactie. Deze groep had al te veel meegemaakt, en zoals Martin zelf had gezegd: er was niet veel meer over om afscheid van te nemen. Maar Brushy, het brave kind, deed toch nog een poging om hem tot andere gedachten te brengen.
Toen de liftdeuren zich openden op de 37ste verdieping, stond Bert daar. Hij had zich min of meer voor de gelegenheid gekleed: een leren jasje als smoking, en een baard van vier dagen. Hij leek meer op een rock-ster. Ik denk dat Orleans nu zijn kleren voor hem uitkoos. Hij blokkeerde de deuropening – een voordelige positie ten opzichte van ons – en keek snel wie er in de lift stonden. Er was heel wat gebeurd sinds we hem hier voor het laatst hadden gezien, en de tijd leek even stil te staan. Niemand verroerde zich.
Vooral Martin leek geschrokken, eindelijk beroofd van zijn overlevingsinstinct, dat absolute geloof in zijn eigen macht dat hem nor-

maal gesproken op de been houdt. Hij staarde Bert een moment lang aan en schudde toen zijn hoofd. Zijn blik gleed naar het laatste diamanten knoopje tussen zijn vingers. Hij leek het op zijn hand te wegen. Even had hij de neiging om het weer weg te smijten, maar ten slotte bevestigde hij het in het knoopsgat van zijn overhemd.
'Goed,' zei hij eindelijk, 'sommigen van ons hebben een afspraak in de Club Belvedere.' Het werd tijd om weer aan de toekomst te denken. Nooit een moment rust voor de mensen die de beslissingen nemen. Martin moest het doodsbericht van de firma voorlezen. Daar was hij goed in. Toen Leotis Griswell een jaar geleden werd begraven, had Martin de lijkrede geschreven, de gebruikelijke plichtmatigheden waar hij zelf niet echt in geloofde – dat Leotis een geboren advocaat was geweest, iemand die wist dat de wet uiteindelijk niet om geld draaide maar om morele waarden, om uitspraken en oordelen die niet mochten worden verhandeld. De wet, zoals Leotis die zag... aldus Martin... was de neerslag van onze gemeenschappelijke wil, bedoeld om de maatschappij en de economie te sturen, niet andersom. God mocht weten wat Martin vanavond tegen zijn collega's te zeggen had. Misschien alleen tot ziens.
Wash, Carl en Brushy volgden hem om hun jassen te halen. Ik bleef achter met Bert en gaf Brushy een snelle knipoog toen ze wegging. Ze reageerde met een vernietigende blik over haar blote schouder – waarom weet ik niet. Daar gaan we weer. God, wat heb ik nou weer misdaan? Ze zei koeltjes dat ze nog moest bellen en dat ze in haar kamer op me zou wachten om samen naar de Club te lopen.
Het deed Bert wel wat om terug te zijn, dat zag ik duidelijk. Hij stond bij de ramen achter de balie van de receptie, met zijn gezicht naar de ruit. In het glas was zijn spiegelbeeld te zien, vaag en onvolledig, als een reflectie in het water. Hij maakte een trieste indruk.
'Ik wou dat ik het gedaan had,' zei hij tegen me, vanuit het niets.
'Wat?'
'Het geld gestolen.'
Ik schrok even en pakte zijn arm om hem te kalmeren. Maar ik begreep zijn probleem. Opeens had hij weer een toekomst. Zijn grootse momenten, zijn avonturen, waren voorbij. Hij had op de rand van de afgrond gebalanceerd, gek van liefde, krankzinnig van angst. Nu kon hij naar zijn kamer lopen om gewoon weer aan het werk te gaan, als hij dat wilde. Hij had een tijdje geleefd met al die mooie verhalen in zijn hoofd – gangsters en atleten, zijn liefje en hijzelf die bizarre dingen deden in de maanverlichte artisjokkenvelden, verscholen in de kille mist van die volmaakt stille nachten. Natuurlijk was dat idioot, maar wat zou het? Arme Bert. Arme wij. Naar volle zee ge-

sleurd in onze kleine bootjes door de getijden van die onweerstaanbare geheime verlangens, om bij het eerste daglicht al op de rotsen te lopen. Maar wie kan nog terug?'
'Iemand is je vóór geweest,' zei ik. Daar moest hij om lachen. Ten slotte vroeg hij of ik meeging naar de Belvedere, maar ik stuurde hem vooruit.

XXX HET EINDE EN... WIE IS ER NU GELUKKIG?

A Brushy niet

Ik ging naar huis. Een man in een smoking die op een vliegtuig stapt
zou te veel de aandacht trekken. En hoewel ik dat sentiment niet erg
vertrouwde, wilde ik mijn zoon nog even spreken. Het was tijd voor
de donderpreek. Hé, ik weet wel dat je het leven klote vindt. Maar
dat is het voor iedereen. We lopen allemaal te grijnzen, ondanks de
pijn. Sommigen lukt dat beter dan anderen. En de meesten veel beter
dan mij. Ik hoop dat jij ooit tot die meerderheid zult behoren.
Lyle vond meestal dat het nergens op sloeg, maar toch wilde ik een
laatste poging doen. Toen ik thuiskwam, lag hij boven te slapen, half
bewusteloos door een of ander genotmiddel.
'Hé, Lyle.' Ik schudde hem bij zijn magere schouders, die getekend
waren door acne. Het duurde even voordat hij wakker werd.
'Pa?' Hij zag nog niet scherp.
'Ja, zoon,' zei ik rustig. 'Ik ben het.'
Hij bleef als verstijfd liggen en probeerde iets scherp te krijgen – zijn
blik, zijn gedachten of zijn ziel. Al snel gaf hij die poging op.
'Shit,' zei hij duidelijk verstaanbaar, en rolde op zijn zij, zodat zijn
gezicht tegen het kussen viel met het losgeslagen, wanhopige gewicht
van een gevelde boomstam. Ik begreep Lyles problemen wel. Zoals
hij het zag, waren zijn ouders hem excuses verschuldigd. Zijn oude
heer was een zuiplap en zijn moeder had heel haar jonge leven gepretendeerd
iets te zijn wat ze niet was, zoals ze hem later had verteld.
Toen hij geen volwassenen meer had voor wie hij enig respect koesterde,
had hij besloten zelf maar niet volwassen te worden. Eerlijk
gezegd vond ik dat heel logisch. Maar hoe moest het nu verder? Toegegeven,
we waren allemaal schuldig, maar hoe betaal je je schulden
uit het verleden terug? Ik legde mijn hand op zijn warrige, vuile haar

maar bedacht me al gauw en vertrok om mijn koffers te pakken.
Twintig minuten later hoorde ik het geklingel van de bel. Voorzichtig keek ik door het slaapkamerraam aan de straatkant. Brushy stond op de stoep in haar lovertjesjurk, zonder jas. Ze stampte met een van haar patentleren pumps op het beton en blies zo nu en dan een wolkje adem naar achteren als ze over haar schouder naar de wachtende taxi keek. Toen ik niet was komen opdagen op kantoor, was ze vermoedelijk naar de Belvedere gegaan en had daarna een eenmanszoekactie op touw gezet.
Ik opende de verschillende sloten en grendels die ik op de voordeur heb aangebracht als bescherming tegen de Bogey Man en zijn legerkapitein, de Anonieme Beul. We stonden aan weerskanten van de glazen tochtdeur. Brushy had haar lange witte handschoenen om zich heen geslagen en haar bovenarmen – die ondanks haar dagelijkse oefeningen nooit hun zachte vlezigheid hadden verloren – vertoonden kippevel en rode vlekken van de kou.
'We moeten praten,' zei ze.
'Vertrouwelijk, zeker? Beroepsgeheim.' Ik vrees dat het nogal sarcastisch klonk.
Ze wuifde de taxi weg, rukte op haar eigen besliste wijze de tochtdeur open, stapte over de drempel en gaf me een klap in mijn gezicht. Ze sloeg me met haar vlakke hand, maar ze is een stevige kleine meid en ik landde bijna op mijn zitvlak. Er viel een onaangename stilte, terwijl de gure adem van de winter door de deuropening naar binnen blies.
'Ik heb onze collega's juist voorspeld dat al het geld morgenmiddag om vijf uur weer terecht zal zijn,' zei Brushy.
'Heeft iemand je ooit verteld dat je veel te slim bent voor je eigen bestwil, Brushy?'
'O ja, vaak genoeg,' antwoordde ze. 'Maar het waren altijd mannen.'
Toen grijnsde ze, maar de blik in haar snelle ogen zou Hercules niet hebben misstaan. Ze liet zich niet belazeren. O, ze zou het me wel vergeven, maar ze gaf geen millimeter toe. Dat waren haar voorwaarden. Ik bewoog even mijn kaak om te voelen of er niets gebroken was, en ze stapte naar binnen.
'Je hebt je vent dus verkeerd beoordeeld,' zei ik.
'Nee, dat heb ik niet.' Toen ik niet reageerde, kwam ze naar me toe, legde haar bedreven kleine handen op mijn heupen en stak haar koude vingertoppen achter de losse broeksband van de smokingbroek die ik nog aanhad. Ze schudde haar verwaaide haar uit haar gezicht en keek me strak aan. 'Dat geloof ik niet. Mijn vent is aantrekkelijk

gestoord. Impulsief. Een practical joker. Maar hij is niet gek. Als het erop aankomt.'
'Dan heb je de verkeerde voor,' zei ik. Ik voelde nog eens aan mijn wang. 'Wat zal er met jou gebeuren als het geld niet terugkomt? Nou?'
Ze bleef me aankijken met die felle lichtjes in haar ogen, maar ik zag dat ze aarzelde. Opeens was ze niet zo moedig meer.
'Vertel me dat eens,' zei ik.
'Dan heb ik grote problemen. Dan zal iedereen me vragen hoeveel ik eigenlijk wist. En hoe lang al.'
Ik sloeg mijn armen om haar heen. 'Brushy, hoe heb je zo stom kunnen zijn?'
'Praat niet zo tegen me,' zei ze, en ze legde haar hoofd tegen de plooien van mijn overhemd. 'Het maakt me verdrietig als je zo gemeen doet.'
Ik wilde haar nog eens zeggen dat ze de verkeerde voor zich had, maar in plaats daarvan deed ik de gangkast open en tastte in de zak van Lyles politiejack, waar hij zijn sigaretten verborg. Ik haalde het pakje tevoorschijn en we staken allebei een sigaret op. Ik vroeg haar wat ze van plan was.
'Wat dacht je van de waarheid?' vroeg ze. 'Is dat geen goed alternatief, de waarheid vertellen?'
'Natuurlijk. Ik zal Gino bellen: "Sorry, Pigeyes, maar je hebt de verkeerde gearresteerd. Ik wil graag ruilen met Jake." Dat zou hij wel willen.'
'Maar moet er niet iemand een klacht indienen? Ik bedoel, als TN geen bezwaren maakt? Ik kan dit wel uitleggen aan Tad. Mack, ik kèn Tad. Geef me twintig minuten met hem. Hij zal het prachtig vinden dat je Jake op deze manier de stuipen op het lijf hebt gejaagd. Dat is precies wat Jake verdient, dat iemand de bordjes eens verhangt. Zo zal Tad erover denken.'
'Twintig minuten, zei je?'
Haar gezicht betrok. 'Ach, val dood,' zei ze. Ze ging op Nora's oude, met bloemmotieven beklede sofa zitten en keek kritisch naar het vlekkerige geelwitte tapijt, heen en weer geslingerd tussen woede en een soort schaamte over haar eigen leven.
'Wat heb je met die kerel?'
'Niet wat jij denkt.'
'Wat dan wel? Vrienden onder elkaar? Een geheime broederschap?'
Ze maakte een paar afwerende gebaren, ontweek mijn blik en speelde nerveus met haar sigaret – alles om haar geheim te bewaren. Ten slotte zuchtte ze.

323

'Tad heeft me gevraagd als hoofd van de juridische afdeling van TN. Ik denk er al maanden over na.'
'Als opvolger van Jake?'
'Precies. Hij wil iemand die onafhankelijk is, op wie hij kan vertrouwen. En die het juridische werk van TN langzamerhand ook over andere kantoren zal verdelen.'
Natuurlijk was Tad niet bij toeval tot zo'n hoge positie gestegen. Hij was bedreven in kantoorpolitiek, en dit was een slimme zet. Wash en zijn aanhang in de directie van TN zouden hem niet voor de voeten lopen als Jakes opvolger ook bij G&G vandaan kwam.
'Martin denkt niet dat de firma kan overleven zonder een groot aandeel in de opdrachten van TN,' zei ik.
'Ik ook niet. Niet op de lange termijn, tenminste. Daarom heb ik zo lang geaarzeld.'
Maar nu was Jake verdwenen. Tad zou toch iemand anders moeten benoemen. Brushy's keus was duidelijk. Ik zag de toekomst al voor me.
'En wat gebeurt er met Mack volgens Brushy's plannen, met Emilia als hoofd van de juridische afdeling van TN en G&G als zinkend schip?'
'Jij bent advocaat. En een goeie. Je zult heus wel werk vinden. Of...' ze glimlachte, half sluw, half verlegen, 'je kunt je laten onderhouden.' Ze stond op en sloeg haar armen weer om me heen.
Ik had mijn sigaret nog in mijn mond en deinsde terug door de rook in mijn ogen.
'Je hebt de verkeerde voor,' zei ik weer. Ik maakte me van haar los en liep naar boven. Ten slotte kwam ze achter me aan, naar de slaapkamer. Ze bekeek mijn doek, de Vermeer op de ezel, voordat ze zich omdraaide en zag dat ik bezig was mijn koffers te pakken.
'Waar ga je heen?'
'Naar de trein. Die brengt me naar het vliegtuig. En dat brengt me ver hier vandaan.'
'Mack.'
'Hoor eens, Brushy, ik heb het je toch gezegd? Mijn ex-collega met de varkensoogjes, rechercheur Dimonte, voelt al nattigheid. Dat zei hij toen ik hem belde.'
'Je kunt hem wel aan. Je hebt je hem al weken van het lijf gehouden. Al jaren.'
'Maar nu niet meer. Hij heeft rechtstreeks gezegd dat hij me verdenkt. Hij is niet slim, maar als hij iets in zijn kop heeft, geeft hij niet op.' Ik liep naar de ezel, bladerde mijn schetsboek door en gooide het in mijn tas.

'Waarom, Mack?'
'Omdat ik liever rijk en vrij wil leven dan in de nor.'
'Nee, ik bedoel de hele zaak. Waarom? Hoe kon je dat doen? Hoe kon je denken dat je niet gepakt zou worden?'
'Dacht je dat iedereen zo slim is als jij? De enige reden waarom jij het hebt ontdekt, was dat ik zelf zo stom was mijn mond open te doen. Dacht je dat je erachter was gekomen als ik je niet vanaf het eerste begin had gezegd hoe graag ik zelf het geld zou hebben gestolen en hoe ik de pest had aan Jake?'
'Maar voel je je dan niet schuldig?'
'Soms. Maar wat gebeurd is, is gebeurd.'
'Luister.' Ze begon opnieuw. Ze legde haar handen tegen elkaar en tilde haar kittige, ruwe snoetje naar me op. Ze probeerde evenwichtig en redelijk te klinken en een overtuigende klank in haar stem te leggen. 'Je wilde iets bewijzen. Je wilde Jake te grazen nemen. Ons allemaal. Je wilde ons raken op een gevoelige plaats. En dat is je gelukt. Je voelde je genegeerd, ondergewaardeerd, gekwetst. Terecht. En...'
'Ach, hou toch op.'
'... je wilde gepakt worden.'
'Bespaar me de psychoanalyse. Ik wilde het gewoon zelf. Er bestaat ook zoiets als infantiel plezier, dr. Freud. En dat heb ik eraan beleefd. En nu kies ik de volwassen en verantwoordelijke oplossing door mijn eigen kont te redden. Zoals jij binnenkort ook zult doen als ze je vragen naar die vijfenhalf miljoen dollar die volgens jou morgen zouden worden teruggestort.' Ik wees naar haar. 'Vergeet het niet,' zei ik. 'Strikt vertrouwelijk. Beroepsgeheim.'
'Ik begrijp het niet,' zei ze, en ze sprong in pure frustratie van het bed af. 'Jij moet iedereen wel haten. Dat is toch zo? Iedereen. Ons allemaal.'
'Probeer me niet te manipuleren.'
'Toe nou. Zie je zelf niet hoe kwaad je bent? Mijn God, je bent net Samson die de tempel sloopt.'
'Vertel me niet wat mijn eigen stemmingen zijn!' Ik weet zeker dat ik even een gewelddadige indruk maakte. 'Waarom zou ik kwaad zijn, Brush? Omdat ik zulke fantastische keuzes had? Had ik dan moeten hoereren, net als Martin, om Jake te redden? Zodat Jake me daarna kon negeren terwijl Pagnucci me naar een wak in het ijs duwde, nadat ik al mijn volwassen jaren aan dit kantoor had gegeven? Ik bedoel, hoe rechtvaardigt Pagnucci zijn optreden, àls hij dat al probeert? Met het marktprincipe? Brushy, ik ben even het onderdeel van die theorie vergeten dat verklaart waarom de slachtoffers van het

325

marktprincipe alles maar moeten slikken. Daarom heb ik enig initiatief getoond, een beetje ondernemingszin en onafhankelijkheid. Ik heb mezelf geholpen. Dat hoort ook tot het concept van de vrije markt.'

Ze zei een tijdlang niets. Ik trok mijn broek en mijn overhemd uit en liep in mijn ondergoed rond voordat ik een schone broek en een trui aandeed. Ik trok sportschoenen aan – klaar om te rennen.

'En je zoon?'

'Wat moet ik met hem? Hij redt zichzelf wel. Of hij trekt weer bij zijn moeder in. Een van beide. En dat werd hoog tijd.'

'Je bent verknipt.'

'Ziek,' zei ik.

'Vijandig.'

'Dat geef ik toe.'

'Wreed,' zei ze. 'Je hebt met me gevreeën.'

'En met mijn hele hart.' Ik keek haar aan. 'Iedere keer. En dat kan niet iedere vent tegen je zeggen.'

'O.' Ze sloot haar ogen en leed in stilte. Ze sloeg haar lange witte handschoenen om zich heen. 'Romantiek,' zei ze.

'Luister, Brushy, ik heb vanaf het eerste begin gezien wat er voorbij de bocht lag. Ik zei je toch dat dit een slecht idee was? Ik vind je een geweldig mens. Eerlijk waar. Ik zou graag voor de afzienbare toekomst je bed en je gezelschap delen. Maar Pigeyes is op het toneel verschenen, en dat laat maar één mogelijkheid open. Als je een paspoort hebt, ben je welkom. Er is genoeg voor twee, dat weet je. Hoe meer zielen, hoe meer vreugd. Wil je echt een nieuw leven beginnen? Volgens mij ben je nogal gehecht aan je leven hier.'

Ik stak mijn handen naar haar uit. Ze keek me alleen maar aan. Die gedachte was nog nooit bij haar opgekomen, zag ik.

'Geen punt,' zei ik. 'Je neemt de juiste beslissing. Geloof dat nou maar van je ouwe makker Mack. Want ik zal je het echte probleem vertellen, waar ik steeds weer bij terugkom: lieve schat, je zult de volgende ochtend geen respect meer voor me hebben. Niet als je dit goed hebt overdacht.'

'Ik kan zo nu en dan langskomen,' zei ze ten slotte.

'Natuurlijk. Zeg dat maar tegen meneer K. Dat zal hij graag horen van zijn nieuwe juridisch adviseur: Ik ga op bezoek bij die idioot die mijn advocatenkantoor naar de knoppen heeft geholpen en jouw bedrijf heeft bestolen. Je moet de feiten onder ogen zien, Brushy. Jouw leven ligt hier. Hier heb je bindingen. Maar van mij mag je het tegendeel bewijzen! En...' ik sloot mijn koffer, 'nu moet ik gaan.'

Ik pakte haar bij de schouders en gaf haar een snelle kus. Manlief op weg naar zijn werk. Ze ging op het bed zitten en steunde haar hoofd in haar handen. Ik wist dat ze te flink was om te huilen, maar toch zei ik zoiets.

'Niet sentimenteel worden, Brushy.' Ik zong het alsof het een liedje was. Ik knipoogde tegen haar vanuit de deuropening en zei haar gedag. Op de gang zag ik Lyle, in de spijkerbroek waarin hij in slaap was gevallen, benieuwd naar die stemmen. Misschien was hij uit bed gekomen om zijn droom te controleren dat het mamma en pappa waren, herenigd en gelukkig, een van die dromen die nooit uitkomen. Ik bleef op de drempel staan en keek naar hen allebei, gegrepen door het moment. Tot nu toe had ik last gehad van emotionele constipatie. Schenk een paar borrels voor me in en ik barst in tranen uit. Ik voelde me zelfvoldaan en sterk, maar nu het afscheid naderde, stak het verdriet de kop op.

'God, Mack,' zei Brushy. 'Doe dit niet. Alsjeblieft. Bedenk wat je jezelf aandoet. Ik zal je helpen. Dat weet je. Je weet hoe ik mijn best heb gedaan. Ik bedoel, denk dan in elk geval aan mij, Mack.'

Aan haar? Ze dacht natuurlijk dat ik voor haar op de vlucht ging. En ik had afstand genomen door mijn gevoel te vergelijken met de liefde tussen anderen: Bert en Orleans, Martin en Glyndora. Maar wie hield ik nou voor de gek? Mijn hart voelde opeens twee keer zo zwaar, vol pijn en verdriet.

'Brush, ik heb geen keus.'

'Dat zeg je steeds.'

'Omdat het zo is. Dit is het leven, Brushy, niet de hemel. Ik heb geen andere mogelijkheden meer.'

'Dat zeg je alleen maar. Je doet gewoon wat je zelf wilt.'

'Goed hoor,' zei ik, hoewel ik wist dat ze in zekere zin gelijk had. Zoals ik daar naast haar stond, was ik opeens een soort verdrietige vlek, een klodder ectoplasma zonder grenzen, met als enige herkenbare vorm een bloedend hart. Maar zelfs in die toestand was er nog enig gevoel voor richting. Het was geen hoop die me dreef, besefte ik nu. Misschien stond ik weer voor een van die overgangen en deed ik juist waar ik het meest bang voor was, omdat ik anders verlamd zou raken en er nog slechter aan toe zou zijn dan een geketende slaaf. Maar de aandrang was sterk. Ik was net als die mythologische figuur die met vleugels van was naar de zon toe vloog.

'Mack, je had het over mijn leven, maar wat moet ik straks zeggen? Hoe kan ik verklaren waarom ik jou heb laten ontsnappen in plaats van de politie te bellen?'

'Je verzint wel wat. Luister.' Ik deed weer een stap de kamer in. 'Wat dacht je hiervan? Je gaat naar je vriend Krzysinski. Nu meteen. Vandaag nog. En je vertelt hem de hele zaak. Alles. Dat je niet werkloos kon toezien hoe ik Jake onderuit haalde. Vertel hem maar hoe nobel je bent. En hoe slim. Dat je me erin wilde luizen. Dat je me eerst zo ver wilde krijgen dat ik het geld teruggaf, om me vervolgens aan de politie uit te leveren.'

Ze zat op het bed, met haar armen om zich heen geslagen, ineengekrompen van verdriet. Ze deinsde terug terwijl ze luisterde. De woorden leken haar te raken met de trillende kracht van een pijl. Eerst dacht ik dat ze weer verbijsterd was over het gemak waarmee ik loog. Maar opeens zag ik iets anders.

Ik bleef doodstil staan.

'Of heb ik zojuist de spijker op de kop geslagen?' vroeg ik haar zacht. 'Heb ik eindelijk je gedachten gelezen?'

'O, Mack.' Ze sloot haar ogen.

'Me in je armen sluiten en lief voor me zijn, totdat ze me komen halen? Plan Brushy-nummer-één?'

'Je bent verloren,' zei ze. 'Zie je niet eens de waarheid meer? Zelfs als die je in het gezicht staart? Als je die zelf vertelt?'

Ze dacht dat ze me daarmee klem had, maar zo kun je de meeste mensen soms in een hoek drijven. En ik gaf geen duimbreed toe. Brushy speelde de bal over drie banden, zoals ik heel goed wist. Ze kende alle effecten, en ik had iets ontdekt, een of ander inzicht, een overweging die belangrijk voor haar was – zoals het voor mij belangrijk was om mezelf te zijn op dat moment, vol vrijheidsdrang en agressie, zonder dat ik precies wist wat de reden voor die ongerichte maar heftige woede was: zij, ikzelf of een onbenoembaar iets.

'Was dat de bedoeling?' Ik trok mijn jas aan en pakte mijn tas. 'Dan heb je toch niet goed geluisterd,' zei ik weer, en ik geloof dat ze het eindelijk begreep.

'Dan heb je de verkeerde voor.'

B Pigeyes ook niet

De kleine lichte trein die het centrum met het vliegveld verbindt is een van die geniale ontwerpen waarvoor Martin Gold een deel van de eer opeist. Hij had in het uitvoerend comité gezeten, en onze economische afdeling had de financiering uitgewerkt. De trein loopt niet altijd op tijd, maar in de spits is hij veel sneller dan de file, die je aan weerskanten voorbijrijdt als je over het talud dendert. De LR, zoals hij bekend staat, eindigt in een ondergronds station, een grote schuin oplopende ruimte met het hoge plafond van een kathedraal en dikke gekleurde ruiten met lampen erachter om de suggestie van daglicht te wekken.

Ik zeulde mijn koffer de trein uit en liep in gedachten nog op Brushy te schelden om van mijn eigen schuldgevoel af te komen. Ze had het allemaal aan zichzelf te wijten. Er zijn geen slachtoffers. Ik was pas enkele stappen bij de trein vandaan toen ik Pigeyes zag staan, aan het eind van het perron. Ik had me al voorgesteld – tot in alle onaangename details – hoe hij Jake had gearresteerd, zijn vingerafdrukken had genomen en hem in een cel op het politiebureau had gesmeten waar de leden van de jeugdbendes zijn Rolex zouden grijpen zonder zelfs maar dank-je-wel te zeggen.

Even hoopte ik nog dat ik het me verbeeldde, maar het was Gino. Hij leunde tegen een pilaar in zijn groezelige sportjasje en zijn cowboylaarzen, terwijl hij met een nagel tussen zijn tanden peuterde en de passagiers in de gaten hield die uit de trein stapten. Ik hoefde niet te raden wie hij zocht, maar ik kon nergens heen. Hij had me al gezien, en de trein zou pas over vijf minuten naar de stad terugrijden, dus liep ik door. Het was nog licht, maar in mijn dromen heerste duisternis toen ik naar die dreigende, gevaarlijke vreemdeling toe liep. Eindelijk had hij me te pakken. Mijn bloed veranderde in ijswater.

Gino zag me aankomen. Zijn zwarte oogjes staarden me strak aan en er lag een vastberaden uitdrukking op zijn grote gezicht. Hij stond klaar om me te achtervolgen als ik ervandoor ging – misschien zelfs zijn pistool te gebruiken. Ik keek snel of ik Dewey ergens zag, maar zo te zien was Pigeyes vanavond alleen.

'Wat een prettig toeval,' zei ik tegen hem.

'Ja,' zei hij. 'Zeg dat. Je vriendin heeft me gebeld. Ze zei dat ik je moest tegenhouden.' Hij glimlachte vals, zonder zijn tanden te ontbloten. 'Ze mag me wel, geloof ik.'

'O ja?'

'Ja.' Hij was veel kleiner dan ik, maar toch bracht hij zijn gezicht vlak bij het mijne. Zijn adem en zijn lichaamsgeuren sloegen me tegemoet. Hij had een stuk kauwgum in zijn mond. Er ging van alles door me heen. Ik was te weekhartig geweest tegenover Brushy. Ik had gedacht dat ze het inderdaad als vertrouwelijk zou beschouwen. Beroepsgeheim. Maar ze zou me honderd redenen kunnen geven waarom dat in dit geval niet gold. Ik wist er zelf ook vijftig. Maar ik had niet verwacht dat ze me zou verraden. Ze was altijd harder en sneller dan ik vermoedde.

'Wat zei ze?' vroeg ik.

'Niet veel. Zoals ik al zei, we hadden het over jou.'

'Hoe goed ik ben in bed?'

'Ik geloof niet dat dat ter sprake kwam.' Pigeyes grijnsde weer op dezelfde manier. 'Waar wilde je heen?'
'Naar Miami.'
'Waarvoor?'
'Zaken.'
'O ja? Mag ik dan even in je koffertje kijken?'
'Nee.' Hij had zijn hand er al op, maar ik liet het niet los.
'Volgens mij zit er een bankboekje in en heb je een ticket voor een aansluitende vlucht naar Pico-dinges. Je wilt ervandoor.'
Hij kwam nog een stap dichterbij, hoewel dat fysiek nauwelijks mogelijk leek.
'Voorzichtig, Pigeyes. Straks krijg je nog iets te pakken.'
'Ja, jou,' zei hij. Hij opende zijn mond en probeerde te boeren. Hij stond nu op mijn tenen, zodat ik zou vallen als ik me bewoog. God mocht weten wat hij zou doen als ik hem een zet zou geven. 'Ik wist wel dat ik je zou tegenkomen. Toen ze me vroegen of ik de zaak wilde overnemen, dacht ik bij mezelf: misschien loop je je ouwe vriend Mack wel tegen het lijf.'
Ik geloofde hem. Pigeyes had al die tijd op me geloerd, en ik was altijd op mijn hoede geweest. Ik raakte hem nooit kwijt. Een onweerstaanbare kracht. Onverzettelijk. Pigeyes zal er altijd zijn, op dat moment dat erger is dan de dood, die vlammende angst die me uit mijn slaap haalt. Hoe kunnen we dat verklaren? Ik dacht erover na en kwam weer tot dezelfde slotsom. Toeval bestaat niet. Er zijn geen slachtoffers. En toen, God mag weten waarom, drong er een ander besef tot me door. Er kon mij niets meer gebeuren. Opeens wist ik dat.
'Volgens mij,' zei Pigeyes, die mijn gezicht zag vertrekken, 'heb je nu natte sokken. Als je gaat lopen, hoor ik je schoenen soppen.'
'Ik denk het niet.'
'Ik wel.'
'Nee. Ik heb dit goed uitgedacht.'
'Dat denk jij.'
'Dat wéét ik. Je praat te veel, Gino. Vooral tegen mij. Je kon de gedachte niet verdragen dat ik je nog een keer te slim af zou zijn, is het wel? Je kon de verleiding niet weerstaan om me de waarheid te zeggen toen ik je vanmiddag belde over Jake.'
De gesp van zijn riem drukte nog tegen mijn onderbuik. We stonden bijna neus tegen neus. Maar opeens werd hij voorzichtig. Na die ene keer dat ik hem te grazen had genomen, had Pigeyes een heilig ontzag voor me, al klinkt het vreemd.
'Ik had het veel eerder moeten zien,' zei ik. 'Al die dingen die ik niet

kon verklaren. Waarom je me niet arresteerde of dagvaardde. Je dacht zeker dat ik doof en blind was? Toen ik je vanmiddag belde, zei je dat je wist dat ik de kluit belazerde met dat verzinsel over Archie en Bert, maar toch liet je Bert met rust. Waarom? Waarom had ik het niet door? Ze hadden je teruggefloten. De lui die je hadden ingehuurd. De *capo*, of wie dan ook. Wat weten ze van je, Pigeyes? Gokken, drugs? Heb je één snuifje te veel genomen? Of was het een gunst aan een van je ouwe makkers uit de buurt? Maar jij was het, of niet? Jij was het die Archie onder druk heeft gezet om zijn tipgever te verraden. En jij was het die die vent de stuipen op het lijf moest jagen zodat hij voortaan voor de maffia zou werken als hij een wedstrijd manipuleerde. Jij, en niemand anders.'
Ik had nu zijn volledige aandacht.
'Hoe heb ik zo stom kunnen zijn? Ik had het kunnen weten toen je zei dat je Kam via zijn credit card had gevolgd. Jezus, hoe kwam jíj aan die card? Ik weet waar ik de mijne heb gevonden. En de envelop was al open. Er zaten voetafdrukken op de post. Jij was er al eerder geweest, Gino. In Berts appartement. En dat was niet de enige keer. De eerste keer dat jullie daar waren, Pigeyes, heb je Archie in die koelkast gepropt. Je wilde Bert zo bang maken dat hij je zou vertellen wat je wilde weten. Een vooraanstaand advocaat? Het maakt ons niet uit wie we een pianosnaar om zijn hals leggen. En Bert kon niet de politie waarschuwen, omdat die lastige vragen zou stellen. Hij zou heus niet zijn inkomen en zijn praktijk op het spel zetten door te bekennen dat hij met de uitslagen van sportwedstrijden knoeide. Nee, als hij dat lijk zag, zou hij door de knieën gaan. Dan had je hem. Dan zou hij huilend aan de telefoon hangen en om zijn leven smeken. Dan zou hij je eindelijk vertellen waar je die vervloekte Kam Roberts kon vinden over wie Archie het steeds had. En Bert zou zich zelf van het lijk moeten ontdoen. Je hebt er geen moment rekening mee gehouden dat hij de benen zou nemen. Hij hoefde toch alleen maar een naam te noemen? Maar toen je terugkwam, was de vogel gevlogen.'
Er kwam een onzekere blik in Pigeyes donkere ogen. Hij was niet zo slim als ik. Dat had hij altijd geweten.
'Dus dat was je tweede bezoekje aan Berts appartement, nietwaar? Om erachter te komen waar hij naartoe was. Toen heb je die credit card meegenomen. En besloot je de zaak over te nemen van Vermiste Personen. Dan waren jullie de enige smerissen die nog naar Archie zochten. En Vermiste Personen is allang blij als ze iets kunnen afschuiven. Daarna ben je naar het Russisch Bad gegaan om te zien of je daar een aanwijzing over Kam kon vinden.
Als niemand ooit iets stoms deed, Gino, zou er nooit iemand worden

gepakt. Waarom heb je dat lijk niet meteen bij Bert weggehaald toen je de kans nog had? Wat was het probleem? Was de bovenbuurvrouw thuis? Had je niet genoeg hulp? Toen jij me in de U Inn in mijn kraag greep, met die credit card, wist je waar ik was geweest. En wat ik had gezien. Ik bedoel, Gino, wie heeft mij geleerd dat je het eerst in de koelkast moet kijken? Maar die onnozele Malloy geeft je de kans om terug te gaan. Met een huiszoekingsbevel. En toen is het lijk verdwenen. Voordat ik Moordzaken zou kunnen inlichten. Vandaar die scène in dat surveillancebusje. Omdat Dewey en jij een verklaring van me wilden dat ik niets bijzonders in Berts appartement had gezien. En dat heb ik braaf bevestigd, met een getuige erbij. God, wat ben ik toch een sukkel. Waarom had jij anders zo'n verklaring nodig? Daarom heb je me ook niet gearresteerd voor die paar dingetjes die je van me wist. Dat was het gewoon niet waard. Ik zou binnen een uur weer buiten staan, en jij wilde niet het risico lopen dat ik me zou bedenken en tegen iemand van Moordzaken over dat lijk zou beginnen.'
Ergens tijdens dit verhaal was hij van mijn tenen af gegaan. Als we dit gesprek 's avonds op een donker landweggetje hadden gevoerd, zou hij me hebben doodgeschoten. Maar we stonden in een station van de metro, onder het vliegveld, en passagiers met zware koffers en kledingzakken liepen ons links en rechts voorbij. Sommige mensen keken opzij om te zien of het een vechtpartij zou worden. Nee, Pigeyes was niet gelukkig.
'Zeg me dat het niet je bedoeling was om die arme Archie te vermoorden, Pigeyes. Zeg dat je je zelfbeheersing verloor toen Archie je Kams echte naam niet wilde vertellen. Zeg me dat het je spijt.' Zijn hand lag nog steeds op mijn koffertje. Ik rukte het los.
'Wat betalen ze je voor zo'n klus? Vijftig? Vijfenzeventig? Je zit tegen je pensioen aan, is dat het? Binnen een paar weken vang ik zo'n bedrag alleen aan rente.' Om mijn woorden kracht bij te zetten klopte ik hem op zijn borst, recht boven zijn hart. Mijn vingertoppen gleden over hetzelfde vuile, gebreide hemd dat hij al dagen droeg. We wisten allebei dat ik hem in mijn macht had.
'Geef me maar aan,' zei ik. 'Denk je dat ze me laten gaan als ik ze de naam geef van een huurmoordenaar die met een ster rondloopt?' Hij gaf geen antwoord. Hij was een leerling uit de school van Toots. 'De vent met wie ik vroeger omging,' vervolgde ik, 'mijn oude maat, die was zo slecht nog niet. Hij nam het niet zo nauw met de voorschriften, en hij regelde weleens wat. Maar hij martelde mensen niet voor geld. Of voor drugs.' Ik pakte mijn koffer en knikte tegen hem. Op dat moment wist ik intuïtief hoe het allemaal in elkaar stak. Als

je Pigeyes een waarheidsserum toediende, zou hij nog beweren dat dit gedeeltelijk allemaal mijn schuld was. Jaren geleden had ik zijn goede naam beklad. En nog gelogen ook. De buren, zijn moeder, de mensen in de kerk, wisten nu wat hij was. Hij kon niet meer de schijn ophouden. Zij zagen hem opeens zoals hij zichzelf ook zag.
En ik bevestigde het nog eens, hardop, hier in een openbaar station. 'Je deugt niet,' zei ik.
Ik wist hoe hij zou reageren. Vloekend en tierend. 'Durf jij dat tegen me te zeggen?'
'Jij je zin, Gino. Dan deugen we allebei niet.' Dat meende ik niet. Ik was niet zo verdorven als hij, niet zoals ik het zag. We waren twee verschillende figuren, uit verschillende tradities. Pigeyes was net als Pagnucci: keihard, gemeen, in staat tot moed en wreedheid. Een van die mannen voor wie het altijd oorlog is en die alles doen om te overleven. Ik was de tweede in een generatie van dieven en bedriegers. Dieper konden we niet zinken, Gino en ik, en dat was de betekenis van al die nachtmerries, begreep ik nu: ik ben hem en hij is mij, en in het duister van de nacht is er geen wezenlijk verschil tussen vrees en verlangen.
Zo liet ik hem daar achter, op het perron. Nog één keer keek ik om, om te zien of het wel volledig tot hem doordrong dat hij me moest laten gaan. Toen stapte ik op het vliegtuig naar Miami.
Nu zit ik in het toestel naar C. Luan, eersteklas, en vertel het eind van mijn verhaal aan Meneer Dictafoon, zo zacht mogelijk, overstemd door het gedreun van de motoren.
Als ik ben aangekomen, gaan deze bandjes naar Martin. Allemaal. Per Federal Excess. Tegen die tijd ben ik al stomdronken. Op dit moment zie ik vier soldaatjes op het klaptafeltje voor me, vers van het karretje van de steward. Ze dansen op de trillingen van het vliegtuig en dat zoete amberkleurige vocht klokt in de hals van iedere fles, zodat ik het bijna in mijn eigen keel kan voelen. De rest van mijn leven zal ik dronken zijn, dat beloof ik. Ik ga reizen en in de zon liggen. Ik zal me uitleven in losbandigheid. Ik zal me herinneren welke extatische verwachtingen ik van deze stunt had, en hoe ik in die stemming de helden niet meer van de schurken kon onderscheiden, de sukkels van de schoften.
Nu ik klaar ben, denk ik dat ik dit hele verhaal voor mezelf heb verteld. Niet voor Martin, Wash of Carl. Niet voor Jou tegen wie ik me richt, of voor Elaine daarboven. Misschien wilde ik alleen mezelf maar amuseren. Een hoger, beter ik, zoals Plato het beschreef, een mildere, vriendelijker Mack, in staat tot diepere beschouwingen en groter begrip. Misschien was het weer zo'n mislukte poging om me-

zelf of mijn leven te doorgronden. Of om het allemaal wat minder saai of dubbelzinnig te vertellen, zoals ik het me herinner – met een scherper inzicht en duidelijker motieven. Ik weet wat er is gebeurd, voorzover mijn geheugen dat toelaat. Maar er blijven witte vlekken. Hoe ik van daar naar hier gekomen ben. Waarom ik bepaalde dingen deed, en juist op die momenten. Ik heb me al zo vaak 's ochtends afgevraagd wat er de vorige avond was gebeurd. Het verleden vervaagt zo snel. Een paar seconden in de schijnwerpers, dat is alles. Een paar beeldjes van een film. Wellicht vertel ik het allemaal omdat ik weet dat dit het enige nieuwe leven is dat ik ooit zal krijgen, dat het verhaal de enige plaats is waar ik mezelf opnieuw kan uitvinden. Hier ben ik de man die niet alleen de woorden in zijn macht heeft, maar ook de gebeurtenissen die ze beschrijven. Die hogere, betere Mack, heerser over de geschiedenis en de tijd, een ernstiger, eerlijker, duidelijker figuur dan die mysterieuze vent die altijd van de ene ramp naar de andere holde, dat onbegrijpelijke wezen dat me aankijkt vanuit spiegels en winkelruiten, dat bijna alles in zijn leven met minachting bezag.

Toch heb ik het laatste woord gehad. Schuld bekend als het nodig was, en anderen beschuldigd. Dat is geen excuus. Die fout zal ik niet maken. Van sommige dingen heb ik spijt, dat geef ik toe. Maar wie heeft dat niet? Toch heb ik me vergist. Volledig.

Er zijn alleen maar slachtoffers.